宅男的末世守則

3

目錄頁
CONTENT

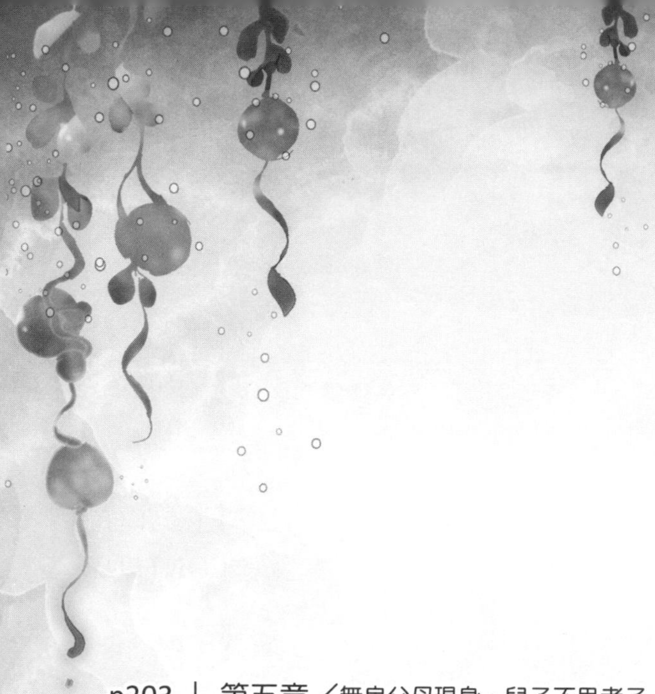

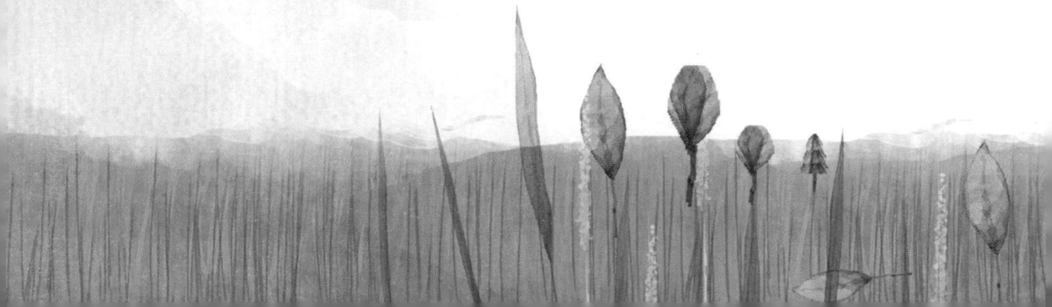

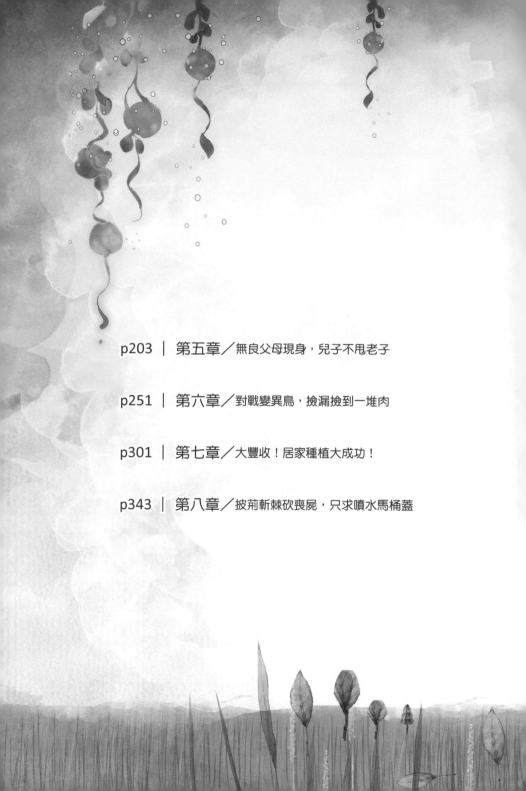

第一章 鼠輩來襲，基地防禦工事緊急升級

羅勳聽了宋玲玲的話，笑著說道：「這個就拜託妳了，而且多使用異能還能加速妳消耗晶核的速度，盡快提升異能等級。」接著又道：「土也不算太難辦，就是有些麻煩，咱們暫時可以在基地中找些乾淨的土壤回來。現在最重要的事是太陽能板、蓄電池、照明用的燈……對了，還需要厚重的窗簾，免得種東西時開燈被外面發現……」

末世中安全第一，哪怕他們的防人之心太重，也好過完全沒有防備的心態，等人家把自家門窗撬了之後，大家哭都沒地方哭去。

李鐵掏出紙筆將羅勳提到的東西逐一記下來並問清具體數量：「有些東西咱們能在基地裡直接買到，有些東西就等下次出去的時候弄回來……羅哥，不用著急，就算一時找不齊全也沒關係，咱們現在不著急。」

是的，還不急，把末世第一年當作眾人的準備期，等到明年他們的這些房間中種著的東西才會到真正發揮實力的時候。

徐玫笑道：「在基地裡挖土現在反倒比較方便，基地現在正在推廣種植作物，到處都有挖土回家的人，咱們也去找這些東肯定沒人會多管閒事。」

是啊，要是等到這次大規模種植失敗，如果有人再這麼大肆挖土，找各類和種植相關的物品那反而很打眼。

羅勳點點頭，開始說明其他情況：「蘑菇的事大家現在應該已經都清楚，這件事算是內部的消息，基地方面雖然也在種，可他們並不希望這個消息流傳出去。蘑菇的威力有多大大家都知道，所以咱們只能偷偷來。當然，我和嚴非已經有了解決的方法，之後會將所有種植用的架子做成一六〇三屋裡的那樣，如果有外人來的話能暫時隱藏一下，咱們只要在指定時間去收集這些東西裝罐處理就好。」

見大家都點頭表示明白，羅勳才看著徐玫兩人說起後續的其他問題：「這樣一來，妳們兩人如果能在家中照料這些作物的話是最好的。每次收成之後都會單獨拿出一份給妳們，保障妳們平時的食物和生活來源……」

徐玫代替自己三人提問：「月底每次外出打晶核的時候呢？」

「大家還跟這兩次一樣一起出去。」羅勳答道。

徐玫笑了起來，「那就沒問題。」然後有些無奈地解釋：「我們平時跟不少隊伍組隊一起出過城，可是，說實話，沒有哪個隊伍能像咱們隊伍這樣有效率。」說著，有些戲謔地對羅勳道：「更沒遇到過哪個隊伍的隊長能對周遭情況掌握得這麼清楚又安排得當，所以我們跟你們出一次基地的收穫，比一個月中不停跟其他小隊出去的收穫還大。」

宋玲玲連連點頭，就算徐玫的戰鬥力再強，自己的後勤做得再好，在她們不是人家隊伍正式成員，不是人家隊長親信的情況下，能分到的戰利品都是最少的。

羅勳聞言微微鬆了口氣，「在家裡照料作物時具體需要什麼回頭我會慢慢教給妳們，只要等一開始的事情做完，直到收穫之前都不會太忙……」

章溯忽然插話：「基地裡還有一些工作可以領回來在家中加工，要是妳們有時間，想多賺些積分，明天我可以幫妳們問一下。」

他平時懶得管閒事，在沒有徹底接納這兩個女人當成自己人之前，他對於這些事連問都不會多問一句，可見前兩天大家的合作帶給他的印象還不錯，這才會多這麼一句嘴。

徐玫兩人的眼睛亮了起來，連忙點頭道：「能多點事做也好。」

雖然在羅動的指導下種地肯定能有不錯的收穫，但對於她們兩人來說，現在的生活就等於在吃老本，能多一個賺錢的途徑自然再好不過了。

像羅動、五人組都是在基地中有著正式工作的情況下，又利用家中的空地，閒置時間栽種作物、打晶核。她們不求章溯所說的工作能有多高的收益，可多一些總是好的。

羅動又說明了大家需要準備的事情，以及自己和嚴非主要負責的事務後才拍拍手，「現在暫時就是這個情況。樓下的三個屋子還需要等章溯確定能記在我們的名下後，嚴非給樓下的房子統一裝好地龍，才能進行下一步。今年就算能種水稻、小麥這些東西，恐怕也只能收成一次，所以大家暫時不要太過期待。倒是蔬菜之類的，應該能為咱們換回不少晶核。那今天就暫時這樣，明天開始我會先計畫好實施的步驟再安排具體工作。」

「好。」眾人齊聲歡呼，眼中都迸發著對於未來的期待光芒。

回到自家的羅動，覺得自己先前的疲憊似乎一掃而光，有了下面三個屋子的空間，就能做更多的準備……等等，現在他們連走廊裡的面積也能充分利用上。反正如果兩層樓都歸了他們，走廊自然也是一樣。

嚴非拉他坐下，讓他的大腦冷靜下來，「明天的事可以今天計畫，但別讓明天的事情影響到今天的休息，你還想明天去圍牆邊上的時候被隊長訓話？」

羅動這才失笑起來，坐下後想到了另一個問題，「那個隊長……是怎麼回事？怎麼好像你們都默認了的樣子？我怎麼不知道？」

嚴非反問道：「你覺得如果你不當隊長，有誰合適？」

「你啊！」羅勳脫口而出，他一直認為末世後小隊的隊長都是武力值最高、人氣最高的那個。事實上，一般小隊確實如此。

嚴非搖頭，「先不說其他，只說異能。雖然我的異能先升到了二級，可其實章溯的能力也不差，要是在我們兩個當中選擇的話，就算你覺得我更合適，王鐸他們也未必願意。」其實如果他們兩人競選，恐怕是沒人會選章溯的，誰讓那傢伙的腦回路……有些詭異。

羅勳皺起眉頭，「那我也不合適吧，我只是個普通人。」

沒有異能，在末世中就是最大的短板，也許一開始還看不出問題來，但當基地中異能者能力越發強大，強大到擁有國家機器的軍方都只能對他們睜一隻眼閉一隻眼的時候，普通人在基地中的地位就瞬間淪落為三等公民。

嚴非笑著搖頭，「第一，你會種地，會改造各種東西。李鐵他們雖然在收集到一些材料後也自己動手操作過，但絕大多數的東西都是在你的指點下才成功做出來的。再一點，也是很重要的一點，或許你自己沒發現，這兩次出去，大大小小的事情都是你在指揮安排。或許我和章溯的異能很強大，可對喪屍作戰方面卻沒人能有你的判斷力。」

擁有異能不等於就擁有了可以指揮一群異能者配合打喪屍的本事，羅勳雖然是普通人，對於異能的理解卻是所有人之中最深刻的。

羅勳張張嘴，或許因為他上輩子從沒被人重視過，更沒見過真正大型隊伍對戰喪屍的情景，所以他從來沒地方可發揮，更沒想到自己居然在這方面擁有天賦。也只有在重生後，在遇到嚴非後，在和五人組做了鄰居後，才意外地發揮所長。

想到這裡，羅勳略微垂下眼皮，低聲道：「可是，異能者會越來越強大，現在的我或許還能暫時指揮，等到將來……」他擔心這個小團體日後也會因為和其他隊伍一樣的原因，因為自己是個普通人，而被隊友質疑。

嚴非笑了起來，掐住他的臉頰，「這有什麼好擔心的？別忘了，咱們隊伍裡最強的戰鬥力可是你老公。」是的，就算日後會有這種可能性，也沒人會忽視自己還站在他的身後。

嚴非在末世前就有相應的管理經驗，按理來說，他負責管理這個隊伍或許更恰當。不過在末世開始後，想要輕鬆度日的他就下意識將自己放到旁觀者的位置，就算出去打晶核時也不會多說什麼，沒想到卻因此挖掘出自家愛人的特長。

嚴非自問，他能在末世前管理好一個因為利益而集合起來的企業，卻未必能指揮得好末世後這種面對喪屍時的戰鬥。羅勳卻不同，他好像原本就擁有這樣的天賦。

次日的修牆工作進行得很順利，兩人回家後又搬了一批金屬材料回十六……不，這次羅勳他們將金屬材料暫時堆放到了十五樓。

徐玫兩人聽到動靜連忙迎出來，陪羅勳他們將幾個空房間轉一圈，確定好裝修的圖紙。

十五樓和樓上的格局差不多，設計起來相當省事。

空房間都只用來栽種作物，羅勳根本就沒打算裝修，只是考慮到防水防潮、牆面不平、作物腐化到牆壁等原因，決定用金屬給這幾個房間「鍍」上一層防護層。

金屬會生鏽，讓嚴非更換並清除卻很簡單，只是這麼一來……

「這次帶回來的金屬材料還是不夠用……」羅勳在空房間轉悠，惆悵地道。

想起那天在街上滾的兩個金屬球，徐玫和宋玲玲的嘴角齊齊抽搐了幾下。

那兩個巨大的金屬球最後融到車上，被帶回來的只有一個半左右，剩下的留在了銀行那裡。當時他們還以為帶回來的就夠大家用了，誰知道……

當然，這是羅勳他們後來決定要帶樹木和冰櫃時才不得不將車廂騰出不少空間的結果，可現在想想，還是覺得早知道就應該全都一起拉回來。

徐玫轉移話題：「我們今天上午出去找土了，搬回來的不多，大多都鎖在樓下車廂裡，等一會兒電梯能用的時候就運上來。」

宋玲玲補充道：「我們還挖到了一大塊樹根，回頭你們看看那個能不能用來種蘑菇。」

「好，電梯能用的時候我們一起下去。」羅勳點頭，這些東西是越多越好。

要感謝如今基地方面對於居家種植的推廣，今天徐玫兩人去挖土時遇到了不少人。不是所有人都能在社區裡面租到空地來種菜的，像徐玫她們這樣挖土帶回家試種的人更多，自然不會引起任何人的注意。想要挖土種菜的人，尤其以老人、女人和孩子居多。

查看完樓下的空房間，回到自家檢查了一下家中的作物，羅勳兩人才靠在沙發上盤算之後的事。小傢伙擠到兩人中間，這幾天他們沒時間陪牠，小傢伙寂寞了。

摸著基本上已經和成年狗沒什麼差別的小傢伙的頭，羅勳的聲音有些無奈：「樓下的地暖要鋪設，還有外面牆壁上的鐵架……」這麼一來，他上輩子的願望總算達成一半，亦即

「住在採光最好的頂樓，將外面的牆壁掛滿太陽能板」。如今板子肯定會掛滿，只是電力要供應自家的種植大業，不能拿出去賣。

嚴非幫著出主意：「這些東西有些咱們可以利用出去的時候慢慢收集，剩下的比如太陽能板之類的，回頭跟大家說一聲，所有人都拿出一部分積分來，統一換成太陽能板。這些東西大家都要一起用，他們不會有意見的。」

「這倒是，現在就等著章溯，看他能不能搞定下面空屋的所有權。」羅勳有些不確定。其實就算章溯搞不定，他們也能強占著樓下還沒被分出去的屋子。末世後有不少人都是這麼做的，有些基地比較強硬就能收回去，有些卻收不回，端看誰的拳頭更大。

就像羅勳先前一直擔心自己住的房子屋主說不定會回來要，可這是建立在他是個普通人的情況下。如今有嚴非在身邊，有宅男小隊在，就不用再擔心這件事。

如果屋主真的哪天找回來，羅勳厚道的話，可以幫他們另外租別處的房子，少給些積分就能將這件事情搞定。可如果他還是個普通人，而且獨身一人，就肯定會有麻煩。

從某些方面來說，章溯其實是個很給力的隊友，尤其是他對於沒有把握的事情不會輕易開口，一旦開口，多半就能做到。

第二天，他一回來就帶了個好消息：「房子已經全都記到宅男小隊的名下了。」說著，頗為嫌棄地瞪了當初取隊名的李鐵一眼，嫌棄他沒品味。

李鐵無比崇拜地道：「章哥，你真厲害，怎麼辦到的？」

章溯淡定地道：「有些屋子可以記到小隊名下，我懶得讓他們查具體誰誰的名字，誰被登記在哪個屋子裡，就乾脆記在咱們隊伍名下。」說著看向羅勳，「不過每個月都要交積分，和我們的房子需要交的積分數一樣，這個由隊長來解決。」

羅勳點頭，「放心吧，這不是問題。」

租房子的積分不算太少，也不算多，即便暫時只用他和嚴非的積分都夠用。等這些房屋中的作物有了收成，僅用零頭就能將房租搞定。

小隊的模式確立，那麼有些事情就需要調整修改，比如每次大家以小隊行動共同取得的晶核和積分，就要單獨留出一份當作共同財產，用來支付小隊名下產業所需要繳納的傭金。

就好像昨天大家回來時交任務獲得的那些積分和晶核，不過因為前天的東西大家進來時就已經全都分下去、而且當時還沒明確這種制度，故而羅勳並不好提出來。

幸運的是，他有個可以扮白臉的老公在。

嚴非乘勢提出關於積分和以後外出收穫晶核的事，並且確立了比較明確的利益分配後，在場的人沒有一個提出反對意見，這讓羅勳鬆了口氣。他不怕管理，就怕下面的人跟他作對找麻煩，尤其是在場的人都是朋友。

確立了樓下空屋的歸屬，自然就要開始按計畫操作。羅勳花了一個晚上趕出了十五樓所有房間的設計方案，包括徐玫三位女士所在的房間。除了徐玫居住的一五〇二外，其餘的房間全都充分利用起來。徐玫她們家也跟樓上李鐵、章溯幾人所住的屋子一樣，除了留出一部分給她們使用外，剩下的空間進行最充分的規劃。

其實徐玫三人搬上樓和章溯兩口子同住是最好的，那下面的三個屋子就能隨意折騰，可大家畢竟是成年人，需要各自的隱私空間，羅勳沒這麼不人道，更沒這麼霸道，誰讓人家怎麼說都是女生呢？而且就章溯那脾氣……就算是羅勳兩口子也不願意跟他一起住。

想要徹底將十五樓、十六樓這兩層的多餘空間充分利用，就需要更多金屬材料和土壤，以及為了作物們成長的健康而要添加進去配合吸收空氣中有毒物質的蘑菇。

現在暫時沒辦法一口氣做完這麼多事，只能多花費些功夫慢慢來。

羅勳和嚴非這幾天每天回家後需要做的事情便是，先將十六樓住戶每一戶手中的太陽能板全都掛到外面牆壁上。有嚴非的金屬系異能協助，這個工作完全沒有任何技術難度。

除此之外，他們又將李鐵等人的家、章溯家空出來的空間安置上了統一的金屬種植架。除了主要起居的臥室外，所有的房間都沒有上鎖，徐玫三人和羅勳兩口子能夠自由出入。當然，章溯練手用的金屬沙袋同樣保留著。

從金屬沙袋的慘烈狀況來看，章溯為了盡快提升異能真是沒少折騰，不過他和嚴非的狀況不同，嚴非白天工作的時候也是在不停使用異能，而且更奢侈的是還有官方的晶核支持，可章溯卻不同，白天的他沒有可以使用異能的地方，只有到了晚上回家後才有機會鍛煉。

他雖然在家裡面折騰，卻不會給身邊的人帶來什麼影響，他家厚重的金屬裝修詭異得幾乎不會讓噪音吵到隔壁和樓下的隊友，而每次使用異能過度，晚上睡覺時那手腳痠軟精神疲憊的模樣，讓他身邊那個傻乎乎的男友王鐸滿意無比。一般來說，章溯在床上時與平常一樣霸道不講理，所以在平時想要滿足這位的同時還要按照他的意思選擇他中意的姿勢、時長，令人應付不暇。然而，當這位霸道的嬌花因為異能透支，手腳無力時，便能任由王鐸欺負。

其間的樂趣……也就只有當事人心裡明白了。

羅勳兩人花了兩天的時間將章溯和李鐵等人家中的金屬種植架，以及窗外的鐵柵欄暫時搞定，剩下的房間就需要更多金屬材料才能繼續開展工作。

完成這項工作後，開始分解木頭。

羅勳將之前收集回來的那棵樹和徐玫幾人陸續搬回來的木頭依次鋸成合適的大小，鋸下來的木屑也不是沒用的廢料，可以曬乾放進養殖麵包蟲、蚯蚓的玻璃缸中。

徐玫家也得到一些金屬架子開始試著種作物、發幼苗，熟悉栽種的流程，其餘的就要等更多的金屬材料到來才有用武之地。

兩層樓的住戶們足足花費了將近一個月的時間改造他們的小窩，在這期間，嚴非用光了所有上次出基地時帶回來的金屬材料。章溯通過他的門路又弄來了一卡車的金屬板材，羅勳兩口子也從自家隊長那裡討來了不少。

徐玫和宋玲玲協助羅勳在一個空房間中晾曬好所有挖回來的土壤，避免挖到什麼變異的或喪屍化的昆蟲和生物。

另外就是蘑菇木，也在羅勳的指揮下依次處理好，培育上了菌菇的孢子，放入到各個帶著抽屜的金屬架子下面長蘑菇去了。

此外還有不少事情，比如羅勳和嚴非在外牆的工作已經順利完成，那一圈高達十米的圍牆就算人在基地中心也能清楚看到。如今的兩人又跟著隊伍回到了內基地的軍營中，負責起繼續修築軍營圍牆的工作。

比如章溯、宋玲玲、于欣然三個人的異能順利升到了二級。有了嚴非和徐玫兩個最先進入二級的異能者的指點，其他人的異能提升十分迅速，而宋玲玲的速度更是最快的，一來是她先前就有和徐玫一起使用晶核，二來是她大量製作乾淨的水，澆灌兩層樓中已經種下的作物，升級的速度自然快。比她晚一步的是章溯，他每天晚上回家後都會瘋狂使用風系異能。至於小欣然，她的異能殺傷力、破壞力太大，雖然每天盡量練習，但能讓她肆意糟蹋的東西實在太少，所以直到月底的時候才順利吸收完五百顆晶核升到了二級。

再比如那些被章溯、嚴非等人陸續搬回來的金屬材料都已經變成了十五樓兩個屋子的地龍，其他的就只能等月底外出收集材料回來才能繼續構建。

另外那些延後晚種的作物，羅勳他們不算太著急，因為種植這件事可不是一蹴而就的，過了時間只能這麼擱著，等到以後再說，反正末世不可能短時間內結束。

最後他們還利用家中的金屬材料將兩層樓的樓道進行改造，那扇密封性十足的大鐵門被移到了十五樓和十四樓之間。樓梯間的空間也已經被占地大魔王羅勳盯上了，只要家中作物這一輪收穫結束，這些地方將會種上各種作物。

十五、十六樓的電梯也被嚴非用先前的老辦法——厚實的鐵板封死。這樣就只有在他們想開門的時候才有人能進來，免得出什麼意外。

徐玫和宋玲玲這一整個月都沒再出過基地，章溯幫她們找了一份能在家中加工衣物的工作，每隔幾天去領一批布料，加工完上交換取積分。工資不高，可以算是基地中工資最低的一種工種，可勝在工作時間靈活，而且只要按時完成任務，之後每次需要領取多少任務都只看她們自己的。

基地中有不少無法外出打喪屍的女人都在家中做這類工作，兩位女士更是利用每天上午的時間先去可以挖土的地方挖一上午的土，中午運送回來的時候打個飯，下午和晚上就在家中一邊照料花花草草，一邊縫縫補補。

很快五月底將近，天氣變得熱了起來。吸取了上個月的教訓，宅男小隊這次選擇在四天假期的中間兩天離開基地打喪屍，收集晶核。

五人組很苦逼地沒能多爭取到休假天數，只好將自己的假期提前一天以配合其他人。章溯也是同樣，將三天的假期提前一天。

這會兒，羅勳正帶著徐玫兩人處理蘑菇。

三個人各自拿著一個玻璃器皿，用來研磨蘑菇。嚴非坐在旁邊裝夾心彈，于欣然正和小傢伙在陽臺上玩。于欣然個子瘦小，最近雖然胖了一圈，可體重依舊很輕。小傢伙此時已經長成了一條大狗，足有半人高，嬌小的于欣然騎在牠身上都壓不垮牠。

徐玫一邊小心地處理蘑菇汁，一邊向陽臺那裡看幾眼，陽臺上羅勳要留種的油菜已經開花了，「小傢伙真可憐，從小到大還沒出過門吧？」

羅勳無奈笑笑，「沒辦法，我實在不敢放牠出去。妳也知道，狗喜歡到處亂聞亂嗅，有時還會亂吃東西。」

「是啊，所以就更可憐了。」宋玲玲嘆息一聲。

不怪羅勳謹慎，先不說放小傢伙出去會不會碰到什麼髒東西感染，只說基地中的人們多久沒聞見肉味了？這會兒放牠出去，不是給別人桌上添菜嗎？

羅動特別無奈，他當初決定養小傢伙，一是家中有條狗可以嚇退外來的人，二是給自己做伴，此外就是期待小傢伙能變異成變異動物，變異動物是不會受喪屍病毒感染的。

如今有了嚴非，家裡的安全級別提升到了最高，這才顯得小傢伙的用處大為減少。可就算如此，每次外出歸來見到撲過來撒嬌的小傢伙，還是讓人心中感覺柔軟。

至於變異動物……據說末世初期就有些動物變異了，但那些動物往往都在第一時間跑到沒人的地方，沒人知道它們的具體情況，只知道第二年這些動物才開始四處遊蕩，並襲擊人類。是的，到時人類不僅僅需要面對喪屍的襲擊，還有這些遍地狩獵的變異動物。

當然，如果是自家一直養著的動物，一般來說，在變異後是不會襲擊主人的，並且有很大的機率保持理智陪著主人一起擊殺喪屍。

今天需要處理的蘑菇數量不是太多，此前他們已經處理過兩次了。

眾人上次搬回來的四個冰箱除了兩個正常使用，剩下的兩個開始用來儲藏蘑菇汁液。兩個正常使用的，一個放在五人組的屋子，一個在徐玫家中。

看來這次外出還需要再拉幾個冰箱回來備用。

被冷凍的蘑菇經羅動和嚴非的實驗確認，放上一個月沒什麼問題。將蘑菇液裝進子彈中一併冷凍，取出來使用的結果幾乎沒什麼區別。當然也可以單獨冷凍汁液，需要時再取出裝彈，怎麼處理方便則要看當時的狀況，反正家中的兩個冰箱，一個專門用來凍特殊子彈，另一個用來凍蘑菇汁液。

花費一天的功夫，幾人總算將蘑菇搞定裝好，提前運送到下面停放著的車中準備第二天出城時帶出去。除了這些東西，昨天羅勳兩人按照上次的分量去兌換窗口換不少汽油回來。上次用汽油燒烤喪屍的效果很好，他們是絕對不會放過這麼好的辦法。

到了出發當天，一大清早，每個人都穿著長袖長褲雨鞋。雖然現在的天氣已經溫暖到可以穿著短袖到處晃蕩，可要出城的眾人一點也不希望因為圖涼快就將安危拋到一旁。

羅勳站在隊伍前面，挨個檢查大夥兒的裝備，確認沒什麼問題才點頭道：「出發。」

有著前兩次的經驗，宅男小隊這次的出城之旅可謂是順風順水。

在去銀行的途中，嚴非隨手收集路邊雜物裡的金屬材料，於是跟在後面的眾人就驚悚地看著前面那輛車子旁先是有一些不大的金屬材料跟著一起飛，後來零散的金屬材料變成了一個不算太大的金屬球，沒多久這個金屬球彷彿滾雪球般變得越來越大……

轟隆隆的巨響聲將沿途的喪屍吸引過來，它們鍥而不捨地跟著大家一路狂奔，直到來到銀行附近被車上下來的「食物」反過來消滅掉。

檢查過銀行，確認門口多出幾道車輪的痕跡，也確實似乎有人曾經在這裡停留過，但那些人不但沒有把這裡當作據點，恐怕都沒有在這裡停留多久，羅勳等人這才放鬆下來。

嚴非將一路跟著滾過來的金屬球留在外面的街道上，把上次融到銀行附近的金屬材料抽了出來，做成金屬牆壁，其間又加上了一些金屬球上分離過來的金屬材料，讓這面牆變得更加高大且厚重。

在金屬牆壁上留出射擊口後，眾人跑到入口處開始處理陷阱。

羅勳爬上嚴非特意製作的瞭望塔四下觀察，皺著眉頭爬了下來道：「附近雖然有一些被陸續引到城市邊緣的喪屍，可數量不多，估計引過來一輪後續就沒有多少了。」

他們可以放棄這個據點往深入市區的地方去打晶核，但那樣比較危險，而且即便隊伍中的異能者們都升到二級了，但普通人還是普通人，除了武器給力外，他們沒有其他優勢。

「那我們的隊長大人，您有什麼好主意嗎？」章溯翹著二郎腿問道。

「引怪。」羅勳沉默了一下，「最好引怪的這個人有很強的移動速度和異能。」

章溯那看好戲的表情微微扭曲，眯起眼睛道：「你是說……讓我出去跑一圈？」

羅勳迅速搖頭，在王鐸那快要瞪出來的眼珠子的凝視下道：「是開著車。」說完又加了一句：「最好再帶上血包。」

出去引怪是最有效率的方案，只是出去的那個人肯定很危險，這個任務自然是要交給最合適的人去做，比如有著風系異能加持，可以提升自身行動速度的章溯。

嚴非也是個好人選，他能在危機時刻用金屬保護自己，還能將金屬外殼做成圓形，一路滾到安全的地方。雖然肯定會頭暈，可畢竟能確保安全。

反正這兩個人誰去都行，但都要有冒一定風險的心理準備。

羅勳看向嚴非，「你去也可以，只是需要隨時注意周遭的狀況，如果有什麼危險，一定要保證身邊有足夠的金屬材料，危險的時候就做個厚些的金屬球躲進去……」

羅勳的話還沒說完，章溯便不耐煩地揮揮手，「我去就是了，哪用他這麼麻煩，還做個球滾回來，虧你怎麼想的！」

章溯不搭理其他人的表情，徑直走向一輛車子。

車上的汽油、彈藥此時都已經卸下來，缺口外面的陷阱上方被嚴非用金屬異能鋪上了一層結實的蓋子。章溯駕車一踩油門開了出去，還風騷地甩尾，在銀行前面空曠的路口漂移了一把，便順著羅勳給他的地圖上畫好的路線開了過去。

等他連人帶車都沒了蹤影，王鐸才回過神來，「我應該跟他一起去的。」

韓立毫不客氣地在他的後腦杓上拍了一巴掌，「你跟著去幹麼？添亂嗎？」

「就是，章哥自己就能搞定的事情，帶上你反而誤事怎麼辦？」

「是啊，你有異能嗎？你會操縱風嗎？」

章溯的風系異能升到二級後，具體有什麼樣的能力，就連天天跟他睡在一起的王鐸都說不清，唯一清楚的就是，他的異能有了更大的攻擊範圍，颶風從原本的十米擴展到了二十米。

不過，從隊中其他兩個二級異能者宋玲玲和于欣然的異能看來，于欣然現在可以控制一定距離外的地面沙化，被沙化了沙子也可以按照她的控制纏繞住目標的腳把人往下拉。為了鍛煉這個能力，她在兩位無良的妹子帶領下，不知在基地中的空地偷偷挖出了多少個沙坑，害得有些沒注意的人偶爾摔跤。

宋玲玲的水系異能也是一樣，除了可操控的水元素更為充沛外，還多出了一個能力，亦即除了水之外的目標物體中如果含有水分，一旦割破表皮，傷口處流出來的液體、血液也會受到她的操控。只是她能操控的範圍有限，比如羅勳他們昨天處理蘑菇時，蘑菇上劃一刀，宋玲玲僅能操控傷口處五釐米左右的汁液從蘑菇中抽出來。雖然用來對付蘑菇時夠用的，可蘑菇不僅僅是汁液有腐蝕作用，蘑菇肉也有著同樣的效果，所以羅勳他們才沒捨得讓宋玲玲用異能如此對待這些珍貴的蘑菇。倒是打喪屍的時候她可以試著將喪屍傷口處腐化出的液體抽出來，雖然沒什麼實際用處。

這兩個人的普通異能有了明顯的進步，何況是特殊的風系異能者章溯？

眾人在半個小時後便看到這樣一幕——章溯的車子彷彿正在衝浪的小船，乘著風一路衝到眾人面前。掛在車尾處用來吸引喪屍的血包，因為漂移的緣故，沿途灑了一地。等開進為他專門留出的通道後，下了車的章溯才略微理虧地咳嗽了一聲，解釋道：「回來的路上忘記車上還帶著血包……沒注意，這才灑了一些在地上。」

羅勳看著幾乎空了的血包，以及車廂、車尾上的鮮紅血跡，半天沒說話。他剛才好像囑咐過章溯，要他盡量別讓血包灑出去，為此還特意給了他一個金屬盒子吧？

羅勳嚴重懷疑那個盒子已經掉在半路上了，他指指車尾處，讓王鐸過去幫忙擦車，剩下的人則聽從他的命令準備應敵。

章溯這次深入了一下市區，盡可能將附近的喪屍都引誘過來。

沒多久，喪屍們就嗷嗷叫著向眾人所在的位置奔了過來。此時的羅勳無比慶幸自己先前定好的路線不算太長，引過來的喪屍數量也有限，不然他們現在就該頭疼了。

依舊是上次進行過的坑殺方式，先清理陸續過來的零散喪屍，等大批的喪屍到達，圍堵了金屬牆外面後再打開陷阱進行坑殺。

這次與上個月的模式如出一轍，讓眾人微感棘手的是，這次二級喪屍的數量顯然比上次多出了不少，尤其有著金屬系異能的喪屍，給大家造成了一些小麻煩。

當然，雖然那些是二級喪屍，可因為它們的異能才剛剛出現，無論是操控力還是對於金屬異能的使用技巧都遠遠不如嚴非。更讓人覺得好笑的是，這些金屬系喪屍對於異能使用的方式往往是，將沿途的金屬材料吸過來，變成盔甲緊貼在身上。

這麼做確實增加了防禦力，對於大範圍的異能攻擊能起到防範作用，可是也會相應地降低它們行動的速度，所以那些因為負重太過，在隊尾趕來的金屬系喪屍毫無意外地被比它們異能級別更高的嚴非輕鬆反殺掉了。附著在它們軀體上的金屬也是金屬，遇到高級特殊系的金屬系異能者，簡直死得不要太快。

整整兩天的時間，章溯開車出去轉悠了兩次，眾人在最後一天的下午總算收拾掉所有喪屍的屍體，並且焚燒乾淨。戰後一統計，這次幹掉的喪屍總數達到八千三百多個。刨除需要繳納給基地的任務晶核，留下小隊公共資產，每個人的收穫都十分可觀。

羅勳和眾人商量了一下，決定將隊中所收穫的所有二級晶核中，非眾人能使用到的晶核都充公，當作小隊共有的資產，等回到基地後找關係將這些晶核或換成大家需要的相關系晶核，或換成普通的一級晶核或者積分。

清理完附近的喪屍，羅勳等人再度開始搜集物資，這次他們除了要帶大量的金屬材料回去外，還需要再拉至少一個冰箱及大量的木材，用以改造家裡的種植設備。

「總算大功告成。」羅勳看著後照鏡中跟在後面的車子，以及被拖在後方的那幾大坨金屬材料，心中的滿足感油然而生。

嚴非這次弄回來的巨大金屬球體在眾人準備回來前一部分附著到各輛車上，剩下的就乾脆找了幾輛車子去掉上方的車體只留下底盤，將金屬材料弄到上面做出車廂的模樣，綁在另外三輛車的後面一併帶進基地。雖然會影響速度，但這些東西哪一樣大家都不捨得丟下。

「嗯，之前有好多東西都沒辦法做，這次回去就可以了。下次出來，咱們可以全心全意地只專注打喪屍。」嚴非笑笑，也向後照鏡看了一眼。

羅勳點點頭，心裡盤算起了回去後要做些什麼，哪些東西需要先整出來，哪些慢慢來也不著急，還有要教會徐玫兩人要做的事……

「那是什麼？」嚴非眉頭忽然皺了起來指向東面。

「好像是……車隊？後面怎麼會有這麼大的揚塵？」羅勳愣了一下，看向嚴非所指的方向，心中緊了緊，「告訴後面的車加速，盡快趕回去。」

他們現在距離基地不是很遠，可以看到高大的圍牆，而不知名車隊揚起大片沙塵的方向反而距離基地更遠些，但他們這些車子的速度因為負重卻太慢了。

嚴非立即操縱自己的異能，用後面車廂車頂上的金屬拼出了「準備加速」四個字。他們的手機在基地內可以正常使用，出基地後也能在手機停電前通過衛星訊號向基地發出求救訊號，卻不能在基地外面打電話，這會兒就顯示出嚴非異能的多用性來了。

後面車中的徐玫立即打開車窗，一團濃烈的火焰從車窗中噴出，連閃三下。這是大家在出基地前就約定好的暗號，如果他們看不到嚴非整出來的金屬字，那就讓能看到字的第二輛車中的徐玫通過火焰傳送訊號。

四輛車子立即開始加速向著基地趕回去，當他們千辛萬苦總算順利進入基地大門時，東面的車隊也即將趕到。羅勳他們趁機向正在徐徐關閉的大門外張望了一眼，只隱隱看到那些車子似乎各有破損。

進入基地眾人才略微鬆了一口氣，將晶核繳上去後還需要等候半小時的監控時間，宅男小隊的全體成員就聚集到了一起。

「羅哥，什麼情況？」何乾坤不解地問道。

羅勳搖搖頭，「我也不太清楚，只是看到東方過來的車隊後面帶著好大的揚塵，有些擔心才讓大家加速回來的。」

幾人略微放心，不是他們的車子出什麼問題就好。

正要好奇地討論東面那些車子到底遇到了什麼事，忽然高大的鐵門那裡傳來「咚」一聲巨響。站在地面上的眾人彷彿遇到地震一樣，腳下都晃了晃。

「怎麼回事？」難道有車直接撞上大門了？

「嗚……嗚嗚……」警報聲毫無徵兆地在整個基地迴響起來，監控區瞬間安靜了起來，工作人員全都緊張地瞪大眼睛看向大門。

就在這種詭異的氣氛中，又是「咚」一聲巨響，大門那邊瞬間騷動起來。

羅勳看向嚴非和眾人，立刻下達指令：「快回車子旁邊！」

心中正慌著，完全沒有任何頭緒的眾人，如同找到了主心骨，跟著羅勳他們又趕回車子所停放的位置，但沒有馬上上車，只是暫時站在車旁觀察狀況。

有些人看到羅勳他們的動作，也連忙慌慌張張趕回自家車子的位置，有人爬上各自的車輛，企圖直接開回基地去，卻被工作人員攔阻。

一些正在沖洗車子的水系異能者，紛紛停下手裡的工作，幫助其他工作人員一同維持秩序，同時膽戰心驚地看向大門方向。

監控區一下子吵雜起來，有些不願意刺破皮膚驗血進城的人，此時都要求提前進去。雖然大多數人不知道外面發生了什麼事，但肯定出事了，他們可不想在這裡等死。

與此同時，一列列滿載著士兵的卡車向大門口駛來。

羅勳他們可以聽到監控區圍牆外面卡車的聲音、整齊的腳步聲，以及圍牆上方逐漸出現的持槍身影。沒多久槍聲接連響起，基地中一直迴盪著的警報聲終於暫時停歇。

「快放我們進去，不然我們就不客氣了！」不遠處有人叫了起來，就見一個火系異能者放了一顆火球，轟飛三名攔在他們身前不許他們私自取車的工作人員。

監控區頓時混亂起來，不少人抱著法不責眾的心態開始搶車。外出做任務的人多半是以異能者為主的隊伍，此時見狀誰還會客氣？一個個使出自己的異能攻擊基地的管理人員，奪過自己的車子就衝破監控區的大門開進基地。

剩下的人自然不會繼續傻等，都有樣學樣地搶車想衝進基地。

羅勳幾人面面相覷，有些人想要趁亂去偷別人車上的東西，打劫別人的物資。

正在附近執勤的士兵趕了過來，一人對空鳴槍讓眾人冷靜，可還沒等他們開始喊話，人群中便飛出一道冰錐直直射向當先的隊長。

「噹」一聲，一道憑空出現的厚重鐵板瞬間出現在那隊士兵的面前，讓幾個準備趁亂搶槍的人頭皮發麻地停下腳步。

那一小隊士兵明顯也被這面突然出現的金屬牆壁嚇了一跳，不過這堵牆來得快，退得也快。那些暴亂的人們還以為這是那幾名士兵中的異能者整出來的，見到那幾個人手中依舊舉著衝鋒槍，發熱的頭腦這才漸漸冷靜了下去。

雖然不知被誰救了，但那名隊長還是保持冷靜，拿著大喇叭高聲道：「基地不會有危險，軍隊已經上圍牆去維持秩序了，所有人立即回到監控區等候，遵守基地的入城規定，時間到了自然會放大家進去。」

「那其他已經進去的人怎麼辦？」

沒等維持秩序的隊長說話，被衝破的大門那裡迅速進來一群舉著防爆盾牌的士兵，有人還看到幾輛剛剛衝進去的車子老實地開了回來，這才沒了抗議聲。

見情況已經穩定，羅勳幾人才跟著人群回到監控區等候。

先前那隊士兵所在的位置很幸運地就在羅勳他們的車子旁邊，這次回來眾人沒帶別的什麼東西，反倒是金屬材料帶了一堆，所以嚴非就順手替那位小隊長擋了冰錐，這會兒也順便偷渡了些金屬材料到自己的衣服裡，以防有可能會出現的意外情況。

這次羅勳他們依舊選擇驗血進城，只要等到半小時後就能順利回去。等待的時間，大家湊在一起討論外面到底發生了什麼事，圍牆上的槍聲都沒停過。

正在此時，羅勳和嚴非忽然覺得口袋中的手機震動了兩下，掏出來看了看，兩人有些詫異地對視一眼，才對其他人道：「隊長要我們過去參與圍牆防守，等一下你們先回去，停好車子，車外的柵欄我們回去後會整好。」

眾人愣了愣，點頭答應：「羅哥，你們小心點，有什麼事給我們打電話發簡訊。」

現在眾人已經回到基地裡面，手機自然可以正常使用。

兩人起身舉手，等工作人員過來驗證過簡訊內容，便有士兵帶他們去圍牆邊上。

問出隊長他們所在的位置，兩人心中略微驚異，居然就在正門大門上。

匆匆爬上圍牆，這還是兩人頭一次在黃昏的時候爬上來，平時他們的工作沒這麼晚過。

「你們來得好快。」隊長有些驚訝。

「我們今天出去做任務剛回來，正在下面的監控區等著。」羅動解釋了一句，便向圍牆下面看去，這一看嚇了一跳，「喪屍鼠？居然是喪屍鼠？」

隊長沒空問他們兩人出去打喪屍的情況，苦著臉道：「可不是？也不知道這東西是哪兒來的，他們把那幾輛車的車閘咬壞了，讓兩輛車直接撞到大門上，門都變形了，要不也不會找咱們過來……小嚴，你快看看這個能不能修？」

修金屬大門技術哪家強？建牆小隊找嚴非！

嚴非就是這麼一位技術過硬，專攻各類金屬器材製作、物品改造等等的專業人才……好吧，以上純屬胡說，但在這支人數不多，由四位金屬系異能者所組成的金屬系異能者小隊中，還真沒有誰能比他更厲害。

每次一遇到上級踢出來的什麼詭異問題，都是他第一個想辦法搞定。

隊長剛剛還在擔心，要是嚴非一時不能過來，那他們這次任務恐怕會很棘手。

眾人所在的位置距離混亂的地方還有一段距離，他們雖然也在圍牆大門上，卻不是正上方，大門正上方的牆頭此時正有幾隊士兵來回忙碌著，他們剛剛確認過下面車中的人已經沒有活人。不知什麼原因，這些喪屍老鼠雖然想辦法鑽進了車子，卻沒在一開始就襲擊駕駛座上的人，反而等到這幾輛車子開到了基地大門前才攻擊車裡的人，導致車子撞到大門上。

悲催的是，其中有兩輛車直接撞上了基地大門，剩下的車子則是半途翻車。

喪屍老鼠的眼睛通紅，皮肉破爛，正在瘋狂地挖地洞。

「老郭，你們的地基打了多深？」一個人忽然對隊長等人所在的方向高聲問道。

「三米，上面給出的深度。」隊長立即高聲回答。

「那還好，快讓他們運汽油過來。」那人鬆了一口氣，可依舊擔心下面的金屬地基太淺讓老鼠們找到可乘之機。喪屍鼠體積太小，槍枝根本瞄不準目標，只能進行大範圍群攻。

別說現在下面如此混亂的情況下眾人沒辦法瞄準，遇到這種又小又快的東西，就連羅勳的弩也頭疼，只能讓章溯、徐玫、于欣然三個人的範圍攻擊來消滅它們。

「隊長，有火系異能者的話也能頂一陣子。」羅勳對隊長建議道。

隊長正在指揮嚴非先試著去處理被撞變形的大門，圍牆外側的金屬層是整體相連著的，就算他們的距離稍遠，嚴非也能利用金屬的傳導作用來修復大門。

隊長恍然，眉頭又皺了起來，「可現在不好調人……」軍中雖然有火系異能者在，但目前不知道那些人在什麼位置，有沒有空過來支援。

雖然大部分的喪屍鼠都聚集到了城門這裡，但其他地方就不能保證一定沒有。

嚴非的雙手按在金屬牆壁上，肉眼可見的那兩塊被車子撞出凹洞的金屬大門正在漸漸恢復原狀，而那兩輛緊緊頂著大門的車子也被這股力量推得向外移開。

他分出一部分心思聽著身後兩人的對話，心中微微一動，對隊長道：「能不能分出一部分圍牆攻擊下面的喪屍鼠？」

「啊？」隊長一臉問號。

「圍牆有一米厚，分出三分之一左右的厚度直接拍下去應該能砸死不少喪屍鼠。」嚴非看向身旁幾個金屬系異能者，「我的異能有限，需要我們四個人一起來。」

幾位金屬系異能者兩眼放光，熱切地看著隊長。他們自從築牆以來幾乎都快忘記自己是異能者，他們的金屬異能也能用來戰鬥，差點都把自己當成專業築牆工人了。

羅動笑著說道：「反正汽油一時也來不了，他們要是沒意見的話，倒是可以試試。」

看著下面那群紅著眼睛居然已經開始拿光溜溜的金屬牆壁磨牙的喪屍鼠，隊長眼中閃過一絲狠厲，向大門正上方走去。

不過兩分鐘的時間，之前詢問過隊長話的負責人便跟著他一起走了過來，神色鄭重地問幾人道：「你們有幾成的把握？」

嚴非指著大門前那兩輛撞扁了的車子，「只要把那兩輛車移開，應該有六七成。只是之後還需要用汽油燒地面以絕後患，戰鬥結束後也需要土系異能者將大門口的土地修復。」

「可以試一下。」負責人剛剛詢問過汽油的狀況，雖然正在往這裡送，但因為先前那些突破監控區跑進基地的人的緣故，主幹道目前很混亂，堵住了搬運東西的路線。

嚴非對另外三人解釋了一下工作原理，就是單純將鐵板「揭開」直直拍下去，至於之後的事情，他可以進行細微操縱，盡量不放過所有圍在外面的喪屍鼠。另外一邊，大門前的那幾輛車子被圍牆上的幾位土系異能者聯合推後了十幾米。

「轟隆」一陣巨響，高達十米的圍牆向外倒下，巨大的震動讓距離大門較近的人都不由得停下手中的工作——城門被攻破了嗎？我們要死了嗎？

因為街道堵住，不得不棄車步行提著汽油桶拚命往大門方向趕的一干士兵，心中驚異地暗道，大門怎麼就破了？汽油還沒送到呢！

待煙塵散盡，看著恢復平靜沒有半點噪音的圍牆下方，大夥兒驚疑地對視。

這……這算是成功了嗎？

嚴非的表情忽地一變，按在金屬牆上的雙手微微用力，眾人便看到下面那一大片拍下去的金屬板猛然扭曲，像是有一雙大手在擰毛巾似的，金屬板捲到了一起。

異能距離無法搆到，異能值最低的沈平第一個喘著大氣，坐倒在地。

「怎麼樣？還好嗎？」平時負責照顧他的士兵立即上前遞出毛巾。

沈平搖搖頭，抬頭看向隊長苦笑，「我沒異能了。」

隊長勉強笑了笑，「你先歇著，等一下補給就送過來了，到時給你們發晶核。」

剩下的兩人和嚴非一起堅持著，他們的異能探入金屬板中，可以明顯地感覺到一股精神力引導著他們向著各個方向延伸過去。雖然越遠越難控制，可他們的異能與那股更加強大的配合著，一起將下面似乎還能蠕動的喪屍鼠壓死……

大約五六分鐘後，嚴非才鬆了一口氣，看向等在一旁的兩位隊長，說道：「應該是差不多了，隊長，有沒有晶核，我們沒力氣將大門復原了。」

幾個提著汽油桶氣喘吁吁地跑上來的士兵，他們過來的時候見大門附近沒破沒爛，這才知道大門沒出事，就趕緊爬上來，並沒來得及問明具體的情況。

「汽油來了，要不要……靠，這什麼情況？」

金屬板拍在地上，扭曲成一大團，就像一條用過揉爛了丟在地上的破毛巾。

「晶核呢？後勤部送晶核的來了沒？金屬系異能者需要補給。」隊長沒空回答他們的問題，高聲向新來的人問道。

「後、後面。」負責送汽油的人連忙回答，他們生怕圍牆頂不住，所以優先讓運送汽油的人跑在前面，送其他補給品的人還在後面跟著跑。

防守大門的負責人立即派人下去接，沒多久送晶核的人就帶著箱子跑上來。

四個金屬系異能者也不客氣，當場抓起一把晶核就開始吸收，等異能終於補足，才再次將手放在金屬牆上，於是眾人有幸再次看到讓人驚悚的一幕。扭曲的金屬板抖動幾下，緩緩地展開，然後慢慢貼回了圍牆外層……

一地殘骸，那是喪屍鼠及被壓扁的汽車零件。

歡呼聲頓時響徹雲霄，羅勳拉著一臉喜氣的隊長，低聲提醒道：「剛才並不是所有老鼠都在大門口這裡，最好還是讓人去其他位置巡視，免得發生意外。」

隊長當下掩去臉上的喜色，過去找總指揮通報這件事。

嚴非沒跟著眾人一起歡呼，確認這裡沒什麼事之後，與羅勳一塊悄然下了圍牆，回到監控區取自己的車子離去。

兩人開車進入基地的時候，才看到先前在圍牆上聽說的塞車地段。

雖然已經沒什麼人圍著了，可翻倒的幾輛車子還在，只是被後面趕來的部隊車輛拉到了路旁。看來日後軍方應該會對基地內的路況進行新一輪的整改，不然再發生這樣的事，還會出現類似的情況。一旦危及圍牆的防守，基地裡的人都要跟著陪葬。

回到自家社區中，將車子和李鐵他們已經停好的車子停到一起，嚴非發動異能，讓部分金屬材料飄著爬樓梯。當他們打開十五樓的金屬大門時，其他人都迎了出來。

放好金屬材料，嚴非又吸收了幾顆剛剛隊長特意多塞給他們的晶核。

羅勳對眾人道：「咱們先進屋喘口氣？」

徐玫笑了起來，「來我們家坐坐吧，你們先休息一下再回去。」

此時天色已經黑了下來，屋中只有一盞小檯燈，眾人聚在一起，客廳顯得有些擁擠。于欣然有些睏了，靠在徐玫的懷裡揉眼睛，宋玲玲低聲道：「讓孩子先去睡？」

徐玫點頭，宋玲玲便抱著于欣然回臥室，很快又走了出來。

這會兒嚴非利用剛剛搬回來的金屬材料做了十幾張椅子，大夥兒各自落座。

羅勳解釋了一下大門那裡的情況，感嘆道：「居然是喪屍鼠。我們上去得不是太早，可看它們的樣子，移動速度很快，幸虧咱們出去的時候沒遇到。」

眾人聞言變了臉色，「怎麼連老鼠都變成喪屍了？要是外頭其他動物都變成喪屍的話，咱們以後還怎麼進城？」

他們在外面的時候見過喪屍狗和喪屍貓，但幸好因為隊伍中有反應迅速的羅勳和異能強大的嚴非、章溯等人在，往往還沒等那些喪屍動物攻擊過來就已經提前收拾掉，可老鼠的速度快不說，體型極小難以瞄準，若是在外面遇到……簡直難以想像。

徐玫說道：「說不定咱們在外面的時候碰到過，我還記得上次出去，那天半夜好像聽到外面有咯吱咯吱磨東西的聲音，但因為陷阱裡面正燒著大火就沒注意……」說著有些害怕地看向嚴非，「幸虧嚴大哥他們把圍牆地基建得比較深……」

嚴非這幾次出去時都會給銀行外面建一堵高高的牆壁作為防護措施，而先前建圍牆的時候就下意識弄了至少一米深的地基，免得章溯一陣狂風呼嘯把圍牆吹倒。圍牆這東西地上的部分在他們走的時候自然會被嚴非刻意弄掉，融到銀行的建築裡面，但地基他卻沒管，都是讓章溯吹勻于欣然的沙子合上宋玲玲的水連同陷阱一併遮擋住。

現在想來……

眾人頓時覺得身體發毛，表情都不大好看。

羅勳見狀安慰道：「周邊就算有喪屍鼠，數量也不會太多，只要咱們能提前發現的話就沒問題，而且我們有很完善的防護措施。」說著，他眼帶信任地看向嚴非。

嚴非挑了挑眉，臉上淨是自信的表情。

其他人都鬆了一口氣，何乾坤最為心寬體胖，點頭聲援：「咱們有嚴哥在，大不了連地底下都用金屬包住，我就不信那些老鼠的牙有那麼尖銳。」

他的話說得眾人都笑了起來，確實，若是嚴非有時間，可以造出一個純金屬打造的防護層，只要不遇到與他同系的高級喪屍，或者遇到強大的雷電系喪屍，就不會有什麼問題。

其實羅勳一開始之所以讓嚴非在銀行那裡建圍牆時多打些地基，只是單純為了防止遇到土系喪屍。二級的土系喪屍雖然還沒有能在土裡鑽來鑽去的本事，可就怕萬一，沒想到他們居然說不定還因此躲過了被其他喪屍動物攻擊的可能性。

說完這件事，大家商量了一下後續工作。主要是怎麼裝修這幾個房間，優先栽種哪幾種菜等事情，這才原地解散，回到十六樓上休息。

次日一早，五人組苦哈哈地起床，拖著疲憊的身軀去上工。幸虧他們的工作步入正軌，他們每天需要做的就是坐在電腦前輸入輸入輸入，不然身體就該頂不住了。

羅勳和嚴非起晚了，在床上躺到早上十點才懶懶地爬起來做早飯。等兩人出門，準備下樓搬東西上來時，遇到揉著眼睛打著哈欠開門走出來的章溯。

看到他脖子上那明晃晃的幾個草莓印，羅勳忍不住嘲諷：「體力還真好！」

連續拚了兩天的命，王鐸昨天晚上居然還有體力跟他滾床單。

章溯一點羞恥感都沒有，眼睛笑得彎了起來，抬手拍拍羅勳的肩膀，「羨慕嗎？唉，沒想到你家那口子居然是個花架子，這就不行了。」

嚴非眼睛微微一瞇，成功地讓羅勳脖子後的汗毛豎起。

樓梯口傳來尷尬的咳嗽聲，徐玫捂著于欣然的耳朵，笑著對羅勳道：「小丫頭鬧著要找狗狗玩。」章溯和王鐸果然是一對的，她先前沒看錯，這樣扳彎剩下的幾個男人就更容易了。

羅動笑著打開一六〇三的大門，小傢伙一早就被他放到這個屋子來。主要是因為自從于欣然和小傢伙玩到一起去後，只要他們白天不在，就讓小丫頭負責照顧小傢伙。

他們自己家一般來說還是不會讓人進去，但既然大家已經正式組隊，一六〇三的大門平時就跟李鐵幾人的家、章溯的家一樣不再鎖門，方便大家往來照料作物。

于欣然歡快地跑進去，小傢伙十分懂事，就算大門打開也不會往外跑，搖晃著尾巴，等著于欣然過來抱住自己，然後馱著小丫頭在屋裡到處跑跳。

一行人來到一樓打開被嚴非封死的車子，開始搬運東西上樓。他們這次外出帶回來的東西不少，包括兩個冰櫃外加一個冰箱，還有大量的木頭、金屬材料。

電梯還不能用，他們先將金屬材料和一些小物件搬上樓，比如剩下的汽油及小塊木頭。

今天的社區明顯比平時更熱鬧，昨天基地大門口發生的事情雖然很快就解決了，但眾人因為這一危機變得人心惶惶。平時外出做任務的人此時都留在家中，更有許多的謠言不脛而走，像是昨天襲擊基地的是喪屍動物，又或者有人說外面出現了更恐怖的喪屍等等。

羅動他們沒理會這些事，回到樓上就開始用金屬材料布置幾個空房間。嚴非必須改造四個房間，以及徐玫三個女生所在的房間。經過商量後，他們決定今天優先將徐玫三人的起居室改裝好，剩下的空房間慢慢來就好。

嚴非裝修的同時，羅動帶著章溯、徐玫幾人開始處理小塊木頭，先將木頭鋸到合適的大小，再將蘑菇菌孢移栽到木頭上，並控制濕度和溫度。

幾人搗鼓了一天，傍晚的時候五人組回來了，幫著羅勳幾人將車上的木頭、冰箱冰櫃全都運上來，今天的工作才暫時告一段落。

家中的事情一旦忙起來就會讓人忽視周圍許多事，所以等次日羅勳扶著痠軟的腰，開車到軍營，看到隊長帶著一臉得意的笑容，拎著幾個裝滿晶核的袋子時，他才想起來，基地大門那裡出事好像才不過是前天，他卻恍惚覺得已經過去了好幾天似的。

「這是上面特意獎勵給咱們的，說是前天消滅喪屍鼠的獎勵。」隊長神祕兮兮地低聲對他們道：「你們知不知道前天你們那一下拍死了多少喪屍鼠？」

別說別人了，就連當事人嚴非幾個都沒弄清楚到底有多少老鼠。它們的個頭不大，就好像拿著蒼蠅拍拍螞蟻似的，誰知道一拍子下去能拍死多少。

隊長笑得意味深長，「足足六百多隻。也不知道那些老鼠都鑽到車子的什麼地方去了，居然跟回來這麼多。」說完又在眾人驚駭的目光下嘆息一聲，「除了在大門口被你們拍死的，還有不少老鼠順著圍牆跑到其他地方去打洞，幸虧發現得早……派去檢查喪屍鼠的人裡有火系異能者，還帶著汽油，可就這麼著，他們想殺死一個地方的老鼠速度也沒咱們快。」

隊長說罷，收斂起得意的神色，表情凝重地對四位異能者道：「你們的異能證實了對於基地防護有極大的作用，所以昨天上面決定，你們除了平時繼續修建基地的圍牆外，還要兼任在關鍵時刻上第一線，消滅有可能對於基地造成巨大危機的喪屍。」說著頓了頓，對異能者之外的人道：「咱們小隊是一體的，到時候其他人也需要頂上。這些晶核是上級給的補給品，不完全是給咱們築牆用的，是給你們平時用來提升異能的。除了這些，以後有其他任務，還會給大家更多的晶核……」

這代表上面異能者的重視，但也同樣表示他們之後將可能會遇到更多的危險。

隊長將晶核分配給四位異能者，這次上級的獎勵不止晶核，每個人還有好幾張第一食堂的代餐券、後勤部的物資獎勵券，這讓大家比拿到晶核還興奮。

隨後隊長帶著眾人向圍牆方向走去，他特意叫嚴非和他同行，低聲道：「我昨天彙報工作的時候，沒有特意提起你的事，這不是想壓你的功勞，而是擔心……你的異能明顯比他們三個要強大，但能力更強代表有可能被派到更危險的任務中，所以我才暫時壓下了你的事，對上級說是你們四人合力利用金屬牆壓死喪屍鼠。」

雖然當時有其他士兵看到，可具體操作，甚至嚴非的身分，只有自家小隊的人清楚。

嚴非表示理解，笑道：「這樣最好，你的意思我明白。」

其實在當初剛加入小隊沒多久，他和羅勳就對隊長說過，他們願意參加基地建設，也願意盡自己的義務，但不希望有其他的事情打擾到兩人相對平靜的生活。

隊長也是在理解兩人的行事作風後，才在昨天做出這樣的決定，畢竟他前天詢問過另外兩名從一開始就和嚴非配合的金屬系異能者，得知在消滅喪屍鼠的時候，一直是嚴非引導他們操作的，這才意識到嚴非長久以來恐怕都在保留實力。

這是一種自保的態度，並表明了他不願意攪和進基地內部的事。

隊長可以理解，但更希望因此得到嚴非更大的協助。他本人沒什麼野心，只要能如現在這樣平穩生活就可以，不用擔心被上面當成炮灰推出去，也不用怕自己的位置被人頂替，從而失去立足之地。

因為與嚴非他們的想法不謀而合，隊長這才囑咐小隊中的金屬系異能者隱瞞嚴非的異能實力，並在向上級彙報的時候將這事隱瞞下來，誰讓他們這個隊伍從一開始就被編進了後勤部呢？他可不想帶著自家的兵去送死。

在羅動他們跟著小隊回到軍營準備開工時，軍營最周邊的圍牆已經建好，現在軍營正在改建所有的內部建築。是的，是所有的，包括昔日的宿舍大樓、辦公大樓、食堂等，都要重新搭建，與高大的圍牆同出一系。

隊長帶著眾人回到放假前工作的場所，並對眾人囑咐道：「上面要求一個月內讓軍營這裡的外圍牆完工，並做好地下建築的工程，爭取下個月初就能去修內外圍牆中間的圍牆。」

這次的意外讓軍方很緊張，喪屍鼠居然會想打洞鑽進基地，雖然沒有成功，可這確確實實是大家沒有料到的事，於是昨天高層開會時吵成了一團。有人建議先讓金屬系異能者回到外圍牆處再次加厚加深金屬牆，有人提議優先將軍營用金屬殼從外到地底包裹住，還有人建議在基地外挖出一條寬闊的護城河，將警戒哨點向外推，推到護城河對岸，檢查沒有問題後才允許放人進來……

基地高層吵了整整一天，最後還是決定讓嚴非他們繼續修築軍營的圍牆，不但深度要足夠，地下也要用金屬包裹起來，做成杯子狀，從三個方向包覆住整個軍營。此外，城外原本就挖出的壕溝開始加寬放水，做成真正意義上的護城河。

護城河自然不干羅勳他們所在隊伍的事，他們現在唯一要做的就是，將軍營外面堆放著的金屬材料全部築牆用光。

忙碌了一天，嚴非等幾位金屬系異能者得到了比之前更多的晶核補給，不知道是隊長爭取回來的，還是上面得知他們的戰力後特意分配過來的。

開車回到家中，將又一批金屬材料運送上樓，羅勳和嚴非開始了今天的例行作業。十六樓響起鋸木頭的聲音，徐玫和宋玲玲在一旁幫忙將鋸好的木頭搬進一六〇二。十五樓裡，嚴非正在用金屬材料鋪設地板，地龍先前就已經鋪好。至於種植架之類的東西，需要等羅勳安排好這幾個房間要種些什麼之後再做。

幾個人的分工持續了一個星期，十五樓和十六樓的種植準備才落幕。

……

「你看看上面，我記得原來不是只有十六樓的窗戶外面有鐵架嗎？怎麼才一天沒注意，就連十五樓外面都有了？」

「你哪是一天沒注意？先前十五樓的那扇窗戶外面不就有鐵柵欄了嗎？」

「可其他屋子呢？」

「誰知道，反正架子裡面又沒掛什麼東西。」

……

太陽能板是平的，單獨拿出來放在外面比較顯眼，可外面遮擋著一層嚴實的金屬柵欄，看起來就沒那麼引人注意了。

羅勳他們這幾天用大家貢獻的積分陸續換回了不少太陽能板，但依舊沒能把兩層樓外的牆壁全都掛滿，還需再接再厲。

徐玫兩人上個月中就螞蟻搬家似的將兩層樓所需的泥土挖回來，如今全都晾曬好了，放到一個個整齊擺好的種植架裡。

十五樓的走廊上，有一排種植用的架子，靠外的地方並排放著兩個冰櫃、一個洗衣機。這個洗衣機是五人組此前換回來的，當成大家公用的洗衣機。當然，除了羅勳兩口子之外。兩個冰櫃放在這裡是用來準備儲藏採摘下來的蔬菜，現在還沒有通電。眾人上次搬回來的冰箱放進李鐵幾人的屋中，因為他們家先前種下的作物開始收穫了，收穫後就需要用到。

而現在，羅勳正帶著徐玫兩人，後頭跟著嚴非，從徐玫家中端出一盒盒發好的幼苗。這裡面全都是稻苗，他們眼下要做的是……插秧。

十五樓除了徐玫三人的房間外，剩下的房間都準備種水稻，這可是他們將來的口糧。宅男小隊人數不少，可三個屋子再加上羅勳之前種下的稻子能順利長成的話，再和其他糧食作物搭配輪流種植，完全能夠供得起小隊的伙食。

羅勳的目標是種出優質變異品種稻，當然就算種不出優質變異種，能種出正常的，沒有變異的正常稻子，將來在基地中的售價也會遠遠高於味道難吃的產量卻大的普通變異稻。

羅勳自家兩口子每天至少有一頓是不用吃家中糧食的，五人組、章溯等外出工作的人每天也都能在基地中吃上兩頓工作餐，真正完全在家裡面吃用的只有三位飯量不大的女生，故而只要他們的作物順利長成，那收穫的無論是哪種稻子，都將會折換為他們的純收益，更何況他們的收益並不止這些。

原本羅勳準備的種子、幼苗的數量是不夠將這些房間種滿的，但大家很好運地遇到基地中正在推廣家庭種植事業，對外兌換的種子價格極低，再加上無論是羅勳還是李鐵等人多少都能走些關係，換到的種子價格更是低得很，供兩層樓種植沒有任何問題。

一行人走進一五〇四，這個屋子和一五〇一同樣都是三居室，室內的面積比較大。如今這裡面已經被一排排鐵架子擺滿了。這些鐵架子是三層的，雖然看起來只有兩層。最下層不用問，必然是帶著一堆窟窿眼的抽屜，抽屜中放著一塊塊處理完畢的木頭，上面培育了菌絲，就等著慢慢長蘑菇，平時不必刻意理會。

蘑菇上層是鋪好泥土，整成一排排的田壟，等待幼苗被種進來。

這些鐵架子都是羅勳設計過的，除了上下水口能讓裡面的水能夠及時排除、流通，架子最上層還安裝著一排日光燈，這些就是照明設備。上面的架子放好了土壤，想要摘菜，可以順著每一個架子旁豎起的梯子爬上去。

上層架子的空間比下層要低些，只能種些不會長得太高的蔬菜、作物，比如土豆、洋蔥或是各類綠葉蔬菜。靠牆的一排架子，上層準備了可供攀爬的鐵管，能種植爬藤植物，爬藤植物可以爬到天花板下搭出涼棚，這真是將所有能利用的空間都充分用上了。

與這裡採取了相同設計的還有十五樓其他兩個空屋，也就是說，除了居住的房間，除了一六〇三中已經種下了各種蔬菜水果外，剩下的房間全都是糧食、蔬菜兩手抓。

就連走廊、樓梯上，羅勳也都準備用來種一些不需要長時間日照的蔬菜，比如萵筍、蘆筍等，每天只要用補光燈就能搞定。

至於其他人住的屋子，羅勳決定，如果自家的水果能在今年結出種子，那就讓這幾個房間主要種些水果和快熟的蔬菜。現在則用來種蔬菜，這樣照料起來簡單，收穫速度也快些。

將秧苗逐一插到土壤中，發好到能種植的秧苗不多，羅勳順便用這些秧苗來教徐玫兩人如何插秧，之後再發好的幼苗就能交給兩個女生負責種了。

插完秧苗，宋玲玲站到浴室裡的水箱旁，開始往裡面凝水。

看著水箱中的水積累到一定程度，羅勳揮手道：「放水。」

清水流入各個插好幼苗的種植箱中，給房間中平添了一股活力。

看著處理好的幾排種植架，徐玫和宋玲玲的眼中充滿了喜意，這種親手栽種、親自耕種的感覺真的是太好了。雖然只不過是一些幼小的作物，可它們代表著新生的生命。

「好了，這樣就差不多了，咱們再去發一些蔬菜種子。」羅勳笑著說道。

徐玫三人的臥室也已經被改造成育苗室，幼苗就全靠這個房間來培育。除此之外，羅勳還分出了一半左右的小鵪鶉充作小隊公共物資，讓徐玫兩人養在她們家的陽臺上。讓兩個妹子來養育這些柔弱的小東西，比交給李鐵他們靠譜多了。

這些都算作隊伍的公共財產，至於羅勳自家和每個人各自隱私房間中的東西，依舊歸屬他們自己。宅男小隊置辦的公共產業，羅勳兩口子出力最多，雖然他們之中有一個是隊長，多付出一些是應該的，但大家還是明確商定等產業有了收益，除了留下繼續擴充公共產業的之外、給每個人的分成中，羅勳兩人占大頭，其他人按各自付出的進行分配。

徐玫和宋玲玲臉上帶著欣喜的笑容，和羅勳兩人從房間中走出來，說道：「我們先去買吃的，等一下去接欣然回來。」

「路上小心。」

與兩位女士告別，羅勳和嚴非回到十六樓，打開一六〇三的大門，聽到聲音的小傢伙馱著嘻嘻哈哈的于欣然跑過來。

「叔叔，小傢伙剛剛在那邊尿尿了。」小丫頭上來就告狀，可小傢伙根本聽不懂，完全不知道牠被馱著的小玩伴給出賣了。

羅勳嘴角抽搐地看向于欣然指著的方向，果然看到某個架子旁邊有著可疑的液體。雖然這東西也能當作肥料，可……這個臭毛病真的不能慣，他明明已經教會小傢伙在浴室撒尿。

羅勳伸手在小傢伙的額頭上彈了一下，小傢伙一臉懵懂地後退兩步，身後揚著的尾巴擺動的速度慢了下來。

「你是黑背，聰明的黑背，不是二哈，這個表情哪兒學回來的？」羅勳恨鐵不成鋼地指著那長越發顯得蠢笨的狗臉，隨後回過神來，現在不是教訓牠的時候，而是要告訴牠不能在房間裡亂撒尿。

嚴非笑看羅勳對小傢伙說教，教訓一條智商最多只有四五歲的狗，哪能管用？

小傢伙在原本的一六〇四時很乖，自從將牠放到一六〇三，牠就開始撒歡，到處放水圈地盤。雖然不是太頻繁，但每隔幾天就會偷偷來這麼一次，害得羅勳有些後悔當初是不是應該買條母狗回來比較省心。

一六〇三的蔬菜又有一部分快能採摘了，兩人檢查完便給軍營食堂的李隊長發了簡訊，表示明天能送一批蔬菜過去。

沒過多久，徐玫兩人買完飯菜回來。羅勳送給她們兩人一顆球生菜，這是他自家產的，不是公共財產。

徐玫謝過羅勳明顯送給于欣然補充維生素的蔬菜——不知什麼原因，小丫頭和小傢伙一樣喜歡吃生菜，對其他的蔬菜不太有興趣——然後說道：「我們回來的時候，看見隔壁大樓底下的空地又有一片土被挖光了。」

羅勳不太意外，「又是變異植物？」

徐玫搖搖頭，「我們沒看清楚，不過記得那裡先前種了不少東西，周圍圍著的柵欄挺嚴密的，現在連柵欄都被拆了。」

自從基地上層鼓勵大家開始承包空地種菜後，收益還沒看到，反倒出現了不少問題。因為有羅勳他們這些先行者的例子在，基地方面在售賣種子的時候還附贈了一份種植手冊，上面印刷著基本的種植知識，還有重要的提醒：想要減少植物變異的可能性，最好用蒸餾過的純水來種。

然而，誰會像羅勳似的這麼麻煩的一天到晚處理水，還奢侈地用這些水來種菜？不少人圖省事，最多將水燒開一次就拿來用，就算這樣，仍有不少人覺得浪費煤炭。大多數的人都選擇用普通的自來水，只有水系異能者所在的團體才會特意使用淨化出來的水種地。

結果，還沒等這些植物長成，就已經開始變異。

變異植物中固然有些能夠食用，但不太好吃，甚至有些是帶有攻擊性的變異植物。這類植物在幼苗期時不顯眼，外表看起來和普通植物沒什麼不同，一旦它們的根紮結實，可以從土壤中吸取大量養分，那麼變異只在一夕之間。

周圍的蔬菜會被變異植物絞殺成為它們的營養，張牙舞爪的枝條還會肆意襲擊每一個進入它攻擊範圍內的人，有些變異植物甚至會噴出毒液，攻擊遠一些的目標。

不連根拔除，焚燒乾淨，就無法避免變異植物的危害。

如今各個社區那些可以看到的戶外種植地方就經常這裡挖一塊，那邊推倒一片。至於種在各個住戶家裡的作物，羅勳他們不太清楚狀況。

次日清早，羅勳和嚴非將蔬菜裝車，李鐵等人跟著幫忙提東西。這次需要賣掉的不僅僅是羅勳兩人兩個屋子裡的收穫，還有其他人家中長成的蔬菜。

羅勳在確定小隊的生產模式後，就將自家一六〇三也算到公用種植面積裡面，只是這一次的收穫還算是他自家的，之後就併入小隊的財產中，按照不同的貢獻來分配收益。

羅勳還決定這次回來後給徐玫和宋玲玲一些晶核，畢竟這個月雖然是自家的私產，但平時的澆灌、管理，她們兩個沒少出力。

眾人坐上車子一起離開社區，路過附近一處社區大門時，正好看到一夥人打得厲害。幾個人抱著滾成一團，旁邊圍著看熱鬧的閒人，幸災樂禍地指指點點。

「一大早就這麼熱鬧？」最愛八卦，被女王調教後強忍著八卦之魂的王鐸，趴在車窗上恨不得馬上出去打聽消息。

「行了，晚上回來再問吧，小心遲到了。」羅勳也很好奇，但現在有更重要的事要做。

「嗯嗯，我就看看，不下去……」王鐸依依不捨地將臉貼在車窗上，弄得他五官都扭曲了。一旁的章溯連正眼看他的意思都沒有，雙手抱胸，看他那副模樣，李鐵幾人毫不懷疑他什麼時候就會對王鐸一腳踹過去。

車子開進軍營中，停在第一食堂後門。

因為這次的收成多了些，所以對方派出一輛小拖車出來準備上秤後搬運東西。

李隊長和羅勳、嚴非站在一旁聊天。

「最近不是有很多人在家裡種東西嗎？咱們這兒有沒有對外收菜？」羅勳一邊好奇地問著，一邊拐彎打聽消息。

李隊長嘆息一聲，「不是沒有。你們可能也知道，外面的兌換窗口現在兼任收菜的業務，可送過來的許多蔬菜都是變異的，咱們這兒不太敢用。聽說另外幾個食堂用了一部分經過化驗後確定沒什麼問題的，可數量不太多。」

不但不多，甚至還趕不上軍營裡牆根下種的那些蔬菜產量，畢竟大多數的人在自家種菜為的是糊口，除非菜價飆升，不然很少有人願意拿出來換積分或晶核。

羅勳兩人占了自家蔬菜種出來後絕大部分都是正常蔬菜的便宜，這才能夠提前通過門路找到合適的途經出售。

「最近在外面種菜的人家種出了不少變異植物，我們社區有不少人把種好的地都挖成坑了，這恐怕也會影響產量吧。」羅勳提起這件事。

李隊長的表情忽然變得嚴肅，低聲說道：「不光在社區裡種的菜出問題，上個月田地裡種下去的作物，有一大半都出了問題。」

「咦，出問題？什麼問題？」羅勳連忙問道。

李隊長看了四周一眼，小聲道：「前些日子不是下過一場雨嗎？在那之後田裡原本沒什麼問題的秧苗，至少有一半開始發黃。原以為是鬧蟲害，一檢查才發現那些植物長得好好的，只是都變成變異植物了。」

羅勳有些驚異地道：「不是說軍方找到方法減少植物變異率了嗎？」

「是找到了，可那個法子只能在發苗的時候用……」李隊長笑道：「聽說研究所已經化驗過，那些植物雖然顏色變了，但成分沒什麼問題，沒有毒性，更沒有攻擊性，只是單純的外表變異，只要最後還能成熟、結種，應該就沒什麼事。」

當然沒問題，就是難吃了點。

羅勳聞言點點頭，沒在細究，而且就算他再問，李隊長應該也不知道更深的消息。這種整株植物顏色偏黃的稻子就是他上輩子最常見的變異稻穀，產量沒受影響，營養成分沒受影響，就是口感不好。

「這是今天的晶核。」李隊長確認過分量沒問題，便將準備好的晶核袋子交出來。

銀貨兩訖，羅勳和嚴非才驅車去上工。

「所以說，咱們在屋子裡種菜雖然造價高了點，可至少能確保作物的安全。」

再者，幸虧自家特意找了些木頭回來，就連種植用的房間都放了這種東西，應該能保證植物在生長期間不變異，或者減少變異。自從立春後，基地所在的地方只下過一場春雨，還細雨綿綿小得連傘都不用打，可就是這麼一場雨，讓先前謹慎培育的作物變異了，難怪其他人在社區空地上種植的蔬菜變異率那麼高。

嚴非點頭，「改天還是再換些太陽能板和燈具放在家中，留著替換壞掉的。」

在家栽種作物還有另一個好處，比如羅勳他們現在種的是水稻，只要打理得足夠好，產量雖趕不上科研專用的試驗田，但產量還是很可觀的，而且只要打理好了，說不定中間都不必換種成其他作物，可以連種水稻。

當然，羅勳還是決定等秋天收成後種些玉米或小麥，這要視當時的情況來定。

宅男小隊的種植大業相當順利，不僅作物的長勢良好，就連小鵪鶉們也長得飛快，最早的那批已經長大，甚至開始下蛋了。

于欣然天天趴在自家那口大玻璃缸外，眼巴巴看著裡面的鵪鶉和鵪鶉蛋。小丫頭想抓出兩隻陪她玩，奈何鵪鶉實在太脆弱了，徐玫兩人哪敢讓她這麼做。無可奈何之下，只能麻煩小傢伙過來陪孩子玩，於是羅勳兩口子回家後．幾乎每天都能看到這樣的情景……

徐玫三人的家中、陽臺處，放著一口大夥兒此前專門淘換回來的玻璃缸。玻璃缸中和羅勳家的那口一樣有著土壤、蔬菜、小木屋，養著一群會下蛋的小鵪鶉。

于欣然和小傢伙並排趴在玻璃缸外，一張小臉、一張狗臉緊緊貼在大玻璃缸上，擠得臉都變形了還不肯挪地方。

幸好鵪鶉們雖然膽子小，可習慣了某些每天必然出現的「偷窺狂」，還是很快就適應了，平時該吃的吃，該下蛋的下蛋。

除了鵪鶉之外，羅勳他們家中的蚯蚓大軍再度增援，不知不覺數量就翻倍，羅勳都不知道這是什麼時候的事，而麵包蟲……反正牠們出生的速度比鵪鶉快多了。

有了這兩種蟲的存在，家裡的老菜葉、菜根等都會很快轉變成肥料，再家上廚餘，種植大業是不用擔心肥料不夠用的。

雖然嫌這兩種蟲子噁心，但對於看慣了喪屍的徐玫和宋玲玲兩人來說完全不成問題，兩位女士甚至敢伸手去抓麵包蟲的成蟲，這讓看到這一幕的羅勳當機立斷交出養蟲大業，還特意將這幾個大玻璃缸搬到十五樓來。

這天回來，羅勳和嚴非先去徐玫家中接在這裡陪于欣然玩的小傢伙，一進門就看到這兩個傢伙趴在玻璃缸旁的毯子上，一邊玩一邊看看裡面的小鵪鶉。

「今天咱們大樓裡又搬來新的住戶，住在七樓。」見羅勳兩人回來，宋玲玲向他們彙報社區中發生的大小事情。

「是嗎？難怪我覺得社區裡的車子變多了。」羅勳詫異了一下，他剛才上樓時沒發現，多半是人家搬完家當了。

「下次出去的時候，我們想找一些書回來。」徐玫從廚房走了出來，邊走邊擦手。

「什麼類型的書？」

「最好是教科書。」徐玫無奈地看向和小傢伙滾在毯子上的于欣然，「基地裡也有人在賣書，可是賣得太貴了。」基地裡的人現在都把紙張當作生火時的引子，或者留著等冬天燒來當作保暖用的材料，沒人會在意找回來的書原本正確的用途。

羅勳兩人恍然，于欣然已經快七歲了，是該啟蒙了。

基地裡至今還沒有辦學校的消息，恐怕是騰不出手來管理，可想想基地裡隱藏的混亂，羅勳明白，就算有了學校，他們也不敢將孩子送過去。

嚴非代替羅勳拍板：「行，我記得銀行附近有一家書店。就算那裡的書都被人拿光了，再深入市區一些，找些給孩子用的教科書應該不成問題。」

羅勳又向宋玲玲打聽新搬來的住戶情況：「是市區來的？還是其他地方的人？」

如今流亡到西南基地的人分為兩部分，一部分是從市區逃出來的，他們之前在市區中住著、事發後沒有第一時間趕來，勉強在市區裡面過活，直到周圍的物資被用光，喪屍大規模升級，才不得不投奔過來。

另一部分的人則是來自其他城市，他們從末世後就開始逃亡，得知A市有基地後不信任途經的小基地，覺得A市的基地更加安全才特意跑來。

「是市區來的人。」宋玲玲有些發愁，「他們說市區現在不安全了，尤其是到了晚上……他們原來都住在高樓裡面，找了些物資後勉強能在家中躲藏，可最近外面的喪屍變得越來越厲害，還出現了不少喪屍動物。他們原來住著的社區裡的倖存者聯合起來封住社區，可前些日子有一群喪屍動物半夜將住在底層守著大門的人吃掉，他們才不得不逃出來。」

市區裡面早就停水停電，身邊有水系異能者的倖存者們一開始還能勉強支撐，但當行動比二級喪屍速度更快、體型更小的喪屍動物出現，這些人就不敢繼續留在那裡。

羅勳沉思了一下，「下次咱們出去，暫時還是不要深入市區，在老地方打喪屍就好。這麼多人從市區逃出來，晃蕩到市區邊緣的喪屍數量肯定會更多。」

他的話讓徐玫兩人肅容，確實如此，別看現在不過是一部分人逃進基地，可這些人逃來的路上必然會引來更多的喪屍。

羅勳和嚴非雖然最近沒在外圍牆工作，可還是聽到了一些消息，比如圍牆外的喪屍數量再次變多，導致在外面清剿喪屍的隊伍任務難度加大不少，無法每天出去一次就能徹底清理乾淨圍在外面的所有喪屍。

現在的情況越發嚴峻，更何況不久的將來就要爆發第二次喪屍潮……

上輩子的這會兒是什麼情形呢？

他當時應該正在M市，可……也馬上就要不得不離開那裡了。

第二章

尷尬！救人救到老基友？

羅勳坐在露臺的椅子上，雙手捧著一杯清茶，略微出神地看著外面湛藍的天空。

今天是五月的最後一天，昨天他們沒能離開基地，因為基地準備要展開軍事行動，暫時禁止各個小隊外出做任務。比較坑爹的是，這個消息是前幾天才下達的，而羅勳他們的假期根本沒辦法因此調整，所以這次的假期就真真正正成為了「假期」。

不用上工，不用外出打晶核，不用擔心餓肚子，就算一覺睡到中午再起來也沒人會嘲笑自己。羅勳現在就處於這樣的狀態，他已經連續睡了四天懶覺，有些擔心明天早上爬不起。

一旦閒下來，他就會開始想些平時沒空想的事，比如上輩子的這會兒自己正在做什麼。原因無他，這幾天基地的動作比較大，當時人還沒趕到這裡的羅勳，只是在考慮這些事情和自己上輩子經歷過的是不是重疊的。

他上輩子是在下個月底前才逃到這裡來的，來的路上經過市區周邊，看到過那滿目瘡痍的情景，只是那時的他不知道這些嚴重損毀的建築到底是什麼時候毀壞的。

露臺的拉門被人推開，嚴非走了過來。

露臺上不少作物都已經長了起來，葡萄藤攀爬到了玻璃頂上，肆意向著整個露臺頂擴張著。植物們的枝葉給露臺打下一層陰影，人坐在這裡並不會覺得太曬。

「怎麼樣？」羅勳被太陽曬得懶懶地問道。

嚴非彎腰在他唇上吻了一下，「弄完了。」說著坐到他身邊，向外面的藍天瞄了一眼，他剛剛去幫李鐵他們裝找門路換回太陽能板。

就在這時，似乎什麼地方震動了一下，轟隆隆的低沉聲從遙遠的地方傳來。

「又炸了……」羅動低聲嘆息，「也不知道那附近還有沒有人在。」

他又想起了上輩子自己一開始連大門都不敢出，死死守在家中，唯恐外面那些可怕的喪屍衝進來的日子。如果那時有人向自己所在的城市投放炸彈的話……那他根本沒有能力逃出來，更不可能如後來一樣來到這裡，在這裡生活到末世十年後。

「這是沒辦法的事……」嚴非的神色透著一絲無奈。

昔日的市區在上次出現了喪屍鼠鑽到車裡，想要趁機潛入基地裡面的事件後，沒過幾天就再次發生了類似的事件。

軍方藉助衛星照片、雷達等高科技產品的探查之後，不得不做出放棄部分城區的決定，至少他們要把靠近東部基地、西南部基地附近的喪屍清理乾淨。

這一決定不只是西南基地的決定，還囊括了東部基地的意見，以及附近幾個省市中末世後建立起來的大小基地共同做出的決定。

國內什麼地方人口密集度最高，在末世後什麼地方的喪屍數量同樣就是最恐怖的。Ａ市如今殘留下來的兩個基地是幸運的，因為他們居然在這樣恐怖的一個末世後迅速喪屍化的城市裡逃脫了出來。如今衛星相片中所顯示的，市區中心密密麻麻的喪屍群，是垂在他們頭頂的利劍，隨時都有可能落下，斷絕他們的生機。

雖然情報顯示市區中有不少倖存者，可眼下的形勢到了刻不容緩的時候，尤其在不少喪屍正在向著東部基地聚攏，並達到一定規模的情況下。西南基地的情況雖然比東部基地好一些，但也有不少喪屍、喪屍動物藉著建築物的遮擋，陸續向這裡靠近。

幾個基地在達成協定後，先派出小型無人飛機深入市區不停廣播，通知將要進行轟炸的地區，並給出兩天讓大家撤退的時間，隨後便展開了行動。

有本事逃出來的人，在得到消息後自然會逃離那些地方，至於無法逃離的人……為了更多人的生存，也只能忍痛犧牲。

在如今這個連自身的安全都無法保障的世界中，大家實在無暇顧及其他人的生存。在末世中只能想辦法自救，而不是留在家中等著有人從天而降拯救自己於危難之中。

生存本來就是弱肉強食的。

市區在羅勳兩人現在面對的反方向，他們沒有心情去看那硝煙滾滾的情形，只能坐在這裡，遠眺社區南面大片的青綠農田。

「咱們的運氣真好。」羅勳忽然將頭靠在嚴非的肩上，露出淡淡的笑意，「能在一開始就到這裡，不然就算能在市區找地方生活，在家種菜，這會兒說不定也會……」

嚴非捏捏他的肩膀，想起了末世剛到後自己遇到他的情形，輕笑地低頭在他的額頭吻了一下，「確實運氣不錯，要不是當初遇到你，說不定我早就死了。」

羅勳臉上的笑容微微一頓，是啊，要不是自己那天上樓時多管閒事把嚴非撿回來，說不定他就真的……而上輩子的他，在沒有遇到自己的情況下……

羅勳可不相信當初住在十六樓的那一家子有這麼好的心腸會把嚴非救回去。

轟隆隆，一陣陣彷彿來自天邊另一頭的爆炸聲帶起了微微的震動。很輕，輕到只能感覺到一點點，輕到兩人只能通過放在茶几上的水杯中的波紋看出來。

這種震動已經持續三天，據說還會繼續幾天……

用燃燒彈轟炸市區中喪屍比較密集區域的決定似乎起到了不錯的效果，其他的情況不確定，反正那巨大的動靜絕對把那些依靠聲音、氣味尋找目標的喪屍們吸引住了。

就連一些快到基地附近，企圖通過捶門給圍牆打開缺口的喪屍，也有一部分在發現爆炸聲後，轉身又回到了市區深處，讓軍方管理者們鬆了一口氣。

高層會議上眾人舉杯相慶，決定再轟炸幾天，然後讓士兵們進行收復市區的作戰計畫。雖然市區有一部分變成了廢墟，可那裡依舊承載者人們對於未來生活的希望。

人人憧憬著未來，為了人類，為了地球……

第二天一早，所有外出部隊全部失聯，就連那些設定好行程的無人飛行器也盡皆消失。

衛星照片顯示，數輛裝載著燃燒彈的飛機墜落在市區四處不同的位置，被派出去的坦克部隊也全軍覆沒，地上只留著還帶著陣陣濃煙的廢棄車輛。

「這……到底是……什麼情況？」雙手抖顫地拿起桌上那一大堆照片中的一張，那上面是一張放大的飛機殘骸。

「首、首長……第三飛行基地……聯絡不上了……」

「什麼？」首長驚愕地跌坐回椅子上。

第三飛行基地是末世後各個基地派兵特意奪回來的武裝飛行軍事基地，它們的資訊末世前後都不對外公開，也不會收留倖存者，是這些掌握了個各個基地話語權軍隊的一股隱藏力量。那裡面有著各種型號的戰鬥機，可以在關鍵時刻派出飛機完成某些陸軍所無法完成的任務，而西南基地為了這次的任務，就出動了這個在西南基地控制下的第三飛行基地，可現在不但那些出任務的飛機、陸軍出了意外，就連飛行基地也出事了，這到底是怎麼回事？

普通人不知道基地外面的事，基地今天依舊處於戒嚴狀態，所有的人不許出城，但投奔來的倖存者們卻能夠被放進來。

先前用無人飛行器通知市區倖存者，讓他們離開可能被轟擊的地方的措施顯然得到了很好的效果。那些得到消息的人們匆忙收拾了自己的行李，朝向其他地方遷移。

大多數的人目標都是A市現存的兩個基地，就連其他地方的人在得知基地準確的位置後也紛紛逃了過來。他們擔心飛機、大炮之後的目標會轉移到自己所在位置的頭上，卻不清楚在這次基地武裝力量大規模受創後，在沒辦法弄清楚之前發生過什麼事前，基地短時間內不可能再發動第二輪轟炸。

羅勳和嚴非這樣的小角色根本不可能知道這些隱祕的消息，就連他們的隊長也沒聽說過相關的內幕，所以上輩子羅勳到達西南基地後，也就沒什麼可意外的。

次日清早，羅勳兩口子結束假期後回到軍營繼續工作。他們來時的路上發覺道路兩旁，用作臨時收容作用的銀行、超市，再度人滿為患。

打著哈欠，沒能順利調回生物時鐘的羅勳，依稀看到過幾個上輩子曾經見過的面孔。

將今天的蔬菜直接送到第一食堂，雖然數量每批都不算多，可已經正式開始種植作物的十五樓和十六樓兩層的屋子，幾乎每天都能多少收穫一些作物。這些平時收菜、播種的事情主要交給徐玫兩人打理，羅勳和嚴非只需要在每天工作完畢之後檢查所有房間的作物狀況，尤其是羅勳，他只要把一些看似能培養起來的變異植物照料好就好。

現在他們所培育出來的變異植物中還沒發現良性變異的，不過這不著急，他知道這種事情急不來，他上輩子發現自家豆芽出現良性變異的時候已經是末世後第四年。自家放著不少木頭，降低其他作物變異的可能性，這就註定自家的作物很少能出現變異種，自然更難從裡面發現良性變異的種類。可末世後，就連能保證末世前口味的作物都少的多，他們這樣的結果已經十分不錯了。

賣掉四天積累下來的蔬果，得到了一小袋晶核。兩人上個月曾經在防守基地大門的時候得到過一些第一食堂的優惠券及物資券，那些已經被兩人陸續用掉了。

第一食堂的餐券還剩下兩張，兩人準備這兩天找機會用掉，而物資券早就被他們兩人換成了太陽能板、種子和窗簾布等東西。

兩人來到集合地點，隊長並沒馬上帶眾人去工作的地方，而是點出兩人去了另外一個方向，才對其他人道：「那邊廠房需要一些金屬小器具，剩下的人跟我走。」

軍營中的圍牆工作總算在上個月底結束了，最後的時候一行人深入地底，在指定位置給軍營地基加上了「瓶底」。

幾個士兵當時開玩笑說道：「軍營下面現在要加瓶底，那要是哪天有了會飛的喪屍，是不是上面還得加蓋子？」

別人都在笑，唯有羅勳表情有些僵硬。他確實忘記這麼一回事，末世中的確有會飛的喪屍，只是現在沒有出現，自己就算說了也沒用。哪怕隊長相信，可他又不是基地老大，說出去的話不會受到重視，所以還是等等再說吧。

不過，自家住的是頂樓，回頭得跟嚴非說一聲，讓他提前做好防護層。

一行人趕赴內外基地之間的圍牆處，這裡只有一層輕薄、矮小的金屬圍牆，倒是泥土做成的圍牆按照外牆的規模建出了十米高。

眾人站在圍牆邊向上仰望，之前建外牆的時候，他們是站在牆頭向下搭建金屬牆壁，現在他們不用那麼費事，只要站在圍牆下面就好。

一票不用也暫時不能離開基地的閒人遠遠圍著施工場所看熱鬧，之前土系異能者在這裡修牆的時候，他們也是如此。

用來阻擋閒人靠近的柵欄已經臨時搭建好，卻不能阻隔別人的視線，沒多久遠處的人就能看到一層層金屬材料堆疊著向上擴散擴大，然後外面便會傳來一陣陣驚呼聲、說笑聲，就好像這裡在表演猴戲似的。

幾個負責搬運金屬的士兵時不時被這些聲音干擾，有些不痛快地跟隊長抱怨：「那些人真煩，把咱們當成耍猴戲的。」

隊長嗤笑一聲，「怕什麼？把他們當成外面的喪屍不就好了？」

「那打了他們能有晶核嗎？」一個小兵笑嘻嘻地湊過來。

隊長拍了他後腦杓一下，「敢打？等一下就有人來把你抓走，讓你出去跟喪屍肉搏。」

築牆小隊無視外頭那些看熱鬧的人，埋頭苦幹，不一會兒，去工廠幫忙的兩位異能者坐車回來，加入修牆的工作中。等到中午休息吃飯的時候，大夥兒才有空湊在一起聊天。

「……把銀行、商場旁邊的地方都改造成工廠了，還運來好多設備。說是過不了多久就要招兵買馬開工了。」小李一邊說一邊往嘴裡扒拉飯菜。

「是做什麼東西的工廠？」其他人好奇問道。

「好像有紡織機吧？」

「我聽說還有做速食麵的機器。」

「我只認得紡織機，那裡現在還沒招人呢……」

羅勳問道：「紡織機……現在基地裡有布料嗎？」

眾人一陣靜默，彼此對視幾眼，不確定地道：「也許有從市區收集回來的吧？」

現在的農田裡種的都是糧食，就算這波收穫後也會種上另一種作物，而不會優先考慮棉花之類不能吃的作物。士兵中有不少都是農家出身的，略一轉彎就能想明白羅勳的用意。

羅勳知道基地在末世後第三年才重組起了紡織廠，先前並沒聽說過這件事。

「先把設備搬回來放著，等有東西做布再做唄。」隊長笑了起來，「之前他們從市區裡沒少扒拉東西回來，現在庫房裝得滿滿的，好多東西暫時不用生產。現在這些設備也是一樣，先把東西運回來，省得要用的時候誰知道去哪兒找這些設備？就算到時候去找了，天知道還能不能用？有沒有壞？」

原來如此，這麼說沒有原料的工廠短時間內沒辦法開工吧……

沒有原料的工廠無法開工，但有材料的卻可以。

基地內的幾家工廠在組建之後，正式向基地內公開招工了，除了工廠外，還有種植據點也開始對外招工。

在上個月裡，居家種植蔬菜的推行遭遇了滑鐵盧，不僅僅是有些種菜的人家圖省事直接澆普通的水導致植物變異，有些小隊包了一些空地之後，用水系異能者的水澆灌作物，可等到晚上的時候，卻有敵對勢力悄悄用普通的水澆淋，故意讓對手的作物變異。還有一些人因為競爭同一塊地失敗，在知道自來水會導致植物變異後，故意給對方下絆子……

這類事情層出不窮，有些小動作敗露的雙方當場就發生衝突，羅勳他們先前看到的某社區打成一團就是因為這個緣故。

基地方面只能暫停居家種植的推廣，當然，有些人家依舊利用自家陽臺種些東西，只要能確保植物不變異成那種張牙舞爪會傷人的就好。所幸那種會主動攻擊的植物從外表就能看出來，它們往往都帶著灰色霧氣，顏色或豔紅或豔綠，十分好辨認。

軍方乾脆清理出一棟百貨公司，用來專門種菜。裡面就如同羅勳家一樣，採取的是封閉式的管理，用的水也是專門處理過的，或水系異能者製造出來的。

雖然造價高了些，但總比沒有強，而且這些蔬菜雖然肯定不夠一個基地的人吃，可是供給軍隊自用還是沒問題的。

羅勳拿著一張種菜宣傳單看了兩眼，交給身邊的嚴非。他上輩子就在這裡工作過將近半年，有些頭疼地看著前面依舊擁擠無比的街道，抱怨道：「早知道今天就不走這條路了。」

這幾天基地裡面新來的人多出不少，無論是內基地還是外基地都陸續被這些人擠滿了，原本空著的房子此時陸續有人住進去，羅勳這下子才明白為什麼自己上輩子過來的時候，如果想要單獨住，就只剩下地下室可挑了……

「那邊的路有軍方管制，咱們過不去。」嚴非笑著打消羅動的想法，換得自家愛人一個幽怨的小眼神。

另外一條路就是緊鄰著農田的道路，這幾天新來的人比較多，基地裡面魚龍混雜，竟然有人半夜跑進農田想偷糧食、種子，所以那整條路都戒嚴了。

「今天又得處理一批蘑菇，也不知道上個月沒用掉的那些還能不能用。」

上上個月底他們出去的時候，那些蘑菇彈對二級喪屍的殺傷力已經顯而易見地展現出了巨大的威力，就算是五人組，也能在五、六發子彈內幹掉一個喪屍，更何況羅勳？

「再過幾天不就知道了？至少前兩天咱們看冰箱的時候應該還沒什麼問題。」嚴非不太在意地說道。那些東西都被冷凍起來了，應該沒那麼容易變質。即使不能用了，家中這個月內的木頭又長出了不少，足夠他們禍害了。

兩人一邊聊天一邊往家裡慢慢前進，平時十分鐘的路程，今天足足走了半個多小時，等到家的時候就發現……一群人在互毆。

羅勳下了車，瞪大眼睛看著半空中，順手抬起一路上都隨身帶著的手弩。就算人在基地中行走，最好也要隨身帶著武器，而現在就到了他使用武器的時候。

「徐姊，什麼情況？」羅勳高聲問道，換得周圍一圈站在樓下看熱鬧的人全都一愣，連忙向這輛剛剛開到的車子看來。

羅勳他們所在的十六樓有兩個人吊在半空中，其中一個顯然是風系異能者，另一個距離較遠，並沒發動異能，暫時看不出來。而這兩個吊在半空的人，正和打開窗子向外丟火球的徐玫兩人對峙著。

聽到羅勳的聲音，宋玲玲立即對下面高聲道：「小偷！他們要鋸咱們的窗子！」對方以為十五樓、十六樓白天沒人在家，所以大著膽子過來行竊。

羅勳他們家的窗外掛著的太陽能板雖然不太起眼，但如果仔細觀察，有望遠鏡的話，還是能認出來的，特別是如今基地裡面已經開始推廣太陽能電器的情況下。君不見就連那幾條主幹道上剛裝上的太陽能路燈的板子都被人偷了嗎？更何況羅勳他們掛在窗戶外面的？

羅勳見那個風系的，明顯升到二級的，可以借助風力在半空中調整位置，不被徐玫攻擊到的異能者，以及他身邊同樣用繩子吊著的，發覺這家人竟然有同伴回來而驚慌地開始向徐玫兩人丟冰刃的異能者的行為後被氣笑了，喊道：「徐姊，不用客氣，打死活該！」

話音未落，他手中的弩箭已經對著正上方射去。明明足有十六層樓高的距離，他的弩箭卻一點都沒有減弱速度，精準地扎在那個射出冰刃打破窗戶玻璃的冰系異能者身上。

「嗷」一聲慘叫，讓他身邊的風系異能者嚇了一跳。他心裡一慌，忘記使用風系異能控制，兩人被繩子擺盪的慣性甩向徐玫所在的位置。

「砰砰！」兩顆巨大的火球向兩人射來。

徐玫先前確實留手了，因為現在的時間正是人多的時候，她擔心萬一弄出人命會給眾人帶來麻煩，可現在既然羅勳說打死活該，那她還用得著留手嗎？

「噗噗」兩聲，又是兩弩箭射出去，命中兩條吊著兩人的繩索。兩個闖空門的小偷，滿身都是火焰，慘叫著向地面墜下。

嚴非神色淡然地撥通一個電話：「丁少尉嗎？我們回來的時候發現兩個小偷……對，就在宏景社區，他們打破我們小隊住所的窗戶想偷東西，還把兩位女隊員嚇壞了……算是抓住了吧，他們吊在窗戶外面，繩子可能不太結實……對，已經摔下來……可能還有一口氣，你們派人來處理一下吧。」

幾個站得離他們近些的人聽到他輕描淡寫的話，下意識退了兩步。幹掉兩個異能者就算了，在基地裡殺人在如今不算什麼大事，可幹掉別人還這麼淡定地打電話「報警」的，這可不是一般正常人能有的正常反應。

羅勳臉上還帶著顯而易見的怒色，見那個風系異能者在最後關頭居然還來得及使用風系異能沒直接摔死，當下上前兩步走到那人面前，抬起手中的弩箭對著那人，說道：「哪個小隊的？同夥在什麼地方？」

那名風系異能者身上的火已經滅了，他雖然及時反應過來沒有摔死，可從尾椎骨往下的軀幹都沒了知覺，說不定摔癱了。他的同伴昏迷過去不知生死，而面對著利箭，他連翻了幾次白眼，恨不得也暈過去，說不定還能少受一點罪。

嚴非掛了電話，伸手招過一些為方便自己行動而附著在車身上的金屬材料。一根根金屬箭在半空中扭曲成形，朝向風系異能者的手臂、大腿狠狠戳去。

「不要，我招，我招還不行嗎？」那人全身顫抖，兩眼通紅，在疼痛掙扎的時候，看到旁邊一動也不動的同伴，哀嚎著報出同夥的住處、人數，以及有多少人有異能。

羅勳眉毛微微挑起，剛剛還沒認出來，現在仔細一看，這才發現這個人他上輩子曾經見過幾次，只是自己搬來沒多久，這些異能者就搬離開這附近，投奔日漸冒頭的異能者所組成的，且只招收異能者的隊伍。

他對這人沒有太深的印象，只記得他在自己來的前後似乎是門口某個街道收保護費的一個小頭目，後來投奔了更大的異能者隊伍……

「什麼情況？」一輛車駛過來停下，丁少尉帶著幾個平時負責這一帶治安的士兵跑了過來，見到這一地的鮮血和那兩個摔得半死不活的人，嘴角抽動了幾下。

嚴非指著還醒著的那人說道：「他們兩個綁了根繩子垂吊著要鋸我們窗戶上的欄杆，我們回家的時候正好看到他們掉下來。」

「……那是誰放火燒他們的？」丁少尉有些無奈地問道。他們這兒有個章溯就已經夠讓人頭痛了，難道又來了個脾氣火爆的火系異能者？

這時徐玫已經帶著宋玲玲走下樓來，她們沒帶小丫頭下來，怕她會嚇到。

「是我放的火。」徐玫上前幾步，美豔的臉孔布滿濃重的煞氣，「我和玲玲在家正在換衣服，一抬頭就看見這兩個流氓掛在窗戶外面。怎麼，難道有人偷窺，我不能放火嗎？」

丁少尉臉上掛著有些僵硬的笑容，「能，當然能！」說著連忙叫過幾個持槍的士兵對他們吩咐道：「上去看看，找找他們作案的繩子和工具。」

老實說，自從安全區建立，他們這些負責維持秩序的人哪天沒發現過屍體？兩方人馬火拚更不是什麼新鮮事，尤其在現在這種異能者遍地走的時代，幾乎只要聽說哪裡有異能者打起來了，等他們這些苦逼兮兮維持秩序的士兵趕到的時候，都會發現幾具屍體。

如果要抓，他們基地裡面的監獄早就被這些犯人擠冒煙，所以許多時候沒人追究的話，死去的那一方理虧時，事情往往都是不了了之，即使證據齊全。

上去查看的小兵很快就下來了，還帶著犯人作案的繩頭，至於同夥……就算有，多半早就跑了。

丁少尉帶人將那個兩個不知死活的竊賊抓上車，羅勳對徐玫兩人使了個眼色，自己則和嚴非一起轉身回到車上。

宋玲玲跟著徐玫回到大樓裡爬樓梯上樓，不解地低聲問道：「羅哥他們幹麼去？」

「一五〇三的窗戶被那些人打破了。」徐玫猜出了羅勳兩人的意圖。

「他們去找玻璃？」

徐玫無奈地看了她一眼，「要精神損失費去。」

換成是自己，自己也會去那夥人的老窩找麻煩。雖然不確定那裡有多少人在，又有多少個異能者，可如果不將場子找回來，說不定日後很多小偷都會試著來闖空門，反正大不了動手的時候小心點，只要不被當場抓住就行，尤其在背後慫恿的人更不會有什麼損失。

嚴非坐在副駕駛座上，看著窗外的人流，「那些人可能是剛來基地沒多久。」

羅勳點了點頭，說道：「不用擔心，雖然剛才那兩人是異能者，可要是他們身後有什麼大勢力的話，也不會眼睜睜看著那兩人被攻擊而不出手幫忙。」

這也是羅勳之所以敢和嚴非一起出來要找回場子的原因，一來剛才那個風系異能者供出來的人和住的地方他有些印象，大致知道裡面有幾個人確實上輩子就和這個風系異能者是一夥的，畢竟他上輩子也被收過保護費，多少還是知道一些的。

二來那兩個人敢在人多的時候撬窗偷東西，是因為羅勳他們房子的位置有些偏。社區最裡面和南面沒有其他樓房。另外也是現在外面人多，一旦被人發現後脫身容易。白天外面比較吵，在他們確認了自己的目標房間裡沒人後，他們鋸金屬的動靜反而不會引人注意。

人總是有這樣的反應，如果是深更半夜有人撬門偷東西，稍微有些動靜都會引得附近所有人注意。如果同樣的事情發生在白天，屋裡的人也不會太注意。

這夥人來到這個基地時間的確不長，可就是這不長的時間中就偷了好幾家的東西，可見他們對這項業務有多熟練。

藏在人群中看到那個被摔了個半死的風系異能者將老窩供出去，且對方兩個人又上車離開了社區，有個人慌慌張張跑到角落打電話：「老大……對，老六沒死，可新來的用冰的那小子恐怕摔死了……不，也可能是被燒死後摔死的。他們的隊長好像帶人要去咱們那兒了。」

羅勳兩人開車到了目的地，停完車後便走了上去。

爬上三樓，看著目標房間的門居然是木頭的，羅勳對嚴非得意地挑挑眉毛，從口袋裡掏出不知放了多久，已經快沒了用武之地的鐵絲，三兩下就輕巧地撬開了大門的鎖。

嚴非含笑看著他，帶著自己身後的一堆漂浮在半空中的金屬材料進了這戶人家。他其實也能打開這種門，只是自家愛人想要顯擺，他還是不要插手比較好。

這棟樓是六樓的舊公寓，此時上樓下樓的人不少，在看到兩個年輕男人居然伴著漂浮的金屬材料進來，全都嚇得臉色發白，趕緊躲回自己家裡。他們沒見過這兩個人，而且他們進去的屋子……住在這裡的住戶自然知道鄰居是些什麼樣的人，就更沒人敢多管閒事了。

羅勳兩人進門，然後看到一地狼藉。

除了幾個比較沉重的家具外，所有亂七八糟的東西散落各處。

羅勳有些無語地看向嚴非，「咱們……好像就過來兩個人吧？」

嚴非看了漂浮的金屬材料一眼……呃，好像帶的有點多。

目前無法判斷這些人是臨時轉移到其他房間，還是真的跑了。

「找找看還有什麼有用的東西吧。」嚴非拍拍羅勳的肩膀。

他們兩人在來時的路上都做好幹架的心理準備，來了卻只看到一個空蕩蕩的屋子。個中滋味，實在難以言喻。

他們雖然猜到當時恐怕還有那兩個人的同夥在場，可明明只有自己和羅勳兩人過來，按理來說，對方留在這裡的人應該比己方多，而且聽那個風系異能者說，他們這裡還有幾個異能者的，那他們為什麼要逃跑？

羅勳兩人可不知道，雖然這個隊伍中還有其他異能者在，但去偷東西的兩人卻是異能等級比較高的，再者，先前打電話回來報信的人話沒說清楚，他只說「對方的隊長帶人殺來」，並未說對方的隊長只帶一個人來……不跑等什麼？

羅勳深吸一口氣，依舊沒放下手中的弩，悄悄進了大開的臥室，果然依舊沒人。

大約十分鐘後，羅勳拿著幾片被他剛拆下來的窗戶玻璃，準備帶回去替換。

羅勳有些不快地抱怨：「他們這裡的玻璃和咱們大樓裡的規格不一樣。」

嚴非安慰道：「沒事，先拿回去再說，實在不行，暫時先將就著用。」

這個幾乎已經空蕩蕩的屋子，除了幾扇能拆下來的玻璃窗外，就是一些笨重的家具。那些東西對現的宅男小隊來說沒什麼用處，反而來來回回搬運還會浪費時間。要是那些人不是逃走而是找人來幫忙的話，為了幾個家具耽誤時間實在得不償失。

不過，在兩人離開的時候，嚴非「好心」地幫了對方一個忙，他直接將這屋子大門上的鎖孔給封死了。其實嚴非本來還想要不要將窗戶全都封死，可仔細想想，雖然暫時封住人家的窗戶和大門很解氣，但還是有能弄開的一天。弄開大門後，屋中除了不太透氣，有被封死的窗戶在，反而是一種安全的保障。他可沒興趣送企圖洗劫自家的小偷一個可以躲藏的烏龜殼，只好隨手封死人家大門的鎖孔。

兩人回到車上，羅勳將寒酸的「戰利品」丟進後車廂，這才開車回家。

爬上十五樓，迎面跑來怒髮衝冠的五人組，幾個年輕人擼起袖子道：「羅哥、嚴哥，那些傢伙住在哪兒？我們也去揍他們一頓！」

敢趁著家裡沒男人的時候過來欺負女人，他們不想活了是不是？

「去什麼去？人都跑了。」嚴非淡淡地道。

「啊？」五人組大眼瞪小眼。

羅勳指指背後，「人跑了，我們去的時候，他們家半個人都沒有，東西也沒了……哦，我把他們家的窗戶玻璃拆下來了，等一下看看咱們屋子有幾塊玻璃破了，趕緊換上。」

敵人殘的殘，跑的跑，五人組只好抱著一堆玻璃回去。

十五樓的房間有一扇窗戶被打破，徐玫三人的房間也有兩扇破裂，幾人一起動手，很快就重新替換上，反正章溯回來的時候，別人不提，他都沒發現玻璃被換過。

羅勳和嚴非回到自己家中，羅勳才想起一件事，連忙囑咐嚴非：「咱們修圍牆的時候，其他人開玩笑說有會飛的喪屍，我覺得……這年頭連老鼠都變成喪屍了，萬一真有會飛的喪屍怎麼辦？我們還是提前做好準備吧。」

嚴非有些詫異，見羅勳的表情不像是在開玩笑，這才點頭道：「再加上今天的這件事……咱們是要做些準備，至少將牆體外面加固一下比較好。不過，金屬材料不夠了，下次出去再找一些回來。」

羅勳鬆了一口氣，「就當有備無患，反正把咱們家整得結實點沒什麼壞處。」

家裡遭了賊，軍方來人的時候，沒敢找徐玫和宋玲玲的麻煩，只是問問當時的情況，錄個口供，羅勳他們的生活依舊過得如之前一樣平靜。

圍牆一天天增高和增厚，基地依然不停運送各種金屬材料進來，所有的金屬系異能者都升到二級後，不需要什麼技巧的工作做起來變得輕而易舉，築牆的速度遠遠超過以前。

就在幾乎所有人都以為將來的日子會這麼安穩地度過時，一個消息傳回了西南基地。

看著幾輛呼嘯而過的軍車，嚴非發現今天一整天似乎都有些走神的羅勳再次掏出口袋裡的手機看了一眼，心中有些疑惑。今天早上他們才給第一食堂送過菜，明天暫時不必過去。最近沒出過什麼事，社區中的人雖然在增加，可前不久他們家所在的樓層才摔下兩個小偷，諒其他小偷一時沒膽量再來闖空門。

五人組的工作一切正常，章溯那裡……就算有什麼麻煩他自己也能解決。至於自己，雖然之前隊長提起過說上級要親自面見他們這些特殊的金屬系異能者，還要表彰什麼的，不過當時被自己和羅勳找藉口推掉了。

那羅勳現在怎麼還心緒不寧呢？

心裡的疑惑一直到回到家也沒得到解答，他不是不想問，白天提過兩次，可羅勳明顯腦子有些遲鈍，自己就算問了，他也只是應了個「啊」，就問不出什麼來了……

嚴非壓抑著困惑，兩人坐在徐玫家的客廳中，聽于欣然唱今天剛學會的一首兒歌。

兩人和徐玫和宋玲玲告別，正要帶小傢伙一起回樓上，正好遇到五人組吭哧吭哧地爬了上來，大門還沒打開，當先的韓立就叫了起來：「羅哥，你們今天聽說了嗎？」

「聽說什麼？」

「好幾個城市的基地都出事了，聽說至少有兩個基地徹底被攻破了。」

徐玫和宋玲玲兩人瞪大眼睛，嚴非轉頭看向羅勳，羅勳的眼中有著一絲動容，卻不像別人那麼震驚，反而透著惆悵。

有些事情即使提前知道了卻也沒辦法做出什麼改變，他可以拐彎抹角告訴軍方的人說用了不乾淨的水有可能讓活人變成喪屍，可食品衛生上的疏漏依舊導致倖存者喪屍化。

他可以告訴研究所的科學家說毒蘑菇可以減少作物的變異率，但種進農田中的作物依舊出現了大規模變異。他可以對別人說，就在今天，M市基地將會被喪屍攻破，可就算他真的說出這件事，又有誰會相信呢？兩個城市距離這樣遠，就算真的說出去，也改變不了什麼。

況且，他上輩子雖然知道近期會有不止一處基地遇難，卻不清楚它們出事的時間竟然是在幾乎同一天。

他在進入A市的路上遇到過其他基地的人，但因為當時的情況很混亂，大家沒有什麼時間談論具體的經過，只能強撐一股勁兒往A市跑。等到了A市之後，日子早過糊塗了的人，有幾個能記得住確切的日期？

M市、X市、C市第二基地，共計三處基地被攻破，其他數個基地發來求救訊息，西南基地內的氣氛一下子變得壓抑起來，就算開放大家外出做任務也是一樣。

就算要出基地，可之前被炸掉的並不僅僅只是一星半點的地方啊，大家要是想去附近收集物資的話怎麼辦？以前還能去附近的住宅區、商場等地方找，現在？不好意思，你只能深入市區，或者去沒被轟炸過的北面找了。

一些小隊伍即便出去收穫也不會太好，太深入市區有可能遇到大規模的喪屍圍攻，要是去被炸過的廢墟，又有可能會空手而歸……如此一來，人數較少的，以十人為一隊的隊伍，變得在基地中寸步難行。

好在基地開始對外招工，可就算招工，年老體弱的人也掙不到什麼積分，辛苦忙碌一整天下來，這些工作效率比較差的人，說不定連自己都養活不了。至於年輕的，沒什麼戰鬥力的人，外出冒險的隊伍根本看不上，他們反而會加入基地裡的各種建設當中。

有不少隊伍招人只收異能者，對於普通人連看都不多看一眼。

另外一件對於羅勳和嚴非兩人來說比較值得慶幸的事情就是，基地裡面明目張膽，公然出櫃的人增加不少。

沒辦法，一開始或許還有單身女性，但在基地內外各種事情連番轟炸之下，如今敢隻身外出的女人就只剩下如徐玫、宋玲玲這樣彪悍的存在了。即使是其貌不揚的女人，現在也大多都找到了歸宿。

據五人組打聽來的小道消息，基地裡面男女比例現在居然達到了一比四點五，亦即一個女人對四點五個男人。

在供需不平衡的情況下，除了那些先下手為強的人能找到老婆養在家裡，其他人基本連女人的面都見不到，所以男人跟男人搭夥過日子的比例越來越高。

羅勳他們就在這種有些壓抑、沉悶的氣氛中，迎來了六月底外出打喪屍的日子。

五人組終於爭取到了三天假期，商量半天後，大家決定二十七號那天出發，二十八號回來。這樣五人組就能休息一整天，而羅勳他們可以連續休息兩天。

不得不提一句，羅勳他們之所以沒定在月底最後兩天，完全是因為上次自家遭賊的事。雖然能挪移的幅度不大，但還是將外出的時間彈性調整，免得被人看出來。

出發的前一天晚上，眾人坐在李鐵他們的屋中開會。外出需要帶的東西都已準備妥當，徐玫兩人更是做好了乾糧。家中的蘑菇，羅勳也利用前幾天下午準備好，現在只剩下最後一件事，那就是制定路線。

「市區南邊的主要建築物聽說都在上次的軍事行動給炸毀了，咱們先前去的據點……」李鐵眼巴巴地看向嚴非。

嚴非神情自若地道：「問題不大，只要路上有金屬材料就沒什麼問題。現在這種情況下，咱們只能臨時再建了。」

「我們可以過去看看情況，再決定去什麼地方打喪屍。」羅動解釋道：「上次轟炸確實讓附近的喪屍減少了一些數量，不過既然現在所有人都把目標放在市區北面，我覺得咱們反而可以還在南部行動，畢竟咱們的目標和別人不同，咱們不需要找什麼物資。需要的物資，能找到的東西，無論深入市區與否都能找到，這樣的話，待在市區南面反倒對咱們有利。喪屍數量不算太多，也足夠咱們打的，還能順便收集金屬材料。」

眾人齊齊點頭，他們出基地最大的目標，一是金屬材料，二是喪屍晶核。

既然他們有磁鐵般的嚴非在，當然不用擔心找不到金屬材料回來。至於喪屍晶核？南邊的喪屍既然被打死一部分，但同樣因為爆炸時的聲音吸引過去了更多的喪屍，對於他們這樣專門打喪屍的小隊來說反而便利。

訂好目標後，眾人便散會早早休息，第二天一大清早便開車到了基地大門口。

他們的隊伍依舊是原本的四輛車……不，五輛，羅動家的車子是二合一相連的。

不過，其他車隊的車子，幾乎至少都有十輛。

原本零散的小隊，要麼被別人吞併，要麼暫時找人合作，像宅男小隊這樣的少之又少。

當然，也有一些沒能找到合作的隊伍，這會兒正等在門口舉著牌子求組隊求搭夥。這些隊伍大多是十來人左右的小隊，現在想出去卻又不敢走太遠，只能看看能不能找到別找人合作，好一起去市區北面探險。

宅男小隊沒準備跟別人合作，直接排隊等著出去。

先前的轟炸動靜引得不少喪屍聞聲離開，再加上基地派人出來大規模清剿喪屍，很快外面就清靜如昔。

羅勳他們開往沒有車子行駛的方向，向著市區南面，他們先前打喪屍的目標地點而去。沿途沒遇到其他隊伍，倒是遇過從對面趕赴西南基地的車隊兩三次，這些人都是其他基地被破後，逃亡過來的倖存者。

宅男小隊來到之前當作據點的銀行，卻只看過一片廢墟殘垣。

羅勳輕嘆一聲，轉頭對嚴非道：「能把裡面的金屬材料弄出來嗎？」

嚴非點點頭，搖下車窗，開始使用異能操控廢墟下的金屬材料。

銀行之所以還剩下一些斷壁不是因為它原本建造得有多堅固，而是因為裡面有當初嚴非利用異能附在牆壁上的金屬材料。

那些金屬材料、陷阱中的金屬盒子被嚴非弄出來，揉成一個巨大的金屬球滾在車隊旁，羅勳等人再度啟程，而在他們的身後，那個原本還剩下殘壁的銀行徹底坍塌了。

大部分的建築物都被轟炸得面目全非，眾人就沒考慮過找個建築物當作據點，反正他們有嚴非在，只要有晶核源源不斷地供給，他們就能將金屬材料轉化為臨時基地。

羅勳選了一處可以遠遠看到不少喪屍正在遊蕩的地方，讓嚴非造出一面金屬牆壁堵在喪屍會彙集過來的方向。眾人將車子停好後就開始用嚴非特意留出來的射擊口對外清理喪屍，而嚴非則搗鼓起一路上帶過來的金屬材料，製作起防禦工事。

有過幫基地打地基、封底的經驗，這次做起防禦工事真是輕鬆無比。

于欣然的沙系異能升到二級後，多出其他的能力，比如她可以控制沙子的去向，讓它們彷彿有意識般纏繞住敵人往沙地裡面拉。這個能力被羅勳提醒，徐玫兩人幫忙訓練後，居然可以幫著眾人在這種不方便出去撿晶核的時候，運送喪屍的頭顱到大家身邊。

宋玲玲的水系異能也不再那麼柔和無害，她現在可以跟五人組配合，他們給喪屍的腦袋打洞，她控制傷口處的液體。如果傷口比較接近晶核所在的位置，她甚至能用自己可以操控到的液體將晶核一併帶出來，這簡直就是殺喪屍撿晶核的利器。

宋玲玲將晶核從傷口處弄出來，于悠然就控制沙子去撿晶核，這一招對付已經死去的喪屍也很用，不必擔心冒險伸手出去撿晶核會不會被沒死透的喪屍攻擊。

如此一來，大家的續航力提升不少。

在清理完附近的喪屍後，嚴非製造的金屬防禦工事也基本完工。

一個碗狀的防護體成形，地基深入地底兩米，將眾人包在裡面，直徑大約二十米左右。整完這個，嚴非開始吸收晶核能量，于欣然則從嚴非特意給她留出的缺口操縱著金屬碗外圈的地面沙化。

「金屬材料還夠用吧？」喪屍的攻勢暫緩，羅勳趁這個機會讓大家輪流休息，自己也來到了嚴非身邊。他們將自家的車子都移到了「碗」裡面，物資全都在車上，晚上也能睡在裡面，比直接睡在廢墟上要強。

嚴非點點頭，「這附近還有不少金屬材料，咱們帶來的也剩下不少。」說著，從射擊口向外瞄了一眼，確定自己感受到的那些代表著金屬的感覺。

羅勳鬆了一口氣，起身活動因為頻繁射擊導致痠痛的肩膀，「要是有富餘的話，就多留點金屬材料在咱們周遭。這次的圍牆不算高，要是有喪屍跳進來可不好對付。」

嚴非微微點頭，也覺得再造個屋頂比較好，雖然到時會有些不透氣，不過……

「如果空氣流通不好，就讓章溯用一下異能。」

正用異能帶著防禦工事外那些碎石、磚塊、玻璃掃射喪屍的章溯，聞言側過頭來瞪了嚴非一眼。那一眼，魅惑至極。奈何嚴非不吃他這套，更不好他這一口。

于欣然玩遊戲似的將周圍的廢墟迅速沙化，羅勳看情況差不多後，在嚴非弄出的一根柱子上放了個血包。這根柱子隨後探出防禦工事，將血包戳破在柱頂的金屬碗中。血沒有流下去，甚至嚴非還能再將這個「碗」封死，不透露出一絲血腥味，以杜絕更多數量的喪屍衝過來。可就是這麼一點點血腥味，讓周邊四處遊蕩的喪屍興奮起來。

「準備……攻擊！」

附近沒有其他建築物遮擋，羅勳只讓血包曝露在空氣中一會兒，就讓嚴非將碗封住。等到第一波喪屍衝過來，狂風夾雜著被火焰燒得滾燙的沙子，向四面八方奔湧而去。

一波又一波，整整一個白天，宅男小隊一直在重複弩、異能、弩這樣的狙殺行動。直到夜幕來臨時，才將勉強能夠看到隊伍尾巴的喪屍們引進防禦工事外的那一圈壕溝中……

紅色的毒蘑菇汁液倒入「護城河」裡，淋在喪屍頭上，裡面傳來喪屍的慘嚎。等這一輪喪屍被蘑菇汁幹掉，新落入陷阱的喪屍們又迎來了凶猛的汽油大火……

羅勳他們坐在各自的車上，遠離四周被烈焰舔舐著的金屬牆。沒辦法，壕溝陷阱必須將整個防禦工事都圍住，他們沒有除這之外的任何可以依靠的防禦工事。

他們就在那一圈火光正中間，如果不是有宋玲玲這個水系異能者幫忙降溫，還有章溯這個風系異能者弄新鮮空氣進來，那他們不是被活活烤死，就是缺氧而死。

五人組就著火光翻閱小說，于欣然趴在徐玫的腿上，抱著兒童繪本，睡得很香甜。

這些書是他們來的路上，無意間看到一棟倒塌的建築物中散落出來的。那棟建築物原本是做什麼的他們不清楚，但絕對不是書店。他們懷疑很有可能是一處倉庫，或是轉運中心，反正他們在那裡找到不少書籍，雖然沒有教科書，可是閒書能拿來解悶，教導于欣然識字。

羅勳家中的電腦裡還存著很多網路小說、文獻資料，李鐵他們知道後，不知從哪兒弄了個無線網路分享器回來，大家平時都用手機下載不少小說來打發時間。這些東西可以等于欣然年紀大些再讓她看，現在嘛……還是這些童書、教科書比較適合她。

火焰的爆裂聲劈啪作響，一夜過後，防禦工事外面遍地焦黑。

羅勳爬到嚴非架設的金屬架上觀望一圈，確定視野可及的範圍內沒有喪屍的蹤影，壕溝中喪屍全被燒死，這才鬆了口氣，轉身爬下去，說道：「開門，收拾東西。」

這一次的收穫依舊不錯，雖然晶核的數量只有七千多顆，可架不住其中的二級晶核就占了足足一半。現在基地裡面二級晶核的價格差不多是一級晶核的十倍左右，他們將自己用不到的二級晶核拿去換成一級晶核的話，那麼這次的收益顯然要比先前那兩次好的多。

一群人圍在車旁開始分贓，留下一部分當作公共收入，剩下的各自分配好才商量起後續要做的事情。

「是要再打一會兒，還是直接回去？」

這次的收穫不錯，大家的心情更加不錯，雖然外面有不少二級喪屍在，但他們有蘑菇武器在手，這次的毒蘑菇汁液可是先前的兩倍多。

羅勳思索了一下，抬頭看看天上的太陽，「回去吧。」然後笑道：「這次的收穫不錯，不過現在快到中午了，咱們回去時要是不想驗血進基地，還得在等候區等一陣子。」

確實，繼續深入雖然能再打一些晶核，可回去的時間就不好說了，如果跟之前似的被喪屍圍住，那說不定又會像先前那樣折騰到半夜也未必能回去。雖然他們明天還有一天假期，可能多休息一天總好過在外面拚命。

彼此對視了一眼，大家理智地決定直接回家。

各自開始收拾東西，嚴非將他所需要的金屬材料鍍在各自的車上。他們所在的位置還有一些前陣子被炸倒的樹木，眾人順手搬了幾大塊相對完整的木頭裝進車中，這才開著車子向基地的方向行去。

剩下的金屬材料按照老規矩藏進四周那圈陷阱之中，當然，陷阱依舊封好蓋子，做好掩護。章溯還特意弄了一堆碎石頭、爛木頭堆在上面，看起來和其他廢墟沒有什麼區別。

車隊發動上路，雖然這裡距離基地有些遠，但大家還是想趕路回到基地再吃午飯。

車子載了不少東西的結果就是一路塵土飛揚，待等他們開到一條主幹道附近，就見到了另外一股煙塵瀰漫的地方。

「喪屍，還有車。」嚴非放下手中的望遠鏡，沉聲對正在開車的羅勳道。

羅勳點點頭，神情有些恍惚，隨即說道：「開過去，見機行事。」

一輛輛車子緊緊跟上，這條路比他們昨天過來的時候多出不少喪屍，再結合前面不遠處停在那裡的車子，大家不難想像出原因。應該是被這些車子帶過來的，或者在他們之前還有其他的車子從這裡經過。

這條路是進入A市的主幹道之一，從這裡一直南下能到達另外幾個城市。據說六月初被攻破的幾個基地當中，有至少一半的人都要通過這條路進A市。

羅勳他們現在所在的位置在轟炸過後就只有這條路可以回基地，誰讓他們沒有越野車，無法走那些雜物遍地的小路。這條路上的喪屍數量雖然不少，但對於比較有經驗的小隊來說倒是並不算什麼。

宅男小隊沒有把彈藥、毒蘑菇汁液、汽油用光，他們車上剩下的東西足夠再來那麼一次大規模火燒喪屍，先前只是出於安全、時間的考量，才沒繼續獵殺喪屍。

等到靠近那幾輛車，眾人就能看出情況了。

一輛大貨車翻倒在地，一群喪屍正在那裡撕扯著車身，抓出裡面還活著的人。另有一輛車被前面那輛車擋住前進的路，一些人正拿著棍棒、鐵管拚命敲打追上來的喪屍，一邊打一邊逃。所有的人臉上、眼中充滿絕望，直到他們看到宅男小隊的車子。

「殺！」羅勳抓起手弩，搖開車窗，對準前方聞聲轉過頭來的喪屍。

這些喪屍和這兩輛車子擋住了去路，他們除非拐回去另尋出路，不然根本避不開。

想要通過，就只能想辦法殺光前方的喪屍。

嚴非在羅勳向出了事故的車子這邊繼續前行的時候就做好了準備，後面幾輛車中的隊友也都蓄勢待發，見隊長行動，立即跟著發起攻擊。

一個喪屍躲過了弩箭，朝羅勳跳了過來。那一跳足有三米高，可落下時迎面撞上了一塊憑空出現的鐵板。那塊鐵板彷彿有生命似的，在半空中展開，裹住喪屍，將其擠成肉泥。

消滅完車外的喪屍，羅勳兩人下車和隊友們集合。

于欣然讓路旁一塊地方沙化，章溯伸手一揮，連沙子帶碎石、瓦礫，與徐玫瞬間凝出的大大小小的火球揉到一起，向正前方爆衝而去。

那兩輛車上的人見這些人竟然真的下車幫助他們，一個個眼中迸發強烈的求生欲。

有個人高聲叫道：「大家再堅持一下！」

一些年輕力壯，起了逃跑心思的人，回頭全力投入到戰鬥之中。

裝備完善的宅男小隊，很快就將喪屍清理乾淨。遺憾的是，前方兩輛車上有不少人受了傷，當場喪屍化，少數幾個人則絕望地捂臉坐在路旁。

羅勳向那些人掃了一眼，朝沒受傷的人走去，問道：「你們是從什麼地方來的？」

從他們的衣服、車子就可以看出來，他們不是西南基地出來做任務的小隊。這些人的衣服破破爛爛的，面黃肌瘦，顯然比起生存條件還算中等的西南基地完全不同。更讓他做出這種判斷的原因是，這些人甚至沒有一件真正意義上的武器。

有些人握著捲了刃的防爆斧，其他人拿的大多是不知從什麼地方拆下來的棍棒。

眾人七嘴八舌地回答。

「我們是從C市來的。」

「我們是M市的。」

「我們是……」

一個四十來歲的中年人解釋道：「我們隊伍裡有好幾個基地的人，都是基地被攻破後準備來A市的。大家原來的代步工具都壞了，這才湊到一起。」

羅勳點點頭，指著前面那輛車子問道：「你們的隊伍就這兩輛車？」

那人臉色變得有些難看，其餘人則神情中頗有些不甘，「我們車隊原來有二十多輛車，就算遇到喪屍也能想辦法抗一下，可今天開到這裡的時候，前面那輛車拋錨了，跟上來的喪屍又有些多……本來要是平時遇到這種狀況，大家都會停車等一下，想辦法把喪屍消滅了，或者把人盡量救出去再走的，可今天……」

這裡距離西南基地已經不遠，沒想到車隊開到這裡竟然遇到了不少二級喪屍，領頭的那些車子不願意耽誤時間，怕自己車上也有傷亡，而且最後兩輛車上的人雖然不少，可都是普通人，沒有半個異能者，他們跟在隊尾本來就是被前面的異能者當成炮灰。在這種情況下，走在前頭的人就乾脆拋下他們自己走了。

羅勳了解情況後，轉頭看向身後的隊友。李鐵幾人已經將周圍死掉的喪屍處理好，挖出了一小袋晶核，見羅勳看過來，連忙遞過去，「六十四顆。」

羅勳接過袋子，分出一半交給四十多歲的男人，說道：「一半是你們的。」說著將自己這袋又交給章溯，「西南基地就在前面不遠，你們是和我們的車一起回去，還是自己走？」

那人愣了一下，連忙看向其他同行的人。

那些人頗有些意動，一個年輕人忽然問道：「你們還去別的地方嗎？」

羅勳看了他幾眼，隱約覺得他有些眼熟，搖頭道：「我們直接回基地。」

那些人見羅勳他們的車子似乎還帶了不少東西，猜出他們應該是西南基地出來做任務的小隊。略微商量了一下，那位四十多歲的男人說道：「能跟你們回去最好，你們也看到了，我們車上的……都是普通人，沒什麼自保能力……」

羅勳笑道：「這沒什麼關係，西南基地有獎勵措施，要是能救倖存者回去，我們也是有功勞的，那你們準備一下吧。」

嚴非上前一步，將前方那輛被毀得沒了原形的車子的車身金屬板抽了出來，融到這幫人先前坐著的卡車周邊，不但補上了車子原本的窟窿，還將車體加固了一層。

被喪屍咬了的人，在眾人談話的時候就已經有一半喪屍化了，就算心中有著再多的不忍心，大家也不能留下它們。其他的傷患坐到角落，眼中帶著渴望，卻無法提出跟著車隊繼續行動。不是他們不想活，也不是他們不想尋求別人的幫助，而是在這短短半年間，在逃亡來A市的一路上，他們已經見過太多的人最終變成了喪屍。

其中有一個男人顯然是個狠角色，他的手臂被喪屍咬了之後，當機立斷砍掉自己的手。只是不知道是傷口受到感染，還是喪屍病毒傳播速度快得驚人，沒多久他就和第一輪喪屍化的人一樣，變成了沒有理智的喪屍。

見對方爬上了卡車，羅勳忽然對坐在路邊等死的幾個人指著前方大路道：「順著這條路一直往前走，差不多三十分鐘就能看到西南基地的圍牆。如果走到那裡還沒有喪屍化，你們只要經過檢查，確定沒有感染喪屍病毒，就能進去得到救治。」

但如果喪屍化了的話，等著他們的就是防守人員的射殺。

車子一路向著基地方向開去，在大門口登記完又表明後面那輛車上的人是他們半路順便救下來的，多得到一些積分後，羅勳他們才來到了監控區等候。

默默坐著等待時間流逝，羅勳啃著徐玫前天準備的菜團子，一直沒怎麼說話的嚴非突然伸手按在羅勳的手背上，問道：「怎麼了？你今天的情緒不對。」

羅勳的情緒自從進入六月後就開始出現異常，只是變化不算明顯，直到今天見到那些被喪屍圍住的人，才顯現出來。

面對陌生人時，羅勳的話比平時多，最重要的是，嚴非能感受到他的不對勁。

羅勳詫異地看向嚴非。

他看出來了？也對，兩人一起生活了這麼久，正如自己能感覺到對方的情緒一樣，自己如果有什麼異樣，對方同樣能第一個能察覺。

「……回去再說吧。」羅勳眼中有一絲疲憊之色。他不知道要怎麼解釋，重生這事在他重生的那天起，他就沒打算告訴任何人，可有些事情壓在心底太久了，讓他瀕臨崩潰。

尤其是在兩世經歷重合的那一瞬間。

重生後，羅勳一直沒有明確地找出自己來A市走的是哪條路，甚至弄不清楚進入西南基地的具體日期是哪一天，倒是曾經棲身過的M市基地破滅的日子沒有記錯，但之後的……

或許因為經歷過的太艱難，人類的大腦會下意識讓人忽略一些過往的遭遇，所以羅勳直到今天開車回來的時候，見到那兩輛堵在半路上的卡車，這才想起自己上輩子逃生時，正是在那裡險些喪命的。在那裡，他失去了一起從M市努力逃出來的同伴，和僅剩的幾個半途遇到的同行者拚命逃進西南基地。

當時的他們可沒好運地遇到出來做任務的隊伍，最後更是在同伴被殺後，幾乎喪失了所有戰鬥力的他及其他人一起跌跌撞撞逃走，連回頭看一眼昔日夥伴的勇氣都沒有。

羅勳認識那名四十來歲的男人，因為他和自己一樣，是最後一起逃回基地同伴之一。在逃生的路上被嚇破膽，中年男人是來到基地後最先決定自己在家中種菜，在基地中找工作的人。就連羅勳一開始還曾經不死心地與其他隊伍一起出過幾次基地，畢竟他在曾經的M市也出過基地，好歹會用自製弩箭射殺喪屍。

可殘酷的現實告訴羅勳，他只是一個普通人，低階、少量的喪屍還好對付，但高階喪屍不是他這麼一個沒有異能的普通人能玩得轉的。

當羅勳決定在基地找一份工作時，中年男人當時已經有了種植的經驗，對方介紹他加入種植基地，羅勳才成為一個道道地地的宅男。

至於其他人……那些跟在宅男小隊後面回來的人，其中雖然有幾個頗為眼熟，但他現在實在想不起來……等等！

羅勳的眼睛一亮，嚴非挑眉問道：「怎麼？哪兒不舒服？」說著伸手去摸他的額頭。

「呃……沒、沒事……」羅勳臉紅地低下頭，嚴非的手便落在了他的頭頂。

他想起為什麼會覺得插話的那位二十多歲的年輕人眼熟了……他還記得當時在來A市的路上有過一個基友。雖然兩人相約過，來到西南基地後，如果各自都沒有伴，兩人就搭夥過日子，可實際上他們兩個沒有認識多久。

那個人外表普通到丟在人群中就找不出來，自己也是個外表普通的人，因此，在那人去世的幾年後，羅勳漸漸淡忘了對方的長相，只記得兩人曾經說過的話。於是，到了今天雖然再次見到，卻也只是「眼熟」而已。

嚴非挑高眉毛，他能感覺出羅勳的心虛，可他做過什麼心虛的事嗎？就連剛才自己問今天的他不對勁的時候，他並沒有表現出這種情緒。

現在這個樣子……倒像是想起他以前做過什麼虧心事似的。

將疑問壓在心底，準備回去跟羅勳好好交流的嚴非沒再多說什麼，只是態度坦然地將羅勳擁進懷裡，等著監控時間結束。

放在一兩個月前，嚴非這般親暱的動作會引得旁人側目，現在嘛……基地中的人已經開始漸漸接受「沒有媳婦，基友來湊」的悲慘前景，故而沒人理會羅勳兩口子當眾秀恩愛的狗男男行徑。倒是宅男小隊中有兩個女人，少不得引得周遭的人時不時往這裡瞄幾眼。

幸好徐玫和宋玲玲都很小心，自從出過事，她們如今外出時的打扮都很中性，甚至宋玲玲還將自己的一頭長髮狠心剪斷，平時外出時更是怎麼中性怎麼穿，怎麼不起眼怎麼打扮，臉上能遮多少東西就遮多少東西。

隊伍中的第三位「女士」于欣然，她的打扮自然也向她的兩位「養母」靠攏，小小的腦袋上戴著個棒球帽，帽子下面是一副兒童用的黑色墨鏡，墨鏡下方有個白口罩……哦，值得一提的是，如今口罩成為了宅男小隊外出做任務時的標準配備。從上到下，不分男女，一律如此打扮，兩個女人出門買午飯都要戴著口罩，打死不肯摘。

徐玫兩人的裝扮很低調，不是離得近的人根本看不出她們是女生。于欣然更因為年歲太小，乾脆穿男孩的衣服。當然，家中還是有幾條裙子給小丫頭平時穿著臭美用。

等了足足三個小時，羅勳等人才起身取車，開車回到基地裡面。

「今天街道上的人多了不少。」那些投奔來西南基地的人似乎速度都差不多，所以這些人全集中在這幾天陸續趕到。

羅勳說著，視線不由自主在附近已經通過檢驗，過了監控時間投奔來的人們的車輛上掃了幾眼。他雖然記得那輛卡車上的一些人是誰，可確實沒辦法想起那些拋棄了那兩輛車子的人到底有些誰，長得又是什麼模樣。

那些人本來就是半路上湊到一起的，從什麼地方來的人都有，可是能坐進車隊中前面那幾輛車子的人多少都是有些本錢的。要麼本身就有車，要麼本身就是異能者，甚至有一技之長，也或許其中還有抱上了大腿的男男女女……

嚴非的視線掃過旁邊一輛車上爭相向街道上四下張望的人，「最近逃來基地的人本來就不少，明天一早我就將咱們的屋子再加固一次。」

他並沒有忘記羅勳先前提起過的，讓他加固屋子，防止出現什麼意外。

羅勳愣了一下，笑著對嚴非說道：「不知道家裡怎麼樣了，最好別出什麼事……」

經過竊賊白天上門的事，羅勳他們這次出門時，心裡總是放不下家中的情況。

嚴非見他的態度終於恢復正常，這才露出一抹笑意來，「除非有金屬系異能者去找麻煩，不然應該不會出什麼事。」他前不久利用剩餘的金屬材料將門窗，甚至整個牆壁都再次加固過，除非有哪個金屬系異能者找麻煩，否則不會出什麼事。

幾個臨時收容所門口的停滿了車子，一些今天才來到基地的人此時正各自從車上搬下行李，還有些前幾天到來的人，從收容所裡向外運東西到基地剛剛給他們分配的住所。

羅勳瞄了那些人一眼，等車子開回社區後才刻意留意了一下，想看看那些地下室中有沒有住進人。社區中的地下室幾乎是最後一波被分配出去的房子。內基地因為先前出現過喪屍病毒擴散的情況，所以在那次事件之前來到基地的人，反而大多選擇提前搬到外基地，這些新來的人才能被分配進內基地。

「看什麼呢？」嚴非問道，下了車羅勳就低著頭尋摸著什麼。

「沒，就是看看。」羅勳搖搖頭，鎖好車門，抱起一包書籍，跟著眾人搬東西上樓。

幸運的是，這次宅男小隊外出沒有引起別人的窺伺，或許有人在窺伺，但兩天的時間實在太短了，沒誰有本事趁他們不在的時候動手撬門撬窗，所以他們回來時確認了兩層樓的大鐵門都是完好無損的，門窗也全都保持原樣。

大家略說了幾句話便原地解散，各回各家休息。

小傢伙站在大門後搖著尾巴迎接兩人，羅勳兩人外出上班的時候，都會把牠放出去陪于欣然玩，下午再接牠回家，可昨天和今天兩天沒有放牠出去，讓已經習慣每天都有小丫頭陪伴的小傢伙略感寂寞。要不是家中還有一缸鵪鶉陪著牠解悶，這會兒家裡的拖鞋多半都會被牠翻出來啃個稀巴爛。

對熱情過度的小傢伙擼了一通肚皮才勉強安撫好牠，羅勳這才可以鬆散一身的骨頭。

他正要去浴室放水洗澡，卻見嚴非坐在沙發上看著自己，還伸手拍拍沙發。

想起自己先前答應過他什麼事，羅勳的表情僵了一下，垂下頭，過了一會兒才微微嘆了一口氣，認命似的坐到他身邊，老實被他摟進懷裡。

嚴非什麼都沒說，大手有一下沒一下在他的頸邊摩挲著，不帶一絲曖昧，就像是平時撫摸小傢伙似的，而小傢伙也狗腿地跑過來，跳上沙發，一路踩著側躺靠在嚴非懷裡的羅勳，頭硬擠到羅勳腦袋後面，身子卡在羅勳的背後與沙發靠背之間，也不嫌擠得慌。

早就把狗當成兒子養的兩人，完全沒覺出有什麼不對。

羅勳閉著眼睛，感受著臉頰、脖頸上的溫度，原本忐忑不安的心漸漸平靜下來，這才低聲道：「我不知道怎麼說……我知道末世後的一些事，從末世還沒來前就知道。」

嚴非並未感到驚訝，他從一開始就有所懷疑，不然誰會好端端在家裡準備這麼一堆亂七八糟的東西，還都是各種生活物資，甚至連種子、花盆、蒸餾器都有。

令嚴非詫異的是，羅勳家還存著不少土壤，用來種植作物的土壤。

其他東西還好說，可以說是他的愛好，但家裡備著這麼多的土……還有那麼多一兩年都未必能吃完的食物，這些東西放久了可是會過期的。

放到現在再看看，那些已經放過期了的速食麵，現在拿出去都可以換到不少的東西了，而別的東西……還用說嗎？宅男小隊中的眾人，除了在基地中有一份穩定的工作，是如何能在不出基地的情況下還能過上不錯的日子？不都靠著羅勳會的這些東西及準備的物資嗎？

他沒有特意用實際物資支援李鐵他們，可他卻用真正的種植知識讓大家得以改善自己的小日子，更告訴眾人出基地後要怎樣行事才能更有效率地消滅喪屍，挖到晶核。

想到這裡，嚴非撫摸著羅勳臉頰的手頓了頓，低頭溫聲問道：「預知？」

羅勳愣了一下，搖了搖頭，「不是……我……做過夢……夢到了末世……喪屍……」

這話說得他自己都覺得不算合理，但總比讓人誤以為自己有預知異能強的多。

他是個普通人，一直都是，無論前生還是今世，可是重生這事他沒辦法說出口，而且如自己這樣的重生者，除了能改善生活條件，拐到一個異能者當男朋友外，似乎沒什麼很大的建樹，實在太丟臉了。

「我做的夢太真實了，所以……」羅勳咬咬牙，想要繼續解釋，卻發現嚴非眼中帶著一抹溫暖的笑意，「你夢到過我嗎？」

羅勳呆了呆，下意識搖頭。他上輩子從沒見過，更沒聽說過基地中有嚴非這麼一號人，就連金屬系異能者也沒見過活的。知道有這種異能者，還是聽別人說那些金屬牆壁是金屬系異能者造出來的時候才知道的。

嚴非在得到他的回答後，意外覺得心中更加溫暖。

他不確定羅勳說的是不是真話，但他願意相信羅勳的解釋，因為除此之外，沒有別的更合理的原因說明這一切。當然，他不是完全沒想過「重生」這回事，但現實中的一般人，沒誰會在身邊人表現得彷彿有「先知」的情況下，主動懷疑對方是不是「重生」的。

只不過這些都源於夢嗎？要是夢境沒能成真呢？那他花大錢買了這些東西回來，日子要怎麼過？或許他曾經做過的「夢」太真實了吧，真實到任何人一旦夢到它都不得不相信。

手指捏著羅勳的下巴，嚴非彎下腰，唇在他的臉頰上輕輕觸碰。

「你夢到過今天咱們遇到的車隊會經過那裡？」

羅勳默了默，微微搖頭，眼中閃過一絲惆悵，「不全是，我的夢裡……我在末世前一直都待在老家，末世後在老家的房子裡躲了一陣子，和社區中還活著的人一起逃出F市，跑到M市基地。後來M市出事，我記得很清楚，就是六月八日那天，可那天之後的事情就沒那麼清晰了，至於到底是哪天來A市的西南基地……」

羅勳無奈笑笑，「直到今天我看見那兩輛車子，才想起來夢裡我就在那輛車子裡，當初夢裡夢到的，走過的那條路就是那裡。」

他除了剛到基地後的半年時間外，幾乎沒出過基地，就算是那個半年內出基地時也都只是跟著隊伍去市區北面，沒走過當初來西南基地時走的那條路，能提前認出來才有鬼，畢竟當時從M市逃亡過來的時候，有資格指定路線的都是領頭的那些異能者，羅勳他們所在的車子只有老實跟著的份。

嚴非這才明白羅勳情緒不對勁的緣由，先前六月初的那幾天的異樣也有了合理的解釋。在他的「夢中」，他是一路逃亡過來的。想想他身為一個普通人所要面臨的狀況，再想起今天白天時那兩輛車子的遭遇，嚴非就覺得有些揪心。

如果不是自己的小隊正好路過，恐怕那輛車子上沒幾個人能活著逃走。

忽然又想起了自己，如果不是羅勳的這個「夢」，自己恐怕根本就活不了，羅勳就算逃到西南基地來，生活也絕對不好過。

想起剛剛在監控區等候時羅勳那有些心虛的模樣，嚴非略過那些「如果」，問道：「之後呢？到了西南基地後還夢到過什麼事嗎？」

羅勳的表情忽然凝重起來，聲音有幾分遲疑：「東部基地……會被攻破。」

「東部基地？」向來淡定的嚴非聞言相當驚訝，「知道是什麼原因嗎？」

這個消息可比那些基地被攻破來得大多了，畢竟如今那幾個A市附近城市的基地被攻破的，最大的不過是C市的第二基地，可那個基地的規模據說並不大，似乎只有如今西南基地內兩片社區的大小，裡面的人最多兩三萬。

可東部基地呢？其規模與西南基地差不多，裡面的人口不算上現在又投奔過去的，至少也有幾十萬人。

羅勳苦笑了一下，「喪屍圍城……」說完又解釋道：「可能還有其他原因，我不太清楚，不過我知道東部基地被攻破了以後，西南基地也遇到了喪屍圍城，只是守住了。」

嚴非越發覺得沉重，難怪羅動會說要加固房子，恐怕就跟這次的事情有著不小的關係，也或許將來會需要小心空襲。

「具體時間呢？」

「我只知道東部基地出事是八月初，之後不到半個月就是咱們這兒……」羅動的臉色變得有些不太好看，低聲道：「下個月初，基地打晶核的事情恐怕會有麻煩。一般來說，在正式出現喪屍圍城前，基地外面的喪屍會越來越多，我推測在八月初的時候，咱們基地門口的喪屍數量不會太少……」

嚴非正想再繼續問些什麼，神情一動，眉頭皺了起來，「軍方才剛剛轟炸過市區南部，炸死不少喪屍，A市附近一些小基地就被攻破了。八月喪屍又開始圍攻A市兩個基地……這之間會不會有什麼關聯？」

羅動瞪大眼睛，「你是說……喪屍……在報復？」

嚴非搖搖頭，嘆道：「你夢到過具體的情況嗎？或者基地對這些事有沒有什麼分析？」

羅動苦笑，「就算我記得夢裡的所有小事，那些小事也都是圍著我自己的……我就是個普通人，連一些異能者知道的消息都未必能打聽到。夢裡面我雖然出過基地，但市區北部的喪屍數量比較多，像我這樣的普通人，很多隊伍根本不要，我還在建築工地做過事呢……」

他意識到自己說得太過細緻，連忙略過這些小事，又道：「在這次喪屍圍城後，有時會出現喪屍潮，那時誰要是遇上了，除非隊伍中有強大的異能者在，才有可能逃命，不然根本就是誰遇到誰死。還有……我記得明年開始就有變異動物出現，那些動物雖然變異得更厲害，殺傷力也更恐怖，但牠們的肉能吃。」

羅勳兩口子現在只能靠著偶爾得到的第一食堂飯票解饞，或者偶爾弄些家中存著的臘肉或臘腸、風雞風鴨補充營養，爭取保證每天有一頓能吃上肉。用新鮮的肉炒的菜、燉的肉已經許久沒吃到過，所以一提起這件事，他就眼睛發亮。

嚴非的嘴角抽搐了兩下，好吧，其實自己也饞了。

羅勳前世的記憶不是太具體，但他記得幾次比較關鍵的人擋殺人佛擋殺佛的大事件，比如西南基地遇到過的喪屍圍城。

其他的時候，羅勳都是在基地裡種田度過，知道的事情不算多，在嚴非問起的時候，就以做夢夢到得不是太具體略過了。

兩人都很傷腦筋一個多月後東部基地覆滅的事，以及一個半月後的喪屍圍城，可正如羅勳一直擔心的情況一樣，這樣的「預言」在完全沒有異能支持，也無法裝作神棍預知者的情況下，根本沒辦法說出去說服他人相信。

就算他們說出去，到時也確實發生了，但如果別人因此對羅勳起了歹心，將他強行囚禁以專門做「預言」怎麼辦？嚴非的能力再強大，也無法在這種關乎到「人類未來」的情況下保住羅勳，更何況羅勳不是真正意義上的預言者，別人要是抓他回去讓他算命呢？

他只是個在末世前做過一場關於自己未來，也只圍繞著自己未來十年「夢」的普通人。他不知道未來用來專門對付喪屍的武器是怎麼製作的，也不清楚未來哪位異能者的能力可以強大到以一當萬清剿喪屍，給人類帶來和平。

「這件事不急，也急不來。」

嚴非心思一轉，做出了決定。不直接對軍方提出這件事是肯定的，東部基地的事情他們實在鞭長莫及，而且就算提醒了，恐怕也無法更改他們的命運。羅勳只知道那個時候東部基地會被攻破，但在什麼情況下他完全不清楚，而他們兩人到現在為止完全不知道東部基地的具體狀況，比如那邊的城牆建設狀況，比如那邊會不會在內部爆發喪屍病毒。

連原因都不清楚，即使告訴東部基地的人，除了添亂，憑空讓人扣上「擾亂民心，惡意散播謠言」的帽子外，根本達不到預期的目的。

倒是西南基地這裡可以想想辦法，當然，要穩妥的辦法。

這些事情都不是今天馬上就要做的事，也不是著急就能有用的，倒是說開這些事情，嚴非覺得另一件事需要再仔細詢問。

「還有沒有別的什麼事呢？」

「什麼別的事？」羅勳不解地問道。

嚴非挑眉，笑得意味深長，「比如你有沒有在夢中見到自己將來會跟什麼人在一起？」

羅勳先是一愣，隨即從他那似笑非笑的表情中意識到他說的是什麼，臉上先是一紅，隨即將頭轉到另一邊，「沒有……」

「沒有？」嚴非將身子壓下去了一些，「比如讓你動心的人也沒有？我記得你當初跟我說過你喜歡男人。末世中的女朋友確實不太好找，不過男人……」

結合羅勳說起他的夢來，嚴非便能立即猜出羅勳今天在監控區那一閃而過的「心虛」是從哪裡來的。比如今天他遇到的人當中，或者原本「將會」遇到的人當中，有那麼一個半個和他關係不那麼普通的人在。

羅勳瞪了他一眼，有些不爽地側過身子臉朝外，「愛信不信，反正我在夢裡一直都是一個人過的。」他確實是一個人過的，但也確實曾經憧憬找個人搭夥過日子。不過那個人現在根本不認識自己，自己這一世也絕對不會再和那人有任何關係，所以嚴非這個醋絕對是飛醋。

等等，飛醋？

羅勳驚訝地轉回頭，「你……你不會是在吃醋吧？」

他一直以為有這麼一個光憑外表就能引得一群人追在後面求交往的男朋友，在日後的生活中就只有自己會為他吃醋，可現在……難道他也會因為這種事情，為了自己吃醋？

嚴非從剛剛羅勳的反應來看，決定不再提起這件事，說不定這類事情對羅勳來說並不是什麼美好的事，但他現在這個樣子……

嚴非瞇起眼睛，「你以為我是你什麼人？你又以為你是我什麼人？難道你認為我連在自己的老婆有可能被人窺伺的情況下都不會生氣？」

沒自信到這樣，他難道真的不知道自己有多喜歡他？怎麼可能不吃醋？

聽到嚴非這彷彿告白一樣的話，羅勳不禁臉紅，眼神飄忽，「我還以為……誰想到你連這種沒邊的事情都會瞎想。」

上輩子他和那人只是拉過手，還是在逃命的時候拉對方上車才拉的手，現在他連對方的名字都記不得了。

話說回來……

羅勳板著臉上下打量起嚴非，「話說回來，咱們兩個比起來，恐怕是你的前科更多。」

他居然敢審問自己？

嚴非臉上帶著溫柔的淺笑，一隻手穿過羅勳的頸後，另一隻手向他的腿下伸去，「這怎麼能一樣？我擔心的是你夢中『未來陪伴你的另一半』，不是在末世前交過多少男女朋友的這種無聊的老黃曆。」

羅勳氣結，「誰知道會不會哪天突然跑來一個前女友要我退出，要給你生孩子什麼的。到時你要是敢拋棄糟糠之……夫，我……」

後面的話因為說話的人思緒混亂，都不知要說些什麼了。

嚴非臉上的笑意更深，深邃的眼神讓瞪著他的羅勳不由自主別開眼睛。

嚴非站起身來，抱著羅勳走向浴室，「沒有前女友，就算有人湊過來，我也不可能接受。不過為了彌補我剛才因為吃醋而受創的心靈，為了安撫你對於未來的擔心，我覺得我們現在最好進行一下深入的交流……」

羅勳目瞪口呆地被抱進浴室，小傢伙在沙發上滾了半圈，直起身子，看向兩人進入浴室後，一件又一件的衣服飛出來……

第二天從早到晚，羅勳都沒能在眾人面前露面，所幸宅男小隊所有的成員都已經學會了如何照料作物，在發現隊長「受傷」臥床不起後，徐玫兩個女生體貼地擔負起了全部的種植工作，五人組當然在睡了個懶覺後也加入，一起照顧這兩層樓中所有的作物。

嚴非昨天洗完澡，就抱著沒了力氣的愛人上樓，回臥室再戰。

至於具體的戰況，戰況太激烈，不足為外人道哉。

總之，羅勳是第二天中午才爬起來的，只剩下了捶床的力氣。

等到上工的那天，隊長都時不時視線飄到羅勳滿是草莓印的脖子上，讓羅勳恨不得回家換一件高領的衣服出來。

懷疑加戲謔的目光在兩人身上游走了一圈，隊長和其他隊員好心地沒有多說什麼。

他們早就看出來了，這兩個人的關係不像他們平時所表現出來的那麼單純。

什麼表兄弟……看看兩人平時休息時、吃飯時那曖昧得彷彿老夫老妻的互動，傻子才會相信他們很純潔。不過這麼說來倒也是，羅勳暫且不提，單說嚴非那搶眼的外表，就算在末世中也不可能是找不到老婆的人。

他們隊裡的人都知道，這兩位「表兄弟」是住在一起的，沒有任何緋聞女友。再加上偶爾看到他們兩人拉個小手、摟個肩膀，雖然沒有親親我我，可這麼長的時間也足夠這些原本粗心的糙漢子們看出點什麼來了，尤其是如今基地中曖昧的狗男男日漸增多的時候。

今天看到某人脖子上的那些草莓印後，眾人便沒覺得有什麼值得驚奇的，只是心裡都在納悶，從外貌來看，分明嚴非的那張臉才適合在下面。可無論是平時的相處，還是今天的證據都表明某人弱受不可動搖的地位。

嘖嘖，還真是人不可貌相！

第三章

宅男小隊顯神威，坑殺鼠輩不手軟

嚴非等金屬系異能者的工作地點又轉移了，異能升到二級後，異能者們使用異能的效率明顯提升了不少，因此在上個月中旬，他們就完成了建築內圍牆任務，再度回到軍營開始製作一些指定的物品，而現在他們要造的是天橋。

從內基地的軍營跨越到中圍牆、外圍牆的，可以讓軍車，甚至坦克通行的天橋。

這個通道不僅僅要修建到正對著市區的那個門口處，還要通到其他三個方向，此外還有數條並行的，可供陸軍們快速轉移的通道。

將來更有可能進行二次擴充，以達到真正意義上的四通八達。

這種「天橋」既然要讓那麼重的坦克車從上面行走，可見需要多麼恐怖的承重能力。幸虧嚴非他們的異能提升到了二級，就連除了嚴非之外的三個人也多出了提純金屬的能力，所以勉強可以按照要求製作出來。

當然，因為這個原因，嚴非利用放假的最後兩天盡量將家中所有起到防禦作用的金屬材料再度提純加固後，按照羅勳的意見糊到自家牆皮外面去了。當然，他也沒忘記加固整棟樓牆外皮裡面的牆體，不然萬一真的頭重腳輕，大樓要是哪天倒下來的話……呵呵，那場景一定相當驚人。

他們幾人開始分工合作，三名異能者處理金屬材料，除雜、提純、融合，做出最為堅硬的金屬原材料，嚴非則要負責按照設計圖製作天橋的金屬框架。

橋墩與橋墩之間的距離比較長，目前他們小隊中除了他之外，別人還真的控制不太好這麼長距離的精細操作。這可不是築牆，牆面哪怕有些地方不是太平整問題也不大。現在的金屬框架如果哪裡弄不好，整個橋樑說不定會坍塌。

橋搭不起來不要緊，要是砸到下面的房屋、行人，那問題就嚴重了。

於是，這種技術活就只能交給嚴非來處理，誰讓他心靈手巧呢？

金屬材料彷彿一條活過來的龍，在嚴非的支配下開始扭曲，向空中伸展開它們的軀體，一道道按照預定方向朝前延伸去。

一個白天的辛苦，也不能真的搞定一段天橋，最多將幾根連結到下一個橋柱之間的鋼筋做好。按照現在這個工作效率，今年下半年內能按照上級的要求，將基地裡面的幾個高架橋建好，就已經是很不錯的速度了。

不過，這點對於無論是嚴非，還是整個金屬系異能者小隊來說都算是好事，這可是鐵飯碗呢。如果現在他們的工作全都做完的話，就得跟其他隊伍一樣，不得不離開基地和喪屍面對面做親密接觸去了。

倒也不是他們不想去打喪屍，而是等真正出了基地之後，士兵和那些異能者小隊的規矩可是完全不同的。跟異能者小隊出去的時候，真的遇到了危險，關鍵時刻還能逃回來。要是外出執行任務的軍隊，只要上級要求死守，那就真的是「死了也要守」。

雖然知道這是自己的職責，也知道關鍵時刻只能自己頂上去，但在面對如今基地外面喪屍橫行到讓人絕望的情況下，想要留在基地中的心情大家都是可以理解的，而且真的為了保護自己的家園犧牲固然是他們所願意的，就怕萬一遇到危險，自己犧牲了，可家園也沒能保住，只有一些在上面指手畫腳，棄基地與普通人於不顧的人逃出生天，那就不值得了。

忙碌了一天，收工回軍營後，羅勳兩人開著車子去了兌換物資的窗口換晶核。

他們今天出來的時候，將幾乎一半左右的二級，大家用不著的晶核全都帶出來了，準備兌換成一級晶核。

雖然在外面找人私下兌換有可能換到更多，可外面的市場上有什麼勢力能一下子拿出這麼一大筆晶核來呢？

要知道，羅勳他們要換的可不是幾十顆、幾百顆，他們手中光是用不著的二級晶核就足足有好幾千顆。這個數量，可不是如今外面還沒形成規模的市場所能提供的，因此，只能找軍方來兌換了。

值得慶幸的是，因為兩人所在的金屬小隊在上個月因守城有功而被提高了一個級別，所以有些福利隨之而來，比如兌換晶核的時候，不會有人對於晶核的來源追根究底。

當然，他們也沒有一口氣將所有用不著的二級晶核全都拿來，剩下的等過幾天再陸續拿出來換，或者直接購買他們所需要的物資。

帶來的幾千顆二級晶核中，一部分換成了同級其他系的晶核，剩下的換成一級晶核和積分。軍方給出的兌換比例為一比九，而不是市場上一般交易時的一比十，甚至十一、十二，不過誰讓他們交易的分量多，市場吞不下呢？

收好換到的晶核，再去另一個窗口，用這次任務所得的積分，剛剛換晶核時刻意兌換的積分，又買了一些太陽能板和蓄電池。兩人還去兌換種子的窗口看了看最近能兌換到的種子種類，確認家中都有，沒必要再換，這才離開兌換大廳，上車回家。

小傢伙馱著于欣然到門口迎接兩人。

小丫頭現在已經換上了裙子，家中這會兒雖然沒開地暖，可最近的天氣已經很暖和了，只要不下雨，氣溫就比較宜人。

羅勳彎腰摸摸于欣然的頭，又拍拍小傢伙的頭，換得一人一狗享受的表情。

徐玫接過羅勳遞來的袋子，掂掂重量，笑道：「都換了？」

「嗯，都換了，比之前預期的好一點，一比九，我們就全都兌換了。」

于欣然的沙系異能也是極其稀少的異能，他們出去打了這麼多次喪屍，尤其這次二級喪屍比例這麼高的情況下，他們居然也只發現兩顆沙系晶核，比嚴非的金屬系都要少。

本來羅勳他們預計如果比例能達到一比八左右就可以換，如果再少，寧可每天麻煩些去市場找人換，現在超出預期當然要換了。

「難怪這麼多。」宋玲玲喜笑顏開地讓兩人進去。

「我們回來的時候，好像看到社區的空地上有人在搭房子？」羅勳忽然問道。他們兩人今天開車回來的時候，看到有些地方堆了不少用來搭蓋臨時窩棚的建料。

基地中的房子還有一些空餘，還沒到住滿的情況，可是無論什麼地方都有那種極其霸道的人在，與別人分到了同一處房子後，就將那些和自己同住的人趕出去。

基地裡面雖然有人負責維持秩序，但如果你自家沒有門路，沒有足夠的積分自行租房的話，那麼基地也只管進入基地後的第一次分配。你們被人趕出去了，最多派人過來調解，調解不成的話……那你們就只能自己想辦法了。

「是啊，咱們隔壁的那七層板樓上，今天連屋頂上都有人在搭屋子呢。」徐玫說道。

「我們中午出去買東西的時候，還看到有人被趕出來，東西全都被人從窗戶丟出來。」宋玲玲的聲音中透露出一絲無奈。如今這個世道是個典型的弱肉強食世界，沒有丁點本事，在基地裡沒辦法好好生活。

在基地外會被喪屍追著逃命、在基地中被同類欺凌，這就是每個人都要面對的情況。沒有異能的普通人，若是沒辦法找到金大腿來抱，想要過得勉強好一點，最好的方法就是像羅勳上輩子似的，住在不起眼的地下室，默默栽種蔬菜，老實低調地過活。

「還有還有，聽說今天咱們社區的地下室都被分配出去了。」

聽到地下室三個字，羅勳眼中明顯帶著一股莫名的……期待？

沒錯，他是很好奇自己曾經住過的那間地下室現在是什麼人在住，只不過雖然是同個社區，但他也沒藉口過去敲門，只能路過的時候關注一下。

兩人將小傢伙領回家後開始準備晚飯。

羅勳家這幾天有個好消息，他家去年在還沒到末世就種下的辣椒，今天終於收成了。

雖然這第一波的辣椒因為當初擔心變異，吃不了太多而只種了一點，可看著那綠悠悠，個頭不大的青辣椒、小個兒的朝天椒，還是讓羅勳感到無比舒心。

他家雖然有不少末世前買回來的乾辣椒、泡椒，但也抵擋不住他對於新鮮辣椒的喜愛。

羅勳其實很喜歡吃辣，上輩子末世中吃辣雖然更多的情況下是因為蔬菜太少，辣醬類的東西比較下飯，但無論是末世前還是末世後，他的口味都偏重。

這兩天總算看見辣椒可以吃了，自然不用再繼續忍耐。

「今天用青椒炒個菜。」羅勳挽起袖子直奔冰箱，他記得當初還留著一條沒捨得吃掉的肉呢，今天用來和青椒一起炒著吃。

嚴非笑笑，從背包裡拿出幾袋晶核來。

羅勳家的青椒還沒完全成熟，這種剛剛長出來的，別說青椒了，就算是朝天椒、燈籠椒也不會辣。雖然可惜沒有那種嗆鼻的辣味，但能吃到新鮮的青椒，還是讓人興奮的。

羅勳又從旁邊的罐子裡抓出一把曬乾的朝天椒，扔進鍋裡，增加辣度。

坐在桌旁，看著一大盤紅的綠的菜，再看看兩眼放光的羅勳，嚴非很體貼的什麼話都沒說。他知道羅勳比較喜歡在做菜的時候加些辣椒、泡椒提味，可像眼前這盤青椒、尖椒、乾辣椒和肉的組合，還是讓人覺得有些挑戰神經。

幸好嚴非本人不怕吃辣，吃這麼一道菜沒什麼難度，比羅勳之前用家裡的辣醬、泡椒、乾辣椒、麻椒、花椒等東西做出來的火鍋湯底溫和多了。

只是……

視線向羅勳腰部下方掃了一眼，辣椒吃多了，上廁所的時候很難受的。

羅勳沒接收到嚴非的腦電波，他夾起幾塊青辣椒放進口中，一邊咀嚼一邊感慨：「都多久沒吃過新鮮的青椒了？可惜辣度不夠，家裡的杭椒還沒長好，可惜現在買不到牛肉……」

嚴非笑著說道：「金屬系晶核今天沒換到多少，我準備明天下班後去街上轉轉。」

金屬系晶核的數量本來就不多，軍方雖然有一些，可平時這種類型的晶核就算有，也都優先分到了嚴非他們所在的隊伍，兌換窗口的數量不太多。

嚴非隊中的幾位異能者通過對於二級晶核的吸收也能感覺出，二級晶核似乎並不僅僅單純的只是一級晶核能量的十倍，兩者之間不能僅僅依靠能量來劃分，所以如果可能的話，嚴非還是更願意多換一些金屬系晶核回來。

「行啊，正好看看街上有賣什麼的。」

羅勳點點頭，他也好久沒出去走動過了，自從每天都要上工，他們很少有時間會出去亂逛。當然，末世後出去逛街有可能遇到的狀況更多，比如小偷扒手比末世前更猖狂。當然，小偷一旦被發現後，往往不是被偷的那方有著強大的實力而打死對方，就是小偷的同夥多，乾脆將失主幹掉。

雖然真正鬧出人命的時候不是很多，尤其是在大庭廣眾之下，最多動手打對方一頓出出氣就好，可要是一方跑一方追，逃到人少的地方……就不知道會出什麼事了。

幸虧羅勳和嚴非兩人的戰鬥力都還不錯，只要小心些，就不怕遇到什麼危險。

兩人埋頭大快朵頤，家裡的綠葉蔬菜雖然不少，可像今天這樣「正常」的飯菜，他們已經好久沒吃過了。嚴非十分滿意，比平常多吃了一碗飯。

至於羅勳……反正飯後去廚房洗碗的人是嚴非，羅勳靠在沙發上揉肚子。

小傢伙吃掉羅勳剛才順手給牠的一塊青椒，沖洗掉鹹味和辣味。這東西的味道有點怪，但不得不說，沒什麼辣味的青椒還是比較符合這條改變習性愛吃菜的狗的口味。

嘗過鮮的小傢伙直接跳上沙發，往羅勳的肚子上爬去，非要如往常一樣趴在自家主人肚子上和他面對面交流感情。

無奈羅勳今天吃太飽，小傢伙又已經長成大狗，那體重……羅勳差點被牠一腳踩得吐出來，連忙推開牠。被推下去的小傢伙在沙發上打起了滾，險些滾下沙發。

外面的走廊上傳來說話的聲音，羅勳肚子撐得難受，懶得動彈，便沒去開門。五人組見羅勳兩人沒出來也沒去打擾，直接回到自家吃晚飯，等到七八點鐘才過來敲門。

章溯已經回來了，還順便帶回來一個消息：「基地新研究出來的儀器已經投入使用。」他說著看向羅勳兩人，表情上帶著一種奇異的笑，「就是檢查人體有沒有感染喪屍病毒的儀器，不用戳破皮膚，只要在身上掃一下就好，而且據說連車子、衣服上有沒有沾染到喪屍病毒也能查出來。咱們上次離開基地的運氣可真不怎麼樣，才剛回來沒幾天，儀器就投入使用。」說完攤開雙手，笑得幸災樂禍。

他就不想想，運氣不好沒趕上這種便利的人不也包括他自己嗎？他樂個什麼勁兒？

羅勳感到無語，用同情的目光看向站在他身邊堅決不肯離開三步以上的王鐸，而王鐸照舊傻笑著，彷彿每天都活在幸福之中，讓人無法直視。

大家都知道基地在研究更加簡單方便的檢測器的事，畢竟他們有章溯這個業內人士做同伴，只是具體到底哪天能研究出來，效果如何，就不是章溯這個外科醫生能知道的了，他只能打聽出大概的情況，具體的消息要等正式推廣時才明白。

章溯隨即又投下第二顆炸彈：「還有一件事，傳說中的能辨別出異能類型、等級的儀器也做出來了，現在正在軍中做測試。如果確定沒什麼誤差，就能投入使用。」說著笑了笑，

「這個消息會暫時壓後，恐怕得等過一陣子才能正式啟用。」

「為什麼？」何乾坤問道：「拿出來讓大家都測測不是很好？不然做它幹什麼？」

「據說是要先在軍隊內部從上到下測試一遍，畢竟有些異能比較特殊，如果沒有遇到特殊情況，就連異能者本人都不知道自己擁有異能。」章溯臉上露出冷笑，「可能之後還要根據檢測結果製作不同類型的身分卡片，制定新的小隊規則、任務規則等等。」

章溯用意味深長的目光瞄了一眼依舊茫然困惑的五人組，然後看向嚴非和羅勳兩人，意有所指地問道：「隊長怎麼看？」

羅勳沉默了一下，這才答道：「為了拉攏人才吧。給軍隊內的所有人測試很正常，先將異能者們統計出來好重新分編，至於外面……我覺得將來的小隊可能會變成基地中主要勢力之一，甚至有些上層人物已經在著手安排拉攏各個小隊和異能者的事了，所以這個儀器肯定要暫時推後一陣，等軍方做好準備，再當成公開的、免費的設備對外開放。」

上輩子的他曾不死心去試過一次，可惜普通人就是普通人，沒有出現奇蹟的一天，所以他最後才甘心地，老老實實在基地裡面種菜，而後世的那些大型異能者小隊大多都有軍方背景，或者有在暗中支持他們發展，確保後勤的勢力。

五人組仍然沒太理解這件事能有什麼深意，徐玫兩人則是對此不關心，不管有什麼人來拉攏，她們兩個都會待在宅男小隊。要是羅勳他們決定投奔什麼人，如果對方靠譜的話，那她們就先跟著。要是他們打算這樣單幹下去，她們就還跟以前一樣，用不著做出什麼改變。

倒是五人組對於檢查自己有沒有異能的儀器十分感興趣，按照他們的話來說：「萬一查出有異能了呢？那手裡的晶核不就有了用武之地嗎？」

羅動很厚道地沒有直接告訴對方，絕大多數的異能者都在末世初期就已經覺醒，只有極少數極特殊極偶然的情況下，異能者才沒能馬上發現自己的能力，反而在使用儀器辨別的時候才檢查出來。

不過，這就和不告訴小朋友天上是沒有神仙的、耶誕節老人只是傳說一樣，對於天真的五個大孩子來說是十分「殘忍」的事實，還是讓他們暫時多做幾天夢吧。

就在五人組商量要不要明天上班的時候打聽一下，看看能不能混在給軍隊做排查的時候混在裡面一起檢查的時候，羅動拍拍手，讓大家暫停討論，將注意力轉到他身上。

「關於剛才分析過的事，基地方面應該比較有可能會採取類似的舉措，比如將零散小隊暫時靠掛到某些大型隊伍下面，如果真的有這種事情，有人拉攏咱們的隊伍或異能者的話，大家有什麼想法嗎？」

徐玫頭一個舉手，她看了宋玲玲一眼，見對方聳肩表示一切都聽她的，這才開口道：「我和玲玲、欣然聽隊長的。如果隊長真的決定靠掛、合併進某些隊伍，或是擴大咱們小隊，我們都沒意見，但只有一條，如果有人對我們三個女生有什麼不良企圖的話……」

她的話沒說完，但眼中的堅定眾人都清楚看到了。

羅動點頭保證：「妳放心，絕對不會有這種事發生的，無論是隊內成員還是外人，如果有人要欺負妳們幾個，我們都絕對不會放過。」

「對對對，誰要敢欺負妳們，就先踏過我們的屍體。」韓立抓住機會站起來，拍著他單薄的小胸脯做保證。

李鐵湊到一旁和吳鑫商量：「咱們要不先把他滅了？」

吳鑫點頭，「對對對，我就看這傢伙最危險，滅了他。」

三個沒長大的，智商和熊孩子有得一拚的大男生便滾到一起，展開一場激烈的大戰。

章溯掃了那邊打鬧的三人一眼，對羅勳道：「我沒興趣加入別的勢力，更沒興趣再加什麼身分不明的人進來，除非新人要經過的我的『考驗』。」

章溯的話一出口，李鐵三人不鬧了，相互看了看，無視王鐸在那裡狗腿附和他家親愛的女王大人，李鐵咳嗽一聲，說道：「我們聽隊長的……當然，要是需要新加人進來……咱們最好有個考核制度，畢竟……」他們的小家才剛剛建設好，這是他們每個人都出力，齊心合力建設好，並且準備維護一生的地方。

他們五人雖然因為工作原因，許多事情都不用他們費心，可每次回來，他們都會跑到各個房間幫忙、打理作物。如果有蔬菜成熟，需要清早起來趁著新鮮採摘，他們也會早早爬起來幫著一起忙活，從來沒有找什麼蹩腳的理由推脫過。

如今兩層樓分成了四戶人家，但大家就跟最親近親人一樣。雖然彼此間都有著一條線，但每個人都很守規矩，絕不會越過那條線，所以他們並不想加入什麼更厲害的「大勢力」，也不想加些不知好歹的人進來。

李鐵的話就是其他三人的話，現在的日子挺好的，上上班，種種菜，逗逗家中唯一的孩子，有事沒事說說笑笑，看看小說什麼的，等到月底大家一起出基地打喪屍。這種日子雖然比較單調，卻讓人很踏實。

聽到李鐵他們的意見，羅動的心裡鬆了口氣，轉頭看向嚴非。

雖然大致能猜測出對方的意見，但他們畢竟沒有就此事商量過。

嚴非見他看自己，對他笑笑，「如果投靠其他勢力，無論是軍方還是其他勢力都需要遵守對方的規則，就算他們能夠不打散咱們的隊伍，也會定期指派任務，更何況如咱們這樣的隊伍，其實並不符合最有效率的小隊模式，所以我個人不建議投靠什麼勢力。」說著又道：「而且關於新人……我想之前我們就已經對此表過態了。」

是的，在徐玫和十五樓曾經住過的那兩個女大學生出事後，嚴非和羅動就明確表過態。不光是他們兩人，章溯當時的態度也很明白，他們對於新加入的人的排斥感其實還要高於李鐵幾人，而徐玫之所以能加入宅男小隊，完全是因為她自己的實力、努力和毅力，獲得羅動他們幾人的認同。

羅動見李鐵他們放下心來的樣子，笑著對眾人說：「我本人對於加入其他勢力，或者和其他隊伍合併完全沒有興趣。就算將來的某一天咱們不再方便出基地打晶核，只靠咱們自己的努力，也能夠在基地中好好生活，這點我相信大家都沒有什麼意見吧？」

見眾人連連點頭，羅動繼續說道：「既然今天咱們將這件事情說開，那麼，我們宅男小隊暫時定下如下的規則：不加入任何勢力，除非有特殊原因，不然出基地打喪屍也不跟其他小隊組隊，而且盡量不加新人，如果有必要的話，需要全體同意、考察後，才能讓新人進入咱們的隊伍。最後，任何時候不得做出損害大家共同利益的事，一旦有人出賣、損害到小隊本身，就開除出小隊。情節嚴重的話，立刻清除。」

羅勳新制定的規定簡單得很，卻很符合大家的利益，並且保持了這個有些奇怪的隊伍一直以來的風格。他的話音一落，眾人立即表示支持。

他們只想好好活下去，在這末世之中努力地生活下去。

羅勳他們第二天果然聽隊長說起研究所那邊有了最新的研究成果，檢測喪屍病毒的儀器已經投入使用，至於另外的檢查有沒有異能的儀器，隊長並表示第一波雖然輪不上大家，但過兩天會安排自家金屬小隊過去做檢查。雖然機率很低，但還是有之前完全沒發現有異能表現的人經過檢測後確認為異能者的先例。

隊裡的眾人多少都有些好奇，雖然對自己能不能有異能不太抱什麼希望，卻很好奇那個儀器是什麼樣的，怎麼檢測。不過他們知道有些事情急不得，這件事情肯定會第一時間優先檢查作戰部隊，之後才是他們這種後勤部門。當然，雖然同樣是後勤部門，可他們的隊伍要比其他同類小隊級別高些，比戰鬥部隊慢點，卻比別的隊伍快些。

一天的工作結束後，羅勳兩人開車先回到自家樓下，鎖好車，帶著口袋裡的晶核和積分轉身又走出了社區。他們今天早上就和徐玫打過招呼，說今天回來後會先出去轉轉再回來，所以小傢伙要在她們家裡面多放一會兒。

不得不說，小傢伙雖然鬧騰起來很難掌控，但在面對比它更幼稚的于欣然時，這隻狗還是展現了比較聰明的大型犬應有的沉穩，至少牠雖然會陪著于欣然打滾瘋鬧，但在于欣然要做出什麼危險行為的時候，小傢伙會很聰明地攔住她。

比如有一次于欣然跑到放著充電器的位置去拔插銷，就被小傢伙死命咬住她的袖子，當徐玫兩人發現之後，小傢伙就在三位女士的家中地位一升再升，待遇也隨之提高了不少。

門口的街道繁華如昔，道路兩旁又如以前基地還沒出事前似的多出了一堆車子。同樣因為天氣日漸轉暖，一些不滿意基地分配的房屋的人，居然住到了自家車中，準備等攢上一些錢後直接租一整套房子，而不是跟一群不認識的人擠那些鴿子籠似的屋子。

沒錯，有些相對普通的房屋被軍方接收後，在沒分配出去的時候，被改造成了學校宿舍般的格局，最小的房間中能放進兩張雙層床，塞進去四個人，更不用說大些的房間和客廳。

如這樣的房屋出現趕走別人或者自己離開的事情十分尋常，如今基地很缺管理方面的人手，根本沒時間去逐一統計、確認這些事情執行得是否到位。

沒有過先前的經歷，剛進入基地人並不知道西南基地裡曾爆發過喪屍病毒的危機，知道這些事的人現在都住到了外基地，或者至少已經有了不會被外人侵入的地盤，更沒人會去提醒外面這些人。就算提醒了也沒用，他們該住出去還是會住出去。

羅勳兩人一邊逛街一邊四處尋覓有沒有兌換晶核的人，這種攤位在街市上肯定存在，但想去兌換晶核的人一定要擦亮眼睛。

比如羅勳和嚴非看到某個攤位擺出了一些二級晶核，雖然沒有嚴非的金屬系，但其中一顆看著似乎是于欣然能用得上的沙系晶核，出言詢問的時候，對方表示他們那裡還有好多這個顏色的晶核，只是不知道這東西到底對應哪種異能這才只拿出一顆來當樣品，要是兩人想要的話，可以跟他回住處看看。

羅動無奈地看了嚴非一眼。

嚴非接收到他的視線後神色不動，指著那顆沙系晶核道：「就要這顆，換不換？」

那人神色有些糾結，仔細打量了兩人幾眼，又往他們背後鼓鼓囊囊的背包上掃了一眼，在看到羅動左手袖子鼓起，似乎藏有武器的樣子後，才有些不甘心地道：「十五顆一級晶核，或者一顆土系晶核加五顆一級晶核。」

羅動立即拉著嚴非的手臂道：「二級換二級的，不加一級晶核，不換就算了。」說著瞄了那人一眼，見他臉上依舊帶著不甘的神色，於是拉著嚴非就走。愛換不換，擺明是在這裡釣魚的，價格划算的話，只換這顆就算了，居然還想加價，當自己兩人是大肥羊？

土系、火系、雷系、水系都是基地中現在比較吃香的異能，土系晶核的受眾基本都是現在正在軍方打工的那些土系異能者們，他們平時吃著公糧，拿著上面撥下來的積分花銷，自然不在乎花點錢提升自己的實力。雖然他們手中的積分數量有限，但架不住他們的基數大，所以土系晶核一向在基地中很吃香。

水系異能者一開始還不顯眼，但在人們得知基地中的自來水雖然沒有斷，但基本都受到了汙染，就連種地種菜都最好使用乾淨的水來澆灌後，水系異能者的地位隨著這一狀況水漲船高。畢竟哪個小隊中沒幾個水系異能者，就連軍方現在也開始著手招收水系異能者了，故而水系晶核的價值也隨之升高。

至於火系和雷系，無論是在什麼隊伍中都是十分受歡迎，殺傷力強大的攻擊型異能，這兩種異能的晶核價格高相當正常。

用一顆行情走俏的土系換一顆不知有什麼用處的晶核，還要加價？雖然沙系晶核的數量很稀少，可就算用一級晶核堆，他們也能將于欣然的沙系異能堆高，犯得著當冤大頭嗎？

那人最後也沒叫住羅勳兩人，畢竟他覺得自己手裡這顆晶核很稀少，從來沒見過，萬一還有別人要的話，肯定能換個大價錢，甚至於能再次成功釣到冤大頭跟他回去……

嚴非跟著羅勳走了幾步，低聲問道：「那人在釣魚？」

羅勳嘴角彎了起來，轉頭對他眨眨眼，「看出來了？」說著，他一邊向路邊的攤位看去，一邊低聲嘀咕：「說那種晶核他們那兒還有，無非就是想把人騙到有同夥的地方去，然後把人打暈扒東西。輕的丟在一邊不管，重的乾脆殺人滅口唄。」

這種事情雖然不是天天有，可難免會有人起這種心思。

嚴非雖然也猜到了，但聽羅勳說得如此自然，恐怕也是拜他「夢」中見聞所賜。想到這裡，嚴非略有些不爽，「咱們看起來就這麼像是冤大頭？」

羅勳臉上的笑容頓時變得猥瑣起來，對著嚴非挑起眉毛，不懷好意地上下打量他：「看你這身上的衣服多乾淨啊，臉長成什麼樣，雖然看不見，可這皮膚這手這體型，一看就是沒吃過苦的……」要是嚴非此時並沒戴著口罩，外面的人肯定把他當成被包養的小白臉，可只衝著他現在這麼乾乾淨淨的模樣出來逛街，就沒人會當他是個強大的異能者。

嚴非也挑起一側的眉毛，抓住羅勳的手腕把他拉回自己身邊，低聲在他耳邊道：「要這麼說，你也一樣，別忘了咱們兩個可是一起被他當成冤大頭的。」

沒錯，羅勳雖然沒戴口罩，可更能從他的面色上看出來他在末世中沒吃過什麼苦。現在的他根本沒有上輩子同時期的愁苦、狼狽，甚至重生前的羅勳雙手都是勞作後的老繭，皮膚也因為不捨得浪費水，不常常清洗而變得乾巴巴的。唯一值得一提的是，上輩子的他後來基本都宅在地下室種菜，長時間接觸不到太陽，所以皮膚中有著長時間不見太陽的蒼白。

兩人相互打趣著，在市場上轉了一圈，總算在一家大些的小隊所擺的攤位上找到了幾顆他們需要的金屬系和沙系晶核。之後還用幾顆用不上的二級晶核，以一比十一的比例跟對方兌換了一級晶核。

跟他們交易的青年，見他們出手就是二級晶核，數量還不少，心裡有了拉長期客戶的打算，還跟他們聊天套近乎：「我多嘴問一句，您二位要是覺得不方便不說也行，剛才你們換的那幾顆黃色的晶核是什麼系的？」

他們所在的隊伍常常會組織人手出基地收集物資，順便打打喪屍挖晶核，難免會遇到不認識的。知道是什麼系的晶核，以後方便他們做生意找人交換。

這倒沒什麼可保密的，因為異能這東西不比別的，不是這個系的能力者，就算拿著這個系的晶核也是白搭。如果開價太高，該系異能者一個不爽，直接去買一級晶核去吸收，那拿著這種晶核的人也只能讓東西爛在手裡。

嚴非很自然地告知對方：「沙系，將土地沙化。」

對方眼睛一亮，「啊，這倒是個打喪和屍黑人的好異能！」

同為異能者，且比較有外出作戰經驗的人，一聽說就立即理解了這種異能的使用方法。

和于欣然當初的父母不同，和把于欣然拐去賣掉的徐玫前男友也不同，對方有些羨慕地看了兩人一眼，難怪這兩人一出手就是二級晶核，看起來他們所在的隊伍恐怕實力也很不錯，連這麼奇特的異能者都有。

羅勳和對方交換了電話號碼，對方表示如果又弄到那兩種晶核便會聯繫兩人，而如果羅勳兩人有了他們所需要的某幾種晶核也可以聯繫他們，他們會出與市價收購。

羅勳兩人換到需要的晶核後，便轉悠著回自家社區，快回到自家大樓的時候，迎面遇到了兩個人，其中一個羅勳和嚴非都見過，而羅勳對那人要更加熟悉些。這不就是他上輩子險些成為好基友，前不久被他們順手救回基地的那個人嗎？

看著那兩人走出來的方向，他們……莫非也住進了宏景社區？

這個世界還真小。

羅勳的腳步微頓，對方已經發現了羅勳兩人。雖然嚴非臉上戴著口罩，但羅勳並沒遮擋相貌，這讓對那天的事情記憶猶新的二人一下子就認出來了。

對方趕忙兩步走了過來，跟羅勳他們打招呼：「真巧，你們也住在這附近？那天的事情後來我們還沒謝過你們呢。」

第一次來到基地的人，與基地中外出做任務的人，進入基地後走的通道不一樣，需要被監控的時間也不一樣，更需要進行身分登記，分配臨時住處，領取身分牌等等，所以他們那天進入基地的時候，天都擦黑了，根本不可能和羅勳他們遇到。

羅勳微微點頭，在剛看到兩人的時候，還略微有些不自在，不過看著對面那人陌生到幾乎想不起來的臉龐時，心就平靜了下來。與此同時，身邊的嚴非也悄悄握住了他的手。

嚴非倒是沒看出自家小戀人與對面這兩人有沒有什麼「夢中情緣」，但遇到夢裡曾經見過的人，難免會勾起羅動不太好的回憶，身為他的老公，嚴非有義務安撫嬌妻的心情。

羅動臉上掛上了平時當作交際的笑容，「我們也住在這個社區裡面，沒想到你們也分過來了，跟你們一起來的人也都分配好住處了？」

那人有些不好意思地摸摸後腦杓，笑得有些靦腆，「大家分到哪兒的都有，就我們兩個分到這裡了……」說著他指指社區裡面的方向，「我們兩個想住在單獨的房子裡，聽說正好有些地下室沒人願意住，我們就占了個便宜，兩個人分到了一整間地下室。」

雖然地方不大，只有一個房間，也沒有專門的上下水管道，但只有他們兩個人，總比和一群人擠在一起強。

羅動這次是真的震驚了，「地下室？」

那人臉上不好意思的表情更重了，略微點了下頭，「嗯，那個……主要是我們兩個想單獨住，才選了這麼一間的。別人都不太願意住地下室，聽說基地裡推廣在家裡種菜，所以好多人更想住在採光好、樓層高的房子裡……」

「你們住在哪棟樓的地下室？」羅動覺得自己的聲音在發飄，然後他聽到了一個讓他覺得詭異又震驚的答案：「三號樓，三號樓東角的那個屋子。」

那裡是他上輩子住了十年的地方，沒想到上輩子認識的人，上輩子想要一起生活的人，如今居然也住了進去。區別是當時只有自己一個人狼狽地逃來，隻身住了進去，現在他的身邊還有個伴侶……

羅勳的震驚和茫然讓嚴非上前一步，用溫和聊天的口吻好奇地問道：「你們兩個是……」說著略顯曖昧的視線看了過去。

兩個年輕人多少都有些尷尬地對視一眼，另一個人雖然同樣有些羞意，但還是摟住他同伴的肩膀，對兩人解釋：「我們……就是在一塊搭夥過日子……我們逃來的路上就說好了，要是到了這兒都找不到伴，就一起搭夥過日子。」

與前世一模一樣的話，與前世一模一樣的住所，羅勳用有些複雜的目光看著那兩個人和嚴非寒暄，又看著他們和自己告別後並肩，比一般人更顯親密地走向熱鬧的街市上。

左側的肩膀忽然被一隻溫暖的手摟住，羅勳轉頭看進了一雙溫柔的眼睛中。

「走吧，我們回家。」

我已經有了家，也已經有了一個願意和自己共同生活的愛人。這裡不是上輩子那個孤單影隻只能一個人獨自忍耐寂寞，回到家中連個和自己說話的人都沒有的世界了。他有了一個真正意義上的家，和一群真正意義上的夥伴，以及一個真正意義上的戀人，而不是那種用曖昧態度說著「如果找不到伴就一起搭夥過日子」的話，含糊地和一個並不算了解，也沒真正相愛的人住在一起的生活。

嚴非看著羅勳那雙眼睛從略帶迷茫，到閃爍著讓他心動的光芒，接著他聽到了一句話，一句讓他欣喜，甚至險些讓他當場失態的話：「嚴非，我愛你。」

是愛，是在兩人相處中默默浸透他們彼此，帶著家人與戀人相混合的，讓他想要與他一同生活下去，永遠走下去的愛情。

嚴非的喉結上下滾動了一下，握著羅勳肩膀的手下意識抓緊他的肩頭，眼中閃動著炙熱的光彩，然後猛地帶著他向自家大樓走去。

他要回家，用實際行動告訴他的戀人自己到底有多愛他。

無論剛剛那兩個人中的誰和自己的戀人在「夢」裡有過什麼關係，現在的嚴非都沒準備糾結。他剛剛就是看出自家戀人的神情有些不對勁才接過話題，而現在他得到了意外驚喜。

嚴非當然知道自家戀人也是喜歡自己的，但喜歡是喜歡，有沒有上升到愛的程度……他還不太有信心。而現在自家戀人明顯對自己的感情升溫了，這對於從沒真正感受過真正意義上的「愛」的嚴非來說，簡直就是這個讓人絕望的世界送給自己的最好禮物。

無論是家人間的溫情，還是夥伴間的信任，又或者是戀人之間的感情，這珍貴的每一份情誼，都是羅勳帶給他的。

次日清早，神色糾結的羅勳又頂著一身的草莓印去上工，更讓隊長不住打量的是，他的腰腿動作有些遲緩……

隊長一臉地揶揄對嚴非拋男人之間都懂得的眼色，說道：「悠著點，這樣還讓他來上班，要不讓他先回去歇著吧？」

羅勳黑著臉瞪了隊長一眼，右手下意識摸向自己背包裡的弩，成功讓隊長退後兩步，不敢再看他了。這貨的弩箭有多準，他們這些成天混在一起的人可是最清楚的。開開玩笑也就算了，要是真被他來一下，自己後半輩子可就前途無亮了。

嚴非笑笑，拍拍羅勳的手臂，「好好歇著。」然後起身開工。他今天早上是勸過羅勳在家裡休息的，但被他黑著臉回絕了。開玩笑，因為晚上的激烈運動而導致第二天不能上工的事情，出現過一次就夠了，他可不想再來第二次。

還好同隊的人最多眼神曖昧地多看他幾眼，然後就該幹麼幹麼去了，沒人嘴賤調侃他。稍微適應了一下目前的身體狀況，羅勳依舊堅持「帶病」工作，讓嚴非對於自己昨天的熱情行為自我反省起來，下次絕不能在第二天有事的時候這麼折騰他，這種比較激烈的互動放在假期期間就好，剩下的時間就跟平時一樣用比較溫和的方式來度過兩人的夜生活……

第三天一早，羅勳兩人送過菜就來到集合地點，結果聽到了一個讓小隊振奮的好消息，今天輪到他們測試有沒有異能了。

所有的人，無論本身是不是異能者都很興奮。

軍中經過這兩天的測試，所有有異能的都已經換上了新的身分牌，而原本以為自己沒有異能者的士兵當中，也有不少經過檢測發現自己是異能者，先前只不過因為沒有用對方法，所以才沒被發現。今天總算輪到了金屬小隊，所有人自然對此十分期待。

暫緩工作的眾人立刻顛顛地跟在隊長身後，走向鬧哄哄的軍營中的某個房間。

如今的軍營已經大變樣，四周厚重的圍牆被做成了兼具住所、防守專用房間、牆壁等多種用途，原本士兵們居住的房間已經全都被推倒，所有人按照編號分配到不同的新住所。

城堡中間的區域正在建立一棟辦公大樓，除此之外，還有大大小小的，有著各種功能的建築物林立其間。

城堡四周的圍牆足夠寬敞，因為下面還要住人，所以這個圍牆的厚度比外圍牆的厚度還厚，足夠步兵列隊奔跑調動。圍牆上更是在合適的位置建有一個個射擊、偵查專用的窗口。

他們進入圍牆中一棟剛剛修好的建築中，這棟建築的體積不小，原來的兌換處、晶核領取處、物資分配處等等這類部門全都挪了進來，分屬於不同的樓層，不同的房間。

圍牆中的建築大多在四層樓左右，羅勳他們跟著隊長直接上了四樓。

房間中放著一臺儀器，有點像末世前火車站、機場使用的安檢儀。這儀器是圓形的，下面有個圓形的檯子，兩邊、後面各有一根柱子，人站上去後上面會降下一個環形的圓圈，從上到下掃描人體。掃描過後，等那個環形的設備再次上升便能得出結果。

這種設備的速度有些慢，好在整個房間中一共有三臺儀器。

四位金屬系異能者先上前去檢測，果然，當環形的儀器掃描過他們的全身後，儀器上下的顯示裝置立即閃出代表著金屬系異能者的銀灰色光芒，並發出一串簡單的音樂聲。

羅勳見嚴非所站的檯子上顯示出來的顏色和其他金屬系異能者一樣後，鬆了一口氣。

嚴非的異能是變異異能這件事，只有宅男小隊的人知道，之前兩人並不清楚這臺設備能不能分辨出來，現在看起來似乎變異金屬異能對於這臺儀器來說也是金屬異能。

四位異能者檢查過後，輪到其他成員。他們四個已經確定是異能者，且還是二級之後，便來到旁邊的窗口更換自己的身分牌。

新的身分牌按照異能的不同，牌子邊上那一圈的顏色也有所區別。金屬系的牌子那圈是銀灰色的，右上角印著一個小小的「２」代表異能等級，左上方則是代表軍方所屬隊伍、編號等資訊，中間是代表本人身分的一組編號，最下面是一排條碼……是的，條碼，看著這個條碼，有種佩戴人是貨物的錯覺。

羅動看著嚴非的新身分牌，好奇地向隊長問道：「不是據說還會給基地裡面的異能者更新原來的身分牌嗎？那這個地方要印什麼？」他指著的是左上角代表軍方所屬的訊息。

隊長搖頭表示自己也不知道，「也許是住處？」

這怎麼可能？現在這東西上連自己的名字都不直接印出來，就是為了保護好個人隱私，要是咋咋呼呼印上本人的住處……誰知道會出什麼事。

嚴非倒是對另外一件事比較好奇：「隊長怎麼不去檢測一下？」

隊長進門後就直接站到了隊尾，根本自己站上去檢測的意思都沒有。

他莫非是想最後一個上去，好來個閃亮登場？

隊長的表情扭曲了一下，說不清是個什麼意思，「我……第一天晚上就試過了……咳咳，這東西啊，雖然普通人裡有可能會出異能者，可那個可能性太低……」

他的話還沒說完，一臺儀器就傳出了一陣「噹啷啷」的音樂聲。

眾人連忙向那臺儀器看過去，只見一個小兵震驚地看向自己頭上。

綠了？他居然綠了？

「植物系，植物系一級。」一旁負責操縱儀器的技術人員立即高聲喊出這個小兵的異能種類和等級，成功換得眾人一陣歡呼。

異能者，果然原本以為是普通人的裡面也有沒被發現的異能者。

那個小兵的眼眶瞬間紅了，走下儀器後，先跑到隊長面前哽咽道：「嗚嗚嗚，隊長……

嗚嗚嗚，我，我我……」

隊長笑容溫和地拍拍他的肩膀，安慰道：「挺好，不愧是我帶出來的兵，先去那邊換牌子吧。」等那個小兵走後，他才繼續表情有些扭曲地說道：「像他這樣的機率太少了，要知道我去的那天就……」

噹啷啷，音樂聲再度響起。

「精神系，一級！」

羅勳現在看向隊長的眼神已經變成同情了，還沒等他說話就拍了拍他的肩膀，「我知道，機率很小的……」

「噹啷啷！」

「又是一個植物系的！」

等輪到羅勳站上去的時候，隊長磨著後槽牙，暗自在心裡戳起了小人……

羅勳平靜地上去，又平靜地下來，他所在的儀器什麼顏色都沒有，從頭到尾音樂也沒響過。他對這個結果早就清楚了，他就是個普通人了，他一個普通人在末世不也活得很好？見到「同病相憐」的戰友回來，隊長笑得眼睛都快看不到了，用力拍著他的肩膀，幸災樂禍道：「哎呀，別在意嘛，機率小，機率小！」

羅勳斜睨了他一眼，伸手摟住嚴非的手臂，「我知道是機率小啊，也知道我根本沒就沒異能啊！」說著，故意看了嚴非一眼，笑得表情很欠揍，「我家嚴非有異能就行了。」

隊長覺得自己的肋骨很疼，彷彿被人打了一記直拳似的。

嚴非對於羅動拿自己氣隊長的行為沒有半點意見，還很配合地笑著對他說：「你放心，我的就是你的。」

「秀恩愛，死得快，這對無恥的狗男男！」隊長咬牙道。

金屬系建牆小隊一共才多少人，加上羅動和嚴非也才不過十五個人，這裡面還包括了一個司機，以及從二隊調來的金屬系異能者。

十五個人當中，除了大家原來就知道的四個金屬系異能者之外，現在居然又出現了三名異能者。這個比例可真不低，人數幾乎占到了整個小隊的二分之一。

隊長覺得很苦逼，想想之前自己和一群小頭目們跑過來湊熱鬧做檢測時的比例，再想想前兩天白天時那些作戰部隊統計的結果……現在仔細想想，似乎下面的士兵中出現異能者的比例遠遠比他們這些有點職務的人多。

新被檢測出來的三名異能者興沖沖地換過牌子，隊長便帶著眾人轉身走了出去，此時門口已經有其他小隊的人過來排隊登記做檢測。兩邊人馬打了招呼，對方的隊長見到這邊的隊長所帶的隊伍中有幾個人興高采烈的，詫異地問道：「老郭，你們隊裡發現異能者了？」

隊長得意地揚起下巴，「那是，也不看看是誰帶的兵？」說著還伸出手指，「三個。」便成功地將自己的不爽轉移到其他隊伍去了。

一行人離開這棟樓後，隊長先整隊訓話，鼓勵了三位新被發現的異能者幾句，又道：「你們的工作是否會進行調動還要看上級的安排，在通知下來之前依舊跟隊行動。」

那三個人連忙挺直腰板，高聲應是。

隨後隊長又對其他沒查出異能來的人道：「沒檢測出來的人也不要有什麼心理負擔，沒見你們隊長我還什麼都沒有嗎？不管有沒有異能，每個人都有自己需要負責工作的崗位，全都給我打起精神來。」

幸好眾人在去檢測之前就知道能查出異能的人比例不高，雖然被今天同隊中三位新發現的異能者刺激了一下，但大家還是很快就調整好了情緒，準備開始一天的工作。

精神系異能者原本就是比較特殊的一種異能，平時如果沒有遇到什麼特殊情況的話，很難立即被當事人察覺到。而植物系異能者也要比一般的異能者特殊，因為植物系異能者只能在有媒介的時候才能發揮自己的能力，還要巧之又巧的正好在植物旁邊發動自己的能力，一般人很少能有這麼巧合的機會。

特別是在軍營中，士兵們都是按照上級指示行動的，除非當事人本身就正好負責種地種菜，不然他們根本沒有接觸植物、種子的機會，更不用提發現自己的能力了。

倒是在外面的倖存者中，有一些植物系異能者在逃難的過程中，或在基地裡面領取了種子之後發現了自己的異能。

然而，讓人覺得苦逼的是，植物系異能者確實能催生植物，甚至讓它們協助自己纏住敵人及喪屍，但這種被植物系異能者「催熟」的植物卻完全無法食用，並且會在戰鬥後很快就直接枯萎死亡。

這也就導致植物系異能者註定只能成為起到輔助作用的戰鬥人員。

檢測過異能後的第二天，集合的時候，羅勳和嚴非就發現隊裡少了一個人，亦即那位精神系異能者。軍中幾乎所有精神系異能者都是在這次排查中才發現的，就算有些人發現自己的腦子比末世前好用了些，又或者有些什麼奇怪的感應，在沒有什麼明確的表現前，也無法證明自己擁有什麼特殊的能力。

再轉過一天後，隊中又少了一位植物系異能者，另一個植物系異能者私下裡對羅勳他們說，他在查出有異能的當天晚上就去找過隊長了，表示自己不願意離開小隊，問隊長能不能幫忙把他留下，畢竟他雖然有了異能，但在如今軍中的異能者大多都升到二級以上，他還是一級異能，且新組成的小隊需要磨合，上級也未必會留意他這麼個普通的異能者。是的，普通，他的能力放在普通人中當然顯得厲害，可如果將他和其他異能者放在一起就很普通了。再者，他還聽說這次排查出來的異能者中，植物系的人數一點都不少。

在他提出這個想法後，聽說隊長也找過另一位植物系異能者，談話的過程大家不清楚，但結果看看隊伍中留下的人就清楚了。

金屬系建牆小隊少了兩名成員，還剩下十三個人，據說因為上級覺得這個人數已經和正常小隊的人數持平——刨除羅勳這兩個外援後。而且現在因為要建立新的異能者小隊，還需要一些特殊的異能者協助實驗，人手反而暫時不夠用。

好在現在他們的工作不算太緊張，需要幫忙的地方也不多，除了一些小件金屬材料、純化後的金屬需要人工搬運外，剩下的運送工作都有車輛協助，少兩個人問題並不大。

大學生五人組和章溯是在羅勳他們檢測過異能之後的第四天才輪到，其實五人組嚴格說起來並不算是正式的部隊編制，更類似是臨時招來打工的，所以才會等到所有的軍中編制人員全都檢查完畢才輪到他們。

五人組興沖沖地去，不算太掃興地回。他們五人果然都是普通人，就和先前所預料的一樣。章溯也很正常地檢測出了二級風系異能，不過據說當時和他一起工作的同事，以前就知道他的士兵們，看到這個結果都覺得不可思議，他那風系異能哪像是正常的二級風系異能？

要知道直到如今，基地中有大量的異能者升到二級，可風系異能……這種異能在一級的時候就很廢柴，吹出去的風也就只是風而已，最多將風弄成空氣炮衝擊目標，可章溯在一級的時候就能活生生削殘人，更何況二級？

這讓許多人都暗自懷疑章溯是不是從一開始就是二級，甚至是三級風系異能者，所以看到現在的檢測結果，他們反倒以為是不是這個儀器檢測不出來比二級更高的級別。

當然，這個懷疑他們也就在心裡想想，畢竟現在沒出現三級異能者，儀器檢測不出三級以上的異能者也是有可能的。可這話一旦說出去，就會得罪基地中研究出儀器設備的那群專家學者，沒誰腦子裡面有坑到敢發出這樣的質疑聲。

就在這臺儀器在軍中經過徹底的實踐後的一星期，研究所中研發出了檢測異能等級的儀器的消息才正式對外公布。

從即日起開始免費對基地中所有人進行檢測，這次軍方一口氣拿出了六臺設備，可因為得知這消息後的人們太過熱情，導致檢測點處排起了長龍，從早到晚幾乎每時每刻都有人等在儀器前的隊伍裡面。

所有的異能者都想在第一時間裡戴上那個能證明自己身分、地位，區別於普通人的特殊身分牌。所有的普通人都希望自己往那東西上面一站，就能立即改變自己原本的身分，變成無敵的異能者，在基地中橫行，踩死昔日欺負過自己，看不起過自己的所有人。

在這一片檢測自己異能、換身分牌的熱潮中，也就只有如徐玫、宋玲玲這樣的不想惹麻煩，又清楚自己異能等級的異能者，才能淡定得下來吧？

與此同時，基地中悄悄流傳出了一個消息，在不久的將來或許會出現喪屍圍城的危機。似乎因為先前人類對於盤踞在市區中的喪屍們發動過大規模熱武器的清剿行動，所以喪屍要對人類發起報復性攻擊，目標就是A市邊緣的西南基地和東部基地。

這個消息猶如野火燎原般迅速在基地中傳播開來，不少人都在私下談論，並且還有人宣稱，這個消息來自於一位有預知能力的精神系異能者。消息越傳越離譜，到了後來還有人說準備圍城的喪屍是傳說中的喪屍王統領，要對人類進行「天罰」。

聽著基地中那離譜的傳言，羅勳和嚴非雖然覺得無語，可這也是他們沒辦法的辦法。羅勳無法證明他的這個「預知」一定會發生，更沒辦法證明自己說的就肯定是未來的走向，更沒辦法保證這件事一定不會發生。

畢竟自他重生後，雖然小事，尤其是他自己以及和他有關的一些事情確實發生了改變，可大事卻沒有變過，比如A市到了現在只剩下兩個基地，比如M市等數個大大小小的基地都陸續被攻破。

就連基地中幾項重大的研發成果的完成時間都差不多，如今在羅勳記憶中唯一比較不一樣的地方就是，基地因為金屬系異能者提升異能後，又加上嚴非比較給力，居然開始建造從中心通向四面八方的金屬橋樑。這可是上輩子沒有發生的事，也是羅動重生到現在最為直觀的最大的改變。

正是因為羅動自己也不確定，說不好東部基地會不會就在這次危機下傾覆，他自然更不敢就此斷言這些事情一定會發生。因為羅動和嚴非最近十分關注基地外面的情況，卻沒聽說基地附近的喪屍有數量突然增多的消息。

至於基地中如今傳播的這個消息，是嚴非經過判斷後才決定悄悄散發出去的。現在的他沒辦法直接聯繫到基地中的那些大佬，尤其是他就算能聯繫到那些人，也無法解釋自己為什麼會知道這個消息，又怎麼證明其正確性？

他們每人手中都有手機，且基地中的網路也順利建起，手裡有設備的人都可以連到基地內部的網路，並對官方發送郵件，但嚴非如果不想被人查出來，最好不留半點尾巴。

思考再三，他才決定採用這種方法，這樣一來，外出做任務的小隊也會格外關注相關的消息，比如喪屍突然增加，比如喪屍行動詭異等等。一旦有消息，基地就不得不做出反應。

當然，這樣也會有弊端，比如以後如果有什麼人想要顛覆如今的政權，說不定就會利用這一方法攪得基地內部謠言四起，可現在的兩人實在沒有其他辦法能夠更加有效地完成他們預期的想法。

檢測異能、基地傳言的事情一直持續到了月底，基地中檢測過異能的人數已經超過了五分之四，按照眼下的比例來看，一些知道內部情報的人們發現了一個驚人的現象：同樣是在之前以為是普通人的人，軍中被發現確認為異能者的人數比例要遠超普通人。

這是什麼原因？難道軍隊中有什麼辦法增加異能者比例？還是說有著異能者素質的人都在末世前就參軍去了？

普通人想不明白，研究所倒是有一種猜測，亦即身體素質。末世前身體素質越好的人，在末世後直接變成喪屍的可能性就越低，出現異能的可能性就越高。

其實看看基地中的人口結構就可以分析出一些蛛絲馬跡，基地中絕大多數的人都是青壯年，老年人、小孩子和女人，大多在第一波變異中直接變成了喪屍，而身上出現異能的人多半是那些平時身體素質就很突出，或者有某些長處的青壯年。

當然，這和不少體弱多病的人根本無法逃出市區，來到基地也有關係，所以這也只是一種單純的猜想，而且這一說法只是暫時流轉在研究所和基地上級間，除了一些消息靈通的人之外，剩下的人甚至連這種比例都不清楚。

不過，就算軍中異能者比例再高，加在一起也絕不可能超過基地中整體異能者的數量，畢竟那些生存能力強、異能強大的異能者們，大多能活著逃到基地中來，體質差、身體素質不好、年老體衰的人，就是想來到這裡也沒有什麼機會。

徐玫和宋玲玲帶著于欣然在月底前才去儀器那裡檢測，三人的結果一出，讓周圍看熱鬧的人們倒吸一口涼氣。三個女人，其中還有一個是孩子，居然全都是異能者。

要不是明晃晃的顏色表示出她們三人都是二級異能者，要不是她們身上所展現出來的殺氣讓人知道她們不是什麼躲在基地裡靠男人包養的菟絲花，恐怕早就有人在第一時間過來拉攏，甚至威逼利誘地將人拐走。

儘管如此，徐玫兩人換過身分牌後，還是有不少人過來想要拉攏她們。遺憾的是，徐玫兩人哪是那麼好說話的？在一個男人燒焦了滿頭頭髮，又被一個水球淋了個透心涼後，眾人才趕緊退開，再不敢招惹這兩個帶刺的玫瑰。

到了月底，羅勳和嚴非商量後決定，再出一次基地。

雖然羅勳記得八月初沒幾天東部基地就被攻破了，半個月之後，自己所在的西南基地也遭遇了喪屍圍城，可現在半點消息都沒有，甚至沒有外面喪屍有異動的跡象。外出做任務的那些小隊中也沒傳出哪裡的喪屍逐漸增多，哪裡的喪屍突然變厲害的消息。

之前兩人散播出去的消息雖然還在基地內部流傳著，但大多數都拿它當成故事看，就算有些人相信，在根本看不到相關徵兆的時候，依舊還是該幹什麼幹什麼。

「這次出去咱們視情況而定，如果喪屍數量比較多，就不會離開基地太遠，時間也盡量不會太長。」羅勳和他的隊員們圍坐在李鐵幾人的屋中開會，「畢竟基地裡面的謠言大家都聽過。雖然也許是謠言，但小心為上，這次出去行動時謹慎些也是好的。」

聽到羅勳的話，大家都沒什麼意見。他們出基地為的不過是給隊中的異能者打晶核，賺外快，外加出去培養戰鬥技巧。李鐵他們人都在軍中，自然聽說過關於那個體質和異能相關的可能性。他們幾個人現在對於出去打喪屍的熱情更大了，雖然自己現在還不是異能者，可萬一喪屍打多了，身體素質因此變得棒棒的，將來變成了異能者呢？就算未來沒變成異能者，現在多攢點晶核、積分不也是好事嗎？

比起嚴非、章溯、徐玫幾人每次打完喪屍後晶核都用來吸收，五人組完全用不著晶核，得到的晶核就變成了他們的純收益。

平時他們如果有什麼需要，就會用晶核和隊裡的異能者兌換積分，之後再拿著積分出去花銷，購買需要的東西，可就算這樣，他們能花得了多少錢？

五人組中除了王鐸這個妻管嚴所有的工資都無償上交外，其他四人算是小資階級，他們的家產足夠他們在基地裡面娶個媳婦了。

遺憾的是，這四個單身漢要麼將視線放到了隊裡兩位美女身上，準備暗暗攻略對方，要麼就壓根兒沒長這根神經，沒意識到自己現在可以找女朋友了，比如經常不在狀態的吳鑫，再比如因為心寬體胖，從來都被女生們視為閨蜜自卑成習慣的何乾坤……

「沒問題，我們聽隊長的。」李鐵喊得很大聲，實際上，他們五個人的膽子都不算大。如果說出基地打打附近的喪屍還好，萬一遇到喪屍圍城……呵呵，他們還是趕緊乖乖回來比較好，他們可沒本事犧牲在阻擋喪屍大潮的洪流之下。

至於章溯和徐玫三人更沒什麼意見，於是會議結束，眾人各回各家，準備第二天外出。

這次為了安全起見，羅勳並沒再開著他那二合一的車子，大家最後決定開出去三輛車，爭取每一輛車上的人員都合理地分配，有異能者也有普通人，方便應對各種突發狀況。

領取任務離開基地後，車子一路順著上次的路線向先前他們戰鬥過的地點駛去。一路上只有星星點點的喪屍晃蕩在廢墟、街道上，和上次大家出來時的狀況看起來差不多。

等他們經過早已成為廢墟的銀行，來到上次逗留過的地點，附近零散分布的喪屍看起來也和上次來時差不多，就像他們每次離開後喪屍們會無意間慢慢晃蕩到附近一樣。

「看起來好像沒什麼狀況啊？」車中的韓立舉著望遠鏡四處觀察著。

羅勳也仔細檢查過附近後才決定：「準備進入上次大家躲藏的地點。」

負責檢查的當然是嚴非，他確定所有隱藏在地下的壕溝陷阱、碗狀金屬底盤安好無損，其他人也再三確認過附近的情況後，才開著車子進入他們曾經待過的地方。

嚴非將藏在壕溝中的金屬材料全都弄了出來，再次造出一圈金屬圍牆，裡面還加上了這次他們沿途收集到的金屬材料用來加固。

清理乾淨距離較近的喪屍，這次二級喪屍數量更多了。

讓嚴非幾位異能者恢復了一下異能，羅勳才再次拿出血包來引誘喪屍。

或許是因為南面少有人從附近經過，所以喪屍數量也隨之跟著減少，等眾人燒完一波喪屍後，天還沒變黑。

走出鋼鐵環繞的圍牆，大家開始清理喪屍、挖晶核，大致估摸了一下，這次的收穫最多也就只有五千多顆。

徐玫皺著眉頭向羅勳問道：「隊長，咱們還要深入進去嗎？」雖然這五千多顆晶核中居然有八成左右都是二級晶核，可這次的收穫對比起前幾個月來說，差的未免有些多。

羅勳有些猶豫，繼續深入市區固然能再弄到一些晶核，可安全問題……

思考了一下，又看看黑下來的天色，羅勳剛開口道：「先原地……」

「隊長，有東西，有東西過來了，好多！」站在嚴非豎起的金屬觀測臺上眺望的韓立，忽然大聲喊了起來，臉色煞白地指著東北方向。

眾人聞聲連忙湊到東北方的小窗口向外眺望，就見昏暗的廢墟中，遠處影影綽綽有著一片紅亮亮的小眼睛。

聽到遠遠傳來的吱吱聲，嚴非臉色一變，「喪屍鼠！」

「封頂，把所有的窗口再改小一半。」羅勳的表情瞬間變得肅穆，對眾人下達指令。

封頂、改窗口的工作都是嚴非的任務，聞言他立即調動金屬材料，一個金屬穹頂迅速從四面八方擴散至整個上空，將金屬碗蓋住。

羅勳此時也沒閒著，與五人組一起從車上提下一桶桶沒用完的汽油、蘑菇汁。

外面的吱吱聲越來越近，漸漸連成了一片。

羅勳趁那些喪屍鼠還沒跑到跟前時，叮囑道：「一會兒聽我的命令，從嚴非弄出來的管道中往外面的壕溝倒蘑菇汁和汽油，時機到了之後，徐玫就點火。章溯，你一定要注意隨時給咱們這裡補充空氣，不要讓煤煙飄進來。萬一哪個倒油的孔被點著了，你負責熄滅。」

見章溯和徐玫兩人點頭，羅勳又對宋玲玲吩咐道：「妳隨時負責給那幾個大桶裡面補水，幫助大家降溫。」

現在這種狀況下，再好的戰術都沒用，只能盡力潑蘑菇汁，澆汽油，燒死喪屍鼠。

喪屍鼠的移動速度快得驚人，羅勳他們在裡面話還沒有說完，外面的吱吱聲就已經到了壕溝處。撲通撲通一群群喪屍鼠直接跌落壕溝，可誰知道外面來了多少隻喪屍鼠。一旦壕溝填滿了，它們就會跑到金屬圍牆邊上。

羅勳心中的念頭還沒轉完，就聽到「噗通噗通」的聲音撞到了身邊的金屬板上。

「它們是怎麼衝過來的？」何乾坤的臉色大變，聲音中帶著一絲顫慄。

章溯的眼睛瞇了起來，「有風，是風系異能……」

話還沒說完，其中一個窗口竟然被一顆小火球擊中。

「靠，還有沒有天理了？連喪屍鼠都進化出異能來了！」王鐸啐道，強壓心底的不安。

羅勳此時反倒鎮定下來，「暫時不要靠近窗口，宋玲玲，一會兒妳隔著水幕查看一下外面的情況。如果壕溝裡的老鼠快滿了，大家就準備倒蘑菇汁。」

不是他們死，就是它們亡。

在戰鬥到最後一絲力氣前，羅勳絕對不會認命。

每個人的表情都緊繃著，宋玲玲沒有直接去看正對著喪屍鼠大軍的窗口。那裡有不少喪屍鼠都衝到了滑不留手的牆壁上，有幾隻還掛到了金屬窗口上面，對著窗口裡面瘋狂地劃動小爪子，刺耳的聲音和噗通聲響成一片。

她來到了反方向的窗口處查探外面的情形，水幕在她的面前阻隔出一面「水盾」用來防護。看完外面的情況，她高聲對羅勳幾人道：「隊長，背面的壕溝已經半滿了。」

「倒蘑菇汁，躲開窗口！」羅勳立即下令。

眾人連忙將一桶桶的蘑菇汁倒進嚴非剛剛做出來的，直通外面壕溝上方的金屬漏斗中。

外面吱吱的慘叫聲更加響亮，隨著腐蝕性極強的蘑菇汁的傾倒，壕溝中的喪屍鼠被消滅了一大半，絕大多數的喪屍鼠甚至屍骨無存地化作膿水。

應該慶幸今天一開始大家清剿的喪屍數量不多，他們才能得以剩下這麼多的蘑菇汁和汽油，不然今天晚上他們就算能躲進嚴非做出的金屬碗中，恐怕也無力誅殺外面的喪屍鼠。

章溯控制著金屬屋中的空氣，讓它們和外面的新鮮空氣流通替換。五人組則努力地將手邊的蘑菇汁一桶一桶倒進各個漏斗中。

很快蘑菇汁用了個七七八八，可外面的喪屍鼠數量依舊沒有減少的跡象，更驚悚的是，眾人聽著那些撞在金屬牆壁上的噗通聲，啃咬著金屬牆壁的磨牙聲，覺得頭皮發麻。

當外面的大坑再次幾乎填滿，羅勳讓眾人將蘑菇汁換成汽油，還是向那些漏斗傾倒。

這次還沒等羅勳發號施令讓徐玫放火球，外面那些有了異能的火系喪屍鼠就不小心把汽油點燃了。幸虧它們吐出來的火球只落在壕溝中，沒有直接點燃漏斗出口處，不然負責倒汽油的人肯定會被反燒回來的大火傷到。

「真是……太危險了。」羅勳看著外面猛然燒起來的大火，呢喃了一句。剛才負責倒油的五人組並不知道自己逃過一劫，看到大火燒起來還鬆了一口氣。

嚴非拍拍羅勳的肩膀，低聲安慰：「這次就當吸取教訓，下次我再做出油口的時候，盡量避免這種問題。」

羅勳聞言，和嚴非並肩靠在一起，默默等待外面的大火燃燒結束。

喪屍鼠的速度極快，這也就導致了這些老鼠往往能如炮彈般衝過來。掠過火焰上方的時候，它們殘缺不全的腐爛皮膚被大火灼燒，如火球炮彈般撞上金屬牆壁。

這還是嚴非刻意將壕溝的面積做大，可即使這樣，它們都能利用本身的「風」和衝刺的速度飛過來。大家此時唯一慶幸的是，先前打那些喪屍時，雖然如果真正一對一打起來它們的戰鬥力都不算差，可畢竟它們初始的行動就緩慢，就算有一些速度快的喪屍，也不可能像喪屍鼠似的這麼密集攻擊，否則他們之前的戰鬥哪有這麼好打？

一夜過去，誰都沒敢睡，每當外面某個方向的火勢變小，就有人立刻向外面填充汽油。徐玫更是操作著火焰盡可能將攻擊比較密集方向的火牆增高，燒得更加熾烈。

章瀕一邊要注意他們所在的空間內不要缺氧，更不要飄進煤煙，還要時不時協助徐玫，給外面的火焰加氧助燃。

大火燒了整整一個晚上，所有人都在慶幸，幸好這次出來前羅勳特意讓大家盡量多弄些汽油回來，還特意全都帶了出來，不然這個晚上大家怎麼可能守得下來？

當第一縷陽光升起的時候，羅勳他們還沒反應過來。

直到天光大亮，外面的吱吱聲才變小，周邊的喪屍鼠退去。一如它們來的時候，它們撤離的速度幾乎也是在一瞬間，很快就不見了蹤影。

「走了……」

「總算扛過去了。」

發現外面的喪屍鼠消失不見，眾人險些抱頭痛哭，隨後噗通噗通，沒形象地倒臥在地，最疲憊不堪的幾人甚至直接睡了過去。

羅勳下意識靠在嚴非的身邊睡著了，心裡還在琢磨著幸虧喪屍動物還保留著喪屍化前的習性，所以這些喪屍鼠雖然不懼陽光，卻下意識不習慣在陽光的照射下外出捕食，不然今天他們恐怕就算撐到白天也脫不了身。

等羅勳再次睜開眼睛的時候，太陽已經幾乎升到了頭頂正上方。

看了眼時間，上午十一點二十分。拖著疲憊的身軀站起來繞著小窗口巡視一圈，確定外面沒有半隻喪屍鼠的影子，也沒有什麼喪屍、行人的蹤影，羅勳這才鬆了口氣。

五人組還在睡，徐玫坐起身來揉眼睛，嚴非在羅勳起來的時候就醒了，正在喝水。

「收拾一下外面的戰場吧，咱們早點回去好好休息。」羅勳覺得自己的聲音有些沙啞，接過嚴非遞過來的水喝了兩口。

叫醒所有人，大家一起爬起來挖晶核。

不得不說，這群瘋狂的老鼠送給了眾人數量十分可觀的晶核。

動物身體裡的晶核和喪屍的相比有大有小，要看喪屍動物本身的體型。

如老鼠這種體型的喪屍動物腦中的晶核，也就只有人類喪屍腦中晶核三分之一大小。嚴非他們試著吸收一顆，對羅勳道：「能量差不多是正常晶核的三分之一。」

普通晶核如此，二級晶核也是如此，只是這次他們遇到的喪屍鼠數量多到驚人，被他們這一晚上坑殺燒死的喪屍鼠數量同樣驚人。略一統計，居然足足有四萬多顆，再加上之前弄到的那些二級喪屍晶核，這次的收穫富裕得讓他們咋舌。

遺憾的是，喪屍鼠中二級的數量比例少於喪屍們的，差不多在三比一左右，比這次他們打到的喪屍晶核比例低的多。

更遺憾的是，因為喪屍鼠的晶核太小，他們實在不敢斷定這些二級晶核拿回基地後的價值要如何計算，而且一口氣殺死這麼多的喪屍鼠，如果晶核流入市場或軍方，恐怕會引起別人的懷疑，因此只能找機會慢慢出手。

照舊將晶核分成五份，一份充作小隊公共財產，剩下的是個人收入。之後將所有的東西全都搬回車上，抹去大家在這裡待過的痕跡，這才開車駛向基地。

羅勳花費了整整一天的時間，才勉強將前一天晚上的疲憊消除了大半。現在回想起來，最讓他記憶深刻的居然是，昨天回來時進基地的速度好快。

基地中自從有了檢測器，不用驗血後，過安檢的速度快了很多。羅勳他們出去打喪屍時基本都是遠端攻擊，很少會遇到要跟喪屍肉搏的情況，所以他們回到基地的時候，他們的外套上沒有沾染半點喪屍病毒。唯一中招的只有車輪，但這只要是出基地的人就會遇到。

黏在車輪上的髒東西，在羅勳他們去交任務的時候，就被工作人員沖刷乾淨了，等他們回來正好取車，這速度可比先前歷次回來要快得多。

充分休息一天，趁著假期的最後一天，羅勳和嚴非決定再次上街轉轉，一來是去找找看嚴非所需要的金屬系晶核，二來是想辦法出售他們手中從喪屍鼠身上挖到的非本系的二級異能晶核。這東西太打眼，拿去軍方兌換還不如先在市場上看看能不能換出去。

轉悠一圈，又來到了先前做過交易的那個攤位。

嚴非取出幾顆小一號的二級晶核，對方雖然詫異了一下，但也沒有特別驚奇。這東西雖然少見，可他們這些見多識廣人不是完全沒有見過。

經過上次喪屍鼠攻擊城門的事件，大家都知道市區中有喪屍動物，一些深入市區的隊伍也曾經見過。數量少的時候，異能者殺起它們雖然有點費事，可還是能夠有所斬穫。

「你們最近收穫不錯啊？」攤主一邊和兩人交易，一邊隨口聊了起來，「我們隊伍前幾次出去只弄回來一批一級晶核，二級喪屍都沒打到幾個，還不是我們需要的。」

羅動有些驚訝，不動聲色地打聽：「我們運氣也不太好，雖然遇到了一些，不過打到的也不是我們要的。你們是在哪裡打的？沒遇到什麼二級喪屍嗎？運氣這麼好。」

對方笑了起來，反正先前的任務已經結束，不怕有人跟他們搶，便略微得意地道：「我們前兩天接了個去北城區的任務，到一個加工廠運布料，路上看到的都是一級喪屍……」

這麼說，市區北面還是以一級喪屍為主？

難道南面的喪屍因為先前的空襲所以留下來的大多是二級喪屍？

羅動驚異莫名，交易完離開之後才低聲和嚴非討論：「你覺得是什麼情況？怎麼南面的二級喪屍會比北面的多這麼多？」

他上輩子只去過北面，反而不知道南面會有這種狀況。人家今天不提他還沒注意，他上輩子之所以和別人出去還能活著回來，完全是因為他們去的地方都是一級喪屍多的地方。

嚴非微微皺起眉頭，「或許真的跟上次的空襲有關？」

兩人商量許久也沒得出結論，只能暫且作罷。次日收工回家時，兩人又跑到軍方兌換窗口處將自己用不著的二級晶核兌換成用得著的二級晶核、一級晶核和積分。至於那些喪屍鼠的晶核，無論是市場上還是軍方，都按照一比三的價格和正常喪屍晶核進行兌換，倒是跟兩人之前估計的差不多。

時間進入了八月初，羅動兩人一邊努力工作，一邊擔心著即將到來的喪屍圍城消息。不過在兩人的密切關注下，外出做任務的異能者們並沒有傳回來什麼特別的消息。

四號傍晚，兩人回到家中，與徐玫兩人一起照料作物後，便準備回家吃飯。

打飯回來的五人組，高興地叫上羅勳他們，「看看我們弄什麼好東西回來了！」

「硬碟？」看到李鐵他們手中的東西，羅勳不解地問道。

「電視劇，都是末世前的電視劇。不知道他們從哪兒找回來的，讓我們上傳到內部網路裡面，我們就順手複製回來了。」李鐵揚揚手裡的硬碟，臉上笑得燦爛得幾乎能開花。

他們現在人人都有手機，雖然沒有電視電腦，看起電視劇、電影之類的東西不夠爽快，可總比先前幾乎沒有什麼娛樂活動要好。

「來來來，我把它們拷貝到咱們的主機裡……」

自從發現羅勳家還有臺電腦，裡面有不少小說後，五人組就常常利用工作之餘往家裡帶各種軍中淘汰不要的東西，時間一久，居然被他們攢出了一臺電腦。裡面不但裝進了羅勳貢獻的小說，更有像這次似的找回來的各種可供人娛樂的好東西。

「好啊，正好晚上睡前能解悶。」看小說看久了也會膩。

一群人興沖沖跑去搗鼓電腦，其他人家裡、走廊上放著幾個訊號增強器，這些也都是出自五人組之手。

「還有電影啊？」看到其中一個硬碟有一些末世前耳熟能詳的好萊塢大片，徐玫和宋玲的興趣明顯更加強烈了。

「那可不？今天帶回來的是這些，等複製完，我們那兒還有呢，明天再拿別的來。」韓立終於找到了在兩位女士面前可以賣好的機會，連忙拍著胸脯做保證。

宋玲玲眼珠一轉，感嘆道：「有韓劇嗎？越長越好，正好打發時間。唉，可惜後來的韓劇集數都變短了，要是有以前那種幾百上千集的能多帶幾部回來就最好了。」

韓立被自己的口水嗆住，幾百集的？還多找幾部？硬碟也得能裝下才行。不行，明天得去多找幾個大容量的硬碟回來，一定要滿足隊伍裡女士們的心願。

徐玫低頭悶笑，對於自己的同伴耍傻小子的行為裝作沒看見。

將一部部電影複製進自家硬碟中，眾人紛紛盤算著晚上看那部片子解悶比較好。站在門口的王鐸耳尖地聽到走廊上傳來開門的聲音，知道是自家親愛的女王殿下歸家，連忙迎出去將這喜訊最先告知對方。

章溯和王鐸一前一後地走了進來，章溯將自己的提包交給了跟班王鐸小弟，這才對眾人說道：「東部基地出事了。」

屋內一靜，所有人都向他看來。

「我回來之前剛剛收到的消息。」章溯取過一瓶水喝了兩口，「東部基地發來求救訊號，說基地被圍，基地裡出現了大量倖存者變成喪屍的狀況，他們那裡的高層只能躲進基地裡比較安全的地方暫時避難，一邊給咱們這裡發來求救訊號一邊努力防守。」說著，聳聳肩，「軍隊過去調度醫生陪同部隊一起過去救人，沒我什麼事，我才能回來。」

其實以他的醫療水準，醫院確實可以派他過去，尤其是在他本人還有風系異能可以自保的情況下，但誰讓他經常抽風。這種救援行動容不得一點不確定因素，於是不用章溯自己提出，上級就不會考慮派他出去添亂。

醫院中這次選出的隨軍醫生全都是軍醫出身，心理素質高，絕對會無條件服從上級的命令，至於不靠譜的醫生……還是繼續留在基地裡治病救人吧。

沉默了一會兒，羅勳問道：「有沒有聽說什麼具體情況？」

章溯搖搖頭，「沒有，我只知道上面要調人跟著出任務，到底派了多少人出去，那邊有什麼情況都還不清楚。」

眾人對視了幾眼，李鐵忽然想起基地中的謠言，倒吸一口涼氣，「之前基地裡不是在傳，說八月初會有喪屍圍城？先是東部基地，後是咱們這兒，要是這個消息……」

大家的臉色都變了，還沒等開始討論，李鐵的聲音忽然拔高：「宅男！廢柴宅！」

「啊？」韓立幾人茫然地看向李鐵。

李鐵則興奮得臉都紅了，「你們說，這個消息會不會是廢柴宅放出來的？他在末世前就能預言末世的到來，還說了那麼多會發生的事，以及如何在末世中生存下去的知識。這次這件事怎麼看怎麼像是他的手筆，我就說嘛，他既然能預言末世到來就肯定不會死。他一定也來到了咱們的西南基地，這就證明廢柴宅覺得咱們的西南基地一定是最安全的。啊……要怎麼找到他呢？他肯定知道更多消息……他一定有預知能力，說不定還是強大的異能者……」

大家看了一眼顯然已經陷入妄想的李鐵，又看向身為隊長的羅勳。

羅勳揮去一頭冷汗，對眾人道：「既然東南基地出事了，那麼說不定咱們這裡也會像這個消息裡面說的一樣，有可能會出現類似的狀況。基地中會不會出現有人突然喪屍化，這事現在暫時不清楚，但說不定真的可能會遇到喪屍圍城。我建議咱們這個月暫停出基地打喪屍的計畫，看看情況再說。另外就是，從明天開始，咱們外出的時候盡量不要單獨行動，隨時注意身邊的狀況。」說著，他看向章溯。

所有人當中，只有他會單獨行動，畢竟他雖然說每天五點左右就應該下班，但他的工作性質就決定這個「應該」的下班時間本身就是擺設。

早的話，最早也得等到六點以後，而晚的話……一晚回不來都是正常的。

章溯攤開雙手，「我有異能……」

「不行！」王鐸立即站了起來，「你工作一天已經夠累的了，萬一遇到什麼特殊情況？」說著把自己的胸口拍得啪啪響，「我下班之後去醫院門口等你，接你回家。」

章溯斜睨了他一眼，鄙夷道：「你？到時是你救我，還是我救你？」

讓他獨自一個人等在醫院門口？開什麼玩笑？醫院人來人往的，而且去醫院的人本身就多少有些狀況，真出事了，自己怎麼可能趕得及找到他？他要是出了什麼意外……

何乾坤連忙拉住還要說什麼的王鐸，「我們跟王鐸一起去醫院吧，反正我們下班後也要打飯，不如就在食堂裡吃完再去醫院。如果沒什麼意外，章哥那會兒差不多該下班了。」

「對對對，我們一起去，我們隨身帶著武器！」

「不然咱們也開車？這樣更安全點，等人的時候也能有地方休息。」

「還有手機啊，我們到了給章哥發個簡訊，他快出來的時候我們再去醫院門口接他。」

眾人七嘴八舌商量了一通，總算換得章溯勉強點頭。

考慮到五人組的工作地點到醫院的途中都是在軍營裡面行動，所以危險係數應該是低於基地中其他地方的，而有自己跟在他們身邊，他們的安全性也會大大提高，這反而是一種對於雙方有利的安全保證，至於工作上面嘛……

章溯默默在心中決定，等明天去醫院時盡量偷懶，別像之前那麼拚——某人因為某些詭異的心理狀態，導致一旦手握手術刀就會異常興奮，從而表現為工作效率比正常同行醫生高出不止一倍。如今為了某些人和他一起回家時，萬一遇到意外自己也能及時保證他們的生命安全，他居然準備放放水，這也可以算是一種奇蹟了。

第四章

喪屍圍城，水火金雷齊上陣

出事的東部基地距離西南基地很遠，軍方調派人員時有專用道路通行，所以基地中大多數的人都沒有察覺出事了，直到第二天羅勳上工的時候，才得到了確切的消息。

隊長的神色有些鄭重對眾人道：「今天咱們要臨時調到外城牆去，上級給出命令，讓咱們盡量加深金屬地基的深度。」說完又解釋道：「昨天晚上得到消息，東部基地出事了，據說那邊的基地已經被攻破。」

所以上級才會臨時調派金屬系異能者再次給外基地的圍牆地基加深，畢竟一旦出現如先前那種喪屍鼠一樣會打洞的喪屍動物，外基地的圍牆恐怕就有危險了。

眾人沒多說什麼，跟緊隊伍爬上卡車向外圍牆方向趕去。

上了車才有人向隊長打聽具體消息：「隊長，東部基地那邊現在怎麼樣了？」

隊長搖搖頭，「情況不好，據說基地大門已經被攻破了……今天凌晨上級還調動了幾架直昇機過去。到底能救出多少人來，還得看具體情況。」

他也不清楚內裡的狀況，卻知道東部基地的圍牆此時已經淪為擺設，再加上據說東部基地裡面又出現了突然變成喪屍的人，這才導致內憂外患，一下子就將所有的有限力量堵進了最後的防禦工事中……

這麼看來，有一個堅如磐石的軍營建在基地中，果然是十分必要的。

車子沒多久就開到了外圍牆附近，嚴非他們開始了今天的工作。

他們需要直接將金屬牆壁加深，這個工作依舊由嚴非率先探索後才找到了方法和竅門，四個金屬系異能者隨之展開行動。

吊車跟在四人附近，吊起一大堆金屬材料等在一旁，羅勳幾人依舊負責保護異能者們的安全，不讓他們受到有可能來自圍牆下方的攻擊。不過現在這種可能性更小了，高大的圍牆外面就是新挖出來的護城河，河面大約寬五米，在護城河外還有一面新修築起來的土牆，土牆外又有不少連夜搭建起來，用木刺竹竿一類東西築起的籬笆，成為了第一道防禦工事。

最外面那道籬笆雖然起不到什麼實際作用，卻能阻擋喪屍們的腳步，給負責防守的士兵們爭取到反應時間。

巨大的鐵門正對著護城河上的吊橋，遇到緊急情況的時候，吊橋隨時都能升起，讓整個基地與外界徹底隔離開來，而現在，護城河對岸那兩座和基地用吊橋相連的監視崗樓上的士兵，正仔細地觀察著其他方向的狀況。

普通的士兵、基地中的倖存者們不清楚，但上面的大佬卻知道一件事，上次對於市區喪屍圍剿的時候，就曾經發生過飛機遇難的事，這次如果不是情況太過緊急，他們是絕對不會出動基地裡僅剩的那幾架直昇機。

若是這些直昇機再出現損失……沒有退路的他們就只能拚死一戰了。

吃過午飯，頂著越來越熱辣的太陽，嚴非他們再次爬上圍牆繼續今天的工作。外圍牆的地基原本只有三米左右，現在出於安全考量，需要將增加到五米深。

時間允許的話，將地基弄到十米深自然更好，但那樣就會影響到比如供水系統、排汙系統等等，這要等建築專家們給出解決方案再進行。

下午兩點鐘左右，羅勳忽然瞇起眼睛看向遠方，不確定地問：「飛機？」

東北方向的半空中有幾個黑色的小點向這裡飛來，正在忙碌的眾人不約而同停下手中的工作抬頭看去。果然，沒過多久轟隆隆的聲音傳來，幾個小點越來越清晰，是直昇機。

「從東部基地飛過來的吧？」羅動不太確定地說道。他上輩子在東部基地出事的時候正好跟著一個小隊進市區做任務，那時候聽說過基地裡面似乎出動了直昇機救回一些人，但具體情況並不清楚。

在眾人的注視之下，幾架直昇機轟隆隆飛過圍牆，進入基地中。這會兒基地中白天還在的人也都注意到了，全都對著半空中的直昇機指指點點。

東部基地不同於以往被攻破的小基地，從某些方面來說，東部基地和西南基地一樣都是末世至今為止具有指標性的安全基地，也是如今還活著的倖存者們心目中唯幾絕對安全的地方，所以一旦倖存者們得知東部基地被破，誰知道會引發什麼騷動？

如果一個基地從內部就開始動盪，它還怎麼可能堅持下去？說不定精神崩潰的人反而可能因為過大的壓力，而做出什麼危險的事來。

基地卻是忽略了另一個可能性，此前就有過謠言，關於會出現喪屍圍城，東部基地有可能保不住的謠言。

在看到直昇機飛到軍營停機坪後，那些一直在默默擔心謠言成真，還能算清楚日期的人就再次將那個謠言翻出來，於是東部基地被破的事在軍方宣布前就已經傳得人盡皆知。

更多的人開始拚命聯繫自己的親友，要出基地做任務的也都不去了。有親友在外面的就一個勁兒試著發簡訊，希望能將人叫回來。

更多的人開始加固自家房門、窗戶，生怕有人趁亂來自家打劫。

羅動他們下午回家的路上，便看到路邊幾個人為了一塊破木板又吵又罵，相互瞪著一雙通紅的眼睛，誰都不肯退讓半步。更有些人為了幾塊結實的金屬板大打出手，頭破血流。

次日清早，東部基地被攻破的消息對外公開，沒過多久，幾輛裝著不少倖存者的卡車緩緩開來，直昇機再度飛回基地。再之後，陸陸續續有私家車開到了基地大門口，這些都是自行從東部基地硬闖出來的倖存者，先前直昇機和軍方卡車運出來的人，則基本都是東部基地的高層長官、技術人員和軍方人員。

西南基地再次緊繃精神，生怕喪屍就跟在這些人的後面。

西南基地的軍營堡壘中此時正在開會，他們正在和東部基地逃出來的那些人討論東部基地到底是怎麼被攻破的。

東部基地的大佬們一個個灰頭土臉，自己也是一頭霧水，表情要多難看有多難看。

「從事發到現在，我們就沒弄清楚到底是怎麼一回事。先是基地裡面忽然傳來消息，說好多人變成喪屍，在街上四處咬人，後來又說城門處出現了喪屍，喪屍已經開始在大門口傷人了，他們居然連城門都來不及關。」

西南基地的人詫異對視幾眼，一人問道：「有沒有當時在現場的人？」

一位東部基地的長官氣得直拍桌子，「當時在現場的當場就死光了，我們接到消息時，喪屍都殺到指揮部大門了。」

「要是不弄清楚原因，我們這裡早晚也會遇到一樣的事，到時還能往哪兒跑？就算要去青藏高原，也得有足夠的汽油，也得能活著突圍吧？」

那邊拍桌子，這邊的長官也跟著一起拍桌子。

從身分上來說，東部基地的高層們級別普遍比西南基地的要高出一個級別不止，不過幸好因為末世前他們兩邊就是完全不搭邊的兩個系統下的人，平時最多是點頭之交，這才能在末世中各忙各的互不打擾，有了消息互通有無。現在碰到一起，對方的人如果想拿身分來壓人的話，西南基地的大佬們也是不怕的。

不就是拍桌子嗎？老子力氣不比你們小！

「你……真是豈有此理！」對方的高層也知道現在是在人家的地盤，放在末世前，對方哪敢跟審犯人似的質問自己，可誰讓現在是末世？誰讓現在是自家的地盤被攻破？末世因為交通、傷亡等等原因，導致如今的大小基地就彷彿是大小的軍閥又或者是古代的諸侯一般各自為政。東部、西南兩個基地中以東部基地為首，在大方向上聽從東部基地的指令，現在落水的鳳凰不如雞，他們只好暫時忍氣吞聲。

會議一直折騰了大半天也沒討論出結果，西南基地的工作人員幾乎問遍了所有從東部基地來的人也沒找出問題所在，只能按照先前的準備繼續嚴加控制所有有可能出事的地方。

這一僵持就是足足十來天，就在西南基地的人都開始懷疑是不是那些喪屍吃夠了東部基地的倖存者，暫時沒肚子裝他們這裡的人、所以喪屍們不準備過來了的時候，一份紅色標記加急的化驗結果放到了諸位高層的桌子上。

「水源……水源中的病毒濃度突然增高？」

看到這份檔案，大家都坐不住了。

「怎麼回事？」

「怎麼會忽然增高？」

「水裡有沒有發現什麼東西？」

負責化驗的人愁眉苦臉地搖頭道：「水汙染的數值是突然增加的，我們剛發現問題就趕緊掐斷了水源，現在要怎麼處理？如果水汙染一時不能解決的話，恐怕城中使用了不乾淨飲用水的倖存者會出現突然變異成喪屍的人……」

「突然變成喪屍？」

「東部基地……」

西南基地自從出過因為食品衛生安全的紕漏導致基地內有倖存者變成喪屍的事，就開始嚴格控管水源的安全，從基地外原自來水管道流進來的水管只剩下一條。為了加強管理，軍方特意做出一個淨水池，流入的所有自來水都會在這裡進行二次消毒沉澱，檢查合格才會供給基地內部。也因為加大了水源的管理和處理過程，導致基地內的水管水流變小，但並沒有因此斷過幾次水。

可是，現在……

「先暫停全城供水，等排查出問題再說。立即調動之前徵召入伍的全部水系異能者，給備用水池加水。」一位大佬立即下令。

另一個人則起身道：「我去東部基地來人那裡問問，看他們那邊城內出現喪屍前有沒有發生過類似的情況。」

詢問的結果讓人心驚，東部基地因為此前沒有出現過飲用水處理不當而發生倖存者喪屍化的狀況，所以他們壓根兒沒有像西南基地似的，花這麼大的力氣整出一套淨水裝置。明明之前西南基地已經將這種可能性告訴了他們，他們卻圖省事沒當一回事。

這些安然無恙逃到西南基地的大佬們，平時也都因為用的、喝的都是特供水。經過淨水片等裝置二次淨化消毒後的自來水中有股味兒，這些人喝的便都是異能者專門提供的水，所以他們甚至現在都不知道東部基地城破前飲用水有沒有出過問題。

倖存者中很少有人會那麼仔細經過放置、投放淨化片，甚至再加上蒸餾來處理飲用水。這些步驟太麻煩，能堅持做完後再使用水的是極少數。一般人家都是多煮一會兒，煮開個兩三回就是極限了。如果這種水流入基地內……後果可想而知。

現在東部基地會出事的主要原因已經找到，基地外部出現問題不可怕，可怕的是在外部出現危機的同時，內部也發生問題。

「快，城門戒嚴，沒有檢查過就不許放進任何一個人。所有的人都要仔細盤查才能放進來，每攢夠一定人數才能打開一次城門。」想起東部基地被攻破時的情景，在基地內部出現倖存者大規模喪屍化時，城門幾乎同時出事了。

消息一經傳播，全城戒嚴，原本要出基地做任務的人被強行留下，等警報解除再說。

城門徹底關閉，入口處的規則也修改過，從原來的登記後就可以進城再做檢查，改成了必須經過檢測，確定身上沒有喪屍病毒，並且攢夠一定人數小門才會打開，就連針對車輛的檢查也變得細緻多了。

金屬建牆小隊圍著基地轉了一大圈，又回到了城門口附近，還差一點收尾工作，他們這次的加深地基的任務就全都完成了。

聽到遠處城門內側傳來鬧哄哄的聲音，小隊中的人好奇向那邊張望了幾眼，只能隱約看出是那邊發生了什麼爭執，平時求組隊的人正圍著軍方的人。

「出什麼事了？」羅勳嘀咕著，伸長脖子張望了幾眼。

隊長正閒得無聊，見狀起身，整整自己的帽子，「我去看看，你們繼續。加把勁，馬上就要完工了。」一邊說著，一邊跑下圍牆。

沒想到隊長居然這麼八卦！

羅勳腹誹一句，將一塊金屬板材堆到嚴非身旁的金屬小山上。

沒過多久，築牆任務進入尾聲，在隊長打聽消息回來前的一刻，圍牆上傳來歡呼聲。

完工啦！終於完工啦！

隊長跑上牆頭，笑道：「做完啦？」

「可不是？這回的速度比先前快得多。」

雖然地基在深入泥土中的地方大家根本看不見，中間還要經過其他金屬的傳導才能一點一點將地基加深，但比之前的各種大工程快多了。

「隊長，門口那邊怎麼了？」一個士兵好奇地打聽。

隊長回頭向漸漸安靜下來，卻沒人願意離開的城門方向看去，「城裡戒嚴了……」

「戒嚴？出什麼事了嗎？」眾人都是一驚，連忙追問。

「現在還不清楚，只知道城裡臨時停水，城門也臨時封了起來，暫時只許進不許出，就算有人要進來也必須得先檢查過，等人數積累到一定數量才統一開門。」

眾人面面相覷，幾個腦筋比較靈活的此時臉色已經變了，他們都想到了同一個可能性，如東部基地的危機，恐怕要在西南基地中上演。

工作提前結束，沒有得到下一步通知的小隊回到基地中，隊長詢問過狀況後，先讓大家原地解散，並特別通知羅勳兩人：「開著手機、隨時保持通話通暢，如果有什麼情況，軍方會給你們發訊息，我也會跟你們聯絡。」

羅勳和嚴非點頭，回到自家車子旁，羅勳給五人組發簡訊。沒過多久，李鐵那邊傳回消息，他們知道的和羅勳兩人差不多，都是基地內暫時斷水、城門封閉，但他們知道多一些具體的消息，他們的上級透露過，恐怕西南基地要出事。

羅勳兩人回到家，徐玫和宋玲玲過來說道：「剛才廣播裡面說基地裡面的供水系統發生故障，要暫停供水，家裡有條件的，有水系異能者的先暫時使用水系異能者凝出來的水，而且基地那邊也在召集水系異能者過去。」

羅勳看了宋玲玲一眼，宋玲玲連忙搖頭，「我沒打算去，咱們這裡有一大家人呢，還有這些菜，我一個人也就能勉強忙得過來，再出去打工造水……我的異能肯定撐不下來。」

現在兩層樓的用水一方面靠的是羅勳他們用蒸餾設備淨化，另一邊就要依靠宋玲玲的異能來製作乾淨的水。基地中的自來水水流變小的事情已經有一陣子了，光靠著蒸餾水是無法供得起他們這兩層樓消耗的，如今他們就只能仰賴宋玲玲的異能了。

羅勳知道末世後會時不時有斷水、斷電的狀況，上輩子基地中的情形比這輩子頻繁，三天兩頭就會出現這類問題，不然他也不會在末世還沒來的時候，就提前預備了那麼多的瓶瓶罐罐準備裝水。只是家裡的種植面積增大，導致儲水的速度根本趕不上消耗速度，這也是實在沒辦法的事。

「飲用水裝好後，大家盡量節省著用，主要注意的是不能讓家裡的蔬菜作物斷水。」羅勳囑咐了一句，又道：「大家這兩天留意收聽收音機，外出的時候也要盡量小心。」

喪屍圍城的日子恐怕就在這兩天了。

◆　◆　◆

八月下旬的天黑得很晚，黃昏時分，站在護城河外監視崗樓執勤的士兵們小心觀察著附近的動態。為了安全起見，基地周邊離得比較近的建築物已經全都被拆除了，背對著市區方向的土地還被統一規整出來，準備用來當作農田。

雖然在基地外面種植作物的異變率肯定很高，可基地裡面的地怎麼可能夠用？就算外面的田裡會出現喪屍到處晃悠，汙染糧食，也總比顆粒無收要強吧？

當然，為了安全起見，農田在市區的反方向，以減少那些地方被喪屍路過的可能性。

「那邊好像有東西！」一名士兵忽然伸手指著某個方向，在一條路上遠遠出現了幾個影影綽綽的黑影。

另一人連忙舉起望遠鏡眺望，「戴著帽子看不太清……等等，他們走路的姿勢不對！」

喪屍的肢體在死後會變得僵化，就算進化為二級喪屍，動作變得更加靈活，可在真正走路的時候依舊不能改善這個情況。遠處那些行動迅速的黑影，看起來像是野獸而不是人，反而能一下子就認出來。

向對面的崗樓打了個暗號，又立即連上城門處的電話報告這一消息。

負責監控的士兵繼續觀察著那幾個黑影，並且不停回報他所看到的具體情況：「一共有五個，動作蹣跚，衣服寬大，看不出具體狀況，無法分析是有人受傷導致腿腳動作不便，還是喪屍化後的肢體僵直。他們每個頭上都戴著帽子，看不清楚五官……等等，其中一個人在對我們的崗樓揮手。」

幾個士兵一愣，對視了幾眼，連忙向外面看去。

雖然還有一段距離，但他們能看出來，迎面而來的幾個黑影中，確實有一個正在對著他們的方向揮手。

「是人？受傷的倖存者？」負責人皺起眉頭，沉聲道：「繼續觀察。」

就算是倖存者，他們也不能輕忽，尤其是在隨時有可能出現意外的現在。

對面監視的崗樓打電話來，詢問要如何應對，他們同樣看到了有人在揮手。

「隊長……有些不對勁，那人一邊走一邊揮手，中間沒有停下來過……」

「會不會是擔心被咱們誤傷？」

不是沒有外出做任務的人回來時因為太過狼狽而被軍方的人誤傷，這種時候揮揮手，大聲喊叫兩句，讓別人知道自己是人類，就能避開這個問題。

開車回來的還好，喪屍可是不會開車的。要是遇到車壞了，不得不走回來的情況，那些人和零散走在路上的喪屍遠遠看去真的沒什麼區別。

「狙擊手準備！」負責人起身，皺眉盯著那五個越來越近的身影。

對面收到暗號後，狙擊手就位，瞄準了目標。

所有人都屏氣凝神，凝視著遠處緩緩接近的身影。

那個揮手的身影一邊搖搖晃晃地向這裡走著，一邊不停地用相同的頻率揮動手臂，寬大的衣服遮擋著他們的身體，帽子擋住了他們的臉。

負責人緩緩舉起手，表示隨時準備射擊。這個情形不對勁，他們雖然對著這裡揮手，卻沒有一個人抬起頭來看向監視崗樓的位置。這裡距離城門還有一段距離，在城門附近警戒的士兵們此時還看不到這些人。如果他們是對著監視的人示意，為什麼沒人抬頭？

負責人的手高高舉著，隨時準備落下。

拿著望遠鏡的人忽然大聲喊道：「那人手上的皮膚是青灰色的，有腐爛痕跡！」

「射擊！」負責人高聲下令，就算是誤傷，這個責任他也擔了。如果他們真的是喪屍，絕對不能將它們放到排隊等著進入基地的人群之中。

「砰砰砰！」幾聲槍響過後，遠處的五個身影除了一個沒有中槍的頓了一下，隨後眾人就見那個身影依舊按照之前的速度，一步步慢慢走過來。

那絕對不是活人，沒有人會在同伴死後還維持之前的行動，除非他的腦子出了問題，可就算這樣，也不可能會完全不向倒地不起的同伴看一眼。

做出這樣的判斷後，一名狙擊手當機立斷又是一槍放倒了那個疑似喪屍的「人」。

傳訊兵立即向基地彙報這一狀況，聽到槍聲後，排隊在門口做檢查準備進入基地的人們也緊張起來，紛紛要求加快排查速度。

負責人正要派人過去查看死掉那幾個到底是什麼東西，舉著望遠鏡負責警戒的士兵突然大叫道：「隊長，有狀況，有好多東西過來了！」

眾人猛然抬頭，發現從市區方向湧出許多喪屍，是大量的速度系喪屍。

警報拉響，喪屍潮襲來！

◆　◆　◆

「什麼聲音？」剛剛回到家準備躺在床上看電影的李鐵幾人一骨碌翻身爬起來。

隔壁屋子的王鐸正死皮賴臉摟著躺在床上看電影的章溯求歡，章溯這幾天晚上都在看電影，跟他滾床單的次數減少好多。他覺得自己被女王殿下冷落了，今天就抱住人家的脖子不肯鬆手，結果剛等他把鹹豬手伸進人家的領口，外面警報就響了起來，剛剛振作精神的某處瞬間蔫了下去。

徐玫和宋玲玲正在一邊聊天一邊教于欣然認字，聽到警報聲，于欣然仰頭看向窗外已經黑下來了的天空。

嚴非正從後面抱住小傢伙，讓牠伸出狗爪子，羅勳負責幫牠磨指甲。不剪不行啊，小傢伙最近喜歡到處亂扒拉東西，還把沙發上的一個墊子給撓破了。

羅勳數落著牠：「你說說你，你又不是貓，沒事亂撓東西幹什麼？」

小傢伙不知道「貓」是什麼東西，只知道羅勳的動作讓牠很不舒服，便用兩條後腿不停在地上挪動，企圖挪出抱著自己的嚴非的魔掌。

就在此時，警報聲響起，小傢伙趁著羅勳兩人愣神的瞬間，閃電般竄了出去，跑到房間角落的櫃子旁，縮著不肯出來。

兩人對視一眼，羅勳起身走過去，嚴非則拿起茶几上的手機。

「應該是喪屍圍城吧。」羅勳一邊說一邊去拉小傢伙，「不剪了，出來，別躲著了！」

手機上一時還沒有訊息進來，嚴非瞄了一眼正在勾搭小傢伙的羅勳，「等一下看看有沒有什麼消息，咱們今天早點休息，恐怕最晚明天早上就得去外圍牆處了。」

需不需要他們跟著打喪屍還不知道，但他多半得過去盯著金屬牆的狀況。現在外面有士兵用槍械頂著，暫時應該用不著他們這些編外人員，但喪屍圍城的時間太長就不好說了。

羅勳終於抓住小傢伙的兩條後腿向外拉，「行，等幫牠弄完就……怎麼下面還有拖鞋？」跟著小傢伙被一起拖出來的還有一隻灰撲撲被啃得破破爛爛的拖鞋，看那款式……羅勳默默轉頭看向嚴非。

嚴非取來一根金屬棍子，探進櫃子下面。

一隻、兩隻、三隻……還有一大坨狗毛。

「我總算知道我那些失蹤的拖鞋到底跑到什麼地方去了。」嚴非磨牙，目光落到小傢伙身上。小傢伙此時已經飛速跑回牠的小窩，屁股正對著兩人。

羅勳又是好笑又是心疼，這些可都是末世後不能再生的東西。

看看牠都禍害了多少，還全都給藏起來了。

羅勳當初為了以防萬一，在家中備了不少生活用品，誰知道光拖鞋在不到一年的時間裡就消耗了一大堆，失蹤的還都是單隻。

罪魁禍首最終還是沒能逃過剪指甲的命運，小傢伙蔫頭蔫腦，收藏品都被沒收了。

羅勳和嚴非睡前收到了軍方統一發送的消息，意思是，都在家老實待著，別出去惹事。明天基地會統一給各小隊下達任務，所有人都要輪流上圍牆防守，做出應盡的義務。

更重要的是，不出力的隊伍會被強行解散。做任務時貪生怕死，偷奸耍滑的隊伍，也會被取消正式的小隊資格。

消息一出，有多少隊伍睡不著覺羅勳不清楚，反正這一夜他睡得不錯。

別人或許不清楚，羅勳卻十分明白，這輩子的基地可比上輩子安全多了，上輩子基地根本沒能及時發現異狀，基地更是在喪屍圍城前就出現感染喪屍病毒的人，很是亂了一陣。

再看看這輩子，他人還沒回家呢，基地就已經察覺到不妥之處，提前做出應對措施，現在就算有喪屍圍到城下，外面也還有之前就整好的各種防禦工事抵擋，足夠軍方及時反應。

次日一大清早，羅勳和嚴非果然收到了來自軍方和隊長的消息，要求他們駐守城牆。

昨晚最先反應過來的是軍方，派到圍牆上的人自然都是軍方的人，此外就是一些基地中比較大型的隊伍，這些隊伍多半都有軍方背景，在這種時候必須要聽從軍方的號令。

今天在確認了圍牆外的那些喪屍短時間內不可能撤退後，軍方開始對整個基地內的倖存者進行了安排調度。

羅勳兩人匆匆趕到隊長所說的集合地點，爬上車一起奔赴駐守的地方。

隊長對眾人囑咐道：「等一下全部聽從上級的安排，每個人都要領取武器。」

一名金屬系異能者舉手發問：「那不用我們像之前那次似的用異能打喪屍嗎？」

隊長掃了隊內四名金屬系異能者一眼，「外面的具體情況還不清楚，要看狀況來決定。咱們暫時不要自作主張，按照上級的要求來。」

外面的喪屍不是小數目，不然也不會調動整個基地的倖存者參與防守。

來到指定地點，爬上圍牆，羅勳向下張望，不由得暗自咋舌。

圍牆下第一層防禦工事已經形同虛設，從基地正門搭橋延伸出去的那兩個監視崗樓現在也沒人了，應該都通過高架橋回來了。

密密麻麻的喪屍正圍在護城河外，一個個彷彿下餃子似的跳進河裡，拚命往這邊爬。

喪屍不能說不怕水，它們被水泡久了就會逐漸失去行動能力，肢體也會慢慢膨脹。在水中的喪屍殺傷力完全沒有在陸地上的恐怖，可如果在短時間內能爬出來的話，喪屍的殺傷力是不會因為它泡過水就減少的。

護城河的作用其實和當初羅勳他們在外面挖的陷阱差不多，反倒因為這條河而無法直接對那些層層疊疊擠在河中的喪屍們進行坑殺。

不過，在護城河與城牆之間留有一條小徑，雖然岸邊有一排大石頭讓喪屍很難爬進來，可如果擠進河裡的喪屍數量太多，它們早晚能夠爬到牆根下。

圍牆上的人正在射殺還沒進入河裡，以及從河裡冒頭要往上爬的喪屍。

嚴非觀察了一下地形，又看了看那密密麻麻幾乎看不到盡頭的喪屍，心中清楚：如今這個地形根本不適合他們如上次那般使用金屬板攻擊。好在喪屍潮距離城牆還有一段距離，還沒到基地中的人使用大範圍殺傷性異能的時候。

眾人領取到各自的武器，飛速來到指定位置，開始對著下面的喪屍進行射殺。

羅動這次沒用他自己的弩，而是舉著一把統一發配下來的槍枝射殺喪屍，心裡感嘆，跟著軍方行動就是有好處，若是還是像上輩子似的，哪能領到這麼好的武器？而且等軍方的武器緊缺起來，就需要倖存者自己想辦法，因此就算能領到武器，為了節省，當時的自己和絕大多數倖存者也寧願使用自製的弩來殺敵，多留下的子彈回頭還能在基地中換些東西呢。

羅動他們的目標同樣是護城河後方正在如下餃子般往河裡跳的喪屍們，以及意圖爬上河岸來的那些喪屍。

喪屍們前仆後繼，向城牆湧來，不過一夜的時間，它們居然將整個基地團團圍住了。彷彿黑色潮水一般，從市區的大小街道延伸出來，密密麻麻朝這裡奔赴。

羅動他們外出做任務的時候，雖然沒碰到過這麼大的陣仗，卻遇到過相似的情況。比起上個月外出時遇到的喪屍鼠，現在有結實城牆阻隔的情況好多了。

金屬小隊中的其他隊員雖然沒外出打過喪屍，可大家在修築外圍牆的時候也會在牆頭幫忙消滅喪屍，至少遠端射擊大家都是一把好手。

一槍又一槍，時不時還會有人朝喪屍多的地方丟幾個汽油彈。軍中的異能者們並沒有動用他們的異能，畢竟彈藥目前還是很充足的。正在他們對著下面那些喪屍潮中狂轟亂炸的時候，那條被數量眾多的喪屍擠擠挨挨填充得滿溢出來的護城河的某一段忽然結冰了。

眾人下意識看過去，這才發現城牆上已經不僅僅只有軍方的人了。

堅守了一夜的士兵們，此時撤下了一大半，各個異能者小隊立刻頂了上去，而剛剛釋放出異能，將護城河的一段凍成冰的，正是冰系異能者所為。

軍方負責指揮的人將趕過來的異能者按照不同的系別分成幾個隊伍統一管理，普通人則跟先前的士兵們一樣，用熱武器對下面的喪屍展開射殺。

另一截牆頭上的李鐵五人湊在一起，拿著剛剛領到的槍枝對著下面的喪屍瘋狂掃射。他們沒有異能，又是在軍方打工的文職人員，所以他們負責的區域正好背對著市區的方向。

忽然旁邊有個人大叫一聲，就見一把槍從牆頭掉下去，嚇得五人組猛地往下縮躲在護欄裡面，這才有閒心去看剛剛尖叫的人。就見那人一臉驚愕地扶著自己的右手臂，呆愣愣地看著圍牆下面，這樣可不像是被什麼遠程異能打到的模樣啊？

五人組正自納悶，就見那人的同伴吼道：「你幹什麼？怎麼把槍扔下去了？」

那人憋屈地捂著自己的右臂，怒氣沖沖地答道：「那槍是不是壞的？我一開槍它就跟要炸了似的給我手臂來了一下，我拿都拿不穩。他們發的什麼破武器，還沒我的斧頭好用。」

那人的同伴不解地看著手中的長槍，試著對下面射擊，砰一聲，那人覺得手臂被什麼東西撞到，後退一步，但好歹拿穩了槍。

李鐵捂著嘴巴肩膀顫抖了兩下，拍拍隊友，指指下面繼續打他們的。居然有人連後座力都不知道，還說槍壞了……就算之前沒用過真槍，也不應該蠢到這種地步啊？

五人組渾然不清楚，因為他們跟著小隊一起出過幾次基地，雖然每次用的都是弩箭，但無論是手感，還是準頭，都跟從沒用過遠端武器的人不同。

再加上他們平時工作就在軍中，自然了解一些關於武器的使用方法，所以在拿到這種有些後座力的武器時，才能很快上手。

◆ ◆ ◆

章溯雙手抱胸，站在圍牆上，神色淡漠地看著下面密密麻麻的喪屍，忽然冷聲對他身邊的一名軍官道：「有多少晶核出多少力。」

那名軍官板著臉點頭，「您放心吧。」

周圍的人都詫異地看著這個美得不像樣的男人，看他在這裡大放厥詞，難道他當他是來巡查的不成？

在這裡的基本都是風系異能者，他們雖然都升到了二級，可能力卻不足以殺死大量的喪屍，只能用風炮將下面的目標擊退，給別的人爭取更多的時間，所以他們現在的位置正好就在城門的正上方。

章溯在這裡，就證明他應該跟其他人一樣，也是風系異能者，可一個風系異能者居然這麼牛氣沖天。就算是同系的風系異能者，看他這樣也很不爽快。

章溯無視周遭人的目光，從那名軍官帶著的箱子裡抓了一把晶核，眼睛微微瞇了起來。所有人忽地感覺到空氣開始流動，肉眼可見的巨大風球在空中成形。風球越來越大，越轉越快，隨著章溯伸手一揮，直指吊橋後面大路上那片喪屍潮。

風球射出炸開，喪屍們瞬間被炸得支離破碎。

眾人看得目瞪口呆，章溯卻不太滿意，對表情木然的軍官道：「這樣殺太慢了，叫火系異能者過來。對了，把我們隊伍的小丫頭也叫過來。」

那名軍官呆了半天，這才重複道：「你……們隊伍？」

這個變態什麼時候加入什麼隊伍了？難道那個隊伍裡還有像他一樣的變態？

章溯斜睨了他一眼，不耐煩地道：「宅男小隊。」

好吧，這個隊名很俗氣，但他們就叫這個名字，誰敢有意見？

軍官默默點頭，拿起電話開始聯絡。

其他人湊在一起竊竊私語。

「他剛才說什麼？」

「什麼小隊？我好像沒聽清。」

「好像叫什麼男？還是南？」

「宰南？他和南方的人有仇嗎？」

「是『在南』吧？也許他是南方人？又或者是從南面來的？」

章溯沒興趣跟別人解釋，沒等多久，徐玫就抱著于欣然和其他火系異能者一起爬上了圍牆。火系異能者身為一個龐大的群體，其人數在基地異能者總數中占了不小的地位。

章溯掃了眾人一眼，對徐玫抬抬下巴，好心地說道：「我做一次示範，學會了，你們就自己組隊去殺喪屍吧。」

火系異能者和那些還沒退下去的風系異能者們面面相覷，不知道這位老大在對誰說話。

徐玫了解他的意思，放下于欣然，抬起手。刷刷刷，圍牆的正上方出現了一群小火球。

章溯眯眼，憑空出現旋風瞬間席捲了火球，烈焰朝著下面的喪屍鋪天蓋地罩下。

所有人倒抽一口涼氣，原來異能還能這麼用。

聞訊趕來的總指揮看到了這一幕，驚喜交加，連忙高聲吩咐：「風系和火系異能者組隊，分散到牆頭上的各個位置，後勤部快去調晶核過來。」

雖然免不了要消耗大量的晶核，可是在戰時誰還有功夫計較。如果不打退喪屍，等著大家的就只有一死，到時有再多的好東西都沒了用處。

城門這裡就交給章溯負責，其他異能者陸續分散到各個位置。看章溯和徐玫使用這一招時似乎很輕鬆，但真正實行起來卻是艱難無比。

不說其他，火系異能者在升到二級後，大多數的人追求的都是做出威力更大的火球，有幾個人會想到將火焰分成這麼多小球去打喪屍？就算有些人要群攻，又要追求攻擊效果多分出了幾個火球，數量也沒有徐玫這個熟練工那麼誇張。

風系異能者就更悲催了，這一組合招式對於風的控制要求很嚴格，不能太大，會把火吹滅。也不能太小，推不到位置說不定風就停了。另外還要控制走向……總之，必須得熟練地運用異能才能顯現組合招式的威力。

就在此時，城門的右方忽然傳來轟隆隆的聲音，眾人轉頭看去，險些驚掉眼珠子。一個巨大的金屬輪子，沿著圍牆和護城河之間的小路滾了過來。

章溯挑眉，于欣然拍手笑道：「是嚴叔叔做的大球！」

操控金屬輪子的人確實是嚴非，卻不只是他。喪屍從昨晚到現在基本已經將整條護城河都填滿了，而且它們還都沒死。

新湧來的喪屍在這種情況下就可以踩著同胞的屍體爬上岸。

這或許是無心，也或許是刻意，但不管如何喪屍已經到了圍牆下方。羅勳剛剛眼尖地發現下面的喪屍中居然有金屬系喪屍混在裡面，它們正在抓撓金屬牆。

嚴非當機立斷掀下一大塊金屬砸了下去。

就算是金屬系喪屍，被鐵塊砸中也活不了。

再之後，他乾脆叫上另外四名金屬系異能者一起整出了巨大的金屬輪子。之所以選擇這個造型，是因為圍牆下的那條過道太狹窄，金屬球根本滾不開。要是勉強做成小一些的金屬球，又未必能壓死體質系的二級喪屍。

三人配合著嚴非的動作，彷彿推磨盤似的，利用和金屬牆壁緊緊貼合著的「輪子」開始輾壓喪屍。

這招十分有效，而且因為金屬輪子緊挨著金屬牆，所以除了嚴非外的三名異能者也都能操作，反而節省了嚴非的異能消耗，讓他更有續航力。

隊長打電話聯繫上級，等嚴非帶著三名金屬系異能者又回到他們駐守的地方，連忙對幾人道：「團長讓你們就用這個大輪子圍著整個外圍牆走一圈，據說喪屍都爬上岸來了。」

一人疑惑地問道：「那咱們之前要守的地方呢？」說著他指了指腳下。

「不用管，馬上就會有人遞補過來。來來來，給他們拿好東西，咱們打游擊戰。」

章溯和徐玫看著嚴非他們帶著七八個人一路雜耍似的指揮著個金屬巨輪往他們這個方向走來，連忙向後讓開。嚴非他們需要沿著邊緣走，這主要是因為那三名金屬系異能者必須將手貼在金屬板上才能操縱金屬巨輪。

于欣然興奮地道：「嚴叔叔又來了！大球又來啦！」

「那是輪子，不是球。」徐玫趁此進行機會教育，讓拿著背包、晶核，全程跟著遛彎的羅勳嘴角直抽搐。

章溯望著跟圍牆差不多高的金屬巨輪滾過，問道：「你們難道要繞著城牆轉一圈？」

嚴非沒功夫說話，羅勳無奈地攤手道：「上面剛剛下的命令，讓他們轉一圈，如果轉回來之後那些喪屍又爬上來了，估計還得來這麼一圈。」

章溯忽然不懷好意地笑道：「你知道你老公現在看起來像什麼嗎？」

羅勳戒心大起，問道：「你要說什麼？」

「推磨的驢子。」章溯笑得那叫一個陽光燦爛。

羅勳不客氣地舉槍，衝著他的左臉側放了一槍。

章溯沒有閃躲，子彈擦著他的耳邊飛過。

章溯這貨嘴太欠，羅勳平時只用弩箭嚇唬過他。至於嚴非，偶爾會很乾脆地甩他一排金屬釘子，反正兩人有準頭，不怕真的傷到人。

旁邊一個不明真相的人嚇得一屁股坐倒在地，看著羅勳放完冷槍就追著那個金屬巨輪跑了，而章溯依舊笑得燦爛，彷彿剛才羅勳那一槍不是對他開的。

一直跟著章溯打雜的軍官，直到嚴非那群人走遠才偷偷抹了把冷汗，走過去問道：「剛才那個人……是你們的朋友？」

徐玫笑笑沒說話，拉著于欣然走到旁邊準備放大招。

章溯臉上的笑意還沒褪下，驢什麼的，簡直太貼切了，而且這麼好用的一招，基地絕對不會放過，肯定還會讓他們繼續施展，所以嚴非推磨的名聲多半會傳遍基地……

心情愉悅的女王殿下大發慈悲地解釋了一句：「那是我們的隊長和他家男人。」至於哪個是隊長，哪個是他家男人，這些小事都無關緊要。

轟隆隆的聲音繞著整個基地轉了一大圈，金屬系小隊的非異能者們中有四個專門小跑跟在四名異能者身旁，負責跑腿遞東西，剩下的人則提前通知前方正趴著開槍的人讓位。

羅勳和嚴非以前跟著軍方的人一起上工的時候，都會暫時套上統一的軍裝和帽子，這會兒為了避免麻煩也都穿上了。除非是認識的人能一眼認出他們，其他人都當這些人是軍方的異能者，專門輾壓喪屍……

等羅勳他們轉了一圈回到原本駐守的地方，果然喪屍陸續又上岸來了。

「原地休息二十分鐘，二十分鐘後再來一圈。」隊長給大家打氣，心中頗為憂慮地看向城外那依舊密密麻麻湧來的喪屍大軍。

羅勳喝了幾口水，對隊長道：「其實還有個法子能在沒有金屬系異能者在的時候可以大量殺掉緊貼著圍牆的喪屍。」

「哦？什麼辦法？」隊長眼睛一亮。

「咱們的圍牆最外層是金屬層，金屬導電……」

「你是說讓雷系異能者來？」隊長立刻反應過來。

「不全是，基地裡不是有好多水系異能者嗎？那些喪屍都是通過護城河爬上來的，身上肯定也帶著水，可以讓水系異能者加大有水的範圍和面積，再讓雷系異能者給所有金屬牆通電。不過，其他人就不能離圍牆太近，安全距離有多少我也不太清楚……」

隊長用力拍拍羅勳的手臂，來不及多說什麼，轉身又去打電話了。

副隊長不時地看錶，見時間差不多了，就跑去拉隊長的袖子。

隊長擺擺手，副隊長只能自己回來對嚴非他們道：「差不多了，大家再來一輪吧。」

走這麼一圈很費時間，剛剛那圈滾下來，上午都快過去一半的時間。他們這次如果不趕在中午前搞定一圈，等一下來送飯的人都送完，他們就只能吃涼的了。

轟隆隆聲再度響起，巨大的金屬輪子又一次輾壓全場。

等嚴非他們再次來到章溯和徐玫他們所在的位置，就見護城河對岸原本是公路的地方，忽然有一大群喪屍陷入沙坑中。

羅勳看向笑嘻嘻的于欣然，捏捏她的小臉蛋，「妳幹的？」

于欣然用力點頭，指指身後的章溯，「是章叔叔讓我做的，不關我的事。」

章溯正抓著一把晶核，見羅勳看來，揮揮手道：「快走快走，你老公要跟人跑了。」

羅勳對他翻了個白眼，「我們剛才看到你家那口子了，他正跟一個妹子說說笑笑呢，你小心他跟別人跑了。」

章溯笑咪咪地道：「不怕，跑了正好換人。他那技術是練不出來了，我正想著哪天把他踹了換一個新人呢。」

這兩人的對話太汙，徐玫無奈地蹲下捂住于欣然的耳朵。

一旁的軍官表情僵硬，他好像知道了什麼了不得的祕密？

這位傳說中的，用風刃削人的章醫生，居然也是個同性戀？而且他所在的隊伍，據說隊長也是基佬？莫非他加入的是攪基小隊？

等等，那現在這個女人和這個女孩是什麼情況？百合和攪基聯合小隊嗎？

有過前一次的經驗，這次嚴非他們再趕著金屬巨輪繞圈的時候，守在邊上負責射殺喪屍的人聽到聲音就提早起身讓開。

戰況持續到當天傍晚，羅勳他們差不多守了足足十二個小時才退了下去，拖著疲憊至極的身體回家。大家今天都沒什麼力氣，簡單打了個招呼便各回各家睡覺。

睡到半夜，基地中的警報聲猛然響起。

「什麼情況？」羅勳揉著眼睛打開床頭燈。

嚴非坐起身來，抓過放在床頭正在充電的手機。

「還沒收到消息……有電話，隊長打來的。」嚴非按下通話鍵。

羅勳趴在床上看著嚴非，嚴非一邊對著手機「嗯嗯」應聲，一邊伸手捏著鼻樑，眉頭也因為突然被警報聲吵醒而不自覺地皺著。

羅勳見他很難受的樣子，乾脆坐了起來，從他背後伸手過去幫他按太陽穴。

嚴非的表情慢慢柔和下來，掛掉電話後，反手握住他的一隻手，說道：「喪屍中出現了喪屍鼠，還有不少有異能的喪屍也到了圍牆下，正在集火攻城。圍牆那邊好像出現了棘手的事，隊長叫咱們過去。」

羅勳湊過去在他的手機螢幕上看了一眼，有些頭痛地打了個哈欠，「這才凌晨四點……」

現在可不是抱怨睡眠不足的時候，更何況他們就是怕有萬一會突然叫他們過去，才剛一回來吃了些東西就馬上睡下，眼下其實已經睡得差不多了。

兩人穿好衣服出門時，旁邊的大門也被打開，衣著整齊的章溯從裡面走了出來，後面還跟著神情疲憊的王鐸。

「你們也被叫過去了？」羅勳問道。

章溯回頭瞪了王鐸一眼，「回去睡你的覺！」

王鐸又委屈又擔心，「可……」

「我跟他們兩人一起去。」章溯說道。

被警報聲吵醒，又聽到走廊上有動靜的李鐵幾人，此時打開了大門。

章溯揪著王鐸推到他們四個中間，吩咐道：「看好他，明天早上你們還得上城牆，別在這兒礙手礙腳的。」

被「礙手礙腳」打擊到的王鐸整個人都蔫了，他擔心章溯的安全，想跟他一起去，章溯卻嫌自己跟著反而會分心。幸虧羅勳他們也要去，不然他打死也會跟上。

徐玫三人也因為警報聲而驚醒，見羅勳兩人和章溯都要出門，想了想，讓宋玲玲在家裡陪于欣然，自己則跟了上去。

于欣然一整天都跟著章溯、徐玫在牆頭那裡忙活，遠距離操控指定地點變成沙子，異能消耗極大，徐玫決定讓她好好休息一晚，至於自己，雖然其他火系異能者也能跟章溯配合，但默契應該不夠，還是自己跟著比較好。

一行人匆匆來到城門處，不用爬上高大的圍牆就聽到上面及外面的吵雜聲，各種絢爛的異能正四處綻放著。

爬上牆頭時，一股迎面撲來的大風讓幾人下意識瞇起眼，牆頭上同時傳來一陣嘈雜的叫喊聲：「小心，又來了！」

什麼又來了？

眾人連忙向城外看去，就見一群紅眼睛的喪屍鼠乘著風，向牆頭這裡撲了過來。

呼呼一陣聲音響起，牆頭上的異能者們立即組織起了同樣是風系異能所形成的風牆，後面還跟著一片大火，總算勉強擋住飛鼠投彈。

「這……這算是鼠肉炮彈嗎？」徐玫瞪大眼睛，有些驚恐地看向羅勳三人。大家不約而同想起上次被喪屍鼠圍剿的事，心中暗自慶幸，還好當時他們遇到的只有單純的喪屍鼠，不像現在，居然是混合部隊。

早就等在這裡的隊長上前幾步說道：「剛剛才有人發現有些喪屍鼠游過護城河，跑到圍牆下面來打洞。裡面好像混了不少金屬系喪屍鼠，圍牆下面出現了一些小洞，現在還不知道它們打了多深……」所以就需要金屬系異能最強的嚴非來負責查缺補漏，最好還能順便把那些喪屍鼠給幹掉。

章溯和徐玫被人拉走了，那人正是白天負責給章溯打雜的軍官，他拉著兩人到牆邊，指著外面的狀況解釋道：「那邊好像有很多風系喪屍，它們把喪屍鼠當成炮彈往牆上丟。剛才在那個位置跑上來幾隻，還好被當場消滅了，可再這麼下去，早晚會出事……」

說話間，外面幾個方向同時再度揚起了風，一群喪屍鼠又被送了上來。

章溯伸伸手，一面比普通風系異能者造出的更寬大更厚實的風牆出現在正前方。

旁邊正好是羅勳和嚴非所在的位置，因為幾人過來查看情況，負責防守這一帶的異能者暫時退開，見狀根本反應不過來。

就在這時，圍牆的金屬牆壁猛然扭動起來，一張巨大的鐵板瞬間成形，朝著喪屍飛鼠的方向狠狠拍了下去。喪屍飛鼠在半空中扭動幾下，被拍得稀巴爛。

隊長有些愣怔，如果他剛才沒看錯，嚴非沒有接觸到金屬，金屬板就憑空出現了。

他可以淩空操控金屬？

腦中剛剛閃過這絲念頭，隊長就猜出這可能是嚴非壓箱底的後手。在這個世道，誰還能沒點保命的本事？於是隊長動動嘴唇，什麼都沒說，站在一旁默默等著他把牆壁復原。

其實嚴非並沒有刻意隱瞞，要說隱瞞，也只是在和其他金屬系異能者一起工作的時候才會隱藏一下。在基地中遇到不長眼的人時，他都是憑空操控金屬來對付他們的。

這件事他並不怕傳到軍方的耳朵中，原因很簡單，自從出現了各種各樣的異能者後，基地裡就流傳出許多不靠譜的傳言。

比如常見的火系異能者，經過親眼見到的人的口耳相傳，原本能造出火球的異能者，傳著傳著就變成能造一條火龍，被擊中的人會直接化為灰燼。還有人信誓旦旦地說，自己曾親眼看過有人直接變成一團火在大街走，他所觸碰的東西都會瞬間燒成灰，而且每走一步，地面就會燒出一個大坑。

就因為基地中滿是這種不靠譜的流言，所以嚴非才不在意有人會把自己能力的真實情況傳到軍中。況且就算有軍方的人親眼所見，他也有辦法解釋：這不過就是另一種操控金屬系異能的方式而已，就像火球、水球不也都是這麼憑空出現的嗎？只是其他金屬系異能者還沒掌握竅門而已，誰讓金屬系異能者人數這麼少呢？

羅勳向圍牆下張望了一眼，對隊長道：「這樣下去不行，嚴非一個人根本檢查不過來這麼多地方。」有喪屍鼠襲擊的地方，絕對不止城門這一帶。現在天色漆黑，再加上喪屍鼠都混在喪屍中間打洞，誰能發現得了？

「他們三個也趕過來了……」

隊長話音未落，嚴非就搖頭道：「我們四個就算全都到了，最多也只能照顧到一部分的牆面。外圍牆的範圍太大，五米深的地基雖然已經很深了，可也是總有能挖到頭的時候。」

「那……」隊長的眉頭皺了起來，這種大局上的事不是他一個人說了就能算的，上級要求他們負責這方面的防守，他就必須想辦法努力做到。

「在場的水系和雷系異能者有多少？」羅勳忽然問道。

「你是說白天提過的那個辦法？」隊長嘆了口氣，「現在還沒辦法測算出雷系異能在使用的時候會不會波及其他地方……」圍牆上現在放了不少用於攻擊的武器彈藥，要是電系異能一個沒控制好，反向波及己方，損失將會是極其巨大的。

羅勳無奈地道：「東西壞了還能再修、再做，要是喪屍闖進來的話……」

他的話不必說完，所有人立即明白了他的意思。連同羅勳兩人在內，就連其他正在圍牆上駐守的士兵們也不約而同看向隊長。

這種壓力讓隊長磨牙，掏出口袋裡的手機，說道：「你們先防守著，我去問問。」

結果很快就下來了，其實不用隊長說，軍營中正在連夜召開的會議也已經做出決定。正如羅勳所說，東西壞了還能再修，一旦喪屍破城，那就是九死一生的事了。

雷系異能者在基地中的人數不多，但這不是什麼問題，因為他們還有電。

太陽能、各類油類轉化為能源發電，廢棄物所產生的沼氣也能發電，種種能源都在人們來到基地後被管理者們統一發掘出來加以利用，平時儲存起來一部分，剩下的存在備用蓄電池中供特殊時刻使用。

再者，基地中雖然缺水，卻不缺少水系異能者。這個時候都不用召集基地裡倖存者中的水系異能者，只靠軍中後勤部的異能者就足以支撐場面。

瓢潑大雨般的水向著城牆外潑灑出去，其他幾系的異能者負責保護這些沒什麼戰鬥力的水系異能者，阻攔飛天小鼠和喪屍大軍的異能攻擊。

這波大水潑完，城牆上一時間沒什麼動靜。

喪屍如果有智慧的話，此時肯定會感覺到不對勁。遺憾的是，它們是非人類，就算其中有那麼幾個不太一樣的異類，也還沒恢復到真正意義上的人腦，於是，喪屍們不知疲憊地繼續攻擊，再然後……

「滋滋滋……砰……」

玩電的人會變成爆炸頭，在喪屍圍城的當下，下面的喪屍就來了一次親身驗證。

圍牆下面，無論是喪屍還是喪屍鼠，經過一輪水電的洗禮，基本都被電死了。除了一些距離較遠，本身有雷電系抗性的喪屍外，其他全部撲街。可那些還站著的，此時也全都渾身焦黑，頭頂冒煙，還沒脫落的頭髮全部燙捲，一股股白煙正在它們的頭頂向上飄蕩。

雷系異能者們向下看了一眼，便一個個捏著鼻子往後退，「煙太大，好臭！」

炭烤喪屍的味道不怎麼美妙，誰讓喪屍的身體大多是腐爛的。

負責城牆指揮的軍官立即叫上風系異能者過來造風，此時得到消息趕赴城門的一些異能者中，冰系異能者們也各就各位了。

沒錯，光電那麼一下還不夠，別忘記同系之間可是會有一定抗性的，那些雷系喪屍固然可以一點一點用熱武器慢慢消滅，可打洞後鑽進洞中的喪屍鼠怎麼辦？

土系異能者距離太遠，而且殺傷力有限，暫時指望不上。水系異能者能力相沖，殺傷力同樣有限，又因為牆下全都是水，其殺傷力更是大打折扣，自然也不頂用。

那就只有讓和水系接近，又有著強大殺傷力的冰系異能者出手了。

冰系異能者紛紛爬上牆頭，捏著鼻子阻擋臭味，開始冰凍下面所有能控制的液體，盡量將那些喪屍鼠打出來的洞堵上。

剩下的人抱著武器，繼續朝下面的喪屍掃射。

天色漸漸亮了起來，黎明前最後的黑暗時刻平安度過，第一縷陽光緩緩射出。

後勤部的士兵開始清點之前搬下來的裝備武器，以及一些留在牆頭沒能及時運下去的東西，清點損失，準備第二天的戰鬥。

羅勳兩人跟趕來的金屬系異能者會合，大家準備檢查修補各處城牆。

站在城門上方角樓的一名士兵忽然指著遠方大叫：「後面沒喪屍了！」

喪屍潮在剛開始的時候就從市區源源不斷向基地這裡緩慢推進，眼下眾人聞聲後極目眺望，驚喜地發現，從市區延伸出來的那些街道上居然已經沒有喪屍的影子了。

不光如此，堵在基地附近的喪屍就只剩下一圈，再遠就只剩下稀稀落落的喪屍。只要把這些喪屍都消滅，基地就安全了。

巨大的喜悅讓人熱淚盈眶，又蹦又跳。

羅勳覺得困惑，上輩子的圍城時間……有這麼短嗎？

他記得自己遇到過的幾次喪屍圍城，時長至少在一週以上，尤其上輩子那幾次最大規模的喪屍圍城，最久的居然連續圍了足足三個月。

這個疑慮不好說出口，不管怎麼樣，反正喪屍們被打退了就是最好的消息。

有了希望近在眼前，眾人們的興致高昂，興沖沖地繼續努力殺敵。

不遠處陡然傳來慘叫聲，當那個身影跌落牆外的時候，大家才從狂喜中冷靜了下來，冷汗瞬間浸透衣服。他們忘記了，雖然已經看到希望，現在卻不是慶祝的時候，圍牆外的喪屍都還在呢，有什麼事等殺完這些喪屍再說。

任何時候戰鬥都極難出現零損傷，就算是再厲害的人，和敵人面對面作戰的時候也難免會受些傷，因此在這一場持續了整整三天的守城戰中，因為喪屍的遠程攻擊、誤傷等原因而受創的人數不少，就連五人組最後一天回來的時候，都看到王鐸是被扶回來的，這人下圍牆樓梯時扭到腳了。

章溯因為這件事臉黑了好幾天，王鐸一見到章溯，就苦著張臉，各種委屈各種懺悔，但只要章溯轉身出門，就能美得他全身冒泡，就差在床上打滾了。

守城戰結束，基地依舊處於封鎖狀態，只派出軍方的人開著鏟車、裝甲車出去清理附近的喪屍屍體。所有的屍體都被堆到一起焚燒，連續兩天基地的東面都是濃煙滾滾，有時風大還會把那股難聞的味道吹進基地來。

所有人不得不宅了兩天，羅勳他們同樣得到了三天假期，三天不用去上工，這個假期是所有給軍方打工的異能者們都能得到的。

兩人很清楚，現在得到了這次假期，就意味著大家月底的那次例行假期應該會被取消。不過以他們現在的體力，就算月底還有那幾天假，他們恐怕也沒力氣出基地去打喪屍了。更何況，這次喪屍圍城過，多半把基地附近的喪屍都引過來了。他們就算出去，不走得足夠遠，大概也不會有什麼收穫。

於是，這三天假就是真正意義上的假期。

當然，家中還是有不少需要兩人……不，是需要宅男小隊一起動手的事。

因為天氣的原因，羅勳他們擔心外面的雨水會打進家裡，汙染種植的作物，或者淋壞了牆壁外掛著的太陽能電板，所以嚴非這幾天乾脆集中精力改造起外面的欄杆，讓它們變成手一拉就能遮風擋雨的「金屬百葉窗」。

羅勳帶著徐玫兩人、李鐵四人，再加上一個章溯，一起打理家中的作物。

王鐸腳扭到了，暫時不便行動。

要做的事很多，比如蘑菇該採收榨汁了，比如這幾天疏於打理的作物該檢查了，再比如新發現的某些變異植物要隔離了。

作物的變異絕大多數情況下會發生在剛剛發芽的時候，羅勳家中找到了比較好的，減少作物出現變異率的蘑菇木配合育苗，所以兩層樓中的變異作物數量極少。

那些變異的作物經過羅勳的培育觀察，確定了它們並沒有期待中的良性變異種。

作物在生長的過程中偶爾會發生變異，這往往跟澆灌的水、使用的肥料含有喪屍病毒有關。這樣的情況同樣因為種植間中到處都放有蘑菇木而扼止住，可就算如此，細心的徐玫和宋玲玲兩人還是發現了某些作物有異樣。

她們找到了幾株顏色變得翠綠，長莖變得碧綠，宛如珠寶一樣的水稻。

羅勳在看到它們的時候，幾乎就能興奮地確定，這幾株水稻就是良性變異種。

這種變異糧食的產量未必會比正常作物、一般變異作物的大，但無論是口感還是味道，往往比原本的作物好上不止一個等級。

羅勳帶著幾人小心翼翼地移栽這幾株作物，將它們放到專門的地方觀察，並且還要再仔細尋找看看其他作物有沒有也出現良性變異種。

一群人扎進各個房間中，仔細辨別每一片葉子，企圖看出點什麼不同之處。

羅勳的動作比較快，畢竟他種這些東西比較有經驗。等他跟徐玫兩人檢查過兩層樓的所有作物後，就見李鐵幾個人還撅著屁股在查看。

「哎哎，你們看，這片葉子是不是顏色比別的深？」

「我這個莖上好像多了一些紋路。」

「看，這朵花開的顏色是不是有些偏？」

羅勳嘴角抽搐：孩子們，作物本身沒問題，是你們想太多了。

「我那邊都做完了，你們這邊怎麼樣？」嚴非慢悠悠地走過來，見人聚集到一處，覺得有些奇怪，「這邊也發現什麼作物變異了嗎？」不然都擠在這裡幹麼？

「沒呢，外面都整好了？」羅勳連忙走到陽臺向外張望。

嚴非這次守城回來，異能的掌控能力再度提高到了一個境界，別說只是改變金屬原本的構造，就算是再精細的操作也沒問題。

百葉窗似的金屬片均勻排列，每一扇窗子外面的金屬片全都能通過房間內的一個小按扭控制。羅勳在嚴非改建前就設計好了，所有窗子的金屬片開關統一安裝在十五樓裡的一五〇一屋中，但每個屋子也都有單獨控制各扇窗戶葉片的開關。這樣一旦有什麼意外發生，平時家中只有徐玫兩人在時，她們可以不用樓上樓下，跑就能迅速關閉全部的窗戶。

當然，這套系統回頭還需要改進得更便捷，現在這樣暫時夠用。

李鐵幾人正玩得上癮，就算羅勳粗略看過，說這最後的房間應該沒有變異植物，他們也不肯放棄，依然一株一株慢慢檢查。

今天是放假第二天，他們昨天已經處理過所有變異蘑菇汁液，凍進冰櫃中，留著下次外出時使用。查看完畢，大家就各自回去休息。

回到自家，羅勳脫下外套，站到電風扇前面吹風。

八月下旬的天氣，羅勳家又在頂樓，可想而知有多熱，尤其是下午兩三點鐘左右。如果不是家裡種了那麼多植物，這個房間在不開空調的情況下，羅勳都不敢去陽臺站。

為了安全，為了省電，更因為上輩子的他完全沒在末世中使用過空調，所以這輩子他也沒打算特立獨行，於是在剛剛得到這個屋子之後，就乾脆沒裝空調。

這東西雖然好用，可一旦運行，主機肯定會發出嗡鳴聲，還會滴水，這不是明晃晃的靶子，告訴別人，這戶人家有電，用得起空調嗎？

好在他雖然沒弄空調回來，卻一口氣提前買了五臺電風扇回家備用，其中還有可以製冷的那種，需要借助冰箱的冷凍室。

嚴非走到他身後，雙手扶在他的腰側。

羅勳正嫌熱，腰上卻扒上兩隻大手，他猛地往旁邊跳，「熱死了！」

嚴非挑眉，最近天氣太熱，兩人沒好好親熱過，再加上前些天的喪屍圍城，他們可是保持好長一段時間的蓋棉被純聊天，現在好不容易有假期，不用顧忌次日會不會起晚……

「熱得慌？」

羅勳點頭，有些防備地看著他，渾然忽視了自己因為嫌熱就把上衣脫掉的事。剛才外面有徐玫幾人在，他怎麼好意思不穿上衣？

嚴非笑了起來，「去洗個澡吧，涼快些。」一說著，拉著羅勳走向浴室。

羅勳先是沒反應過來，等被拉到浴室門口才恍然，這人不懷好意。

遺憾的是，他想和某人比力氣，比技巧，從來沒成功過，所以這次宅男小隊的隊長再度壯烈犧牲在浴室中，不得不先後一共洗了兩次澡，真是浪費水。

◆　◆　◆

桌上放著一疊相片，是衛星傳輸回來的。

會議室中坐著的人不算多，但每一位都是在基地中能說得上話的大佬。當然，普通的倖存者並不知情。他們所掌握的都是軍方各個勢力，以及基地中部分大型異能者隊伍。

此時眾人的視線都凝重地放在桌上的那些相片，一個人翻動了幾下，挑出其中兩張來，說道：「那些喪屍離開西南基地，便直奔I市基地去了，這兩天I市基地已經……」

前兩天他們大多在異能者的保護下上城牆看過，那漫山遍野的喪屍，讓每個人都留下了極其深刻的印象。

「它們居然會……統一行動？為什麼會有一大部分喪屍從咱們基地撤離轉而去I市基地那裡？難道有人……有什麼東西能控制它們的行動？」

有人提出了一個讓眾人隱隱有所懷疑，卻又不敢相信的可能性。

「……還記得先前咱們損失的那些飛機、陸戰車嗎？」

又是一陣靜默。

「或許確實有什麼東西能控制它們。」一個人低聲說著，忽然又道：「有沒有哪個基地的防禦比較好，可以長時間堅持下去？」

「南方的W市基地的防禦工作做得不錯，據說他們那裡的金屬系異能者比咱們基地的還多，你問這個的意思是……」

那人搖搖頭，「我只是覺得，或許真的有什麼……東西能控制喪屍，並擁有一定的智慧。或許它們在發現某些基地無法攻破，就可能會暫時放過，去攻擊別的地方也說不定……」

「喪屍會挑選好打的目標下手……這怎麼可能？」

「難道它們會放過近在咫尺的食物？別忘了咱們這個基地裡有多少倖存者。對於那些只知道吃人的怪物來說，怎麼可能克制它們的本能……」

「也不是所有的喪屍都走了，想想咱們殺死了多少喪屍？那些屍體又燒了多久？」

「你們也說了，它們是只知道吃人的怪物。按理來說，它們在發現咱們基地中有倖存者之後，肯定會不計一切代價在圍牆外面死守，不可能輕易離去。就算知道一時無法打進來，也絕對不會離開，可它們偏偏走了，只留下一少部分，所以我覺得說不定真的有什麼東西能命令並控制它們的行動，別忘記它們攻打咱們的城牆時的行動是多麼的具有戰略性。至於留下的，被咱們消滅的那些……就算是軍隊中也會有一些不願意聽從號令的士兵。」

眾人再度沉默下來，散落在桌上的相片中有幾張露出了一角：幾乎已成廢墟的城市中，有著密密麻麻的小黑點……就像是人類站在路旁，看到螞蟻在搬家一樣。

◆　◆　◆

假期的最後一天，羅勳在床上懶懶地吹著電風扇。沒辦法，某人「餓」得有點厲害，下嘴頗狠，害得羅勳只能躺在床上，休養被折騰得渾身痠痛的骨頭。

假期結束後，羅勳和嚴非先拉著半車多的各色蔬菜到軍營食堂去賣。食堂在軍營改建後也換了地方，幾個食堂都移到同一棟大樓的三層樓，不同樓層供應的群體不同。

跟羅勳他們交易的人依舊是李隊長，不過他現在升了半級，從原來只管著第一食堂到現在監管合併後的食堂。

幾名勤務兵負責搬運、秤重這些新鮮的蔬菜，李隊長摸出半根菸放在鼻子下面聞聞，感慨道：「之前食堂邊上種的那些蔬菜前兩天我們都給摘了，裡面絕大多數都變異了，哪還有一點菜味？對了，你們見過蔬菜大樓裡的菜了嗎？」

羅勳搖頭，他上輩子見過，這輩子還沒機會進去觀光呢。

「他們發現了幾種變異後長得特別快、產量大的蔬菜，經過化驗後認為沒有對人體有害的物質，這幾天已經開始給食堂供應了。」李隊長說著，咂巴咂巴嘴，「那滋味……跟我們在牆邊種出來的差不多。」

他頗為感嘆地想拍羅勳的手，卻被嚴非先一步擋住。

「你們的菜可不能斷了啊，現在還保留原味的蔬菜越來越少了。」

羅勳笑道：「如果種出來的沒變異的話……不是說種在大樓裡的蔬菜用的都是水系異能者們凝結出來的淨水嗎？怎麼還有變異的？」

李隊長兩手一攤，「聽說是因為發現了什麼菜的變異品種長得比原來的快，而且沒有查出問題來，所以上面就實驗著擴大種植面積，這才種出一大批。別說，那些東西雖然味道不怎麼樣，產量還是很不錯的。」

雖然跟上輩子的情況有所區別，但結果還是相同的，畢竟基地中有這麼多的人，外面又實在不安全，為了養活整個基地的人，就只能選擇那些產量大、味道一般，甚至不怎麼樣的作物來耕種，免得大家一起餓肚子。

不然的話，為什麼沒變異的植物和良性變異作物的價格會節節攀升呢？

拿好今天賣菜得到的晶核，羅動兩人趕去集合地點。

隊長對他們做了個手勢讓他們歸隊，自己則站在隊伍前面說道：「從今天開始，咱們的任務要進行調整。還是先去外圍牆，基地裡面要建的高架橋暫緩。」說著拿出一張圖紙舉在眾人面前，「還記得先前跟大家說過的，要給圍牆上面裝一排金屬刺的事嗎？這些鋼刺是用來阻攔喪屍從圍牆爬上來的……這次喪屍圍城大家都看到了，一些喪屍動物能夠借助風系異能拋射上來，要是當時有這麼一排鋼刺在，就能起到阻礙的作用。另外是圍牆的地基還得加深，這個沒得說，重要性大家都清楚，上面已經找人規劃好了位置，有些地方的水管、排汙管道需要繞過去，小心些別給弄壞了。」

圍牆上的那排鋼刺以前就曾經提出過，但因為那時的圍牆太薄，支撐不住才作罷。後來又因為趕著要做軍營的工程，金屬材料也不夠，就暫時放到一邊去了。這次喪屍圍城後，基地方面發現了問題所在，當然要趕緊查缺補漏。

隊長還帶來了幾大袋晶核，笑著說道：「這是特意獎勵給大家的，這次守城大家的功勞不小，我讓他們把金屬系的晶核盡量都給你們弄來了。」

這次不光異能者們有獎勵，隊伍中的其他人也各有獎勵。

基地中考慮到積分不宜當作獎勵大規模發放，免得積分貶值，再加上這次喪屍圍城防守成功後帶給大家的收穫太大了，乾脆決定無論是不是異能者，是不是軍方的人，給予的獎勵一律用晶核發放。至於晶核會不會貶值……反正基地中那麼多的異能者，他們肯定會想辦法去跟別人交換，就算貶值也是便宜給異能者。

接過幾個分量不輕的袋子，大家臉上全都喜氣洋洋。

嚴非翻開袋子時愣了愣，取出一顆晶核放在手心上。

「怎麼了？」羅勳問道。

「三級晶核。」

「對，三級的。」隊長著解釋道：「這次他們在清理戰場的時候發現一些三級晶核，我把你們用得著的全都要過來了，反正上級也要獎勵你們。基地裡除了你們幾個，別人又用不了這東西，不給你們還留著生蛋啊。」

另外三名異能者聞聲也連忙打開自己的袋子，果然他們那裡也有。

嚴非知道自己的異能在守城前就達到了極限，和當初一級升二級前的感覺一樣。體內的異能到了某個高度，沒有外力催化是無法升上去的。心中正在思索如何才能找到三級金屬系喪屍，沒想到這次守城居然有這樣的收穫。

與另外幾名興奮得想要等一下利用工作時的消耗來衝擊突破的異能者不同，嚴非謹慎地決定等回到家中再升級，畢竟他的異能跟別人多少是有些區別的，萬一升級時的情況和別人不太一樣，那麼當眾升級就太顯眼了。

說完這事，隊長又給大家打了一劑預防針：「這次基地守城成功，上級對所有參加守城的戰士們都大為讚揚，過幾天軍中會召開一個慶功會，所有參與守城的士兵都要參加，一些能力顯著，功勞極大的異能者也會被邀請。」說著，他看了羅勳和嚴非一眼，意有所指道：「到時基地所有的長官都會出席，還會當眾發放獎章。」

眾人聞言都興奮得滿臉通紅，羅勳則有些擔憂地看向嚴非。

嚴非頗為淡定，彷彿這事與他無關，羅勳只好裝作什麼都沒聽到。

爬上車子，羅勳將獎勵下來的晶核與賣菜得到的收入放到一起，拉上背包的拉鍊。

隊長偷偷摸摸摸來到兩人身邊，對兩人擠眼睛，壓低聲音道：「到時你們恐怕請不了假，上級指名要見你們。」

誰讓金屬系異能者那兩天那麼搶眼呢？

那麼大的巨輪，一圈圈繞著基地的圍牆轉，有眼睛的都看見了。

上級問的時候還特意說金屬系小隊裡的四名異能者表現不錯，這讓隊長能說什麼？特意說其中一個是外援，人家不想領獎，看不上什麼表彰會？這不是打長官們的臉嗎？

嚴非微微笑道：「沒什麼，到時我們會過去的。」頓了頓，又問道：「其他在守城中表現比較搶眼的異能者都會被叫去嗎？」

「對。」隊長見他沒拒絕便也放下了心。

「那幾天在正門上面和火系異能者一起配合的風系異能者也會被叫去？」

「你是說正門上那個長得……長得……」隊長一時找不到對於章溯外表的形容詞，說他美？美是美，可人家畢竟是男的。說他漂亮？這個詞和「美」有什麼差別嗎？說帥？呸，這也是太違心了！嚴非還能說是帥，可那個章溯……完全不是同個類型。

「人妖。」羅勳直接給章溯定性，誰讓那傢伙沒事總挑釁自己呢？
「咳咳，還是妖人好聽點。」隊長咳嗽兩聲，這兩個詞都挺貼切的，那傢伙可是比女人還要勾人，「對了，我好像看到你和他說話來著，你們認識他？」
嚴非點頭，「我們是鄰居，放假的時候會一起出去打喪屍找物資，他那天也會去？」
隊長暗暗感慨，果然什麼人找什麼人，當下點頭道：「別人不找也得找他去，他那幾天的戰果都快趕上一個連的效率了。」
嚴非臉上的笑容真誠了些，「那就行。」
他去和章溯去之間有什麼關係嗎？難道他和那個人妖……啊，不，妖人之間有什麼曖昧嗎？想到這裡，隊長不由自主看向羅勳，眼中帶著一些說不清的同情，他忽然覺得羅勳腦袋上的帽子恐怕有點綠。
其實羅勳也很想問，為什麼章溯也去就是好事？嚴非在想什麼呢？
遺憾的是，現在不是打聽的好時機。
一行人剛來到外圍牆處，就收到了熱烈的崇拜目光。金屬巨輪的事已經傳遍整個基地，與那位傳說中可以造出強大火焰風暴的，疑似雙系異能者的人，並列為基地中盛傳的最厲害的兩大異能者之一。
當然，傳言有很大的錯誤，比如金屬巨輪是四位異能者合力搞出來的，再比如章溯不雙系異能者。徐玫不在意，于欣然卻是不懂。
不管怎麼樣，反正金屬系異能者因為人數稀少，直到現在，整個基地也只有那麼幾個，別的地方甚至連聽都沒聽說過。如果不是這次的守城戰，許多異能小隊根本不知道基地裡居然還有金屬系異能者存在。

不光是基地中的倖存者，同樣出身軍中的士兵對他們也很感興趣，於是羅動等人剛下車就發現，附近有不少人或偷偷摸摸，或光明正大地打量他們。

頂著這些目光，眾人有些不自在地爬上牆頭，在吊車的配合下開始工作。

第五章 無良父母現身，兒子不甩老子

喪屍圍城結束後，基地中的傷患大幅增加，章溯身為一個「戰鬥醫生」親上前線，不光躲過了最忙的那幾天，還奢侈地得到了幾天假期。做為他的同事，沒有一個不嫉妒他的，可嫉妒也沒辦法，誰讓這個傢伙不是人呢？

再者，章溯還沒回來上班，他的傳說就傳遍了整個醫院。身為醫生，人家居然有本事站在城牆上削喪屍，其戰鬥力還能頂一個連……

就算有人心裡不服氣，想找他麻煩，也得先看看自己的命夠不夠硬。

於是，回來上班的章溯表示十分輕鬆，雖然偷偷觀察他的人變多了，但敢到他面前找麻煩的人銳減，連平時見到他後會故意斜睨他幾眼的人，也都變得老實無比。

這種感覺還不錯，可以省下好多麻煩。

抱著這種輕鬆的心態準備混一天日子的章醫生還沒進辦公室，就聽到裡面有人在問：「章醫生怎麼還沒來？我手上的傷不讓章醫生看看怎麼能放得下心？」

章溯的手微微一頓，這個聲音有點耳熟，似乎在哪兒聽過，但這種中年婦女的聲音自己怎麼會有印象呢？平常就算遇到，也很快就丟到了九霄雲外去。

打開門，看到栗色的頭髮和那張略微眼熟的臉，章溯挑眉，意味深長地笑了起來。

原來是鄰居的媽呀！

「哎呀，章醫生，你來了！」劉湘雨一下子就露出了笑容，隨即皺眉看向自己的手，「那天在家裡不小心割到了，來這裡打破傷風針時沒看到你，我覺得這個傷口這兩天有點惡化，就想過來找你看看……」

章溯視線掃向她指尖那個已經結痂到幾乎癒合的傷口時，嘴角抽搐了兩下。負責接待的護士低下頭，生怕一抬頭來讓病人看出自己在偷笑。

「傷口癒合了，沒有感染跡象。」章溯走到自己的辦公桌旁坐下。

「那天是個小醫生給我看的，我覺著那人的醫術不怎麼靠譜，你再幫我看看有沒有什麼地方不對勁，我總覺得手指頭這裡有些脹，會不會是感染？會不會……」

章溯最早遇到這個女人的時候，還當她和那些花癡似的，打著看病的旗號故意跟自己眼前晃。做為一個天生的零號，他對於所有往自己身邊貼的女人都沒有好感。當然，對於那些女漢子似的，拿自己當朋友的女人還是看得上眼的，畢竟他不是從一開始就心理扭曲。

然而，接觸久了，見識過這個女人拉住其他上了年紀的專家主任們也是同一個態度的時候，他才恍然大悟，這個女人對自己沒什麼意思，她不過是單純的妄想症患者，總覺得她身上所發生每一個不對勁的狀態都有可能會發展成可能威脅到她性命的病症。

他不知道這個女人這種心理疾病是末世前就有的？還是末世後被喪屍病毒嚇的？看看她手中那換過幾次的病歷本，就知道她對於這些事情有著何等恐怖的聯想力。

摸摸下巴，章溯瞇起眼睛，笑得很燦爛，看得站在一旁的小護士又是糾結，又是移不開眼。她知道章醫生是同性戀，可這擋不住她愛美的心啊……

這麼養眼的一個大美人站在這裡，還不許她多看兩眼？

劉湘雨也覺得章溯笑起來很好看，但此時的她更擔心自己的傷口。

章溯笑咪咪地建議：「不如我打開傷口幫妳再看一下，然後重新消毒？」

猶豫了半天，劉湘雨最終還是點頭道：「那就麻煩你了，對了，能不能再縫兩針，不然我怕癒合不好會像這次一樣。」

章溯笑著點頭．「兩針？沒問題。」

小護士手一抖，咬住下唇強忍著不笑出聲。就那個小傷口，一針都不用縫就能癒合，對方居然讓人給她縫兩針，還要挑開傷口重縫？算了，反正不是自己花錢找罪受。

沒有醫德的章溯在病歷本上洋洋灑灑寫了一頁天書，開了一堆莫名其妙的藥。

正在處理傷口的時候，房門被敲響，就見之前陪著劉女士一起來的三十多歲，面部線條硬朗剛毅的男人臉色有些不太好看地走了進來，將一本病歷遞給劉湘雨。

劉湘雨皺著眉頭，捂著眼睛，不敢看自己的傷口，見狀不耐煩道：「沒看見我正在做手術嗎？又怎麼了？」

男人明顯也有些氣不順，黑著臉將病歷丟在病床上，「妳自己看吧。」

「你有嘴不會說啊？」

「懷孕，兩個月了。」男人咬牙說道。

章溯的眉毛微挑，不動聲色地將最後一針縫好。

「誰？你說誰懷孕了？」劉湘雨懵了。

「妳說是誰？妳不是昨天剛做過常規檢查嗎？」男人冷笑一聲。

劉湘雨瞬間坐直身子，微微發抖，「這怎麼可能？不是一直都有戴套嗎……不行，我不能生，我都多大年紀了？而且現在哪有那麼好的生產條件，萬一出意大出血怎麼辦……等等，如果要打掉的話，現在的醫療設備根本靠不住。」

她一邊說著，一邊咬著手指，眉頭鎖得緊死。

男人冷聲道：「妳先別想著生不生了，要是讓嚴書記知道了，妳就等著和他離婚吧。」

他想甩掉這個女人已經很久了，可因為末世前就攀附上了她，現在踹掉她，自己去哪裡找新靠山？如今基地中可是武將當家，偏偏自己一點這方面的路子都沒有。

「不行，絕對不行！」劉湘雨頭上冒出了冷汗。

雖然在末世前嚴革新家的權勢沒有自家強，可自己的父親在末世剛來的時候就喪屍化死掉了，現在的自己根本沒辦法和嚴革新的權勢相比。自己如今能死死拴住他的只有夫妻關係，要是自己懷孕讓他找藉口離婚，她就會被迫搬出軍營。

離開軍營，哪還有安全的地方？

絕對不行！

章溯臉上的笑意比平時深了不少，今天真是聽到了一個大八卦，就是不知道嚴非聽說他媽給他懷了一個同母異父的弟弟還是妹妹時，會有什麼感想？

章溯起身的動作喚醒了劉湘雨，她一把抓住他的手臂，問道：「章醫生，我要拿掉孩子，你能不能幫幫我？」

章溯似笑非笑地道：「劉女士，我是外科醫生，不是婦科醫生。」雖然這種手術也包括在外科範疇內，可這位女士不是只相信專家嗎？他又不是婦科聖手。

劉湘雨一下子站了起來，滿臉陰鬱，低著頭不知在琢磨什麼，忽然起身幾步走到那個男人身旁，說道：「馬上幫我找婦產科專家……記得，千萬別讓嚴革新知道。要是讓他知道了，你也沒有好果子吃。」

男人冷笑一聲，轉身走了出去。

劉湘雨這才勉強對章溯笑笑，「讓章醫生看笑話了，我先走了。」

「慢走。」章溯轉著手中的筆，這次的八卦很有意思，反正自己和婦產科的主任醫師正好認識，回頭跟他打聽一下，把嚴非那不知是弟弟或妹妹的消息打聽清楚，再來去刺激……不，是轉告他，給增添一些生活趣味。

◆ ◆ ◆

喪屍圍城後收工的第一天，羅勳回到家中後總結了一下，發現今天聽說的重大消息還真不少。比如他家嚴非現在有三級晶核可以升上三級，比如軍方馬上就要開表彰大會，再比如章溯告訴嚴非，他就快有個還沒出生的同母異父的弟弟或妹妹，馬上就要被他親媽打掉……

「你媽今年……多大歲數？」羅勳比較關心這個問題。嚴非馬上就要二十七歲了，他媽居然還能……咳咳，這得是什麼樣的身子骨啊？

「五十……二？三？四？」嚴非皺眉想了半天，實在想不起來，搖頭道：「我好幾年沒見她了，每年過生日時也是祕書負責買禮物，所以我實在不知道。」

羅勳默默無語地看著他，又問：「那……她懷孕的事……」親媽懷孕，孩子不是親爸的，而且他的父母還沒離婚呢……面對這種事，身為子女的嚴非，到底有什麼想法呢？

嚴非什麼想法都沒有，他道：「他們本來就各自有情人，只是我父親的情人捂得更嚴實，就算找專業偵探都未必查得出來。我母親的性子張揚，娘家靠山硬，平時又大大咧咧的什麼都不在乎，我五歲的時候就見過她跟她的情人在一起廝混。」

所以，自己又是白擔心了？

羅勳微微鬆了一口氣，沒影響到他的心情就好。

嚴非笑了起來，眼中有著一抹深意，「不過，這麼一來更方便了。」

「嗯？方便什麼？」羅勳不解地問道。

嚴非揉揉他的頭髮，「沒什麼，我準備衝擊三級，你要跟著來嗎？」

一級衝二級的時候，沒發生什麼意外，其他那些衝級的人也很順利，沒聽說有人衝級失敗爆體或發瘋的消息。今天在圍牆上時，同隊的幾位金屬系異能者都升級成功了，有種種先例在前，嚴非才想著讓羅勳幫自己看看升級時會不會有什麼不同的地方。

他不想說的事，羅勳自然不會追問，聞言後笑著點頭。

上次自己沒看到，這次他總算不再攔著，那當然得要跟著。

兩人來到樓上的臥室，嚴非將今天得到的那一大袋晶核拿出來，鋪上一塊塑膠布，將晶核全都倒在上面。除了少數的一級晶核外，剩下全都是二級、三級晶核。

基地出手很大方，不但給出這麼實惠的獎勵，竟然還有三級晶核。

金屬系晶核的顏色是銀灰色的，二級和三級的晶核雖然是同色，放在一起對比，卻能看出二者的區別。二級晶核顏色較淺，三級晶核的顏色較亮也較深，金屬感更濃烈。

這堆晶核中不光有喪屍的晶核，還夾雜著一些金屬系喪屍鼠的小晶核。

嚴非拿起一顆三級晶核握在手中，看了羅勳一眼。

羅勳對他點點頭，嚴非才靠在床邊閉上眼睛。

當手中的晶核被他完全吸收後，他的身上忽然出現金屬色的光華，從頭部開始，遍及全身，看起來就像是有人用這種顏色的燈光故意在他身上照了一圈似的。

羅勳緊張地盯著他，不敢移開視線，等嚴非睜開眼睛，才小心地問道：「怎麼樣？」

嚴非略微感覺了一下體內緩緩流動的能量，微笑地道：「升級成功。」

羅勳這才鬆了一口氣，臉上掛上大大的笑容，「你升級時的樣子，跟白天他們升級時的樣子看起來很像，沒什麼區別，至少我沒看出哪裡不一樣。」

這樣就方便多了，嚴非鬆了一口氣，不過他依舊打定主意，以後衝擊升級還是要待在家中，在羅勳面前，但恐怕也難免會遇到不得不在人前升級的狀況。如今得知自己升級時跟別人沒什麼兩樣，也就少了一個隱患。

喪屍圍城過去一個星期了，基地中的生活再度恢復正軌。該外出做任務的去做任務，該在基地裡想辦法找工作的找工作。

軍方準備舉辦的表彰大會也要開始了，所有表現突出的都將在那天得到軍方嘉獎，並能上臺領取獎勵。就連普通人，只要參與防守行動，就能根據當時的表現領取一定的獎勵。

只不過一般人的獎勵這些天就陸續在各個物資兌換窗口發放，表現突出的要等到頒獎的那天才能領取。

羅動他們那天再次得到了一天的假期，早上可以睡懶覺，下午一點鐘要去軍營報到，晚會在傍晚召開。誰讓他們那天表現得那麼出色，長官指名要見他們。

換上平時工作時穿的軍裝，和其他人混在一起，跟著隊長來到軍營中最高的大樓。那棟大樓是軍方高層用來辦公的場所，大樓前面是一個小廣場，今晚的表彰大會就在這裡舉行。

一行人沒能進入大樓裡，而是站在大樓前等著長官出來被圍觀。大約等了五分鐘，幾位長官才陸續從裡面走了出來。

「哎呀，這不是大名鼎鼎的『磨盤小隊』嗎？」

「哈哈哈，他們現在的名氣可大了！」

從隊長開始往後，金屬系建牆小隊成員臉上的笑容都微微扭曲。他們當然聽過別人起的這個外號，但知道是一回事，被人當眾這麼叫又是另一回事。

幾位長官笑著挨個跟新上任的「磨盤小隊」成員說話，看到嚴非時，眾人都略帶詫異地拍拍他的肩膀，「這個小夥子很有精神嘛！」

「是啊，真沒想到。」

「這位也是金屬系異能者？」

「年輕有為啊……」

嚴非不笑的時候確實只能稱之為帥，笑起來才能顯示出他惑人的特質，不像章溯那貨，笑不笑都那麼的不正經。

有了嚴非在前，後面如羅動這樣的也就能混個眼熟，甚至看過就忘。

他們這夥人在大門口杵著，路過的人都圍過來看熱鬧。

等這幾位長官終於離開，辦公大樓中又走出幾人來。

「嚴非？」

聽到聲音，一行人詫異地向那人看去。

一個五十多歲的中年男人，身材高大，身上有著明顯上位者的氣勢，和剛剛接見了他們的那幾位感覺很相似。

羅動心中咯噔一下，有些擔憂地打量那人，對方五官中的鼻子、臉型和嚴非有些相似，似乎就是上次自己在食堂門口見過的那個男人。想著，他又不由自主向嚴非看去。

嚴非依舊淡定得若無其事，就好像有人突然叫住他一樣，但在看到那個男人的時候，他還是轉頭對隊長道：「我過去一下。」然後給了羅動一個安心的眼神。

羅動心中定了定，他要相信嚴非能處理好這件事。

「小非，真是你？」嚴革新見到兒子不是不驚訝，他不像劉湘雨那麼不上心，只在和自己吵架時才會提起兒子，用「兒子都沒找到，你也有臉說我」來當作噁心自己的武器。雖然沒太上心，可他好歹還是費了些心思調查過基地的人員名單，找過嚴非，只是一直沒找到。

神色複雜地看著面無表情的兒子，半晌，他才嘆了口氣：「跟我來吧。」說著，轉身帶他來到自己的辦公室。

辦公大樓的面積確實不小，不過在這裡工作的人數同樣不少，像嚴革新這樣手中沒有軍權的，能在這裡混上一個單人辦公室已經是很不錯的了。看看從東部基地投奔過來的那些高層人士，除了幾個帶著自己手下有些武力的之外，剩下哪一位不是跟別人擠一間？

坐到辦公桌後，嚴革新見兒子沒等自己開口就自顧自坐到對面的椅子上，這種隨意的態度讓他微微鬆了一口氣，「怎麼到了基地也沒來找我？我讓人留意著你呢。」

嚴非目光中帶著一絲嘲弄，「找你？恐怕我比你來這兒的時間還早。」

嚴革新愣了愣，他不知道剛剛那個隊伍就是基地中傳得沸沸揚揚的磨盤小隊，但此時多少也明白了兒子壓根兒沒想過來找自己，他寧可加入下面的隊伍也不願意依靠自己……

思索了一下，剛才自己從窗邊看到他的時候，握著軍權的幾位高層正在下面接見他們，不難由此判斷出那個隊伍肯定是在守城戰中立了功的，今天晚上多半會上講臺領取獎勵，不然那些人哪有功夫去見他們？

再考慮到自家兒子站的位置，幾位高層對他的態度……異能者？

想通這一點後，嚴革新吐出一口鬱悶之氣，自從到了末世後就一直壓在他胸口的鬱氣。他一個末世前從事文職，和軍方不沾邊的人，末世後又沒有激發異能，如果再沒有好辦法的話，他早晚會被徹底排除出權力中心。

「你最近過得怎麼樣？在基地裡的生活還好嗎？」

嚴非見他開始繞圈子，自己也不著急，慢條斯理道：「很好。」

嚴革新以為他在逞強，拉開抽屜取出一些東西放到桌上，「這是第一食堂的餐券，你應該知道吧，就在食堂樓的最高那層。現在住得好不好？要是和別人擠著的話就說，我能幫你弄到一個單人房。」

如果放在喪屍圍城之前，嚴非對於這幾張餐券還有那麼一絲興趣，但是現在……他還真提不起太大的興致。

第一食堂現在肉少是一方面，另一方面嘛，用的菜基本上都是變異蔬菜，那些東西的味道實在不怎麼樣，尤其是家中明明有那麼多新鮮的隨吃隨摘的蔬菜，他怎麼還看得上那些？

據李隊長說，現在羅勳他們送來的蔬菜全都被某幾位大佬包圓，其他人菜葉都摸不到。

至於住的地方？軍方蓋房子時他們就在場，還能不知道那些房子有多大？

嚴非似笑非笑地看著父親，「有什麼事你就直說吧。」

嚴革新一直都知道自家兒子難搞，特別是兒子最尊敬的幾位老人已經不在了，如果他是異能者的話……自己根本管不了他，可是……

沉默許久，嚴革新才開口：「現在基地的情況不太好，末世前的格局沒辦法延續，如今誰的手裡有軍權，有大量的異能者在手，才能在基地中有話語權。」說著，深深看著嚴非，「你今年已經二十七了吧，也該考慮成家了。」

嚴非又是似笑非笑，「哦？你準備把我賣給誰？」

嚴革新深吸一口氣，壓下心頭的火氣，「什麼賣不賣，說得這麼難聽？第三軍團朱團長家有個女兒，今年二十一歲，以你的外表條件去追求她，問題應該不大。」

雖然那個女孩似乎有喜歡的人了，還是個醫生，但嚴革新覺得那人比不上自家兒子。

嚴非噗哧笑出來，眼中的鄙夷沒有半點遮掩的意思，「真是抱歉，我喜歡男人。」

「啪」一聲，嚴革新腦中的理智之弦斷裂。嚴非這句話的殺傷力實在太大，無論他先前說過什麼大逆不道的話，都沒有這句話來得威力十足。

「你……我們從小到大把你寵得太過了！」嚴革新憤怒地拍了一下桌子，背著手走來走去的，「你小時候要什麼我們沒滿足過你？別人家孩子有的，你只有更多更好。別人家孩子沒有的，你也全都有。我們把你養到這麼大，你就是這麼報答我們的？」

嚴非依舊保持著淡淡的笑容，他承認他從小到大什麼都有，跟別的孩子比什麼都不缺，可那些東西是怎麼來的？他從記事起，幾乎沒跟父母一起生活過，都是獨自待在家中。父母有他們各自的工作，他們有各自落腳的家，自己只不過是他們給雙方家族的一個交代而已，是每年定期拉著出去走秀的道具。

至於孩提時的玩具、零食，自己平時是怎麼給他們準備生日禮物的？找祕書，這招可還是自己從他們那裡學來的呢。

等嚴革新憤憤地數落了一通，將末世到來自己受到的委屈、憋在心裡的鬱悶藉此發洩到兒子身上，這才恢復了冷靜。現在是他求兒子辦事的時候，如果兒子真是異能者的話，那父子之間就絕對不能鬧翻。

想清楚這一點，嚴革新緩聲道：「我知道有些事……我清楚現在基地裡的一些不良風氣，基地中男女比例差太多，可能是你末世後沒什麼機會接觸到女生，現在有爸爸在，我可以幫你介紹……」說著，頗不甘願地看了嚴非一眼，「你要是到時還覺得……結婚後只要有了自己的孩子，你喜歡誰，想和誰在一起，只要能穩住家庭，爸爸都不會再干涉。」

嚴非忍不住笑了起來，冷冷睨了他一眼，「真遺憾，我是不會再讓哪個孩子跟我一樣，在這種『滿懷期待』下被寵大。」

嚴革新的臉色再變，還沒等他繼續開口，嚴非就站起身來，臉上帶著一抹惡意的笑，「有件事恐怕你還不知道吧？我媽……你名義上的妻子懷孕了，現在正在四處打聽哪裡允許她墮胎，哪個婦科聖手開刀技術好。」他拍拍衣角，向大門走去，「對這件事好奇的人肯定不少，您放心，我不嫌丟臉，有人問起的話，我倒是很樂意跟別人好好聊聊。」

嚴革新此時就像是被丟到岸邊的魚，張著嘴巴呼吸，卻發不出半點聲音。

劉湘雨……他當初怎麼會同意娶她？自從和她結婚以後，她惹了多少麻煩？末世前還能有岳父家幫著收拾爛攤子，一到末世就全都成了自己的鍋。

恨恨地捶著桌子，嚴革新再也沒有半點平時的風度。

房門打開，嚴非去而復返，走到桌前看也不看嚴革新一眼，徑直拿起桌上的餐券。數量還不少，足有半個月的量呢。

「你……」嚴革新的聲音沙啞，嚴非卻沒給他說話的機會，甩甩手中的餐券，「家裡沒新鮮的燉肉吃了，我總得給我戀人補補。」不然白被他噴了半天的口水，哪能空手而回？

戀人？

想起剛才嚴非親口承認他喜歡男人，又想起他用劉湘雨的事來威脅自己——他的意思不就是用這件事來威脅自己，不許管他的私事嗎？

這個兒子他了解得可比劉湘雨要多，把他逼得太急，說不準他真會繞過自己投靠別人。

嚴革新大口喘著氣，好半天都難以平復下來。剛才看到嚴非的時候，他還以為自己終於到了要轉運的時候了，誰想到……

「劉、湘、雨！」這個女人禍害自己還少嗎？因為她，他被穿過多少次小鞋，找過多少次麻煩，這次他絕對不能忍了。

羅勳跟著隊伍來到一處集合點，這裡是所有參加慶功會的士兵們聚集的地方。幾位長官要在開會前致辭，羅勳他們這種半路出家的好歹也要過來聽聽訓，了解一下流程。

心裡記掛著嚴非，羅勳時不時走神，等了半個多小時嚴非才回來。

等長官致辭完畢，羅勳還沒去找嚴非，嚴非已經走了過來。

隊長對大夥兒道：「十分鐘後在這裡集合，都不許遲到。」

羅勳擔心地看著嚴非，「沒事吧？」

嚴非拉起他的手，一起向廣場旁的樹蔭下走去，「沒事。」說著還捏捏他的手，「我這裡有好東西要給你。」

羅勳頂著一頭問號，見他從口袋裡掏出一疊餐券。

「第一食堂的？」這倒真是好東西！

如今對於基地中的人來說，蔬菜雖然貴點，但也不是絕對買不到，肉類就難得了。家禽一類，在末世剛剛來到沒多久就被人不得不拋棄。基地中因為各種各樣的原因，最終也沒能留下。軍中的後勤部或許還有活的家畜，但想也知道，就算有也是特供的，他們不可能有機會吃到。

如今還能吃到肉的地方只有那麼幾個，如羅勳自己家還剩下的風乾肉類、臘腸、臘肉，可這些東西數量有限，吃完就沒了，所以羅勳雖然盡量保證每餐都會做至少一個葷菜，但也不敢做的太多。

另外一個吃肉的途徑是第一食堂。

在其他食堂中的葷菜絕跡的今天，第一食堂是難得還能見到葷腥的地方。軍中現存的肉類雖然大多是要麼來自於澱粉多肉少的火腿腸，要麼就是保質期很長的各類軍需罐頭，可這些好歹也是肉。

羅勳很是高興地收下那些餐券，隨即擔心地問道：「你……沒被怎麼樣吧？」

比如簽了什麼不平等協議，不然怎麼會拿到這些東西？好吧，那是嚴非的父親，怎麼樣也是他親爹，說不準兩人末世後相見，人家只是表達一下對兒子的思念之情。

嚴非笑了起來，幫他把那幾張餐券放進他裡衣的口袋中，「放心吧，他還自顧不暇呢，沒時間來找我的麻煩。」這話是大實話，光劉湘雨那裡就夠那兩個人忙活的了。

要知道，基地中男女比例嚴重失衡，青少年也很少，眼下基地對於人口的可持續發展極為看重。轉換到比較通俗好理解的方面就是，如果有女人懷孕，官方醫院是絕對不可能同意墮胎的，任何原因都不行。

劉湘雨現在急得不行，正準備由明轉暗，偷偷買通醫術高超的醫生解決這個問題。

以上這些消息的提供者是章溯。

嚴非很清楚，嚴革新在知道這一消息後絕對不能容忍，肯定會利用這一情況和劉湘雨分道揚鑣，但出於維護面子的考量，他也會盡可能地讓她墮胎，免得留下對自己不利的證據。

光這兩件事就足夠他父親忙的了，短時間內根本不可能來找自己麻煩。

至於將來……嚴非表示，他還真不怕親生父親找上門。

嚴非雖然目前不屬於什麼勢力，但他能夠通過基地中的情況了解到軍方對於異能者們的態度，亦即忌憚、拉攏。

如果被人知道嚴革新明明有個異能者兒子，卻父子不和……有的是人樂於在中間落井下石，阻撓他們父子修復感情。只要將這消息放出去，他才不會擔心父親做什麼呢。

羅勳不了解嚴非和他爸之間那亂七八糟的彎彎繞繞，他還算是比較了解嚴非本人的，嚴非如果說能夠解決，這些事情就不是問題。

兩人並肩坐在陰涼處，低聲說著與剛剛那些事情無關的話，看著軍中人來人往的熱鬧情景，一起等待晚上的慶功會。

回到集合的地方，廣場上已經搬來很多桌椅。

這些都並不是真正意義上的桌椅，而是用土系異能臨時做出來的長條桌和椅子。

值得慶幸的是，土系異能者升到二級後再做出來的東西會更加光滑、結實，不會亂掉粉屑，不然今天所有的人開完會後都會沾得一身土。

桌上放滿了餐盤，慶功宴嘛，當然要好好吃一頓。

跟著隊伍依次落座，辦公大樓前方也擺出了一排桌子，基地裡的數位大佬陸續落座，然後一個個上臺致辭。

羅勳在確認了上面那群人中沒有自己認識的人後，注意力很乾脆地放到面前的飯菜上。話說上面的人也不怕飯菜變涼，能不能等吃完再說？要麼先別端上飯菜？

講話的時間還算比較克制，沒多久就輪到了頒獎環節。

先是某某隊伍的隊長、負責人上去領獎，之後就輪到了出力很大的異能者小隊。

傳說中的磨盤小隊當仁不讓，在各軍方小隊中第一個出場，主持人還自以為風趣地調侃他們為「磨盤小隊」，害得上去領獎的一隊成員全都不得不半低下頭，讓人誤以為他們有多害羞，實則個個在腹誹：你才是驢！你全家都是推磨盤的！

幾位剛剛見過的長官上前頒獎，其中一位走到嚴非面前時還笑著拍了拍他的肩膀，「小夥子年輕有為啊，結婚了嗎？」

嚴非不動聲色道：「有伴侶了。」讓站在不遠處的羅勳瞬間滿臉通紅。

問嚴非話的那位高層也不見失落，打著哈哈轉移到下一位隊員那裡。

嚴革新的座位雖然也在臺下，卻離領獎臺比較近，在嚴非跟著隊友一起上臺的時候，就認出他來，以致於臉色陰晴不定地變換著──他兒子果然是異能者。

嚴革新雖然是後來才來到西南基地的，但他也清楚，自從末世到來後，軍方並沒有擴招過，只對外招收過一些異能者，但這些人都只是臨時過來幫忙的，不能算是軍方的人，一旦完成任務，除非還有需要他們的地方，不然就會辭退，說白了就是臨時工。

嚴非在末世前並沒有入伍，此時的他之所以能站在這裡，只能說明他是編制外的人員。

深深吸了一口氣，雖然他之前猜測到兒子是異能者，但沒想到他會是這次在軍中大出風頭的金屬系異能者……

軍方各個表現突出的隊伍領獎完畢，接著是那些在守城中隸屬於各個隊伍的異能者。一些勢力龐大的異能者隊伍同樣應邀在內，他們單獨坐在領獎臺附近的幾張桌子旁，比起整齊劃一的士兵，他們的態度散漫隨意多了。

羅動他們下臺的時候，恍惚看到章溯旁邊坐著一個女人，那個女人和他很熟的樣子，正湊到他身邊說著什麼。

發現這個情況的羅動，不懷好意地對章溯一笑。章溯發覺後瞇起眼睛，要知道吃醋的人可不管你是不是只對男人有興趣，要是讓王鐸知道……估計晚上隔壁屋子會很熱鬧。

章溯上臺領獎的時候效果絕對拔群，就衝著他那張臉，再加上他的功勞，就絕對能驚得一大群人掉眼珠子。

畢竟那幾天親眼近距離圍觀過章某人發威的只是少部分人，其他人也就聽說過他的外表好像很……咳咳，反正今天一見，很多人都覺得這個世界很不真實。

剛才嚴非上臺的時候，因為是跟其他人一起上去的，還和別人一樣統一著裝，離得近的當然看出他長得有多俊美，遠些的自然會忽視掉，可現在章溯獨自往上一站，臺下一群小戰士全都滿臉通紅，不敢直視臺上。

隊長一邊搖頭一邊低聲對羅動道：「你們這個……鄰居，還真是厲害啊……」

同隊的士兵聞言悄悄跟羅動打聽：「他是你們的鄰居？你們住在哪兒？」

「啪」一聲，隊長一巴掌拍到那個士兵的頭上，低聲喝斥：「別亂打聽！看看那人長得那麼禍水，就你這樣的，十個也餵不飽他！」

「噗！」

一桌人全都噴了茶，那個士兵漲紅了臉，指著隊長半天擠不出來一個字。

他不就是好奇問問嗎？他……他他他不就是多看了幾眼嗎？

羅勳沉默了一下，決定幫王鐸減少一些壓力，免得哪天真被人挖了牆角怎麼辦？他們好歹也是兄弟一場，便道：「他……有對象了……」

周圍的人眼中燃起熊熊的八卦之火。

「長得什麼樣？」

「是誰？」

「男的女的？」

……

瞄了一眼臺上，長官們頒完獎，讓章溯下臺了。這貨上去才這麼一會兒，下面的氛圍就變得如此詭異……為了軍隊的安寧，得趕緊把他送下去才行。

「男的……」羅勳剛一開口，眾人就齊齊抽了一口涼氣，然後就聽到有人低聲議論。

「難怪……」

「看他就覺得不像是正常人。」

「對啊，長成那樣，哪個女人敢嫁給他？肯定得找個男人才能壓得住他！」

不得不說軍中的士兵們比外面的異能者還要更深地感受到男女比例的失衡，現在部隊裡面連文工團都沒有，唯一能看到妹子的時候，就只有外出做任務時，或者後勤部中新招來的少量水系異能妹子、土系異能者，又或者軍隊家屬們了。

這已經不是狼多肉少，簡直都快成為有狼無肉，和尚一般的苦修生活。

於是，一些戰友間的感情難免變質，不然為什麼聽到這裡在說章溯的八卦，這麼多戰士都伸長了耳朵來偷聽呢？

羅勳被這些或一臉八卦，或一臉遺憾的人囧得咳嗽了好半天。他以前怎麼就沒發現周遭這麼有多隱性的基友？還好自己和嚴非已經挑明，大家都很有道德的沒來挖牆角，不然……想想還真是有些害怕呢，軍中的小帥哥可是一抓一大把。

在章溯之後，上臺的都是各個異能者小隊的代表。他們一般都只有隊長、副隊長來參加這個大會，其他隊員沒有資格。

聽著那些耳熟的隊伍名字，羅勳默默地在腦海中回想前世的見聞。其他隊伍不用說，上輩子導致他意外重生的兩支隊伍烈焰和混沌，也是在這場防守戰中嶄露頭角。

在羅勳他們這一桌議論章溯的時候，其他地方也在低聲討論著。章溯的情況顯然和其他人不一樣，他今晚是代表個人出席，並沒有以隊伍的名義前來。防守時只有李鐵五人組和徐玫三人是以小隊的身分參加的。羅勳兩人靠掛在金屬系異能者小隊，章溯則掛在醫院名下。

與其他隊伍相比，章溯擺明是個獨行俠。

這彷彿是一塊散發著誘人香氣的大肥肉一樣，引得所有人不住窺伺著。

章溯恍若未覺，吊兒郎當地坐著，神色頗有些不耐煩地忍著冗長的頒獎典禮，時不時狠狠瞪桌子上的飯菜一眼——不許人吃，你們這麼早擺出來幹麼？不知道爺斷肉很久了嗎？

章溯的這一表現，讓同桌那些想套近乎、拉攏他的人猶豫不決，直到上臺領獎的各小隊的老大回來為止。

見章溯左邊的椅子空了，剛剛和他說話的那個女人不在，混沌的老大吳長坤率先開口打招呼：「章兄弟，好久不見。」

聽他一出聲就直接裝熟，眾人都開始運氣地對甩眼刀子。

這人他居然認識？難道被他搶先了？

章溯掃了他一眼，思索了一下，毫無印象。

見章溯只是看了自己一眼就不再理會，吳長坤的表情僵硬了一下，本就陰沉的眉宇顯得更加陰鬱，不過還沒等他繼續說什麼，另一個方向就傳來一聲冷笑。

吳長坤瞪了過去，果然是死對頭，烈焰的老大王恆，不由瞇起一雙隱藏在眼鏡下的三角眼，挑釁道：「烈焰的大當家有何指教？」

「指教？對你？你也未免太高看自己了？還是你小學國語課是體育老師教的？」王恆自己沒開口，他身邊的副隊長陰陽怪氣地插話道。

吳長坤諷刺道：「你倒是高材生，可惜大學畢業後不也是給黑幫老大當小弟？」

那人笑嘻嘻道：「這說明我們老大有人格魅力，高材生都甘願給他當牛做馬。」

吳長坤身旁的小弟跟著嘲笑道：「別是效勞效到床上去了吧！」

「呵，就是你想爬你家老大的床，他恐怕也是有心無力……」

眼看這一桌的人馬上因為這兩個素來不對盤的小隊就要鬧起來，有個身影匆匆跑過來，讓所有人立即收聲，原來是剛才坐在章溯身旁的女人。

那女人沒注意到氣氛詭異，抓住章溯的手臂，說道：「章哥，親哥，章姊，救命！」

眾人噤聲，用古怪的眼神看向章溯。

章溯斜睨了她一眼，見上面的大佬已經起身，宴會馬上就要開始了。

女王陛下大發慈悲地開口：「說。」

那女生淚眼朦朧道：「哥，姊，我爸要拉我去相親，您就救我一命吧！小妹還小，才剛二十一，還不想英年早逝，嫁人生子！」

章溯鄙夷地瞪了她一眼，「妳爸給妳找男人，妳來找我幹什麼？妳要是下面多一條腿，我說不定還能踢了我家那個笨蛋，跟妳將就兩天，現在……」

他瞄了那女生分量不輕的胸部一眼，「沒興趣！」

一桌人憤恨地瞪著一個基佬拒絕身材火辣、面貌清秀的妹子，內心是崩潰的。

他們還以為這女生是章溯的小情人，原來……浪費啊，你不要我們想要還沒有呢！

正自以為風流倜儻，尚無家室的隊長、副隊長（雖然這些異能者現在相對比較好找女朋友，可也只是相對，誰讓基地裡年齡合適的女人太少）想要散發一下個人魅力，勾搭人家妹子，就聽到那位妹子帶著哭腔道：「帥哥就應該跟帥哥永遠在一起，攪基一輩子不分開，可不帥的我又看不上！嚶嚶嚶，我只能委屈我自己暫時先單著，可我爸媽死活就是不理解我，非要把我嫁了！我現在可只有你這麼一個好閨蜜了，你一定要幫我！」

一桌子鐵血硬漢在聽到這話後全都僵住，他們之中有些在末世前聽說過腐女這種生物，但幾乎沒人遇到過，現在猛地遇上這麼一位……壓力還真大。

章溯看都不看她一眼，眼見著那邊已經開席，筷子刷刷刷幾乎不見殘影地開始往自己碗裡夾肉，口中道：「放心，只要妳把妳這理論一說，那些男人會知難而退的。」

一桌子直男此時全都默默點頭，心裡加一。

「可我爸說我要是敢當眾說這話，就把我關起來！」

章溯夾滿了一碗冒尖的肉山才停下筷子，疑惑地看向她，「不對啊，那妳來找我幹麼？我可不會裝成妳的姘頭……還是妳想讓我和妳一起去，好勾搭妳的相親對象？」

章溯歪頭想想，「這倒也不是不行，不過我男人知道了恐怕會吃醋……」

那女生深吸一口氣，「你不是還有哥們兒嗎？找個單著的先臨時借姊姊使使。」

章溯摸摸下巴，視線在一桌子被他挑剩的飯菜上掃了一圈，確認沒有漏網之魚，才抱著冒尖的大碗起身道：「跟我來。」

在這兩人離開後好半天，這一桌人半晌都沒能回過神來。原來末世後不光喪屍變得很可怕，女人也變得這麼可怕，還有剛才那個死基佬……等等。

「我靠！菜裡一塊肉都沒了，那個死妖人！」

章溯抱著大碗一邊吃一邊走，那美豔的禍水臉，全被他手中的大碗破壞光了。

當然，不是沒人在動腦筋。

美人愛吃肉，我只要有實力讓他天天吃得嘴角流油，說不定就能把他弄到手……

不過，章溯是幹麼的？剛才還因殺異能傷力巨大而得到了軍中高層的獎勵，現在可沒人敢找他麻煩。

羅勳正要吃一塊嚴非夾給他的紅燒肉，忽然肩膀被人拍一下，轉頭之際，碗裡的肉已經落入別人的筷子之下，「章溯！」在家裡大家一起吃飯的時候，他搶自己看上的食物就算了，怎麼現在又來？

章溯把肉塞進嘴裡，指指他身邊跟著的，一路捂臉裝死的女生，「你們這兒有多的單身男人嗎？借她用用。」

那女生險些摔到地上，頭垂得更低了。

平時挺有氣質的一個美人妖孽受，現在怎麼變成這樣了？

羅勳默默看了他一眼，懶得理他，仔細看向那個女生——哦，眼熟，不就是剛才坐在章溯旁邊的女人嗎？

「你把話說清楚。」突然過來跟自己借男人……他不怕，自己還怕他們把人拐賣了。

那女生放下手，露出一個比哭還難看的笑容，一把拉住羅勳，「你就是章姊姊的戀人嗎？你好，我叫朱紅，是章姊姊的閨蜜，現在被我爸逼婚逼相親，想借個男人回去頂缸……」

羅勳目瞪口呆地看著她，大腦一時反應不過來，這時被人環住肩膀拉到後面，靠進了一個溫暖的懷抱中，原來是嚴非。

與此同時，熟悉的聲音在自己耳邊響起：「不好意思，他是我的戀人，至於妳章姊姊家的那口子，他今天沒來。」

羅勳起身發呆的功夫，章溯已經趁機坐到羅勳的位置上。一桌人眼看著這位剛剛被大家拿來當八卦談資，甚至某些人還暗暗意淫過的大美人，居然跑到自家飯桌來搶食？

反應迅速的人，在他伸第十次筷子的時候，加入了搶食物的大戰中。同時，一位八卦男還有心思分出一隻耳朵給羅勳和那位過來找男人的女生。

朱紅愣了一下，才意識到自己似乎弄錯了，連忙擺手打著哈哈，並發現嚴非那張毫不遜色於章溯的臉，咂巴著嘴，圍在兩人轉了兩圈，眼睛冒出驚人的光芒，指著嚴非說道：「你是攻。」不等對方回答，就用更加明亮的視線盯著羅勳，「你是受。」

羅勳下意識退後半步，被嚴非摟得更緊了些。

兩人此時意識到這個女生是誰了——章溯那傳說中很給力的閨蜜，白送過他不少金屬材料，據說是基地中掌握實權的某個大佬的腐女女兒。

腐女這種生物，果然聽說時的殺傷力遠遠比不過真正見識到的那麼強大……

說起來，嚴非面對如此狂熱的女人經驗更加豐富，他迅速調整好表情，問道：「朱小姐是希望……找人扮演妳的男朋友？」

朱紅這才想起自己跟章溯一路丟臉過來的目的，立即眼睛發亮，連連點頭。

嚴非雙手一攤，露出恰到好處的遺憾表情，「真抱歉，我們兩個實在沒辦法勝任。妳也知道，現在我們兩個想光明正大在一起也不容易，如果再有什麼緋聞……」

他的話沒說完，留下的空白足以激發別人那無盡的想像力，更何況目標對象還是朱紅這個腐妹子呢？

她立即點頭，無比理解兩人的難處，「你們放心，我絕對不會做那麼沒品的事。我就是想借個單身的，人品有保障的，沒有後顧之憂的……」

借個男人還要條件？

可……這畢竟是妹子啊！

活的，年輕的，相貌八分、身材九分的妹子啊！

一桌子正在跟章溯搶肉的男人此時全都停下了動作，挺直腰桿，恨不得被妹子一眼相中就帶走。如果能日久生情……

羅勳兩人詫異對視一眼，反正這種倒楣事別找到他們兩人頭上就行。

回頭一看，好麼，這一桌子雄性就差往自己頭上貼個賣身條子了。

「我們……也……不好說……」羅勳猶豫地向一桌人看去。這裡的人不止有金屬異能小隊的成員，剩下的他們不認識。就算是金屬系異能者小隊的成員，他們也不好替人家做主。

想著，視線不由得往隊長那裡看去。

隊長忽然笑了起來，伸出大拇指朝朱紅的方向指指，「都做什麼美夢呢？知道這是誰嗎？第三軍團朱團長家的千金，你們冒名頂替過去到沒什麼，如果被她老子發現……有多少條命夠你們陪的？」

嚴非的眉毛微微挑起，居然這麼巧？

過來求救的妹子就是他爸剛剛提起過的，她家正要招女婿的那位。

沒想到她是章溯認識的那位腐女。

聽到隊長這麼說，朱紅很不悅地雙手插腰，憤怒道：「你當我是傻子嗎？找人家幫忙還能害了人家？」

隊長一副不跟小孩子一般見識地笑著擺手，「妳真是不知天高地厚，妳老子妳自己都強不過，不然妳會來找外援？」

朱紅揚起下巴，「自以為是的死異性戀，以為別人跟你一樣無能嗎？」

滿桌子的爺們兒五官全都扭曲了，就連羅勳和嚴非兩人也不例外，畢竟他們兩人在真正進入末世前，在真正相遇前，怎麼也算是「死異性戀」大軍的一員。

章溯一個人幹掉兩桌肉菜，放下筷子，用彷彿沒骨頭似的動作支著下巴，擺出一個撩人的姿勢，開口的同時再度吸引了眾人的視線，讓不少內心不夠堅定的，極有可能脫離「死異性戀」範疇的小兵們紅了臉。

「我說，這桌妳有沒有相中的？沒有的話，我也沒辦法了，我們隊伍裡還單著的，今天可都沒過來。」

有隊長說的話在前，現在可沒誰敢跟著朱紅走，萬一惹惱大佬……他們還活不活了？一改早先興奮的模樣，此時大家默默低頭，不敢和朱紅對視。

朱紅氣得直跺腳，指著隊長道：「要不是他胡說八道，我怎麼可能找不到人幫忙？」

章溯雙手一攤，「那妳就帶他過去唄，誰讓他攪了妳的局，讓他負責！」

章溯說完，不聽朱紅在那裡數落隊長「又老又醜」云云，看向羅勳兩人，「我吃飽了，你們呢？我準備回去了，反正之後也沒咱們什麼事。」

羅勳愣了一下，怒道：「你吃飽了？我們還沒……」話音未落，就看到桌上一片狼藉。

章溯攤開雙手表示無辜，「不是我幹的。」

一桌人無語地盯著他。

這人明明長得這麼美，怎麼說話辦事能這麼無恥呢？

嚴非拍拍一臉沉痛的羅勳，還好今天他額外收穫了第一食堂的用餐券，不然回去後羅勳恐怕真會把章溯給煮了。

他看向正綠著臉和朱紅對峙的隊長，「要是後面沒什麼事的話，我們就先回去了。」

慶功宴上沒什麼大事，不少人在各桌間走來走去相互敬酒。除了一些隊伍，絕大多數的桌上都沒什麼規矩可講，因此隊長對兩人揮揮手、繼續和朱紅比誰能瞪眼，渾然沒注意到自己把挑起事端的章溯也一併趕走了。

「哎呀，今天吃撐了！」章溯作憂鬱狀，纖纖玉手扶著後腰。

飢腸轆轆的羅勳在一旁恨恨地磨牙，「今年秋天殺鵪鶉的時候，你的那份就別想了。」

為什麼宅男小隊在正式成立後沒有像其他隊伍一樣，為了培養感情而天天在一起吃飯？還不是因為某些無恥之徒。

章溯渾然不在意，「沒事，有王鐸的那份就成。」

反正他寧可自己不吃，也不捨得讓自己沒得吃。

羅勳繼續磨牙，「好久沒吃肉，今天吃這麼多，小心晚上拉肚子。」

章溯似笑非笑地瞟了他一眼，「這倒更方便了，省得晚上運動前還得刻意去清理。」

人無恥到這種地步，也算是一種奇蹟了。

一行三人向大門口走去，途中經過一張滿是白大褂的桌子，一個有些年歲的人顯然多喝了兩杯，起身的時候不小心撞到嚴非，拿著酒杯，腳步不穩地道：「不好意思啊！」

嚴非沒說話，只是搖搖頭。羅勳壓低帽沿，快步走過。

等離開廣場，章溯才問兩人：「剛才那老頭你們認識。」

他用的是肯定句，畢竟兩人剛剛的動作再明顯不過了。

羅勳無奈反問：「剛才領獎的時候你沒注意嗎？他是研究所裡頭一個上臺領獎的。」

章溯搖頭，「沒看。」而且這麼一個老頭子，他哪有這時間去注意？他當時光注意桌上哪幾個盤子裡有肉了。

羅勳回頭向遠離了的廣場看了一眼，嘆氣道：「他姓胥，研究成果是『特殊武器』，這種特殊的武器在與喪屍的對戰時起到了決定性的作用，甚至可以起到扭轉戰局的重要作用。」

章溯挑起眉毛，「你是說……」

羅勳點頭，「就是李鐵他們守城時看到的『水槍』。」

喪屍圍城時，正門處因為需要射殺的喪屍數量很多，強大的異能者大多聚集在附近。可周圍幾個方向的喪屍數量也不少，就需要大量的熱武器來防守，李鐵他們就在這幾個方向。據他們說，他們在防守時看到士兵使用過『水槍』一樣的武器，這種武器的效果，和羅勳他們家裡種的蘑菇汁效果很像。

章溯嗤笑道：「哦，就是那個告訴你們蘑菇不能種，之後就再也沒動靜的專家啊！」拿走別人發現的成果，讓別人家銷毀這種有著巨大殺傷力的「武器」，自己奪走成果拿去上報，嘖嘖嘖！

羅勳倒是沒有生氣，這種事不是很正常嗎？

「這東西的殺傷力比較大。」他攤手道：「他沒回過頭來滅口就很厚道了。」

章溯故意「嘖嘖」兩聲，「這得值多少飯票啊？」

「……別以為說了這句話，你秋天就能有鵪鶉吃。」

離開軍營的時候，天色已經暗了下來。嚴非開車，章溯坐在後座，羅勳坐在副駕駛座，兩人正檢查著今晚得到的獎勵。基地方面還算厚道，章溯果然也得到了一些三級晶核。嚴非和羅勳的晶核獎勵沒那麼豐厚，因為他們先前已經得到了一部分，但卻各自拿到了十張第一食堂的餐券。

「餐券！」羅勳興奮地舉起餐券，後面章溯給他潑涼水：「別太期待，這次餐券肯定發了不少，我懷疑最近一個月內，第一食堂的飯菜水平肯定會下降。」

羅勳無語了一陣，向後瞪了一眼今晚搶了自己肉菜的無恥之徒。

嚴非和稀泥：「我已經升到三級了，現在章溯也有三級晶核，我建議咱們想辦法給徐玫她們三人換些三級晶核回來，她們也應該能升級了。」

在車子開回社區後，章溯總算不情不願地賠給羅勳兩人一張餐券。雖然他在餐桌上對兩人造成的傷害不是一張小小的餐券能抵消的，可這東西誰都稀罕，章溯能讓出一張彌補兩人受傷的小心靈已經很佛心了。

在三人離開後，大家才發現那位傳說中強大的風系異能者不見了。

羅勳兩人雖然也同樣早退，可除了認識他們的，又或者特意計算過金屬系異能者小隊人數的人外，並沒什麼人注意到他們的行蹤。

倒是章溯提前離席讓不少人遺憾地撲了個空，久久不能釋懷。

次日一大清早，嚴革新就找來自己的心腹去查劉湘雨最近的動靜。其實這根本不用仔細查，隨便一打聽就能得知她在醫院留下的種種「威名」，一疊詳細的檢查報告、最近的病歷堆到了嚴革新的桌子上。

嚴革新瞪大眼睛，「這、這……這都是她來到基地後的病歷？」

心腹低著頭，忍住想笑的衝動，「是，這都是劉女士來到基地後所有的檢查報告的副本，至於她的病歷都應該在她的手上，我們還沒能弄到副本。」

嚴革新擺擺手，「把她最近一兩個月的檢查報告給我找出來就行……基地裡面連棵樹都不捨得砍，她倒好，天天疑神疑鬼，這些沒用的東西浪費了多少紙張？」

劉湘雨浪費了多少紙心腹不清楚，反正這些東西都是自家長官今天突然說要，自己才去找人複印過來的，這些被浪費的紙張中也有自家長官的一份功勞。

嚴革新看著檢查報告，氣得肋骨疼。

「確認妊娠」四個不大的黑體字，就像四個響亮的巴掌一樣呼到自己臉上。

知道自己的妻子外遇，跟自己沒感情是一回事，真正看到這種讓他大失面子的「證據」又是另一回事。

他們與其他因為利益，家族聯姻的家庭差不多。這樣的家庭大多在末世前就是單純的利益聯姻，彼此間沒有什麼感情，只在需要後代的時候才勉強上床，製造後代，之後就各過各的，互不干涉。但和一般完全沒有感情的夫妻不盡相同，他和劉湘雨當初見面相親的時候，彼此之間還算有好感的。結婚後的半年，兩人的感情還不錯。雙方當時也並沒有婚前就有真愛的戀人，所以蜜月期曾想過在一起一輩子，總比那些面和心不合的「模範夫妻」強。

遺憾的是，自從劉湘雨懷孕就脾氣大變，之前相處時的相互體諒、彼此忍讓，盡力展示各自最美好的一面統統消失不見。幾次吵架後，兩人就像是撕破了各自的面具，再沒有半點甜蜜或感情可言。

他們迅速恢復到應有的「正常」狀態，只維持著最基本的夫妻關係，孩子則交給保姆照看，各自擁有各自的情人，只在需要時才在一起出現，維持所謂的家庭形象。

這同樣是需要代價的，代價就是他們雖然可以和其他人生活，卻絕不能弄出孩子來，更不允許離婚。沒想到才進了末世不到一年的功夫，自家老婆就弄大了肚子。

嚴革新冷笑著起身，對一直等在門口的心腹道：「走，去軍眷區。」

有些時候，就算還想維持著所謂的「體面」，也要看另一方是否配合。

以劉湘雨現在的心理狀態，嚴革新清楚自己這一去，和她把事情挑明，兩人恐怕很難好聚好散。雖然做了這方面的心理準備，但在見到她，拿出證據後，她那比潑婦還要恐怖的折騰能力、鬧騰能力，還是鬧得整個軍眷區幾乎人人都能聽到動靜。

聞聲出來看熱鬧的人不計其數。

至於和她有私情，平時跟她住在一塊的男人，從頭到尾就沒敢露面，所以被鬧了個沒面子的嚴革新，一怒之下，讓人將她的東西丟出軍營，然後到軍方辦公處辦理離婚手續。

有這個綠帽子的證據在手，基地方面的人有早知道他們夫妻有名無實的，現在又沒有劉家的人能替劉湘雨出頭，嚴革新相對還有些權勢，於是前後不過一個小時，離婚協議書就正式出爐。這其中最費時間的，反而是將劉湘雨「請」出軍眷區。

嚴革新雖然很想將這件事悄悄處理了，可他現在手下實在沒有可用的人，唯一跟在自己身邊打雜的，也是完全沒有任何異能的普通人。他就算想偷偷堵住劉湘雨的嘴巴，趁半夜時將人丟出軍營，都沒手下能幫忙抬人。

嚴非對於此事完全不知情，這日清早，他去報到的時候，嚴革新還在看報告。等嚴革新開始行動，他們已經跟車去外圍牆處給圍牆加固去了。

隊長一路上頂著滿頭的陰鬱氣息，彷彿被陰魂附體了一樣。

「他……怎麼了？」羅勳知道自己和嚴非昨天跑的時機很不道地，所以此時沒敢自己去問隊長，而是拉住了副隊長偷偷打聽。

副隊長瞄了隊長一眼，低聲對他道：「昨天晚上，那位小姐……在你們走後，跟隊長鬥雞眼似的瞪了老半天，後來她爸找過來了，那位小姐居然……」說著，表情扭曲了一下，「她一把抱住隊長的手臂，說出『山無稜，天地合，才敢與君絕』的話。」

「……那她爸當時是什麼反應？」

副隊長強忍著爆笑的衝動，「他……朱團長可能比較了解自家女兒的脾氣，反正當時臉色不大好看，不過也只是拉走他家閨女，但走之前瞪了隊長一眼。」

隊長會不會因此得罪上面的大佬被降職，被穿小鞋，或者乾脆被派出基地當炮灰？

羅勳用滿是同情的目光向隊長行了個注目禮。

這鍋算是章溯甩給他的，自己要不要乾脆出賣章溯讓隊長出氣？畢竟他平時挺照顧自己兩口子的。換成別人領隊的話，自己和嚴非這兩個外來人口還不知會被欺壓呢。

隊長不用人勸，他昨晚不知道從哪弄了袋菸葉，等隊伍一拉到城牆邊，自己就找了個旮旯角抽菸，一抽就抽了大半天，等他回來之後，精神明顯好了不少。

雖然抽菸不健康，但好歹能緩解壓力。

羅勳見狀，摸著下巴琢磨是不是找找種子，在家裡試著種一點看看銷路如何？

下午三點鐘，眾人收拾東西準備收工回家。幾人走前隨意向圍牆下面隨意張望了幾眼，遠處有零散的喪屍緩緩向這裡移動。基地中這麼多人聚集在一起，那濃郁的人肉香氣對這些喪屍來說不亞於一頓豐盛的大餐。就好像如果基地中誰家燉上一鍋肉，那香味絕對會引得眾人爭相找尋，恨不得查出是誰家在做飯，好衝進去分一杯羹似的。

自從喪屍圍城過後，基地周圍零散的喪屍數量又變得和之前相仿，並沒有顯得特別多，也沒有特別稀少。

隊長招呼大家下去，見還有兩個人趴在城牆邊上向下看，當下過去一人屁股上踹一腳，罵道：「看什麼呢？還不走？」

小兵捂著屁股，指指下面的護城河，「隊長，我們剛才好像看見河裡有魚。」

「魚？哪兒呢？」隊長連忙看去。護城河距離圍牆上方有一段不近的距離，如果只有一點點小魚苗，哪裡看得清？

他仔細看了半天，甚至找人借了望遠鏡也沒看出魚來，便又伸手敲了那兩人一記，「別是誰扔下石頭被你們當成魚了吧？這河不是前些天剛換過水嗎？怎麼可能這麼快就有大魚？」

那兩人縮著脖子不吭聲，他們剛才不過是看見水花在動，覺得說不定有魚才多看兩眼。

護城河經過此前那一戰，水裡不知道泡過多少喪屍。出於安全考量，更為了徹底清理乾淨河裡可能有的喪屍，基地特意找了一群水系異能者將水暫時抽乾，把裡面的喪屍全都殺光後，才又從不遠處的河中放水進來。

雖然可能會放進魚苗，可那才多大一點？這麼遠的距離誰能看得到？

羅勳兩口子此時已經下了圍牆，爬進卡車中正等著其他人回來。

隊長他們上車後車子再次啟動，快到軍營的時候，羅勳忽然聽到背包中手機在唱歌。

翻找出手機，羅勳遞給嚴非，「你的。」

兩人的手機平時很少會有來電，他們一般和人聯繫的時候，大多都靠著簡訊聯絡。

這是個陌生的電話號碼，嚴非尋思了一下，直接掛斷了。

嚴革新詫異地看著被掛斷的手機，不解為什麼會被掛斷。如果說是嚴非怕自己打電話給他的話，那他又怎麼知道這個電話是自己打的？等等，還是說他現在正在工作？

想到這裡，嚴革新自以為想通了，恍然地拍拍額頭。

今天好不容易解決了一件事，趁著這股勢頭，他得好好解決另一件自從末世後就一直盤踞在心頭的事，不然光是劉湘雨的這個破事，就足夠被那些同事們借機打壓，這實在太過影響自己未來的仕途。

雖然嚴非擺明不想和自己修復關係，但上次兩人見面時畢竟太匆忙了，而自己當時的不滿極有可能觸及到了他的某些底線。經過一夜的深思熟慮，他覺得嚴非是不會拒絕自己這一提議的，只要別一開始就說反對他搞同性戀，不留後代，這件事大可在修復了父子關係後慢慢提起，哪怕找人代孕呢？

等車子開進軍營，下車解散後，羅勳才低聲問道：「剛才是誰打的電話？」

嚴非聳聳肩，「不知道。」

……不知道你就給掛掉了？

羅勳思緒轉了轉，忽然想起一個人，「不會是你爸吧？」

嚴非昨天才跟他父親相遇，如果他給對方留了電話……等等，如果是他主動留下電話，他會不知道對方的電話號碼嗎？還是說他爸把他的電話號碼又轉交給別人了？

一想到之前偶遇過幾次的嚴非那位母親，羅勳就覺得太陽穴一跳一跳的。

那幾次的擦身而過告訴羅勳，嚴非他媽可不是個「簡單」的人物。

他當然不是怕贍養嚴非的父母，畢竟他現在過得很富裕，多養一兩個閒人也不怕，可他不喜歡不穩定的因素，更不喜歡麻煩。

就在羅勳正在偷偷盤算：如果對方的父母失去勞動力，自己兩口子要如何幫著他們租房子，每個月給他們多少贍養費之類比較實際的問題時，嚴非的手忽然按到他頭上，「你在想什麼呢？上車了。」

「哦。」羅勳連忙幾步跑上車，又開始計算起一個上了年紀的人每天能吃多少糧食，需要消耗多少蔬菜、肉、蛋、油。

夢遊般將車子開回自家樓下，羅勳鎖車的時候感慨了一句：「要是只有一個的話，其實還是能養得起的。」兩個的話就有些艱難了，畢竟他們如今的產業都是大家一起分成，他和嚴非如果想多養一兩個人，得動用他們的私產。這樣一來，他和嚴非兩人每天工作爭的那點積分恐怕就一份都存不下來，還得倒貼不少進去才行。

「嗯？要養什麼？」嚴非一頭霧水，家裡不是已經有一隻白吃白喝的狗了嗎？

羅勳搖頭對他笑笑，這件事嚴非又沒提起，自己用不著現在表態。

兩人一個不解，一個神遊，爬到十五樓接自家那隻已經變身為坐騎的狗回家。

傍晚七點半左右，羅勳兩人正在客廳中吹著電扇吃著水果冰——清水凍出來的冰塊，弄碎後和剛剛成熟的西瓜切成小塊後攪拌在一起。

這個西瓜是今年第一個收穫的水果，個頭不小，大家一致認定它已經成熟才摘下來，每家都得到了一部分。

正吃著西瓜的兩人一狗，忽然被桌上放著的手機鈴聲嚇了一跳。

羅勳抬頭看去，見果然又是嚴非的手機，便向他看去。

嚴非略微思索了一會兒，這才拿起手機。

發現是白天的那個電話號碼，眨了眨眼，起身接通。

「小非？」

聽到電話那頭的聲音，嚴非挑了一下眉。其實他和羅勳想的一樣，還以為自家父親在妻子那裡受了刺激，兩人鬧翻後，他為了甩鍋將自己的電話號碼給了母親。

畢竟自己就在軍中工作，嚴革新一開始不知道自己在什麼地方找不到人，但經過昨晚的事情後，他肯定已經知道自己在金屬異能小隊中，隨便一查就能查到自己那個變得詭異的新名字。雖然依舊找不到自己的住址，卻能翻出自己的手機號碼，甚至就算電話打不通，他也能去自己每天上工的地方堵人。

「什麼事？」

聽到嚴非那淡定平靜的聲音，嚴革新噎了一下，隨即道：「小非啊，你明天有沒有時間？過來爸爸這裡一下。」

嚴非嗤笑一聲，「我想你應該很清楚，我的工作很忙。」

金屬系異能者之所以每個月能有那麼幾天假期，完全是因為隊長比較給力，沒臉沒皮地折騰出來的，不然他們最多會在每次一個大工程結束後才能有那麼一天半天的假期。至於這個工程的總工作時間？或許是一個月，或許是半個月，也有可能是連續不斷的兩三個月甚至更久，要看他們工作的效率和工程的龐大程度。

嚴革新的聲音頓了下，又耐心詢問道：「那你一般是幾點下班？你們下班時應該會過來軍營這邊吧，等你明天下班時……」

「我恐怕沒什麼時間和精力，尤其是在工作一天之後。我想你應該聽說過，異能者長時間使用異能後，精神會消耗得比較厲害。」嚴非完全不給他說完他提議的機會，直接截斷他的話，「有什麼事你就直接說吧。」

在電話裡談論比較重要的事情不是嚴革新平素行事的風格，也不是末世前嚴非的風格，他很清楚，自己的這個兒子現在的態度擺明是根本不想跟自己再有什麼私下的交集，尤其是在昨天兩人幾乎當場鬧翻之後。

深吸一口氣，他還有他的底牌和建議，他相信自己的兒子應該也是會同意的，以自己對他末世前的了解。

「小非，你是金屬系異能者對吧？」

「嗯。」

聽到嚴非親口承認，嚴革新鬆了口氣，這就證明今天得到的資料沒錯。

「昨天晚上，我聽說你是和那個在醫院工作的風系異能者一起走的？就是那位姓章的年輕人……」章溯實在太有名，也太容易辨認，所以雖然昨天他們走的時候比較早也比較低調，但依舊有不少人注意到了章溯。

只不過沒有刻意關注過羅勳和嚴非的人當時並沒認出他們來，遺憾的是，嚴革新昨天想要藉吃飯的機會找自家兒子再交流一下，修復感情，才發現他已經提前離席。又一打聽，得知章溯似乎是和兩個金屬系異能者小隊成員一塊離開的，才猜到是不是他們認識。

嚴非眼睛瞇了起來，他是因為這個原因才會在今天特意聯繫自己？

「怎麼？」

想起昨天自己兒子說過他喜歡男人，再想到昨晚見到章溯時連自己都不得不承認那個年輕人長得實在是……漂亮。這種漂亮恐怕很吸引喜歡同性的男人，自家兒子如果喜歡上他，從而和他交往，自己也不是不能理解，尤其是在自家兒子的外表也同樣出色的情況下。

壓下對於這種事情的厭惡，嚴革新開始語重心長道：「小章這人……能力還是很強的。你昨天說過的事，爸爸想了一晚，你現在大了，知道自己要的是什麼，雖然我還是不太贊同你的選擇，卻能理解你有自己的生活方式和對於伴侶的喜好。」

他頓了頓，給嚴非消化的時間。

聽到這些話，嚴非的臉上難得冒出驚訝的神色，他用彷彿見鬼了似的表情將手機拿到面前看了看，然後放回耳邊。這老頭子是真的老糊塗了嗎？他居然以為自己跟章溯有一腿？

那個神經病除了臉長得還算能看之外，有什麼優點？

哦，對了，他還有異能，異能還算強，可除了這個之外，哪一點比羅勳強？

嚴革新完全不知道自己搞錯了對象，以慈父的口吻，為自己的兒子指出一條最適合他，最能讓他發揮所有能力，前途無量的道路。

「你們都是異能者，而且都在這次防守戰中大出風頭。我知道你是個聰明的孩子，末世雖然十分危險，可是也同樣能夠成就一番大業。你們都有著很強的異能，有沒有考慮過組建一支異能者小隊？有爸爸在體制裡面給你們方便，許多消息都能提前幫你們打聽到。你們再用你們的名聲、能力收服一批異能者，打造出一支強大的異能者隊伍。只要你們能搞起來，在聯合爸爸對你們的幫助，很快就能在基地中得到舉足輕重的一席之地。

「你沒接觸過這些事情，所以恐怕還不清楚，許多異能者小隊都想靠掛到軍方名下，不但能得到不少消息，還能跟軍方合作，外出收集到的物資也不像普通小隊似的還要分給基地那麼多。現在基地中就要是你們這些年輕人、異能者們的天下了，只要你們有這個想法，手續我明天就能讓他們幫你辦下來，你只要靠掛在爸爸這裡……」

電話那頭越說越激動，嚴非一開始還放在耳邊聽著，到後來他乾脆回到沙發旁，將手機往茶几上一放，摟過一臉詫異的羅勳，用牙籤戳起一塊有點蔫的西瓜和他一起餵小傢伙。

羅勳的表情有些糾結，他雖然聽不清電話裡在說些什麼，卻能聽出是個男人的聲音，也猜出應該是嚴非他爸。

嚴非將手機放一邊，任他爸在那裡說個不停……這樣真的沒問題嗎？

嚴非見羅勳擔憂地看著自己，忍不住想到了自己的父親居然以為自己和那個死妖人章溯有一腿……自己的審美觀就那麼差嗎？那個死妖人哪點能比得上自家小妻子？

就那張臉？自己末世前什麼樣的「美人」沒見過？他能比得上現在自己懷裡的這個人的五官清秀百看不厭性格溫和生動活潑嗎？

他的手在羅勳的頭上先是揉著，隨後順著他的臉頰滑到了他的下巴，然後順勢抬起他的下巴，響亮地在他的唇上親了一口……西瓜味的，清新自然，比那個死妖人強多了。

手機那頭還在嘰呱不休，兩人摟著動作越來越親暱，漸漸向著不可言說的方向發展。

羅勳忽然聽到手機裡的聲音提高了一些，連忙拉起露出半個肩膀的領口，用力戳戳精蟲上腦快要壓倒自己的嚴非。

嚴非深吸一口氣，一把抓過手機，裡面傳來：「兒子，你還在聽嗎？」

嚴非帶著火氣道：「我要是有興趣組建小隊稱霸基地，在你來基地前就已經這麼幹了。另外，我對章妖人半點興趣都沒有，你要是看上他的話，大可自己去找他，前提是他家那個醋罈子能夠忍得了。」說完掛斷電話，打橫抱起憋笑憋得渾身亂顫的羅勳上樓。

嚴革新目瞪口呆地看著手機，就算是末世前，嚴非也沒這麼不客氣地掛過自己電話。當然，那時的他一個不爽也會對自己開嘲諷，可嘲諷是嘲諷，從沒這麼直截了當拒絕自己。

哦，在關於他母親的事情上，他倒是這麼做過。

他會這麼說的原因只有一個，他對自己的提議連聽的興趣都沒有。

「這個不孝子……真是要氣死我！」嚴革新在辦公室裡開始轉圈。

他是為了誰？還不是為了他好？自己在政，他在軍，兩方合力在基地中，在末世裡取得話語權不好嗎？難道他就甘心每天出去如同末世前的搬磚工一樣去修圍牆，死守著個不能下蛋的男人過日子？這怎麼有幸福可言？

嚴革新還記得自家兒子上學期間，只要是期末考試他的成績就沒低過年級前十名，每次升學考試的時候，也從沒有像其他人家的孩子似的，在成績不夠的情況下需要靠家長想辦法走後門。等他大學畢業，雖然在創業的初期是靠著家中兩邊老人在後面扶持，可之後他從沒因為公司的事找過家裡幫忙。

有著如此好勝心的人，怎麼可能甘於平凡？

嚴革新完全想不通自家兒子為什麼會拒絕自己的提議。

就連自己不也一樣嗎？不甘心於在基地中當個沒什麼實權的小人物，他希望能夠手握重權，呼風喚雨，就算軍中插不進手，他也希望能在其他方面擁有著可以成為一股不容人小覷的實力，利用權術、武力，一步步向上爬。

因此，就算今天的溝通不成功，他也沒有想著徹底和嚴非斷絕關係，或者將他的事捅到劉湘雨那裡給他添堵，誰讓嚴非是難得的金屬系異能者呢？

嚴革新如何糾結嚴非並不清楚，也不想知道。他了解那個男人的想法，在今天接到他的電話，在他一開始說話時就聽明白了他的意思，無非是發現自己似乎還能聯合其他能力強大的異能者後動心了，希望自己幫他弄出一個足以跟其他大小勢力比肩的勢力而已。

遺憾的是，如今的他對於這些沒有半點興趣，也根本不可能去做這些費時費力，浪費自己和自家親愛的過小日子時間的事。

人生苦短，何況身處末世？

或許對於嚴革新來講，幸福就是踩著別人一步一步往上爬，爬到所有人都只能仰望的地方指點江山。可對於他嚴非來說，幸福就是和羅勳一起窩在他們的小窩中，種菜、養狗，親親我我，甜甜蜜蜜地過生活。

羅勳趴在床上，只覺得渾身的骨頭都很痠。

吃飽喝足的嚴非，正好心情地掛著一抹笑意，大手落在羅勳的腰上幫他按摩著。

「剛才是你爸找你？」嚴非掛掉電話後就抱自己上樓，氣氛那麼好，羅勳當時並沒掃興地問這事。現在某人既然已經……那就應該滿足一下自己的好奇心了吧？

嚴非沒有刻意躲避這個問題，笑著說道：「他現在手裡沒有實權，想讓我幫著組個異能者小隊給他當籌碼。」

羅勳驚詫地抬起頭，看了嚴非半天才道：「我覺得他可以考慮自己拉攏一些人手，派個心腹幫他組建異能者小隊，這樣比找咱們更實在。」

別人或許不理解，可羅勳和嚴非一起生活了這麼久，兩人此前也就此問題進行過比較深入的交流。他們兩人的想法一致，都只想在基地中好好地生活，不摻和那些有的沒的。

自身的實力當然要盡量提高，所以羅勳才偷偷種植毒蘑菇，盡量給所有小隊的成員配齊各種武器，每個月一次外出打喪屍收集晶核，鍛煉大家的戰鬥意識和技巧。

可是，正如他們之前開會說過的，他們不想靠掛到任何勢力之下。

羅勳知道，未來基地中的勢力會更加錯綜複雜，但正是因為這種複雜，才更適合他們如現在一樣保持低調，在必要時展示自身的實力，讓其他人不敢對自家小隊輕舉妄動。

羅勳上輩子雖然是個普通人，卻也清楚那些捲進了相互吞併、合作、分裂等種種派系爭鬥中的小隊沒有多少能一直保持他們的初衷。就算有些隊伍堅持到了最後，得到了巨大的利益和名氣，他們的班底也早就不是最初的那些人了。

嚴非的父親想要做的事情羅勳能夠理解，可惜他們兩人、他們整個小隊對此都沒有任何興趣。更重要的是，他家兒子也沒有這個意願。

聽羅勳這麼說，嚴非失笑，「你說的沒錯，不過我猜想他手裡現在恐怕沒權也沒人，不然不會今天就給我打這通電話。」畢竟昨天自己的態度已經很明確了，他不去處理和自己母親的那些破事，急吼吼地給自己打電話幹麼？

嚴非此時並不知道嚴革新已經跟劉湘雨鬧翻，成為整個軍眷區的笑話，畢竟他們兩人不住在軍營裡面，雖然每天都會去那裡，卻不認識住在軍眷區的人。只要他們不去刻意打聽，短時間內都不會知道這個消息。

自從嚴非掛了他家老子的電話，很長一段時間他沒再受到他家老子的騷擾。金屬系異能者小隊的工作時間、休息時間都跟一般人不太一樣，尤其是在軍營中的那些高層們最近都很忙的情況下。

那些人在忙什麼？當然是在忙活其他基地的事。

自從西南基地經歷過喪屍圍城後，那些原本散落在全國各地的大小基地就都紛紛傳來不那麼美妙的消息。小些的基地大多在這一次全國性的喪屍圍城行動中覆滅。倖存者運氣稍好點的還能活著逃到附近的大些的基地中，但他們只有運氣最好的才能在到達那些基地，被那些基地所容納。

基地所能接收的人口數量是有上限的，在外界喪屍的步步緊逼下，想要依靠武力強行向外擴張地盤，幾乎是不可能的任務。

對於那些空著兩隻手、逃難來的外人，除非他們本身是異能者，可以給基地的安全、武力添磚加瓦，不然就只能被排斥在基地外。

據說現在有些基地只允許異能者進入，剩下的人如果不能提供一定數量的食物、物資，根本不被允許進入。就算那些人是異能者們的家屬，也需要至少繳納一定數量的晶核，不然就只能住在基地外面臨時的房屋中……還是自己動手搭蓋的。

而住在那些房屋裡，一旦該基地遭遇到喪屍圍城，那些人幾乎沒有生還的可能性。

不是所有的基地都有西南基地這麼大的城池和防禦力。

現在西南基地為了維持國內第一基地領頭羊的地位，就需要盡可能四處救火。

讓他們這群大佬頭痛的是，外面的護城河中出現了……喪屍魚。

其實不僅僅是外面那條新挖出來的小破河裡有了這種詭異的東西，附近的河中也同樣出現了這些東西，就連基地裡原本使用的飲用水……似乎也是因為進了這種喪屍魚，才導致水中的喪屍病毒大增。

基地的飲用水目前已經全都仰賴水系異能者們供應，水價因此開始飛漲。水系異能者的身價隨之提高了不知多少倍，成為基地中搶手的異能者之一。

第六章

對戰變異鳥，撿漏撿到一堆肉

宅男小隊開始變得忙碌，因為家裡的各種作物準備要開始收割了。

四季常熟的綠葉蔬菜不必特意去管，至於其他的作物，現在是九月中旬，大批量收割還要再等上半個月到一個月左右，但他們現在每天回家已經需要陸續採收，將部分需要長期儲存的作物分開晾曬。

這兩天大家都是一下班就往家裡面跑，總不能讓兩位女士帶著孩子處理這些東西？他們這幾個男人才是家中主要的勞動力。

水果今年是別想了，所有的果樹頭一年都不可能掛果，羅勳也沒指望它們能第一年就出什麼成果，所以蘋果樹、桔子樹之類的，他都一邊養一邊剪枝，讓它們盡量憋粗些，別長得太高。因為屋頂的高度是有限的，總不能為了這些東西特意把房頂捅破吧？

雖然今年除了西瓜，幾乎沒有什麼水果收成，但只他們種下的那些蔬菜就足夠給大家補充各種維生素，保證眾人的營養了。

這天回來，羅勳拉著嚴非和徐玫、宋玲玲幾人開始摘茄子，晾茄子。

前兩天他們晾曬了一些基本成熟，還沒變老的茄子。外牆上雖然有地方可用，卻沒辦法一下子同時晾曬這麼多東西，只能收割一批處理一批，順便趁早上賣菜的功夫帶上一些處理掉。上個月因為喪屍圍城的原因他們出不去，但這個月他們必須要出去轉悠一圈外加看看情況，所以必須提前處理好家中的這些東西，省得放壞了浪費。

曬出來的茄子乾是冬天、春天補充飯菜種類的好東西，可惜現在沒肉吃，不然用這些乾菜來燉肉，那味道絕對能讓人流口水。

「今天沒人來找麻煩吧？」

秋天是個收穫的好季節，更是那些平時在基地裡面遊手好閒的人犯案的好時機。

羅勳他們從第一天開始晾曬東西，就提高了戒心，生怕招賊。

「沒呢，咱們家外面的百葉窗比較密實，從外面很難看清裡面到底掛了什麼東西。」宋玲玲聞言笑道。

嚴非造出來的百葉窗只有從特定的角度才能看清裡面的情景，這些天家中需要晾曬的東西比較多，他們就將掛在牆上的太陽能板拆下一些，將需要晾曬的蔬菜掛出去。

還好最近基地只下過幾場雨，平時太陽大得很，並沒耽誤什麼事。

徐玫笑著感嘆道：「我今天出門的時候聽說社區中一樓有戶人家又遭賊了，他家平常在窗口種了些東西，前幾天被人打破玻璃差點偷走。這兩天他們家剛剛收好的大蒜掛在窗邊，也被人給偷了。」

這些時日，基地的伙食越發苛刻起來，連基地的農田都接二連三遭人半夜爬進去行竊，更何況是外面的住戶呢？

羅勳微微搖頭，「平時就妳們兩人在家，小心一點，難保會有不長眼的盯上咱們家。」又是一年快到冬季的時候，不是所有人都像自己的小隊似的提前做好了準備，還種了這麼多東西。雖然自家因為之前抓到過小偷有點「凶名」，可難保會有餓極了的人破釜沉舟。

「下個月咱們的稻子就能收割了，到時說不定就會有人盯上咱們。」

他們現在只能用傳統的方式收割、碾壓稻殼，在儲藏前還需要晾曬乾燥，免得儲藏時發黴腐爛。今年他們種了不少水稻，萬一被人盯上……到時可就有熱鬧瞧了。

「你們放心，我們白天都在家，絕對不會讓咱們丟一粒糧食的。」徐玫鄭重保證，她們知道事情的輕重。大家如今吃的糧食多是從軍方換回來的，羅勳家中也儲存了一些，陸續拿出來換給大家當口糧。今年這批水稻恐怕就是大家未來半年的糧食，要是出事，大家到時可都要餓肚子了。

幾個人或站或坐在大桌子旁，宋玲玲帶著于欣然負責清洗蔬菜，羅勳將茄子切成大片，徐玫和嚴非兩人拿著線將茄子片依次穿好。

這樣的天氣這些東西曝曬一天，裡面的水分就能蒸發大半。等曬好後再放進紡布做的袋子裡面保存，透氣、陰涼，不用擔心變髒和發黴。

大家用來儲存這些東西的袋子，其中一部分是羅勳末世前購買的，另一部分是用大家掙回來的積分慢慢換購的。就如他們現在掛在牆壁外面的那些太陽能板一樣，就如家裡那堆蓄電池和其他東西一樣，都是小隊的公共財產。

五人組在傍晚六點左右回到家中，他們在食堂吃過晚飯才回來的。見他們只有四個人進門，已經切好所有茄子的羅勳隨口問道：「章溯今天又加班？」

「不知道呢，章溯傳簡訊來說他晚上有事，得晚點回來，王鐸就自己留下等他，我們先回來幫你們的忙。」

茄子片串到最後那些了，羅勳拍拍手將工作交給他們四人，自己起身去窗邊檢查外面前幾天晾曬的那些蔬菜。

用手捏了捏，感覺乾度差不多，羅勳才滿意地點頭道：「一會兒把它們收進來吧，再將這些晾出去就好了。」

「羅哥，什麼時候能做醃菜？」何乾坤忽然舔著嘴唇問道。

基地裡面不缺鹹菜吃，鹹菜是個好東西，尤其是在糧食、蔬菜數量比較少的時候。多放些鹽進去，消耗得少不說，還能提味補充鹽分。

可前提是它們得做的好吃。

軍營食堂的不少菜碼如今都改成用各種鹹菜代替，醃蘿蔔算是一道菜，醃黃瓜也算一道菜，可這些鹹菜除了「鹹」之外，就沒有半點優點。口感蔫巴巴不說，不少蔬菜用的還是末世後那難吃的變異蔬菜做的。那口感，那味道……簡直無法下嚥。

羅勳笑了起來，「等咱們家能醃的蔬菜採收之後再做，材料還沒齊全，著什麼急呢？」

羅勳會好幾種醃漬鹹菜的方法，有純鹹的，有醃醬菜的，還有酸菜、泡菜的做法。方法都很簡單，都是他上輩子就用過的方法。其中相對最麻煩的是醬菜，那東西得有足夠的醬反覆醃漬才行，目前他們手中的醬……只剩下羅勳末世前存下的。據說連基地裡面都沒多少這種東西，去換購窗口也只能換到鹽巴。

李鐵連忙舉手，「要不要這幾天多換些鹽回來？」

「行啊，那東西咱們不嫌多，反正又放不壞。」羅勳點頭。上輩子基地雖然幾乎沒怎麼缺過鹽，可有時這東西的物價會波動，家裡存一些也可以預防意外發生。

李鐵四人回來，羅勳、徐玫他們就能各自回去吃飯。帶著自家一路晃尾巴的小傢伙回到十六樓，兩口子吃過晚飯，又回到十五樓去幫著收那些掛在窗外的蔬菜。

「豇豆、豆角都差不多快長好了。」羅勳在十五樓幾個種植各色作物的房間轉了一圈，觀察它們的成熟情況，指著一個種植的金屬架子道：「這幾個做個標記，裡面的作物不採收，咱們要留種。」

嚴非連手都沒有抬，那幾個架子的四面就出現了一個「X」的字，表示這幾個架子裡的東西不要動。

李鐵等人目光炯炯地盯著據說很快就能收成的豇豆、豆角等東西，別的他們不知道，但豇豆醃漬的鹹菜他們吃過。

羅勳又指著結滿黃瓜的藤蔓，「家裡的辣椒都長得差不多了，回頭做點辣黃瓜來吃。」

「好好好，羅哥，你們吃過基地裡現在的青瓜嗎？據說是黃瓜變異後的東西，個頭大，水氣足，可那東西的口感……就和嚼木屑一樣……」對於食物味道最為糾結的何乾坤，臉上的表情扭曲了起來，「自從末世後，我都瘦了這麼多……」

眾人齊刷刷向他那張縮水的臉看去，何乾坤確實瘦了，可他瘦了之後的身材依舊比別人豐滿。如果說他原來的腰圍有羅勳三個半那麼寬，現在也得至少有羅勳兩個半。

吳鑫拍拍何乾坤的肚子，又摸摸自己的腰，「你那算什麼？我的腰圍才縮了一大半，反手摸肚臍什麼的完全沒壓力。」說著又嘆息一聲，摸到自己的臉上，「為什麼油水變少了，臉上還會天天長痘痘？」

眾人嘻嘻哈哈邊忙活邊聊天，坐在門口的徐玫聽到走廊上有金屬碰撞的聲音，連忙開門出去。沒一會兒，章溯兩人跟著徐玫一起進門。

「怎麼這麼晚？又有大手術？」羅勳隨口問道。

章溯將手裡的包包隨手往王鐸懷裡丟，冷哼一聲，「有人要請客吃飯！」

「好事啊，今天你又吃掉人家多少肉了？」羅勳斜睨了他一眼，他還小心眼地記恨上次那桌被某人掃光所有肉的剩菜呢。

章溯撇撇嘴，「沒吃成。」

王鐸捂著嘴巴在後面偷笑，見章溯不願意說才開口解釋：「幾撥人湊到一塊了，為了拉我家溯溯吃飯，結果他們在醫院門口對上，最後打了起來……我們看他們可能一時半刻完不了事，就直接去食堂吃完飯才回來的。」

章溯最近可是醫院的名人，雖然他以前就是那裡的大名人，但現在的「名氣」讓他多出一群一天到晚到醫院裡面打轉，企圖勾搭他的「崇拜者」。

這群閒人天天變著法兒在醫院附近轉悠，以期跟章溯來上一場「浪漫」的偶遇，可惜狼多肉少，這些人往往會因為彼此牽制而誰都沒辦法出手，導致錯過最佳時機。

不過，就算他們沒錯過機會，一般來說也不會有什麼好結果。章溯又不是傻子，再加上他那副天老大，地老二，自己老三的女王脾氣，誰在他面前能討得到好處？

這些人只能動腦筋想辦法派出脾氣最好，性子最油滑的人過去和他搭訕。

中國人套關係，疏通門路，結交朋友，大多離不開一個「吃」字，尤其末世之中一般人哪能吃到什麼好東西？於是來請章溯吃飯的人就多了起來，而章溯對於白來的飯菜倒也不會客氣地往外推。你請我就吃唄，吃東西又不是喝酒，還怕被人灌醉了？

王鐸生怕自家親愛的女王殿下被人拐跑，一旦有人想請章溯吃飯，他哪怕一路跟著一口不吃也要陪在旁邊，所以最近這兩人的伙食明顯是小隊中最好的。

章溯的個性羅勳他們還算了解，他要是那麼好被人拐賣，那這天下所有人估計都會被賣給喪屍們做口糧。有他跟著，王鐸也出不了什麼事，所以大家只拿這些事情當笑話聽。

王鐸手舞足蹈地跟大家講述那些人火拚時的情景，王鐸和章溯可是在醫院門口看了半天熱鬧才施施然去食堂吃晚飯，所以有多少人被撂倒抬進醫院，都看得一清二楚。

羅勳聽了一會兒，轉過頭來對徐玫她們道：「再過幾天咱們要出一次基地，這幾天除了繼續收割這些作物，還要抽時間把蘑菇給榨成汁。」

「好，我們上午沒什麼事的時候做。」徐玫點頭保證完成任務。

除了蘑菇汁、晾曬作物的事情之外，羅勳他們還需要處理第二天一早拿去軍營賣的菜。現在原汁原味的蔬菜價格略高些，可軍方收購的價格……也就比變異植物高出一點點。

在發現這一問題後，羅勳他們決定暫時減少一部分生長速度比較快、短期收成的綠葉蔬菜的種植，轉而種一些生長週期較長的作物。家中每天留下大家需要吃的分量，剩下吃不完的那些才拿去軍營那邊賣。

其實如果每天讓徐玫和宋玲玲兩人將蔬菜拉去市場賣，現在已經可以賣出相對不錯的價格了，不過考慮到這兩位都是女生，基地中單身女人幾乎沒什麼人敢獨自出門的狀態，羅勳還是覺得這個錢可暫時不賺。

普通作物第一年時在基地中還能產出一些，可等到第二年、第三年，漸漸的就會全都被生長週期更快、產量更大的變異作物取代，到時他們家的出產就能賣出不錯的價格了。

兩人第二天清早依舊拉著一些蔬菜到食堂報到，看到車上裝的紫色茄子，李隊長兩眼冒著亮光，仔細在茄子切口的位置聞了又聞，用力點頭，「不錯，是普通茄子！」

「基地裡已經培養出變異茄子了嗎？」羅勳疑惑地問，他這幾天中午可沒在大鍋飯中吃到過變異茄子。

「昨天下午就送過來幾筐了，那口感……」李隊長搖搖頭，「吃著沒滋沒味的，就是個頭大，跟末世前那些被催熟的茄子差不多。最恐怖的是，那些茄子是藍色的。就那顏色，放在外面誰敢吃？」說著笑呵呵地看著兩人，「你們那裡要是還有的話，儘管送過來，上面好多人想著這口吃的呢。」

羅勳笑笑，「我們當初只從基地換到了一點種子，就種出幾株，還得留下一些作種。」

為什麼賣給軍營明明價格越來越不合適，他們還要堅持保持這條路子？還不是因為萬一斷了往來，將來等軍方提價收購的時候就不好再聯繫了。如現在這樣，雖然數量少，可是斷斷續續總是保持著買賣關係，到時有些事情就比較好商量了。

李隊長雖然很想多收購這種原汁原味的蔬菜，可人家說自家產出少，他也不能硬逼著人家將家裡所有的蔬菜都拿出來。何況現在基地方面也不是完全沒有這些蔬菜，雖然那些東西絕大多數都是給某些高層特供的，處理蔬菜的人也都是基地方面廚藝精湛的大廚，可如李隊長這樣專業對口的人肯定能從中間過手，到時留下一星半點打打牙祭並不是什麼難事。

賣好菜換好晶核，兩人來到集合地點等著坐車去外基地的城牆邊。

同隊的隊員們正湊在一起聊八卦。

「據說一個連的人死了得有半數，剩下的人也都受傷送進醫院了。」

羅勳好奇地問：「出什麼事了？」

見是羅勳兩人來了，聊天聊得正熱鬧的幾人連忙為他們說明：「聽說今天凌晨有一個隊伍回來了，出去時一百來人，活著回來的只有一半，剩下的人也都身上帶傷。」

「他們遇到什麼了？三級喪屍？」

三級喪屍在上次的喪屍圍城中大家就遇到過，只是那時候場面太過混亂，就算是三級喪屍，大家也沒能在喪屍海中看出什麼特殊來，反倒沒能了解到它們攻擊時和一、二級喪屍之間到底有多大的區別。

倒是最近，聽說軍方有不少隊伍曾經和這些高階喪屍在外面遇到過。

另一人說道：「聽說不是喪屍。他們遇到怪物了，也不知道是哪種喪屍動物，體型很大，還是大半夜遇上的，結果差點被團滅。」

羅勳和嚴非對視了一眼，細問道：「什麼類型的怪物？知道在什麼地方遇到的嗎？」

具體的消息他們說不清，只知道那個怪物很高大，據說這些人是在去東北方向某食鹽轉運中心時遇到的。

等坐上車，嚴非才低聲和羅勳說：「你猜那東西會是什麼？」

羅勳的表情有些糾結，「有些高階喪屍、喪屍動物體型會變得比較大，其實明年開春後就會出現不少變異動物，它們的體型幾乎都會變得很大，還擁有異能……沒看到那怪物，我也不敢說到底會是什麼。」

特殊喪屍、變異動物……

嚴非的眼神略微凝重，關於變異生物的這件事，羅勳之前和他提起過，也說過到時要提前做好自己養的寵物會變異的心理準備。

絕大多數的變異動物都會對人類抱有比較強烈的攻擊意識，但如果是養熟了的，和主人感情比較好的，還是有可能擁有一定的智慧，和變異前的狀態相仿，這樣在它們變異後，它們就會陪伴在自家主人身旁保護他們。

羅勳當初之所以養小傢伙，也是抱著這種心態，畢竟在進入末世後，活下來的大多數動物不是喪屍化就是變異了，所以小傢伙變異的機率還是很大的。可要是它瘋了的話，對於他們如今的家園來說，還是很具有威脅和破壞性的事。

到時候羅勳恐怕是不忍動手的，那就只有自己……

可惜的是，羅勳也不清楚動物們到底是如何變異的，是不是和當初人類突然喪屍化，擁有異能時的情況一樣，在某天醒來後忽然就變了，不然他們就能提前做好準備……

腦子中轉著這些有的沒的時，車子已經開到了城牆邊。如今圍牆所需的十米深地基已經基本搞定，嚴非他們正在搗鼓上級要求建造的那些鋼刺，用來防護，免得再如上次似的，被力氣大的風系喪屍們拋射上來些什麼東西。

他們爬到昨天工作過的地方先向下張望，發現一些車子正停在護城河邊不知忙些什麼，好奇地在上面指指點點：「他們這是幹麼呢？」

「不會是撈魚吧？」

「這日子河裡哪還有活魚啊？」

大家嘻嘻哈哈地說笑，一邊開始工作，一邊時不時向下看幾眼。

經過先前的一戰，基地方面決定增加圍牆的加固工作。基地外面的防護措施再度升級，範圍再度加大，就連基地西方、西北、西南幾個方向原本準備弄成農田種地的位置，也都被各種陷阱、防禦工事占滿了。

嚴非他們最近忙活圍牆工作的時候，還被抽出幾天去趕工做出一大堆地刺、鋼針，那些東西據說是要用在基地外面陷阱裡的。

一旁吊車上的金屬材料正在持續減少，等圍牆上的鋼刺搞定，他們就又要回到之前忙碌過的地方繼續做橫跨整個基地的金屬天橋去了。真不知道基地是從什麼地方弄來這麼多的金屬？等這次工程結束後，還夠不夠繼續做天橋？

羅勳舉著個透明的防爆盾牌支在嚴非工作位置的圍牆邊，其實由於最近外面防護得比較嚴密，這東西的作用基本跟擺設沒什麼兩樣，他們只是出於謹慎，以及之前出過的危險，才會保持著這一防範工作。

隨意向圍牆下面瞄去，羅勳詫異地說道：「咦，他們把河裡的水抽乾了？」

「還真是。」

「抽水幹麼？不是前些天才剛換過嗎？」

一個眼尖的人忽然指著下面，「河底有什麼東西在撲騰。」

「河底？」

「是魚吧？我就說那天我們看到河裡好像有魚。」

河中確實有魚，但此魚非彼魚，這種魚絕對不能吃，反而還會攻擊落入水中的人。那些可都是喪屍魚。

當眾人聚在圍牆上看熱鬧的時候，下面負責處理喪屍魚的異能者們開始發威了。

幾個冰系異能者、火系異能者分別冷凍的冷凍，火烤的火烤，幾條喪屍魚居然還掌握了噴水的技能，射出來的水箭比水系異能者們的都要凶狠，穿透力十足。

兩名沒太注意情況的人被水箭射中，一個人的肩胛骨居然被射穿。

圍觀群眾大為驚訝，看到有人被水箭射中，肩膀噴出鮮血，紛紛倒吸一口涼氣——這居然是魚在攻擊，而且喪屍魚居然只用遠端攻擊就能造成這樣的威脅。

「水系異能者也能有這麼強的能力嗎？」一個士兵有些害怕地拍拍自己的胸口。

雖然基地中因為缺水的原因導致如今水系異能者們的身價暴漲，可大家對於水系異能者的印象還停留在使用水球、製造飲用水的綿軟印象中。如果基地裡的水系異能者都能有這麼厲害的攻擊力，之前怎麼會混得那麼慘？

羅勳琢磨了一下，解釋道：「這應該和它們長期生活在水裡有關。」

「因為生活在水裡，所以射出來的水箭就會變厲害？」隊長不解。

羅勳搖頭，「在水中可是有阻力的，它們如果想要進行遠端攻擊，在水中射出的水箭力度不足根本打不中遠程目標，這應該就是長時間鍛煉出來的本事吧。」

陸地上的異能者、喪屍們可都是長期生活在空氣中的，他們就算能操縱水，也都是在空氣裡操縱，尤其是水系異能者們，從一開始就自我定義在「後勤」這一位置上，所製作出來的水也全都為了大家飲用、使用，從沒特意追求過攻擊力，更不可能有這些喪屍魚們的先天鍛煉環境，當然沒有它們操作起水時那麼強的能力了。

眾人唏噓了一會兒，見沒多久那些喪屍魚很快就被清理乾淨。護城河中喪屍魚的數量並不算多，現在又分布到了各個位置，收拾起來的難度不太大。

土系異能者跟在後面清理戰場，他們將河床中的土重新翻了一氣，弄成結實的新河床，然後處理掉被汙染的淤泥。等這一切都做完，再由水系異能者放水——雖然浪費了點，可總比再不小心從河裡引來一群喪屍魚要強吧？

基地中的人數不少，來A市唯一現存基地這裡投奔的人數量很多，難保不會有人跑到河邊清洗傷口、喝水什麼的，萬一遇到喪屍魚，那後果可想而知。

一天的工作結束，羅勳兩人開車準備回自家社區。

如今基地中的主要建築物已經定型，基地內最為高大的建築當屬昔日的軍營，如今的軍事化堡壘。四周高大的圍牆帶著森然的氣息，這裡的圍牆可比基地中那兩圈城牆的高度高，結實程度與城牆不相上下。

軍營的西邊、西南都是大片農田，眼下已經被土系異能者搭建出來的圍牆圍住。這裡的圍牆高達三米，上面還有鐵絲網，可惜這些東西再結實，也阻攔不住日漸增多的盜田大軍。

基地的西北方是種植樓，這裡有末世前就存在的爛尾樓，也有一些末世後新修建起來的樓房，都是半封閉、全封閉式專門用來種菜的地方，不少人在這些地方上班種菜。

西北方向除了這些用作種植的大樓外，還有一些是工廠。部分工廠已經開工，比如生產紙張的，加工衣服鞋子的。不過這裡生產的紙張並不是末世前大家使用的那些無論是質地還是韌度都極好的各色紙張，如今生產紙張的材料，大多是植物系異能者們弄出來的，或是基地中某些作物採收後剩下的桿子什麼的。這些東西的質地粗糙，做出來的無論是衛生紙還是印刷的紙張都又碎又刺人。

除去這塊地方，基地中的其他區域大多數都是住宅區和功能性建築。

現在基地中幾乎沒有大面積的空地，所有大些的地方都被軍方建成各種住宅。街道的兩旁更是被人搭滿了臨時的窩棚、帳篷，或者停放著各種各樣的車子。這些車子從以前勉強還能行駛的車子，到現在變成了空架子。車輛存在的目的就是被當作住所，更有許多看似車子的東西，等你從旁路過時才會發現它們已經沒有輪子了。

兩人開車順著日漸擁擠的街道回到社區中，車速再度減緩。一群人扛著一堆板子、櫃子和架子正往社區中走去，似乎又是不知什麼人要在所剩無幾的空地上搭蓋新住所。

前面的人行走的速度很慢，羅勳兩人暫時沒辦法，只好慢慢往裡面挪。車子雖然是個好東西，平時代步起來很省事，可遇到路況擁擠的時候，就讓人恨不得下來步行。偏偏他們的目的地就在前方不遠處，只要再開一會兒就能停車，讓人想棄車都無從棄起。

嚴非旁邊的車窗忽然被人敲響，讓兩個正不耐煩的人驚了一下，轉頭看去，是同個社區的，當初被眾人順手救回來的年輕人中的一個。這人不是羅勳上輩子一起結伴同行差點成了好基友的人，而是跟他一起搭伴住的另一個年輕人。

嚴非搖下窗子，有些詫異地道：「你們出基地剛回來？」

那個年輕人背著一個背包，看著像是剛剛外出回來的樣子。

那人不好意思地笑笑，「沒出基地呢，我最近在基地找了一份工作，以後也不準備出基地了，你們剛回來嗎？」

嚴非略微點了下頭，雖然他們都在同一個社區住，可平時沒碰到過，說起來只有上次在社區門口遇到過一次，這也才是第二次再見。

羅勳仔細看了一眼，見站在他身旁一臉好奇看著自家車中的是一個陌生的年輕人，不由得好奇地問道：「之前跟你一起的那個人呢？」

現在的這個年輕人並不是先前一起被救回基地中的，或許是和這人一起在基地中打工的人吧？正巧也住在這個社區中。

那人有些不自在，口氣中帶著些許自嘲地笑道：「這不是基地之前研究出可以辨別人有沒有異能的儀器嗎？他查出有了異能，就加入一個異能者小隊搬走了，之後我們就再也沒有聯繫過……」說著連忙對兩人介紹他的新同伴，「現在他跟我一起住，我們都是普通人，誰也不會嫌棄誰，就一塊打工賺錢，將就著過日子唄。」

他和他身邊的人相視笑笑，表情中帶著比普通朋友要曖昧些的氣息。

羅勳的笑容微微僵了一下，嚴非隨口問道：「你們現在在什麼地方工作？」

「種植基地，是以前一個同伴介紹的……你們也見過，不知道還有沒有印象，姓陳。」

那兩個人走到三號樓就和羅勳兩人揮揮手，一起走回他們居住的地方。

羅勳此時才輕笑一聲，「這就是……搭夥過日子啊！」

一旦有什麼狀況，比如其中的某一位發現自己是異能者，就拋棄原本的同伴，投奔到其他有著更好發展前景的勢力中去，去過更好的生活。

現在想想，自己上輩子的遺憾又算是什麼呢？那個人就算和自己一起活著逃到西南基地中，恐怕在他發現自己擁有異能之後，也會如同離開現在這個人一樣地離開自己吧？

嚴非的手摟到羅勳的肩膀上，用力捏了捏，湊到他耳邊輕聲笑道：「他們那個是搭夥過日子，咱們是好好過日子，要過一輩子的。」

瞪了他一眼，羅勳還是很給面子地在他唇上啄了一口，拔下鑰匙，「到家了。」

別人過得好不好，幸福不幸福，與自己無關，他已經重生了，現在要做的就是將自己的日子過好，過得幸福。

抬頭向十五樓和十六樓的鐵架看去，那裡是他們的家，是他們的堡壘，他們是絕不會輕易放棄這個親手搭建起來的家園的。

※　※　※

春耕的時候有多忙？秋收時的忙碌就會比那還要辛苦至少兩倍以上，這是宅男小隊所有人心中爆發出來的感想。

為了月底的時候能夠毫無後顧之憂地離開基地，眾人最近每天下班後都要抓緊時間處理各色各樣的蔬菜和作物。

羅勳早前準備出來的各種鹹菜罈子、缸子，末世後他們陸續收集、換回來的玻璃缸、瓷缸和木桶，此時就派上了用場。

高溫消毒，再將可以做鹹菜醬菜的蔬菜分門別類洗淨，用鹽碼好殺出水分。

除了這些之外，羅勳他們還準備用自家產的，剛剛收成的黃豆做些黃醬。雖然那個製作起來比較困難，還要小心別弄得全都發黴變質。不過為了將來能夠豐富餐桌，他們今年還是試著少做一些。如果能成功的話，以後每年就都能有這些東西吃了。

大家特意收拾出一間廚房，將各種工具擺放好，然後開始蒸黃豆，沖洗醃漬後的蔬菜晾到篦子上瀝乾水分。取過乾淨的泡菜缸，將控乾水分的豇豆、蘿蔔條、黃瓜條、尖椒、捲心菜等放進罈子裡。

旁邊放著一大盆先前熬好晾涼的，用薑、鹽、辣椒、花椒、糖和白酒熬出來的調味水。放好這些蔬菜後再倒入晾涼的水，封好蓋子放上些日子就能撈著吃了。

這些東西可以直接當鹹菜吃，也能配合其他調料、蔬菜炒菜。

羅勳看著這幾罈大家剛剛做好的泡菜，心裡無不遺憾地惋惜，家裡要是有肉的話，用這些東西炒著吃可是很美味的。

這種泡酸菜的方法可以處理很多蔬菜，醃漬出來的蔬菜也酸脆可口。家裡的辣椒夠味的話，這些東西的辣味也會很給力。

除了這種做法，羅勳還準備帶著大家做些辣蘿蔔條，這東西不單能下飯，吃的時候口感爽脆，鹹度低些的甚至能當零食。就是做的時候有些費事，蘿蔔條需要晾曬翻缸。

將家裡新收成的大白蘿蔔切成一指長，放到板子上放在窗外曬上幾天，等水分減少到只略微發軟的時候就差不多了。

前天晚上，羅勳已經帶著眾人做出一堆蘿蔔條，昨天一早就晾到了窗外，此時乾度剛好差不多。將這些蘿蔔條放進一口乾淨沒有水分的缸中，堆一層蘿蔔條撒一層鹽，將蘿蔔條壓緊實了。次日再將蘿蔔條取出重新堆一次，一週後再以此方法做一次就差不多了。

吃之前可以撒上一層辣椒粉，蘿蔔很有嚼頭，無論是配米飯或饅頭都很好吃。

羅勳他們還陸續晾曬出了一堆蔬菜乾來，聞著這些東西的味道，李鐵他們幾人在糾結，蹲在牆角低聲商量：「咱們以後還要不要在食堂吃飯？咱家的鹹菜多好吃多香啊，還有這麼多味道純正的新鮮蔬菜，是食堂裡大鍋飯能比的嗎？」

「可……咱們家裡沒有肉啊，雖然食堂的伙食下降了好多，可到底……還是能吃到點肉末。」何乾坤說著，視線卻不由自主向擺放在廚房角落的那一排罐子飛去。

「你可別忘了那些都是過期的肉，那些肉有咱家的菜好吃嗎？」

本來就是過期的各種肉類，再加上那些大產量只求數量不求味道的變異蔬菜，軍方食堂的飯菜也就只夠大家填肚子。食物所謂的美味可口，簡直就像是求之不得的夢中仙境。更可怕的是，現在除了最高樓的第一食堂外，其他地方最多只能嘗到一點肉渣，更多的地方連肉味都聞不見。

何乾坤的臉皺巴起來，這真是個兩難的抉擇……

羅勳沒理會他們幾人的糾結，不在食堂吃飯雖然說起來簡單，卻不是容易的事。改在家中開伙，固然可以自己做更可口的飯菜，但前提是你們得會做啊。

就連羅勳自己，雖然他自己做的更合口味，但每天中午都帶飯就需要他頭一天晚上提前預備出第二天要吃的飯菜來。考慮到他們工作的場所基本都在室外，根本沒能熱飯的地方。若是需要提前準備，就要準備那些容易保存不會輕易放壞的食物，還要考慮到冬天天冷時吃了會不會不好消化。

種種問題加在一起，他們兩人最終還是決定每次工作時跟著大部隊一起吃，就算那些飯菜難吃一點，總好過費盡力氣特立獨行吧？而且午飯難吃些，反而更能襯托出羅勳的手藝不是嗎？這就叫反差美，有難吃午飯的襯托，可以一下子就把原本做飯手藝六分的初級廚師襯托成了高達八、九分的五星大廚級別。

五人組無論哪個都是連鏟子都不會用的，幾乎沒怎麼進過廚房的「真君子」，要是讓他們突然改成每天回家做飯，那得浪費多少材料？

徐玫兩人會做飯，可平時只負責她們兩人和小欣然的伙食沒什麼問題，要是再幫五人組做飯，那壓力就太大了。別忘了，她們白天時可還要打理家中所有的農田呢。

第二天下班，羅勳兩人趕早回到家中。他們今天還要再給蘿蔔條們翻一次缸，更要抓緊時間處理陸續成熟的蔬菜。今天晚上等五人組下班後，自己還準備教他們做辣黃瓜。

打開大門，宋玲玲滿臉喜意地出來對他們兩人招手，「快來！快來！」

「怎麼了？有什麼事？」羅勳不解，跟著宋玲玲進去。

「你看，這是什麼東西？」

宋玲玲指著放在門口的一個塑膠箱子，這些箱子是大家最近用來採收時裝蔬菜用的，此時宋玲玲指著的這個小箱子比較空，裡面沒什麼東西，但那唯一存在的東西反而很扎眼。

「這……蘑菇？正常的蘑菇？」

羅勳的聲音瞬間提高，兩眼瞪得極大，幾乎不敢相信自己看到了什麼。

要知道，無論是上輩子還是這輩子，他在末世中可從來沒見過正常的蘑菇。

兩輩子他費心費力種出來的蘑菇全都毫無例外地變異了，這種變異簡直就像是會傳染，無論他在末世前準備的是什麼樣的菌種，到了末世也都只能產出一種作物來，那就是具有腐蝕性的，外表彷彿紅色口蘑般的毒蘑菇。

可就在他以為這輩子都不會再看到新鮮的正常的可以食用的蘑菇後，他家裡居然出現了正常的蘑菇？

見羅勳震驚地盯著小小的塑膠筐，宋玲玲得意地笑了起來。她今天剛看到這種蘑菇的時候，表情也跟羅勳差不多呢。

徐玫面帶喜意，一邊說一邊從房間走出來：「這裡還有三個，數量不多。」

落後鎖門的嚴非此時也進門了，還沒進來就聽到了羅勳的聲音，此時視線自然而然落在了那些普通蘑菇上，「這東西……能吃嗎？」

不怪嚴非擔心，這幾個蘑菇顯然也是自家結出來的，可蘑菇能生在哪裡？肯定是蘑菇木上唄。那些蘑菇木上平時長著些什麼東西？除了變異蘑菇，就是變異蘑菇。那些東西都是殺喪屍的利器，現在能長出那麼凶殘東西的地方居然有了普通的蘑菇，不怪他會擔心。

「應該……沒問題。」羅勳激動地拿起一朵形狀完美的蘑菇，這幾顆看起來都是香菇，深吸一口氣聞到的也是香菇的香氣，他解釋道：「我之前買的菌包就是香菇、口蘑、金針菇和平菇的，當時沒找過其他菌種的蘑菇。沒想到末世後無論用的什麼菌種，蘑菇都會變成同一種毒蘑菇。我覺得可能是咱們家中的蘑菇木數量足夠多之後，空氣中的有毒物質就會減少，才又給了普通蘑菇們生長的環境。」

他眼睛亮亮地看向嚴非，「咱們可以找一隻鵪鶉試一下，看看牠吃了之後有沒有問題，不就知道了？」畢竟這些蘑菇看起來和末世前的香菇幾乎一模一樣。蘑菇但凡有些變異，都不應該還保持著這種完美而正常的外形。

家裡香菇的數量並不多，徐玫兩人將所有房間的蘑菇木都檢查過了，也就只發現了這七朵。羅勳出於安全考量，最後挑選了一隻小鵪鶉，餵了牠一些。他們沒有實驗用具，更不想再去找基地中的專家教授們幫著化驗，只好用這種最簡單的方法來驗證。

誰知道找人幫忙的結果會是怎樣？

或許那隻鵪鶉的生命力太過旺盛，也或許是牠吃的蘑菇太少，反正不管怎麼樣，這隻鵪鶉到大家晚上睡覺前都還活蹦亂跳地在那個單獨的小缸中遛達來遛達去。

最終，大家一致決定將這「七朵黑花」穿成一串，晾到陽臺上去，等回頭需要吊湯、做菜的時候再動用它們。

只要多出一點希望，大家就有了對於將來的盼頭。

家中現在能冒出七朵蘑菇，誰能保證將來不會冒出更多的來？

羅動家中小鵪鶉的健康狀況讓眾人明白那幾朵蘑菇應該沒什麼問題，於是大家恢復了對於蘑菇木的熱情。徐玫和宋玲玲往常只是每隔幾天查看一下蘑菇木，收集變異紅蘑菇榨汁，現在變成了每天都要看上一圈，確定它們的生長情況。

該說皇天不負苦心人，或者說蘑菇們很給力不負眾望？在日日的檢查中，徐玫她們確定又看到了疑似正常蘑菇的小蘑菇，只是正常蘑菇的生長週期比變異蘑菇慢得多，最快的也得將近一個月才能長成，慢的則要等上半年。

羅動他們現在只能寄望於某些變異蘑菇能夠盡可能多的轉變回普通的蘑菇。

「這次出去再弄些木頭回來。」羅動的話換得眾人接連點頭，他們現在已經很可憐地幾乎吃不上肉了，要是有蘑菇來代替，也能緩解一下他們沒肉吃的痛苦。

在九月底的前幾天，羅動他們終於將剛剛成熟的一批番茄搞定。凍起一部分，剩下的裝罐做成番茄醬慢慢使用，再拿出一點拉去軍營賣。

有了這些番茄，剛剛將家裡的西瓜全都幹掉，暫時沒水果可吃的眾人，痛快地吃了一次糖拌番茄，並且由於當初羅動特意將番茄分批分期種下，所以此後每隔一陣子，他們就能再收穫一些，用這種半水果半蔬菜高營養高維生素的好東西來補充營養，尤其是小欣然，她平時可以拿這個東西當水果吃。

這次出門前，大家的準備更加充分。

徐玫兩人依舊負責外出時需要吃的食物，為了大家的營養考慮，她們還特意在外出前一晚做了一大堆番茄雞蛋湯放進每人隨身攜帶的保溫罐中。所謂的「雞蛋」肯定是用鵪鶉來代替的，再加上自家產的純正香菜和純正番茄……

那味道讓許久沒吃過這一口的眾人，一連喝了好幾天都沒喝夠。

二十七號一大清早，宅男小隊集合整裝待發。

眾人站在十五樓的走廊上，羅勳依舊挨個檢查大家的裝備，然後滿意地點點頭，在出發前給大家進行行動前的例行致辭。

「咱們距離上一次出基地已經有兩個月的時間了，中間大家經歷了喪屍圍城，也聽說過一些基地外面發生的狀況，在這裡我就不多說什麼了。」他環視眾人一圈，「現在基地外面恐怕會有更多的高階喪屍，或許還有一些意料之外的喪屍動物，咱們隊伍中的異能者雖然都升到了三級，可是這麼長的時間沒跟喪屍近身戰鬥過，我希望這次大家出城後都要加倍小心，哪怕這次的收穫比較少，也不要冒險去危險的地方，或者深入市區。」

「是！」宅男小隊的成員都是十分惜命的，沒誰願意為一些無所謂的因素將自己的安危置之於危險當中。有過那次喪屍鼠的襲擊，他們很清楚基地外面的狀況。一個不小心，恐怕沒誰能夠安全活著回來。

眾人雄赳赳氣昂昂地出門，混在車水馬龍中來到了基地大門口。如同以前一般的排隊出門，集體放行。不同以往的是，現在的大門外並沒有喪屍圍堵，大家出門後直到過了護城河上的大橋，經過重重陷阱，才和向基地附近圍堵過來的喪屍做親密接觸。

撞飛一路的喪屍，向著彼此將要前往的方向前進著。不同的車隊在路口分開，拐向不同的方向去做各自的任務。

「現在基地裡都沒有簡單的任務了。」羅勳瞄了一眼剛剛領取任務的任務單，三天之內要繳納兩百顆一級晶核，或二十顆二級晶核，或三顆三級晶核。

「打晶核的任務除了時間限制之外還算比較安全，任務大廳那裡有不少需要深入市區，去一些指定地點找東西的任務才麻煩。」嚴非搖下車窗，開始發動異能。

已經升上三級的金屬異能，可以依靠嚴非的精神力操控金屬，根本不用手勢來輔助就能發動，就連同隊其他三級金屬系異能者也漸漸可以使用手勢加上精神力輔助金屬更長時間地在空中進行各種變化。

嚴非從金屬中單獨提取某種純金屬元素的速度加快許多，更能快速將它們按照一定比例融合到一起，尤其是在他特意用異能探知過一些器皿後，如家中的鍋碗瓢盆，就能很快地仿製出同等元素組合、同等效果、純度更高的某些東西。

宅男小隊帶出來的盆盆罐罐，包括保溫罐在內的這些東西，就全是他造出來的。

用金屬系異能做這些廚具……不知道基地中其他人知道後會有何感想？反正羅勳對於如此實用的異能表示十分滿意，並讓他再度改造了大家使用的武器，讓它們變得更加輕省，射程更遠，殺傷力更大。

還按照一些概念做出了類似軍方研製出來的用來裝蘑菇汁的「水槍」。這東西射程雖然近些，但用於被圍攻後的群戰，殺傷力還是很可觀的。配合可以遠端殺傷的「開花蘑菇彈」，簡直就是殺喪屍的利器。

眾人帶著新式武器，向著先前歷次都會去的東南方向前進著。

嚴非坐在副駕駛座上，開始操控沿途的金屬材料。其實這條路因為之前走過不止一次，每次他都會順路收集，所以按理來說應該所剩無幾了。

可是，這次異能升級後，他能明顯感覺到他似乎可以從更加細微的地方找出金屬，將它們吸引過來，比如被包裹在石塊、水泥中的比較小塊的金屬。這些東西他平時仔細找的話，雖然也能找到，但像現在這樣一邊坐車一邊隨手收集卻幾乎無法將它們沿路收集過來。

這項能力是他升級後才提升起來的，而且搜索的範圍也較之前大出不少。

一行人再度來到之前挖好的陷阱處，和上次來這裡時相比，這次的廢墟顯得更加破爛了些，但大體上還是沒什麼變化的。

讓人有些頭疼的是，喪屍們的本事比以前厲害多了。

他們還沒到達目的地，就在半路上遇到了一個三級火系喪屍。那突如其來的巨大火球，若不是嚴非反應及時，又沿途收集了不少金屬，恐怕他們的車子會被大火球炸爛。

趁著嚴非阻攔住那個喪屍的攻擊，章溯發動異能用風捲起四周的碎石，將那個喪屍的腦袋給戳爛，成功幫徐玫收集到一顆三級火系晶核。

等他們到達目的地，眾人剛停下車子，附近的一些高階喪屍便聞聲趕來。

幾個速度系喪屍彷彿風一般衝向眾人，再次靠著嚴非的即時反應，成功讓它們撞在突然豎起的巨大金屬板上。隨後金屬板向外倒去，當場砸死兩個速度系喪屍，砸殘了數個不知什麼系又或者普通的喪屍。

似乎是等級普遍提高的原因，這次喪屍們對於眾人的熱情比之前那幾次高得多，它們完全不給眾人收拾、整理、搭建防禦工事的時間，以迅雷不及掩耳的速度招呼過來，攻擊一波接著一波，讓大家不得不一直緊繃著精神。

「去除陷阱上的保護。」羅勳當機立斷下達命令，照這麼下去，如果喪屍們的攻擊一直不停的話，不用等到晚上他們就會被這連續攻擊弄得無暇顧及其他，甚至被活活拖死。

于欣然按照羅勳的指示沙化附近所有陷阱上的土和磚石，章溯和徐玫配合她的動作，火焰風暴中捲著滾燙的沙子向四面八方來了個大爆發。嚴非趁機去掉陷阱上的金屬板材，令其豎了起來，之前一直隱藏在廢墟下的金屬圍牆終於被搭了起來。

有了章溯他們的異能爆發和嚴非的金屬板，喪屍的攻勢總算能緩上一緩。

「堅守各處的射擊口，讓章溯他們恢復異能。」羅勳觀察了一下情況，帶著五人組頂了上去，水槍、蘑菇開花彈開始展示它們的威力。大家兩個月沒出基地，可是攢了不少這東西，現在總算到了它們發威的時候。

要不是四周的陷阱容積太大，他都有心在陷阱裡灌滿這些蘑菇汁，給那些喪屍們來個化屍池，讓它們好好享受一下泡澡的感覺。

最開始的艱難過去後，宅男小隊掌握了作戰的節奏。他們恢復了一輪異能攻擊，一輪武器攻擊的模式，盡可能將最具威脅的喪屍逐一消滅，留下那些一時沒什麼威脅的任憑它們落入陷阱之中，等過上一會兒再火燒喪屍。

金屬牆壁上處處都能聽到砰砰聲，嚴非此時正在集中精神將沿途收集來的金屬加固到周圍的金屬板上，並且慢慢加高，準備如上次似的做個屋頂出來。今天的天氣似乎不太好，天陰沉沉的，隨時都有可能落下一場秋雨。

羅勳四處觀察各處陷阱中的喪屍情況，計算什麼時候開始倒入蘑菇汁和汽油。當陷阱中的喪屍達到一定程度後，金屬牆壁上新製作出來的，裝滿蘑菇汁的鐵箱子瞬間翻倒，從各個方向潑進陷阱中。

操控這些金屬箱子的人依舊是嚴非，這是他和羅勳在外出前商量出來的方法，比讓大家一個個順著不同的注入口倒蘑菇汁和汽油安全多了。像往常那樣注入，說不定一個不小心就會將這些東西弄到自己身上，還有可能會很倒楣地被燒到。

羅勳見蘑菇汁已經倒入，立即招呼眾人將汽油灌進那些剛剛收回來的金屬箱子中。在嚴非的操控下，這些金屬收回來時是不會帶有任何蘑菇汁或其他東西的。

大家立即搬出車上的汽油桶，往那些鐵皮箱中灌去。

羅勳忽然覺得光線有些暗，就像有一大片雲彩忽然遮住了太陽似的，下意識抬頭，如果是晴天的話，出現這種情況很正常，可現在是陰天，難道馬上就要下雨了？

這一抬頭，羅勳險些驚掉眼珠子，失聲大叫：「變異鳥！巨型變異鳥！」

一隻體型巨大，張開翅膀比自己現在身處的這個臨時建築還要大出至少兩倍的鳥，正盤旋在眾人上空。

「我我我……」何乾坤張大嘴巴，結結巴巴半天都說不出一句完整的話來。

其他人也瞪大眼睛，倒抽一口涼氣。

那隻巨大的飛鳥在眾人上空四、五百米的地方盤旋，久久不肯離開。

羅動的臉色煞白，這還是他第一次親眼見到活著的變異動物。

別問他是怎麼看出來這隻鳥是變異的，而不是喪屍化的蠢問題。末世後所有喪屍化的動物身上都被腐蝕得破破爛爛，就算後來出現了能飛的，也大多長得像是蝙蝠似的，身上幾乎沒什麼羽毛。可看看這頭大鳥，褐色的羽毛完好無損，可見絕對不可能是喪屍動物。

「牠不會是要下來吧？老圍著咱們飛個什麼勁兒啊？」王鐸的聲音發顫，任誰看到這麼大的一頭動物飛在頭頂，彷彿隨時會砸下來，都會覺得很恐怖。

羅動瞬間反應過來，再度大聲道：「快，把汽油倒進去！動作快點，都倒滿！」

大家雖然不理解他的意思，但全都聽從命令加快手裡的動作。

羅動不住地向上張望，果然那頭大鳥飛得越來越低。

「牠要幹什麼？」徐玫的聲音中帶著極大的驚恐。

「牠要降落。咱們的防護牆幾乎是正圓形的，恐怕被牠當成可以築巢的地方了。」羅動的聲音乾巴巴的，他很希望自己猜錯了，可事實告訴他，上頭那頭傻鳥就是這麼想的。

「巢？牠不去找樹，在地上築的哪國的巢？」宋玲玲幾乎要歇斯底里。

韓立乾笑一聲，「也許牠找不到能讓牠落下來的樹……誰讓牠長得這麼肥。」

「這麼大的個兒，牠是怎麼吃才長這麼大的……」李鐵也說了句笑話，可惜沒人笑。

章溯一臉寒氣地抬頭向上看去，「要不要用異能轟走牠？我壓縮空氣，和徐攻的火球混合在一起轟跑牠？」他們在這兩個月中雖然一直都待在基地，可也不是什麼進展都沒有。平時沒事的時候，他們會鑽研各自的異能，看看升到三級後能做到哪一步。

壓縮空氣加上壓縮火焰，哪怕只有于欣然拳頭大小的一團，都能輕易地將嚴非給他吊在房間中的金屬沙袋轟出一個大凹洞。如果再來一兩次，絕對能把那個東西打穿。

當然，這是在嚴非沒有壓縮金屬，加強它硬度的情況下。

「先別用異能，萬一牠也有異能，隨便朝咱們來一下，咱們沒辦法擋住。」羅勳的腦子很清醒，他知道現在不能率先發動攻擊，不然惹怒這頭可以輕易壓死自己幾人的變異鳥，那結果絕對不是他們希望看到的。

「全體往牆角靠！」

汽油都倒進那些金屬箱子後，羅勳立即下令，至於還留在中間位置的幾輛車……他們只能求那頭鳥的體重別太誇張地將那些車壓扁。

羅勳讓眾人靠邊後，看了嚴非一眼。

嚴非緊緊摟住他，將他護在自己和金屬牆壁之間，眼神滿是堅定——無論發生什麼事，除非自己先死，不然不能讓他在自己面前受到一絲傷害。

在接到羅勳的示意後，嚴非操控金屬箱子迅速升起，隨後嘩啦啦的聲音接連在圍牆外的四面八方響起。羅勳的額頭滲出汗水，在心裡估算那些箱子裡的汽油有沒有被倒光，更擔心汽油和剛剛才倒進去沒多久的蘑菇汁混在一起會不會有什麼奇怪的化學反應。

眾人正上方的大鳥已經降到了大家所在的位置，牠的身體斜斜落下，用力拍打著翅膀，腳掌伸長很快就要踩進眾人所在的金屬圍牆內了。

羅勳他們此時清晰地看到，這頭大鳥的腳掌上面有蹼，牠是水鳥。

不過，這頭鳥無論是水鳥還是陸地上的鳥類，對於眾人來說都沒有什麼區別，只不過一頭水鳥會水系異能的可能性更高些，恐怕將會對他們馬上要做的事情起到不小的壓制作用。

嚴非抬頭向上看了一眼，隨即對羅勳點頭，「可以了。」

「徐玫，點火！章溯……」羅勳高聲叫道。

徐玫身前立即出現了一顆小火球，章溯被王鐸死死抱在懷裡，他的臉埋在章溯的頸窩，要不是他現在是背對著大鳥，且有種將人往金屬板子裡按的架勢，別人說不定會以為他是那個被保護的。見徐玫弄出了火球，章溯操控一股風，送那顆火球呈拋物線飛出金屬牆壁。

「噗」一聲，外面剛剛倒出去的汽油被引燃了。

汽油是易燃品，火球飛出去後，汽油瞬間猛烈燃燒起來。不過之前的蘑菇汁多少還是有些影響，再加上汽油是剛剛倒光就被引燃的，所以暫時只有最上面在燃燒。可能讓這個金屬防禦工事的四周同時起火，就已經是一大改變了。

眾人上方的大鳥幾乎已經落下來，見到周圍起火，迅速拍著翅膀，似乎想要用風將那些火焰撲滅，嘴裡還發出「呷」的叫聲。

聲音很大，那一聲叫出來，眾人只覺得頭疼，胸口彷彿被什麼東西撞了一下，不由自主地倒到身後的金屬板上。

大家捂著頭一會兒，繼續抬頭觀察情況。

那隻大鳥應該是真的懼怕火焰，牠拚命拍著翅膀想滅火，還又向上飛起。

羅動眼睛一亮，立即對章溯道：「用風讓火勢變大，往上面燒。」

章溯依言照做，所有的人同時感覺到被吹亂的髮絲順著他造出的風勢一起舞動。

氣流向上升起，帶著四周的火勢越燒越旺。羅動又讓徐玫操縱升高的火焰對大鳥做出攻擊的架勢，偶爾丟幾個小火球嚇唬牠，再讓嚴非家加緊時間給臨時的基地封頂。

對，封頂。既然這隻鳥以為這一圈圍牆是個可以當窩的地方，那他們給這個圍牆封上頂蓋。這裡不能築巢，牠應該就沒興趣了吧？

被大火騷擾得一時分不出精力來，大鳥被徐玫大大小小的火球嚇到了，本身就懼怕火焰的牠又往上飛了一段距離，圍著被燃燒起來的金屬牆轉圈，不甘心地「呷呷」叫著。牠好像很中意這裡，可惜這裡不那麼「中意」牠，不然怎麼牠才剛要落下，這裡就著火了呢？

變異動物不怕喪屍，被喪屍咬到牠們也不會變異，反過頭來，仗著體型變大，武力值上升，變異動物對付喪屍多少比較占便宜，而喪屍們似乎對變異動物也沒什麼興趣，除了同類中的喪屍動物、獵食類的變異動物外，幾乎不會有什麼東西能對牠們造成傷害，所以讓人類絞盡腦汁想要清除掉的喪屍，在這些變異動物眼中就跟路旁無害的植物一樣。

周圍那些向金屬牆壁這裡圍攏過來的喪屍，對於天上的變異鳥連看都不看一眼，同樣無視掉剛剛燃起的大火，依舊執著向著金屬牆壁的方向衝過來。

有些走到一半就掉進陷阱，加入了燃燒腐化的隊伍中。有些彷彿有了點智商，站在陷阱旁，對著金屬牆壁發起遠端攻擊。

或許是這裡的鳥叫聲、燃燒聲、戰鬥聲的引誘，羅動他們還沒用血包引怪，怪物們就從四面八方的斷壁殘垣中爬出來，向這裡彙集過來。

在上空盤旋了一會兒，發現下面的大火越燒越猛，大鳥書十分氣惱，牠低下脖頸，發現自己之前看中的「窩」正在被一個半圓形的「蓋子」遮住，而那個蓋子的中間空隙縮減得只剩下一點大小，就算大火熄滅，自己也不可能再拿這裡當成自己的落腳處後憤怒鳴叫。

眾人腦中「嗡」一聲，被莫名的重力壓迫在地。

「吱……」一陣讓人牙酸的聲音在頭頂響起，羅勳費力地抬起頭來，驚恐地發現頭頂的金屬穹頂居然變形了。

「這……」高壓讓眾人幾乎無法發出聲音，更只能趴在地上無法行動。

羅勳深吸一口氣，幾乎是從牙縫中擠出了一句話：「重力異能……屋頂……」

他的話無法說清，嚴非卻理解了他的意思，他立即調動起身體內全部的異能，費力地舉起一條手臂，手臂上的青筋突起。

屋頂的金屬板再度發出「咯吱咯吱」的聲音，它正在緩慢復原。

一路帶過來的金屬此時從各個射擊口飛了進來，它們在這恐怖的重壓之下飛速凝結在一起，在加固屋頂的同時，豎起了幾根粗壯的金屬柱子，支撐著屋頂。

大家這時才覺得壓力沒有之前那麼恐怖了。

羅勳終於順溜地表達他的意思：「徐姊，給牠一顆壓縮火球，盡量燒著牠的羽毛。」

那隻大鳥現在還在一邊飛一邊狂叫，重壓隨著牠每叫一聲壓下一波，可見牠的聲音就是牠發動異能的標誌。

他們原本只想單純地趕走這隻企圖鳩占鵲巢的大鳥，沒想到牠居然會氣急敗壞地攻擊大家，不打牠打誰？

徐玫屏住呼吸走到射擊口，做出一顆壓縮火球。章溯推開還壓在自己身上直喘大氣的王鐸，將自己的風壓縮後和那團火焰融合到一起，兩人合力丟出火球直直射上天空。

「呷！」又是一聲鳥鳴，章溯他們合力發出的火球正中那頭大鳥的大腿。具體狀況因為上面有屋頂遮蓋看不到，而且眾人現在還正忙著另一件事。

「燙死了！」剛剛為了躲避大鳥，防止被牠一屁股坐死，眾人都跑到了金屬牆壁邊，可是別忘了，牆外就是壕溝，裡面正在燃燒著喪屍。

貼在金屬牆壁後又遇到重力壓制，險些把眾人變成鐵板燒上的人肉串，這會兒壓力總算減輕了，大家連滾帶爬地抱著被燙紅的部位滾回中間的位置。

「水水水！降溫降溫！」

這次為了避免大鳥的壓力壓制，嚴非將整個屋頂封死，沒留出「透氣孔」。現在這裡面的溫度越來越高，要是再不想辦法，他們不是被活活烤死，就是憋死悶死。

嚴非立即給正上方開「煙囪」，章溯調動風進來換氣，宋玲玲製作出大量的清水環繞在眾人周身降溫，大家這才終於活了過來。

「轟隆隆」巨響，整個地面跟著震了三震，才剛準備喘口氣的眾人再度撲街。

「呷……」

鳥叫聲從發出巨響的地方傳來，眾人被這股撞擊過來的壓力撞得在地上連滾幾滾，險些被衝擊到另一個方向的金屬牆壁變成燒烤。

「怎麼回事？」

「那隻鳥墜機了。」羅勳吐出一口氣，剛剛那股壓力險些撞得他吐血。

「呷呷呷！」又是幾聲叫，只是這次大鳥似乎不是衝著眾人叫的，大家沒受到影響。

勉強支撐著身體爬起來，眾人發現那隻大鳥果然落在不遠處，正一邊拍著翅膀，一邊發出叫聲在攻擊著什麼的樣子。

視線被火牆阻隔，讓他們看不太清楚那邊到底發生什麼事，可原本圍在眾人身邊的喪屍們卻紛紛調轉方向，向著那隻大鳥的方向跑去，傻子也知道現在到底是怎麼回事。

「喪屍要吃鳥？」李鐵的聲音中帶著驚喜。

羅勳搖頭，「它們是被動靜吸引過去，雖然會打起來，可一般來說是不會吃的……」

「為什麼？那隻大鳥身上也有血有肉吧？」

羅勳再次搖頭，他也不清楚到底是為什麼，似乎無論是喪屍動物，還是喪屍，都只對它們原本的同類有興趣。坑爹的是，喪屍動物對人類也抱有著同樣大的興趣。好像一到末世，人類就成為全球公敵似的，所有生物看見都喊打喊殺。

變異動物在喪屍眼中並不能算是它們的狩獵目標，所以有時雖會出現喪屍和變異動物大戰的情形，但就算打起來，那些喪屍也不會像圍著人類時似的啃食牠們的軀體。它們會想辦法打死這些變異動物，卻不會吃牠們，就像它們也不吃石頭、木頭一樣。

金屬屋頂、陷阱中的大火、章溯利用風交換進來的空氣，這一切都阻隔了喪屍們對於羅動他們的探查，更因為沒有打開血包主動引怪，故而所有的喪屍都衝著那頭巨大的飛禽聚攏過去，集合它們全部的力量想要消滅這個攻擊它們的東西。

喪屍和大鳥打起來了，這讓羅動他們鬆了一口氣。正想緩緩，外面那隻死鳥一叫，大家就又笑不出來了。

那隻鳥要對付的喪屍來自四面八方，牠每叫一次都有可能對著任何一個方向，當然也包括羅動他們所在的位置。雖然略有些距離，牠那平推似的壓力攻擊到達眾人所在位置時還不算太恐怖，但就像坐在一輛開在都是紅燈的路上的車子一樣，時不時司機就會踩剎車，滿車子的人就要享受一次小船在風浪中的待遇。

「這樣不行……」羅動一個趔趄，再度撲進嚴非懷裡，無奈地抬頭看向他，「給那邊再加上一堵牆吧。」

嚴非將剩下的金屬糊到對著大鳥的方向，總算勉強頂住了一部分壓力。

「羅哥，你說……這是重力異能？」李鐵扶著車勉強站穩身子，心有餘悸地求證。

羅動搖搖頭，「一開始牠在上面的時候我以為是，可重力還能平推？也許是某種推力、壓力吧？牠朝著哪個方向叫，哪個方向就會受到衝擊？」

牠剛剛那一嗓子是下意識叫出來的，並不能確定自己說的對不對，畢竟他上輩子雖然聽說過各種各樣的異能，可……大家都明白的，普通人們往往在八卦時傳什麼的都有，隨口這麼一說，或者把自己的想像力豐富一下拿出來誆人都是很正常的。

這種羅勳沒有親眼見過的異能類型，他自己也不太敢確定。

「如果牠能改變重力場，倒也不是不可能。」嚴非看向羅勳，「咱們先等它們打完？」

羅勳思考了一下，點點頭，雖然現在說不定能閃人，可他知道變異動物不在喪屍們的食譜上，所以萬一那隻鳥又追過來……到時他們可就要受到喪屍和變異動物的雙重攻擊了。

別忘了，那隻鳥會飛。

宋玲玲忽然伸手指著車子所在的方向，「咱們就算想走恐怕也走不了，車都變形了。」

那隻鳥剛剛攻擊眾人的時候，受到損害的可不只有金屬屋頂和他們本人，這一帶所有的物體都受到壓力的襲擊，磚石瓦礫，連同他們的車子，這會兒都……扁了。

嚴非的神色不太好看，「金屬部分我能修復，可車窗玻璃……」

這東西可不在他能操控的範圍之內。

羅勳聞言看過去，果然看到一地碎玻璃，外加被壓扁了的車體。

應該慶幸那種重壓沒把車軲轆壓得爆胎嗎？

「先用金屬封住一部分吧，留出一部分觀察外面的情況……」

事到如今也只能這樣了，不然他們現在到哪兒找玻璃去？現在外面的車輛房子都幾乎全塌了，何況路邊散落的車子？不是被之前的轟炸炸沒了影，就是被外出做任務收集物資的小隊拉回去充作物資上交了。

算算時間，快到吃飯的時候，嚴非開始處理車子，章溯則操縱風系異能一邊給金屬蓋子下的空間換氣，一邊盡量繼續維持外面陷阱處火焰的燃燒。

徐玫和宋玲玲兩人開始生火熱飯，五人組防守各個射擊口。

羅勳聽著大鳥那邊的動靜，判斷外面戰鬥的情況以防被攻擊。

變異動物對戰喪屍，戰況精彩紛呈，可惜躲在金屬罩子裡的眾人看不到。不過，看不到不是問題，他們還能從外面傳進來的乒乒乓乓的聲音中聽到戰況的激烈程度。

吃過午飯，大戰還在持續。

陷阱中的汽油被燒光了，大火漸漸停歇，外面的戰鬥還沒停。

下午暴雨傾盆，整個市區都被大雨洗禮著，戰鬥繼續著。

大雨漸漸停歇，天色慢慢變暗，那邊的動靜才消了下去。

羅勳他們連忙打開一個小窗口向外看去，想看看到底是哪一方得到了最終的勝利。在打開缺口的瞬間，正好看到那隻大鳥直起脖子，抖起了牠全身的羽毛。

而在牠身周，滿地都是不成人形的喪屍。

眾人驚恐地倒抽一口涼氣，雖然這麼多喪屍他們花些氣力也能清理掉，可畢竟這隻大鳥並不像他們似的有可以躲避的地方，而且自己這邊多少人，牠才只有一個好不好？

變異動物果然是變態。

大鳥身上的毛不少地方都這缺一塊，那少一塊，有些地方還流出了不少血，但傷勢雖然看起來嚴重，可這就像是一群螞蟻咬過一頭大象似的，疼歸疼，倒還傷不到牠的根本。

就在眾人觀察的時候，大鳥仰天叫了一聲，腦袋猛然轉向眾人所在的方向。

大家一愣，就見大鳥拍打翅膀，向著這邊狂奔過來。

牠居然還惦記著這裡？

眾人飛速向後退開，就聽外面「噹」一聲，大鳥扁平的鳥嘴戳在金屬牆壁上，給牆壁戳得凹進來一塊。

「牠瘋了？」

「羅哥，要不要逃？」

眾人都用驚恐的眼神看向羅勳，而那隻大鳥正拔出自己的嘴巴，鼓足力氣又向同一個位置再戳一次，凹洞的頂端裂開了。

羅勳被那隻鳥的攻擊衝力震得摔倒在地，此時掙扎著爬起來，拉住嚴非的手臂，「牠這次攻擊之後，嘴巴肯定會戳進來，到時候馬上用金屬圈住牠的嘴巴，在下面開個洞。章溯、徐玫，你們用混合壓縮異能打牠的脖子，轟斷它。」

喪屍沒智商，只知道傻乎乎攻擊這隻大鳥的身體，或者一切它們搆得著的地方，可它們又不傻。鳥脖子這麼長這麼細，真想殺掉牠的話，不打牠的脖子打哪裡？

「噹」一聲，果然又是同一個地方，鳥嘴戳了進來。

沒等牠縮脖子，牠就感覺到自己的嘴巴被什麼東西死死地卡住。想要抽回來繼續攻擊卻完全無法掙脫，想要張開嘴巴用叫聲攻擊，可嘴巴打不開，撲扇著翅膀也只能弄得附近山搖地動地原地亂晃。

自從末世變異後，仗著體型巨大在野外生存至今，大鳥很少遇到什麼敵手。當然，牠會飛，遇到打不過的飛走就是了，可來到昔日的城市，牠擊退了多少密密麻麻只知道傻傻攻擊的東西？一路順風順水，早就讓這隻仗著體型巨大壓倒一切的變異鳥喪失了戒心，才會剛剛和喪屍打完就想要將這個殼子裡面，阻擋自己築巢的東西趕出去。

沒想到這次牠踢到了真鐵板。

鐵板下方在卡住牠嘴巴的同時，打開一個缺口，徐玫提前做出一個壓縮火球，章溯將壓縮後融入火球之中，衝著那頭該死的大鳥脖子轟去。

幾乎沒有血光四濺，傷口直接被壓縮的火焰燒焦，大鳥轟然倒地。

這麼近的距離，這麼好的位置，再打不中，章溯就可以去死一死了。

呆愣愣地看著那個打開的缺口，和缺口外那顯然已經斷開了脖子的巨大軀體，李鐵他們幾個半天回不過神來。

韓立指指外頭，「就這麼……簡單？」

羅勳翻了個白眼，「這是因為牠正好非要跟咱們較勁，嘴巴伸進來剛好卡住，不然咱們要是和那些喪屍似的出去跟牠打，你看看有沒有這麼簡單？不說別的，就牠那個重力攻擊就能在咱們打中牠之前把咱們壓成肉泥。」

所以從頭到尾他都沒想過帶著自家小隊和大鳥拚命，偏偏大鳥像是和他們槓上了，還傻不拉唧地選擇了對牠最不利的一種作戰方式。

剛剛只要牠站在一邊不停朝大家藏身的地方叫喚，早晚能耗死大家，可牠就非要衝過來用嘴巴戳洞，牠不死誰死？

何乾坤兩隻眼睛迸發出光芒，「羅哥，咱們、咱們是不是能吃肉了？」

「肉？」

「肉……」

「肉！」

所有人包括章溯在內，全都眼巴巴地看向羅勳。

羅勳此時的表情比任何時候都淡定，一副風輕雲淡的模樣，「只要傷口處的血液顏色沒有變，肉的顏色沒有變，就能吃。」

是的，變異動物不會被喪屍化，就算被喪屍咬到也不會變異成喪屍動物。雖然被喪屍咬過、攻擊過的傷口有可能會帶有一些喪屍病毒，可只要清理乾淨，或者乾脆將傷口部分的肉割下，剩下的地方處理熟了就能吃。

現在的水源都已經被喪屍病毒汙染，可那些水還不是加工後照樣可以喝？變異植物中也帶有少量的病毒，可那些植物人吃了之後也沒事。

所以，這種病毒似乎只要低於一定含量就是無害的。

眾人齊齊歡呼，熱淚盈眶。不能怪他們沒見過世面，從去年到今天，除了剛到末世，在軍中找到工作時還吃過一陣大鍋飯，他們多久沒吃過新鮮的肉了？

這隻鳥這麼大，不能浪費。

外面的喪屍都被消滅了，平時對於眾人吸引力十足的喪屍晶核，現在的價值還比不上這頭傻鳥的一個腳爪。肉啊，這可是肉啊！

一群狼綠著眼睛將這隻頭身分離的大鳥拖進金屬殼子裡……

這隻大鳥只在張開翅膀時看起來很大，真正拖進來放，半點壓力都沒有。

王鐸站在大鳥胸脯旁用鹹豬手在人家屍體的毛上摸了兩把，一臉諂媚地對自家女王殿下討好道：「我看這鳥毛還不錯，一會兒留下一些，回去給你做床羽絨被咱們冬天蓋。」

章女王嫌棄臉道：「這麼大的鳥，身上的毛肯定很硬，做成被子你不嫌扎得慌你蓋。」

何乾坤死死抱著的一條鳥腿，「我要吃大腿！我要吃大腿！」

吳鑫在旁邊勸他：「鳥胸也不錯，你抱著的這條腿上還有個燒糊了的洞呢……好像是之前章哥和徐姊聯手轟下來的那一下子弄出來的。」

何乾坤依舊抱著鳥腿不放手，「那也沒事，除了那塊傷口，別的地方還是好的。」

嚴非和羅勳兩人則在研究鳥頭，這裡敲敲，那裡看看，最後嚴非造出一把鋒利的刀，給大鳥做起了開顱手術。

「看，這裡果然也有晶核，還這麼大顆！」羅勳欣喜地抱起那顆足有自己三個拳頭大小的晶核，喜孜孜地道。

「可咱們沒人能用得了啊……而且基地中有這類異能者嗎？」這隻鳥的異能可是眾人此前聞所未聞的，晶核的顏色也是大家前所未見的。要是普通些的，比如火系、水系之類的，就算自家小隊成員不用，拿出去賣掉也能賺回一大筆錢，可現在……

明明是個寶貝，卻半點用處都沒有。

羅勳的嘴角抽搐了幾下，最後頗為不甘地放下這顆晶核，「算了，留著當裝飾品也不錯，咱們先去分解大鳥。」

這頭大鳥的個頭雖然沒有一開始想像的那麼大，可牠的肉量還是很誇張的。至少這一整頭他們恐怕是沒辦法全都帶走，誰讓他們只開三輛車出來，車子還都被壓扁了呢？

羅勳圍著大鳥轉一圈，當機立斷道：「剔肉，不要內臟和骨頭，剩下的肉盡量帶回去。」

「……可鳥胗子鳥心都很好吃啊……還有鳥腸也能做滷味……」何乾坤口水橫流。

羅勳被他那彷彿濕漉漉受傷小動物般的視線看得倒退兩步，表情略微糾結，「咱們明天才能回去，這些肉也不知道放不放得住……主要是咱們出來的時候沒有帶著多少鹽……」

這樣就沒辦法將肉當場處理成半成品，不然還能多帶一些回去。

「……羅哥說的是，就是浪費了點。」李鐵還是決定支持羅勳的意見。

吳鑫也勸道：「雖然浪費了點，可總算是有得吃不是嗎？」

徐玫道：「我們今天晚上和明天早上還能吃一些，剩下的不能要的部分就不要了。」

雖然大家說得似乎都很理解似的，可還是能從他們的目光中看出他們的不捨。沒辦法，誰讓他們都多久沒見過新鮮的肉了呢？

嚴非指著一旁的車子道：「咱們的車子除了玻璃窗外，我都能復原，可以在復原的同時改造一下車體，比如加大車身，增加車體的高度，多留出一些空間來裝肉……」

他的話還沒說完，眾人就兩眼放光吼了起來：「好主意！」

得，看起來丟下帶不走的肉、骨頭、內臟這些東西，大家都很不甘心。

大鳥的血雖然也能吃，可牠在之前的戰鬥中就流了不少血，他們手裡現在又沒有可以讓血凝固的東西，只能白白浪費了。這裡要聲明的一點是，變異動物的血液對於喪屍彷彿鹹魚一樣、沒有半點吸引力，和人類的鮮血完全沒有可比性。可在前世基地研究這一現象時，並沒有找到能讓人類血液也具有這種效果的方法，就連異能者的血，對喪屍們也有著強烈的吸引力，可變異動物的就是不行。

有章溯、徐玫、宋玲玲在，他們可以用異能做出滾燙的開水，讓風系異能送著這些開水將整隻鳥燙上一遍再拔毛。

剩下的人在鳥毛被拔光後，拿著嚴非剛剛改造出來的金屬刀，磨刀霍霍向死鳥。

應該慶幸的是，這陣子天氣已經轉涼，尤其是一早一晚。這些鳥肉處理好後放上一晚，應該不會壞，只要明天一早趁早離開，他們的收穫將會是很大的。

一大塊一大塊新鮮的鳥肉被剔下，羅動見大家興致高昂，思考了一下，叫過最為淡定的嚴非以及完全不知道大家在興奮什麼的于欣然，三個人一起走了出去。

別忘了，防禦工事的外面，死掉了多少喪屍。

那隻蠢鳥幾乎引來了牠所能招惹到範圍內所有喪屍的注意力，比羅動他們每次引怪的距離都要遠。大鳥有著如此強大的戰鬥力，以致於外面死掉了那麼多數量的喪屍，現在全都躺在地上等著大家去挖晶核呢。

「欣然，把那些喪屍的屍體全都堆到這個位置，弄個沙坑出來。」

于欣然升到三級的沙系異能簡直就是她的第三隻手，而且這隻手還是不用她靠近，被沙化了的砂礫就全都聽憑她的指揮。如果不是她現在年紀太小，戰鬥意識還沒有完全開發，她可以悄無聲息地用這招捂死一個人，再將他拉入被沙化了的沙坑底。沒有人刻意去挖掘，那麼被陰死的人就會死得悄無聲息。

于欣然點點頭，兩眼放光地迅速將附近有喪屍位置的地面沙化了一層，將這些喪屍拖到某個被她沙化後形成的大坑之中。

嚴非是羅勳拉出來當保鏢的，畢竟附近死了這麼多喪屍，天知道哪個沒死透？

事實也證明了確實有喪屍沒有死透，這些半死不活的喪屍全都被嚴非用金屬一個個徹底了結，被于欣然拖到大坑之中。

等所有的喪屍全都被拖進坑中，羅勳拉著嚴非在那個大坑潑灑了不少汽油，才叫來徐玫點火。任那個大坑慢慢燃燒著，他們回到金屬殼中休息。

「剛才清理喪屍的時候，裡面也有一些喪屍動物的屍體，我估計這隻鳥恐怕把周圍所有的人形、非人形喪屍都引過來了。」羅勳和嚴非坐在角落低聲說起這件事，「今天晚上如果運氣沒那麼壞的話，是不會有喪屍鼠過來的，不過還是要小心。」

嚴非微微點頭，「還是按照老規矩，大家輪流守夜。」就算今晚可能相對安全些，大家也還是要提高戒心，不能因為一時的鬆懈讓眾人陷入困境。

「嗯，他們弄得差不多了，將那些鳥肉暫時吊在半空中吧，明天走的時候再裝車。」見那邊幾人嘻嘻哈哈的，羅勳起身拍拍大腿走了過去。

徐玫兩人特意留下一大塊鳥肉，給大家的晚餐加菜。

羅勳他們在嚴非的幫助下，將剩下的肉都吊到天花板下方晾著，免得一晚過後都臭了。

徐玫她們還順便用開水將鳥的內臟也燙過，清洗乾淨，這樣比較耐放。

章溯為了這堆眼見可以吃上很長一段時間的肉，表示他今天晚上可以連夜幫著通風，盡量保持這些肉的新鮮度。其他人也都說今晚他們會小心守著這裡，絕不讓任何一點意外狀況危害到大家。

不得不說，為了吃上一口肉，大家都是很拚的。

徐玫帶著宋玲玲取出這次外出時攜帶的一些調味料，開始處理鳥肉。

大家只準備出來一到兩天的時間，並沒有帶多少東西。當然，為了以防萬一，他們車上裝了些食鹽，至於其他調味料……車上都沒有。誰讓他們出來之前就帶著做好的食物呢？

就算是只帶了些食鹽，也照樣能做出好料來。

大家投票後，決定烤著吃。

做成烤肉的話，只需要少許食鹽就能品嘗到肉類最鮮美、最原本的滋味。

當第一塊烤肉散發出屬於肉類的香氣時，整個金屬防禦建築中的所有人視線全都聚集到徐玫她們那裡。很快的，五人組團團圍在旁邊，眼巴巴看著鐵板上那一片片紅豔豔的肉由紅轉向烤炙後的金色。

香氣越來越濃，比較淡定的羅動他們也坐不住了，紛紛起身走過去，名為幫忙，實為近距離觀察外加隨時做好搶肉的準備……

燒烤時，鳥肉的香味沒有牛羊肉那麼明顯，也沒有五花肉雞翅之類冒出那麼多的油，就連把鳥做成烤小鳥也需要加各種調料才能覺出美味來。可現在此地在末世後將近一年之後的今天，這平時沒什麼滋味的鳥肉，一下子變成了人間美味。

「這才是肉啊！」

「唔唔唔……」

「我以前怎麼沒覺得鳥肉這麼好吃？前二十年簡直白活了！」

「好吃，真香！」

「可惜沒有孜然、辣椒粉，不然還能更好吃……」

「知足吧，有的吃就不錯了！」

金黃色的表皮是鳥本身的油脂烤出來的，在鐵板上發出滋滋的誘人聲音，宅男小隊全體人員圍坐在鐵板周圍，每人拿著一個碟子，裡面全都是切好的肉片。他們決定自己烤著吃比較快，還是別折磨自己的精神了，而且人家兩位女士被大家圍觀著烤肉，壓力也是挺大的。

至於他們從基地中帶出來的食物……咦，那些東西放到什麼地方去了來著？

當章溯再度從羅勳這邊搶走了一片烤熟的肉後，羅勳終於忍無可忍，「你自己烤著吃會死啊？每次都搶我的，上次慶功宴還沒搶夠嗎？」

章溯悠然自得地吹著夾過來的肉片，老神在在地將那片肉放進口中，含糊不清道：「受受不親你沒聽說過啊？不搶你搶誰？」

羅勳差點被自己的口水嗆死，咳嗽了半天才面紅耳赤地指著章溯道：「基地裡的受多了去了，現在全民攪基，有本事你怎麼不去搶他們？」

章溯斜睨他一眼，「他們哪有你離得近？而且那些人長得哪有咱們羅小隊長可愛？」

被稱之為「可愛」的羅隊長腦袋上開始冒煙，筷子指向章溯，一時發不出聲音來。他們明明是在爭執搶肉的問題，怎麼轉到這種詭異的話題上了？

可愛？可你妹的愛！

「老子是男人！你才可愛，你全家都可愛！」

章溯眉眼彎彎，笑得甜膩，「謝謝誇獎。」

他才不在乎羅勳說他什麼呢，又不會少塊肉。

嚴非眼疾手快地將羅勳面前烤好的肉趁章溯還沒動筷子前搶救下來，放進羅勳的碗裡，拍拍他的肩膀，「吃肉，別理他！」自家老婆本來就可愛嘛，尤其炸毛的時候，不然他早就揍總欺負自家愛人的章溯一頓，給自家親愛的出氣了。

羅勳對章溯翻了個白眼，低頭吃肉。

跟這貨真吵起來三天三夜也沒完，還是保住自己的肉趕緊吃來得實惠。

往常大家在聚餐時的飯桌上都是一邊笑看這兩人鬥嘴一邊吃東西，現在嘛……全都齊刷刷埋頭苦吃，至於看笑話的事，等到吃飽喝足後慢慢回味就是了。

每個人都吃得肚子鼓脹的，然而頭頂上一排排掛起來的鳥肉還是沒見少。

眾人開始一邊挺屍一邊分出人手輪流值夜，難得在末世後能吃肉吃得這麼飽，還能直接睡覺的日子可真幸福……

次日清早六點大家就爬起來了，徐玫、宋玲玲帶著于欣然一起撿昨晚燒了半晚的喪屍大坑裡面留下的晶核，剩下的人在嚴非的指揮下取肉裝車。

看來昨天那隻鳥果然將附近的喪屍都吸引過來了，昨晚他們沒有受到過任何攻擊。

幾乎每輛車子都被嚴非擴大了不少容量，眾人將那些鳥肉一次摘下來，放進嚴非特意新做出來的乾淨金屬箱子中，最後就連車頂上都加了一層儲物空間才勉強將這些東西裝好。

所有的肉都被放進車內的金屬盒子中，這個盒子很薄，灰黑色絲毫不顯眼的盒子從外面幾乎看不清裡面到底是些什麼，這樣進基地的時候也會減少一些有的沒的的麻煩，畢竟基地不會挨車檢查所有的東西，只會用掃描喪屍病毒儀器的設備過一下。

裝好鳥肉，為了防止肉壞掉，大家一致決定先回基地再說。留下要交給基地任務晶核，剩下的晶核就等回去之後再慢慢分配。

隱藏好外面那些金屬板子，眾人發動引擎加速向基地方向開去，幾乎人人都懷揣著一顆忐忑的心。

羅勳現在也相對比較忐忑，他知道變異動物的肉能吃，卻不知道基地中現在有沒有人在吃變異動物的肉……畢竟變異動物大規模出現還是明年開春後的事。今年雖然聽說不少地方已經有了變異動物的蹤影，可他並不清楚基地中的人有沒有打到過變異動物？吃沒吃過這類動物的肉？

其實進基地時他還不是很緊張，工作人員不會挨個檢查每輛車上裝了什麼，可是回到基地後，在家中做飯的時候如果香味太濃，肯定會招來別人的懷疑。

哪怕別人沒想到自家吃的是什麼肉，也可能讓那些人生出貪婪之心。

他們並不怕，但也不想天天防賊、抓賊，那樣活得實在太累了。

第七章

大豐收！居家種植大成功！

回到基地時，宅男小隊果然沒有遇到什麼意外狀況，負責檢查有無被病毒感染的人的工作人員只是在車外大致掃描一下就讓水系異能者過來洗車。

羅勳他們到一旁交任務品後，便領上自家的車子回社區去。

肉全都裝在一個個薄皮的金屬盒子裡面，嚴非可以控制盒子「飛」在他們的身旁一同上樓。大家爬了兩趟樓梯，這些鳥肉就完好無損地運了上來。

「冰箱、冰箱……羅哥，冰箱是不是不夠用啊？」

等爬上樓後眾人才發現問題，有些緊張地看向羅勳。

羅勳的表情十分淡定，「把盒子都放到空一點的房間，去，把之前醃菜用的鹽拿來。」

冰箱不夠塞怕什麼？完全沒冰箱使用，他也能處理好這些鳥肉。

將一部分鳥肉分割好封存進各家的冰箱中，除了樓道中放著的那幾臺專門用來冷凍毒蘑菇的冰櫃外，幾乎所有冰箱的冷凍庫都裝了不少鳥肉。

至於剩下的肉……有羅勳在，大家這才了解到，肉居然還能這麼保存……

好吧，他們也從一些小說中看過所謂的風乾雞風乾鴨，但看書時誰還去刻意去查這些東西是怎麼做的，直到現在跟著羅勳動手，才知道風乾臘肉這些東西做起來的難度不算高，大家可以親手操作。

將鳥肉切成長條狀，用鹽塗抹均勻，掛到通風、陰涼的地方保存，即可得到風乾鳥肉。

至於臘肉做起來稍微費事些，要把花椒炒熱，加入鹽炒，炒好後取出晾涼。再把鳥肉用花椒、鹽和糖揉搓後放進陶質、瓷質的罐子裡壓好，每天翻一次，大約兩天左右取出，用繩子掛在陰涼的地方晾好，半乾後熏成金黃色，再掛到陰涼處即可。

這樣做出來的味道雖然會更好，可煙熏的時候需要相應的工具，做起來比較麻煩，而且之前的冰箱風乾處理過的肉占了大多數，所以羅動只留出一小部分準備做成臘肉，並且教會徐玫和宋玲玲，以後這些事情可以讓兩位妹子在白天有空閒的時候慢慢處理。

這次得到的鳥肉是按照人頭來分配的，雖然沒有分得十分精準，卻也按照大致的肉塊大小、重量均攤到每個人的頭上。

本來徐玫想說于欣然的年紀小，胃口小，可以少分給她一些，卻被眾男士拒絕了。本來就是大家一起打到的，于欣然的異能有多強大他們又不是瞎子，一群大男人又怎麼可能會和小朋友搶肉吃？

在大家都在房間中分割鳥肉的時候，還是于欣然幫忙處理外面那堆喪屍和收集它們腦中的晶核呢，他們是絕對不會搶小朋友口糧的，再饞也不行。

將肉處理完畢，時間已經臨近傍晚，羅動他們這才想起晶核還沒清點分配。

本來大家出基地最初的目的就是為了晶核，結果意外遇到那隻大鳥，就把晶核的事情全都拋到九霄雲外去了。

把裝著晶核的大箱子打開，稀裡嘩啦倒出一地五顏六色的晶核。

羅動搔搔頭髮，「我怎麼覺得這些晶核似乎比平時咱們每次打到的都要多？」

「那隻大鳥叫聲那麼大，估計把附近所有的喪屍全都引來了吧？當然比咱們平時用小血包引來的多。」章溯不在意地說著，「趕緊數清楚，分好就能吃飯了。」

眾人連忙各自扒拉一堆，分門別類，按照不同異能清點數量。

徐玫笑道：「我們去做晚飯，剛才我特意留下了一塊肉，和青菜一起炒著吃吧。」

「好好好，麻煩徐姊了。」何乾坤在所有人反應過來前就叫了起來。

過了許久，眾人才勉強將晶核統計出來。

這一次他們打鳥送晶核得到的晶核數量很多，一級晶核共計一萬七千兩百餘顆，二級晶核兩萬八百餘夥，就連三級晶核也有足足五百多顆。

其中還包括了一些喪屍動物的晶核，有大有小，看起來都是不同類型的喪屍動物。

這個數目一算出來，眾人面面相覷，半天發不出聲音來。

「這、這麼多？」

「別忘了那隻鳥的嗓門有多大，我估計方圓百里的喪屍都被牠招呼過來了。」

眾人好半天才接受了這個事實，沒想到這次沒費多少事，更沒費多少功夫他們就白撿了這麼多的晶核回來，要是下次出去還能遇到喪屍和變異動物大戰……

眾人連忙揮去這一美好妄想，這種好事能遇到一次就已經是平時好事做久了才得到的回報，想想那隻大鳥的體型和牠的戰鬥力，正如昨天羅動說過的，要不是大鳥當時採取了最愚蠢的方式來攻擊他們，他們能打得過？

如果時候他們連大鳥都打不過，還說什麼撿晶核？不死在外面就已經是老天開恩，所以今天這麼好的事他們都十分知足。

將一級晶核平分，二、三級晶核按照不同異能劃分後也平均分配。晶核數量不對等的大家可以彼此交換，比如火系晶核數量偏多，徐玫就拿出部分一級晶核和別人兌換二三級的。

羅勳最後拍拍最大的從大鳥腦袋中挖出來的晶核，指著它對眾人道：「這東西暫時拿出去也換不掉，就先留在家中當裝飾品吧。」

用這麼大顆的晶核當裝飾品……他就不怕過度奢侈遭雷劈？

其實這東西可以拿去軍方鑑定，換成其他類型的小顆晶核回來，可羅勳拿不準，更不清楚軍方現在有沒有能力獵殺到變異動物，知不知道它們的腦中也有晶核。

他們小隊中的人現在夠顯眼的了，要是再把這東西拿出去絕對會被上面的人盯住。

就算要拿出去也要等上一陣，至少要等到明年、變異動物普遍出現在眾人面前之後才可以，現在還是太早了。

總算將這些晶核都分配完畢，徐玫和宋玲玲也端著盤子過來了。

很簡單的家常菜色，但因為多出了鳥肉，讓眾人吃慣了的蔬菜變成了極品美味。

冬瓜燜鳥肉、土豆燒肉，大米鳥肉粥，這三個是加了鳥肉的，其餘還有鵪鶉蛋炒番茄、手撕生菜之類的，用家常蔬菜炒的料理。

眾人的口水一下子冒了出來，端起碗來埋頭就吃，恨不得將整個人扎進碗中。

吃飽喝足，大家帶著屬於自己的那袋晶核各回各家。

羅勳進了自家大門，被小傢伙熱情地舔了一臉口水，這才想起……這次出去有件重要的事被大夥兒忘記了。

「……好像忘了一件事。」羅勳木著一張臉轉頭看向嚴非。

「什麼事？」嚴非問道，低頭看看自己手中，屬於自己兩人的那份晶核在呢。

「木頭。」羅勳深吸一口氣，見嚴非詫異地看著自己，明顯他還沒明白自己在說什麼。

「這次出去前，咱們不是說多弄些木頭回來種蘑菇嗎？結果……忘記了。」

都是那隻大鳥惹的禍，牠一出場就泰山壓頂，大家所有的精神都放在牠的身上，連晶核都沒人關注了，更何況是之前說過一嘴的木頭？

嚴非恍然，木頭……是啊，他們本來打算趁這次出去時收集木材回來種蘑菇來著，結果有了肉了，就把蘑菇忘到九霄雲外去了。

鳥肉要吃，蘑菇也要種，只是現在……

「你說……咱們明天要不要專門出去挖一次木頭？」羅勳有些猶豫。

嚴非淡定地幫他算了一筆帳：「咱們現在每出去一次都要接一次任務，不考慮那些難度很大的任務，只說交晶核的任務，出去一次，回來時最少要交兩百顆低級晶核，可是如果直接用晶核在基地裡換別人收集回來的木頭呢？兩百顆晶核能換回來多少？哪個更划算？」

這還用問嗎？肯定是用晶核換來的又安全又多又快。他們這次出去也是為了打晶核，木頭只是順路的事，現在拿出一些晶核換木頭回來再簡單不過了。

「好，那今天就早點休息，明天咱們去市場轉轉，買些木頭回來。」羅勳握緊雙拳，這次大家撿了不少晶核回家，他是隊長，本來就負責管理這些晶核外加購買物資，只要帳面上寫得清楚查得明白就可以做主支配，明天帶著晶核去市場上買木頭不就好了？

嚴非起身用手環住羅勳的後腰，淡定地道：「嗯，明天去。」說著，帶著還沒回過神來的某人一起走向浴室……

理所當然的，第二天羅勳起晚了，最終只能等吃過午飯再去市場上轉悠。和他一樣起晚的人很多，比如李鐵他們四個大男人，樓下的三位女士，至於章溯……他一個上午都沒露面，倒是李鐵出來轉悠了一圈，磨嘰著徐玫兩人非要和她們學煲湯，學會步驟之後巴巴跑回樓上忙活了，等到羅勳他們表示要外出買木頭時，章溯也沒露面。

這一事讓羅勳笑了好半天，直到他上了自家的車子還樂不可支地鄙視章溯：「活該，讓他總嘲笑我！」王鐸還是很給力的，可見昨晚的鳥肉他沒白吃。

兩人驅車開出了自家社區，車子如今的造型，因為那隻該死的大鳥，車窗玻璃全都碎成了渣渣，一時找不到替代品的他們，只能用金屬在窗口的位置裝上金屬擋板，還不能徹底封住司機的視野。如果在下次出基地前找不到車窗玻璃，那他們下次恐怕都不大敢出基地了。萬一跳過來一個喪屍趴到車上，它們的爪子完全可以從金屬縫隙伸進來。

如果是羅勳他們的這輛車還好些，車上有嚴非在，可以用金屬反攻，要是喪屍落到李鐵他們車上的話……那問題就嚴重了。

所幸現在的他們只需要在基地中轉悠，不需要出基地。如果能在買木頭的同時順路弄到車窗玻璃的話倒也不錯，正好回去修車。就算車窗玻璃不匹配也不怕，有嚴非在，可以讓金屬車身去配合玻璃的大小。

一顆晶核的購買力是多少呢？至少比一個積分多，尤其是在私底下交易的時候。基地中這些外出做任務、搜集物資的小隊們，每次外出時都恨不得帶更多的東西回來。在市區的建築被軍方轟過一次後，他們所能收集物資的範圍再次因為外面可以去的地方減少而變窄。這就導致冒險小隊每外出一次就如同蝗蟲過境，會沿途搜集所有他們能找到的東西。

一開始或許他們還能找到一些比較有價值的，或者在末世前價值不菲的好東西回來，可隨著時間的推移，他們越走越遠也就代表著每次外出時的風險越來越大，在基地附近收穫的東西將會越來越少。和其他隊伍組隊一起外出的小隊，發展到後期，真的是看到什麼就撿什麼，發現什麼拿什麼回來。

於是，羅勳他們很容易就在街上找到他們需要的木材、樹根。

基地中販賣各類煤炭、木材的攤位不少，相比起來，木材算是比較常見，而且價格很低的東西。會找這些木材回來賣的隊伍，大多是不敢走得太遠的小隊，他們挖回來的木頭都是在路邊找到的樹木、樹根。這些東西本身含有水分，燒的時候會有很濃重的煤煙，還很難點燃，更有一些上面還帶著綠色的樹葉。

這些東西完全不能和專業的煤炭相比，就連那些乾燥的木材都要比它們好用，可想而知它們的價格會是什麼級別。

根本不用花費一兩百顆晶核，只花了二十顆一級晶核，就將自家的車子裝得滿滿的，車頂也捆上了不少木頭。

再將帶出來的自家用不到的二、三級晶核在市場上找了幾家比較靠譜的攤位換成大家所需要的，羅勳兩人這才心滿意足地開車回家。

社區中的電梯最近時開時不開，再加上羅勳他們幾乎從沒在電梯應該運行的時候準點回家，思考再三，今天上午他們兩人離開之前，乾脆在窗外的鐵架上做了組金屬滾輪，用來往樓上吊東西，省力又省事。

兩人開車回到樓下，給樓上的人發了簡訊，李鐵他們就跑到十五樓一個房間的陽臺處，打開窗子和提前打開的鐵板，將繩子從十五樓順著滾輪垂了下來。

羅勳兩人在樓下開始綁木頭，沒一會兒，徐玫和吳鑫也跑下來幫忙。四個人在下面，剩下的人在樓上，大家合力將木頭吊上去。

附近有不少人都在看熱鬧，好在羅勳他們弄來的木頭雖然也算是生活必需品，可因為是價格最低的，還帶著水氣的木頭，所以雖然有些人動了小心思，卻沒人來找麻煩。社區中如今的常駐住戶大多都知道這兩層樓的人不能惹，裡面有很厲害的異能者。

羅勳他們運回來的木材都不算太長，至少沒有一整棵樹那麼長，但長度也還是不小的，如果不是最近陽臺上的一部分作物被收穫了，新種下的還沒長起來的話，恐怕他們想從窗子把木頭弄進去都比較困難。

等將這批木頭弄回家中已經過去了整整兩個小時，時間都浪費在吊運上，生怕一個不小心磕碰碎了樓下鄰居家的玻璃窗。

眾人分工合作鋸木頭，將它們「掛」到種植間的架子旁。

種植間的架子旁四周都有金屬管，連結上中下三個種植空間。這些新弄回來的木頭就掛在這四根柱子旁，專門用來種蘑菇。

羅勳估計家中的蘑菇木如果能大量增加，吸收空氣中可能含有的病毒元素，毒蘑菇的數量再增加到一定程度後就會飽和，到時應該就能長出更多的普通蘑菇來了。那些普通的蘑菇可都是好東西，畢竟像這次他們能夠很好運地「白撿」到一隻大鳥絕對是人品爆發。這次之後，他們恐怕很長一段時間都不會再遇到這麼好的事了。

就算等到明年變異動物大爆發，他們外出想要打到一頭半頭回家添菜，其難度也是成幾何倍向上增長的。

嚴非將木頭放進掛在金屬架子旁的網狀金屬筐中，每個筐裡放一塊，並將它們固定在網狀筐子的中間部分，四周留出足夠蘑菇生長的空間。這個金屬網的作用不僅僅是給蘑菇們生長的環境，還能夠起到保護作用，防止進來工作的人不小心碰到它們。

尤其要嚴重防範的是，家中的小傢伙和于欣然，所以嚴非盡量將這些網眼做得細些。

徐玫和宋玲玲兩人平時工作時就要格外注意了，盡量不要將孩子和小狗帶進這幾個集中掛了金屬框的房間。

這一忙活，就忙到了黃昏時分，眾人扶著酸痛的腰，滿是欣慰地看著今天半天的成果，然後準備回家吃肉去。雖然不能太奢侈，但每天做飯時弄個肉菜出來解解饞也是可以的？他們現在有了這麼多的肉，還客氣什麼？

羅勳答應用大家帶回來的鳥內臟做成滷味，昨天沒空，今天晚上滷出來後就分給眾人。得知這一消息，李鐵他們幾個連上樓梯時的腳步都是一蹦一跳的。

回到十六樓，這才見一整天沒露面的章溯一手扶著腰，一手開門，露出來的脖頸上、肩膀上，全都是青青紫紫的顏色，就連他的雙眼中雖然還有讓人惱火的鄙夷，可那雙水汪汪的眼睛中現在都是說不出的風情，讓羅勳這個想嘲笑他的人只是挑眉，並沒說些什麼。

王鐸見自家親愛的出門來，一個箭步上前，扶住他家女王殿下，「怎麼起來了？腰還酸不酸了？回家我幫你揉揉。我剛才找徐姊她們幫咱們做個炒菜，我做的飯太難吃……」一邊說一邊小心翼翼扶著章溯往回走，弄得章溯嘴角抽動，想抬腿踹他一腳，奈何自己腰酸腿軟抬不起來，「我出來走走，躺了一整天，人都躺木了。」

「來來來，咱們在房間裡走走就行，你再歇歇。」

眾人用鄙夷的目光目送他們，才各自走進自己家中。

一進門，羅勳便直奔廚房。

頭兩天的飯菜都是徐玫兩位女士做的，羅勳除了親自動手處理了一下那些需要長時間保存的肉類之外，並沒有做過什麼菜。如今他們這兩層樓的樓道屋頂上掛了滿滿的經過各種處理的鳥肉，剛才大家解散前，他還把醃漬的臘肉翻過一次缸。

現在他終於可以動手做一頓只屬於他和嚴非兩人的飯菜了。

思考了一下，羅勳的視線轉悠到了角落的那一排罈子上。他從末世前就預備了一大堆各種質地的罈子，裡面醃的、泡的什麼都有，醬菜、酸菜、泡菜、鹹菜、腐乳、韭菜花等等東西應有盡有，直到現在，他家這些罈子裡的東西也只幹掉了一部分。

這也是羅勳之所以特意拿出一些放到走廊陰涼處讓大家隨便吃的一大原因。他們兩個人這堆還沒吃完呢，新的就快要做出來了，怎麼吃得過來？大家一起消滅還快些。

當然，就算羅勳貢獻出了一些，留在家中的罈子數量依舊可觀。

圍著那堆罈子轉了兩圈，羅勳從酸菜罈子中取出一些酸菜，又從自家存著的粉絲中取來一小把，準備煲個湯來吃。至於菜……每餐中有一道葷腥就行了，細水長流嘛。

很會過日子的羅勳在心裡如是想著。

嚴非坐在客廳的沙發上，一手支著下巴，一手操控著一塊金屬，不停地分解出裡面所包含的各類元素，再揉合到一起。

小傢伙趴到沙發邊，下巴放在嚴非的大腿上，正眯著眼睛不時抽抽鼻子。

他們雖然盡可能地多帶肉回來，可車上的地方還是不足以將整隻鳥肉全都帶回來，所以除了大塊的肉，那些在戰鬥中有傷的部分，大家覺得不能吃的部分，以及大多數的內臟和骨頭，就只能忍痛都丟在外面。

可……帶回來的這些肉吃完之後呢？

嚴非摸摸下巴，聞著從廚房傳來越發濃郁的香味，回想起羅勳那纖細的腰……雖然腰瘦一些在做某些事的時候手感很好，也更能提高自己的興致，可如果是不健康的乾瘦可就不行了。自己要想想法子，找機會長期為他補充營養才行。

香濃的砂鍋酸菜鳥肉粉絲煲，再加上花椰菜炒番茄鵪鶉蛋，羅勳端著砂鍋走出來時，小傢伙早就從沙發上跳下來，拚命地向羅勳搖尾巴……

前陣子羅勳他們曾將家中年歲比較老的鵪鶉處理了幾隻，雖然沒做到人人都能吃上一整隻，可大家還是都嘗了嘗味道，當時的那堆骨頭可都歸了小傢伙。

小傢伙在桌腳邊轉來轉去，然而在桌旁忙碌的兩人並沒搭理牠。

兩人正顧著準備吃飯呢，有什麼事等大家吃完再說。

嚴非幫羅勳去拿餐具，先給兩人盛湯，自己沒忍住低頭喝了一口──雖然之前徐玫她們兩人做飯的手藝也不差，但可能是自己吃慣了羅勳做的飯菜，總覺得他和別人做出來的味道不一樣。比如今天這碗湯，還是羅勳做的比較合自己胃口。

或許他做的不是最好吃的，卻是最順自己的口味。

給各自的碗中盛上一大碗白飯，自家的白米已經快吃完了，所以最近他們並沒怎麼動用這最後剩下的，如果不是今天的飯菜實在合胃口，其他房間中種下的水稻又馬上能收穫了，他今天是不會蒸飯來吃的。

兩人對坐後只顧著悶頭吃飯，等吃得半飽，羅勳才有些遺憾地指著那盤花椰菜道：「這個裡面放些肉片也很好吃……」那樣也不會像現在似的，鳥肉煲沒了，這個還剩下半盤。

嚴非笑笑，戳戳他的臉頰，「這是好久沒吃肉了才會這樣，之後就好了。」

小傢伙此時正趴在地上，很老實地抱著盤子，沒趴在嚴非的拖鞋上啃食物，牠在啃著一塊鳥肉，花椰菜被留在一旁連舔都沒舔一下，明明之前牠還挺愛吃這東西的。

吃完飯，兩人再度出門，叫上李鐵幾人一起去徐玫三人的房間中借廚房，外加教大家如何滷帶回來的那些內臟。

將自家的花椒、桂皮等貢獻出來，用薑、蔥去腥，再加上醬油、鹽、糖調出滷汁燒開，把煮熟洗乾淨切成小塊的腸、胗等東西放進去滷，估計泡上一天後就能撈出來慢慢吃了。

為了于欣然考慮，羅勳並沒往滷汁中放辣椒，誰喜歡吃辣口的，滷好後撈出來自己回家切盤時再撒上辣椒油拌著吃即可。

回到自己家中，趁著假日，第二天不用去工作，嚴非再度把忙碌了一天，手腳沒什麼力氣的羅勳撲倒，於是羅勳第二天清晨再度起晚了。

他睜開眼睛的時候才發現已經十點鐘了，可他還是很睏，能再繼續睡到十二點。讓他中間醒來的不是他的生物時鐘，也不是要去廁所解決個人問題，而是被吵醒的。

「怎麼了？」羅勳揉揉眼睛打了個哈欠，有些艱難地坐起身來。房間內的電風扇正在轉來轉去地吹著，一些口角聲從外面傳來……外面？怎麼聽起來這麼近？

等等，自家住在十六樓，還是頂樓的樓中樓，走廊的聲音都未必能傳進來吧？

他連忙爬了起來，順手抓住丟在椅子上的一件襯衫擋住肩膀上的牙印——某人在發現章大美人身上的痕跡後，昨晚較上勁了，非要在他身上留幾個。

辨別了一下聲音的來源，羅勳發現是從露臺方向傳來的，扶著牆走了過去，然後……然後就發現這棟樓的屋頂上好熱鬧。

最近基地中的人口密度再度達到一定程度，不少新來的、原來房子沒法住的，以及和鄰居無法友好相處的、被人趕出來的人紛紛自尋出路。街道旁、空地上，甚至有些樓房的走廊都住滿了人，更有些人將主意打到了樓房的屋頂上。

就連自家這棟樓的屋頂上居然也成為別人眼中的「宜定居」風水寶地。

今天早上就有人爬上了這棟大樓的屋頂，開始選地方準備搭屋子。

一開始大家還沒發現，都在睡懶覺呢，等到其他棟樓有人發現了這一情況，上屋頂和人吵起來，李鐵他們就聽見了。

章溯因為前天晚上運動過度，昨晚沒讓某人得逞，在得知這一消息後，便直接爬窗子上了屋頂。嚴非發現後也跟了過去，現在就是這幾方人正在對峙。

羅勳拉開窗子向外張望了幾眼，見自家這邊的人除了章溯和嚴非外，徐玫也在。琢磨了一下，關好窗子，轉身下樓，去找李鐵他們，他們幾人正在章溯家中站在窗口邊。

「什麼情況？」羅勳跑了過去。

見羅勳過來，李鐵他們連忙指著上面道：「好幾撥人呢，有咱們的人，還有隔壁幾棟樓住在頂層的人。有些人要住到咱們屋頂上面，大家都不同意。」

羅勳皺起眉頭，沒誰願意在自家住在頂樓的時候，忽然冒出一撥人非要住到自家屋頂。更何況還不是正經的樓頂上再蓋一層，而是私搭亂蓋的建築。萬一出什麼事，找他們他們能負責得起嗎？

「怎麼鬧起來的？」這棟樓的隔音效果很不錯，尤其是最高層的屋頂更加厚實，屋頂上就算有人走動，一般聲音也傳不到下面去，可今天這件事卻鬧得整棟樓的的人都知道了，難道他們在屋頂上摔了什麼東西？

何乾坤一邊搖頭一邊指著一號門洞的方向，「聽說那些人搭房子的時候要往樓頂釘釘子，動靜太大，被人聽到，就鬧了起來。」

李鐵偷偷對羅勳解釋：「我們剛才分析過，咱們嚴哥不是給整棟樓都加固過嗎？可能牆體裡面的金屬太多，那些人想在咱們樓頂釘東西一下子就釘到金屬上，吵到頂樓的住戶了。」

羅動摸摸下巴，覺得這個可能性確實不小。大家每次回基地的時候都會順手收集些金屬回來，改建過自己家後又怕樓體支撐不住，嚴非就會將這些金屬順著牆體裡面的鋼筋水泥加進去對整棟樓進行加固，估計就算來個幾級地震能把這棟樓的牆皮震塌，也未必能震開這些被加固過的鋼筋。

到時反而很有可能出現一陣山搖地動過後，碎石滿地，一群人呆愣愣地注視著一個巨大的金屬架子默默膜拜的窘況。

羅動略微思索了一下，覺得自己現在不大適合上去，他昨晚又操勞過一番，現在行動不便，雖然窗子外面被嚴非用金屬直接做了個臨時樓梯出來。

掏出手機，給屋頂上的嚴非打了通電話。

屋頂上的人正在吵吵嚷嚷僵持著，誰都一時沒什麼動作。羅動他們這邊的屋頂就嚴非和章溯他們在，倒是一號門洞那邊的人比較多。這一整棟樓的上樓樓梯都在一號樓樓頂，其他頂層的住戶想上屋頂都要從一號樓爬上去。沒誰有本事如嚴非一樣臨時現做一個樓梯出來，又或者和章溯一樣藉著風力飄上屋頂。

對的，章溯升到三級後，就可以憑藉他的風系異能讓自己臨時飄浮。當然，在此之前也要借助一些動作給他一個支點，平地飄起的這種高端技能暫時無法實現。

見手機上顯示的是羅動的來電，嚴非退後兩步，示意章溯和徐玫繼續看著情況。

「情況怎麼樣？」

聽到聲音，嚴非的唇角微微翹起，側過身去對著樓邊方向道：「他們之中有三個異能者，其他頂樓的住戶現在有一大半都不在，正在僵持著。」

羅勳微微鬆了一口氣，「聽說他們在樓頂上釘過釘子？」

「嗯，是隔壁樓頂層的人聽到的。最近住到屋頂上的人比較多，所以他們剛一聽到聲音就上來查看。那些人為了搭帳篷怕被大風吹飛，所以要釘釘子固定帳篷。」

羅勳問道：「你覺得呢？章溯他們是什麼意見？」

嚴非神情淡漠地向那些人所在的方向掃了一眼，「不能住，他們也都不贊同。」

是的，屋頂不能讓人住，他們這兩層樓的東西實在太多，也太惹眼。住在樓下的人因為鐵架子的最底層被嚴非鋪上了金屬板子所以沒發現，不知道他們晾曬、掛在牆壁上的食物、太陽能板是什麼有多少，可是正上方的人就不同了，他們不但能看到，如果想要動手偷些什麼的話，會比所有人都容易。

之前那兩個想偷他們東西的賊也是從屋頂上下來的，可見頂層的安全情況有多危險。就算他們想了些防護措施，將掛在屋子外的鐵架子密封好，不給別人偷竊的機會，可他們平時可是需要開伙做飯的。

在最高的一層樓做飯，炒菜燉肉的味道比較香，會偶爾飄到其他方向去被人聞到，人家也辨別不出具體的地點，但有人就住在他們屋頂上可就不同了。

別小看一塊肉的威力，他們平時就算不去刻意打聽也知道基地中會時不時出現人口失蹤的事件，更有時不時在角落中發現屍骸的事情發生。還有被發現了抓人回去殺了吃掉的事，這些可不是恐怖故事，而是真真正正發生在這個基地中的事實。

為了食物，那些瘋子可以將毒手下到周圍的人身上。如果知道他們這裡每天都開伙，能吃得飽不說，家裡還有肉的話……呵呵，嚴非和章溯就算再厲害也沒用。

人不患寡患不均，貪婪、憎恨是永遠沒有盡頭的。

羅勳表示支持：「我同意，你們三個在上面看情況處理吧，我……就不上去了。」他不上去不單單是因為自己戰鬥力沒那三人大，更因為……他現在正扶著可憐的老腰。

那些想要搬來的人正和其他樓棟的人商量，表示自己這邊願意出一定資金做為住在頂層的費用。他們住在這裡可不歸基地方面管，所以根本不用給基地繳納租金。其他那些住在別人屋頂的人，最多給頂層住戶交些租金就算了，有了這些實惠根本沒人會多管閒事。

見嚴非掛掉電話，章溯和徐玫看向他。

嚴非將手機收進口袋中，「羅勳打的，讓咱們處理。」說著看向章溯，「無論他們出多少東西、資源，我都不會同意他們住在這裡。」

章溯扯出一抹嘲諷的笑，「我可不願意有人住在我頭頂上拉屎撒尿。」

徐玫扭頭，捂住自己的嘴巴，貌似章溯正住在自己家頭頂好不好？他這麼說，讓住在非頂層的住戶怎麼活？

徐玫平復自己的笑意，舉手道：「我也不同意。」

說是臨時住，天知道他們會不會做什麼？而且今天才是第一天上來，他們就給屋頂上面打頂子，萬一打穿了屋頂，他們到時說搬走就搬走，屋頂漏了怎麼辦？他們這裡可沒有土系異能者能修補。

這邊小隊中實力最強的三位代表表態過後，就見那邊也出現了僵持。

主要原因是，那幾個住在頂層的住戶家中能做主的人不在。

他們拿不了主意，可又因為這些人中有異能者並不好轟走他們。

新來的人也仗著自己人中有異能者，軟硬兼施地道：「我們東西都搬上來了，那就先在這兒休息，等你們能做主的人回來吧，要不這麼搬上搬下的也不方便。」

那人就直接坐到他們帶來的一個椅子上，隨手做出一個水球不停在掌心轉來轉去。他的同伴們都旁若無人地繼續將自家東西取出來擺放在他們認為合適的地方。

那樣子表現得很明顯，上都上來了，哪有那麼好走的？

住在樓頂可比住在街道邊要好的多，至少這裡沒有往來經過的行人，更不用擔心隊伍大多數人出門做任務的時候老窩被人抄了，而且這棟樓還是這個社區最靠裡面的一個。這麼高的樓，平時連賊都未必會上來。

「嗤」一聲笑，讓那些坐下堅決不肯走的人一下子怒目瞪向了另一個方向。

「誰？」他們雖然總體實力一般，可也都是經常出基地做任務的。雖然異能者只有這麼幾個，但絕也不是什麼軟柿子。

這些人一轉頭就眼前一亮。

對方兩男一女，都是高水準中的高水準。

徐玫本就是個美人，在末世前就有一群男人追得要死要活的，可惜最後眼瞎選了一個渣男。章溯更不用提，絕對是大美人一個。至於嚴非？那張臉英氣十足，跟章溯站在一起絕對是不分上下的美男子。只是他不會四處亂放電，而且平時會對他不自覺流口水的基本都是女人，不像章溯，平時招惹的都是男人。

這三人平時出門都全副武裝，最基本的也會戴個口罩避避嫌，可誰讓今天是假期呢？誰讓這是他們家屋頂呢？誰讓這些人一大清早就過來擾人清夢呢？

不光那些想要強住上這裡屋頂的，就連隔壁樓棟中平時很難碰面的近鄰們，這會兒也都快要窒息了。他們之前只知道這裡住的人很不好惹，可大多數的人沒親眼見過他們，今天這一初見這些人的真面目，那種驚異是震撼級別的。

章溯勾起嘴角，眼中淨是冷冰冰的殺意，「怎麼，你們有意見？」

對方打頭的人下意識吞口水，他一個大好直男居然在見到這人之後心裡小鹿亂撞，他們那邊居然還有女人，還是個美女。

雖然心臟撲通撲通跳著，那人也依舊不肯放棄到手的利益，衝章溯笑笑，「這位……你們三位也是住在頂樓的？以後咱們就是鄰居了……租金方面……」

章溯又是冷笑一聲，讓除了和他同來的隊友之外的人，全都齊刷刷打哆嗦。

「滾！誰許你們跑到我頭上吃喝拉撒？有本事找基地直接租個頂樓來住！」

這毫不客氣的話險些噎死對方一大群人，剛剛被章溯美色所迷惑的人立即回過神來。

長得再漂亮在末世有個屁用？啊，不對，也就有個「屁」用！

幾人剛想擼袖子嚇唬嚇唬這「帥哥美女」三人組，忽見那位美人身邊狂風乍起。

似乎是為了不誤傷身邊的同伴，飆風下方的直徑只有一米多，可即使如此，那景象已經足夠眾人震驚的了。

徐玫上前一步，抬起手，憑空造出大大小小的火球。

颶風瞬間收攏，裹住火球，風與火徹底融合到了一起。

還沒等那些人感嘆這個女性火系異能者怎麼能做出這麼多火球，見到這幕的對方老大，瞬間想起自己曾經在外面做任務時看到過一些純異能者小隊中的異能配合行動景象，登時嚇得腿軟。其他人也驚得倒退，就連其他同樓住戶也冷汗直流。

章溯露出雪白的牙齒，冷冷一笑，「滾！」隨著他的話一落，火球瞬間向前撲過去，在那些人抱頭鼠竄的時候，忽然改變路線，像拋物線一樣衝著碧藍的天空飛去，然後消失不見。

在場的人都傻愣愣地看著，嘴巴張開後半天合不攏。

嚴非掃視了那些人一眼，開口說道：「一個小時後我們會再上來，別讓我們看到不該留在這兒的東西。」說著轉身走到樓邊，一塊金屬從下升起變化為一條金屬梯子，章溯、徐玫和嚴非三人順著梯子走了下去。

眾人齊齊鬆了口氣，一個住戶幸災樂禍地對那些想要強行住上來的人嘲諷道：「趕緊搬下去吧，不然到時說不準就直接把你們扔下去了。」

「就是，那些人連我們都惹不起。」

住戶們嘲笑著離開，留下的人彼此對視了一眼，低聲恨恨地嘀咕：「怎麼這麼背？」

「就是，異能者怎麼不住到新區去？非得在這兒耗著，欺負普通人有意思嗎？」

「之前我就說這棟樓好像有厲害的異能者在，你們不聽。」

「切，剛才我還說不能往地上釘釘子呢，萬一被人找上來怎麼辦，結果呢？」

「行了行了，都少說幾句，趕緊搬東西！」

見嚴非三人從屋頂下來，李鐵他們連忙問道：「怎麼樣？他們願意搬走嗎？」

章溯瞄了幾人一眼，「一會兒就滾了。」說著看向跟在後面下來的嚴非，「要不一會兒你上去時，順手把上屋頂的門給封住？」

嚴非搖搖頭，「萬一誰家屋頂上出了什麼問題，人家還得上去修呢。咱們如果把那兒給封了，難道以後還天天幫他們開屋頂的門？那些人走了就行。」

「要是有人偷偷摸摸上樓呢？」徐玫擔心地問道。

眾人無奈對視一眼，其實末世後住到樓頂的人的心態他們也不是不能理解，可相比起理解他人，他們更要保護住自己的家園，不能留有出現危險的可能性。

嚴非略一思索便道：「我有個辦法，等那些人走後處理一下，就能監控到上面的情況。」見眾人好奇地看他，他微微笑著沒馬上解釋。

大約一小時過後，嚴非自己上了屋頂。果然別說那些人，就連之前在這裡看熱鬧的住戶也都不在了。見狀他取出一團不大的金屬球發動異能，金屬球瞬間化作一張輕薄的大網，鋪滿整個屋頂。

這確實就是一張金屬網，只是它的絲線很細，鋪在屋頂上絲毫不起眼，人踩在上面也幾乎感覺不出什麼，可就是這麼一張網，它的邊角全都深入牆壁之中與金屬連結在一起，能讓嚴非隨時查探到屋頂的情況，看看有沒有什麼東西壓在它上面，有沒有人在上面走動。

這些資訊可以很容易讓嚴非判斷出屋頂的狀況，偶爾有人上屋頂走動的話完全沒什麼問題，但如果大半夜那上面還有東西，就需要他們上去查探了。

將門徹底封死不現實，不讓任何人上屋頂也同樣不現實，畢竟這一整棟樓不只有他們。一棟樓足有五個門洞，每層也足有四家住戶呢。

將這件事搞定後，眾人總算鬆了一口氣，外帶有些慶幸。幸虧那些人是今天一早爬上來的，放在平時，就只有徐玫兩個女人在家，就算她們都是異能者，戰鬥力也不錯，但畢竟她們除了會上十六樓照料作物，並不會在頂樓待著。要是一個沒注意，被那些人胡攪蠻纏地在樓上住了下來，等羅動他們下班回家……還不知道會出什麼事呢。

宋玲玲嘀咕：「聽說新城那邊的治安要好的多，可惜咱們沒法搬過去……」

所謂的「新城」指的是靠近軍營，末世後在原本的花田位置上建造起的一片新社區。那裡面的建築大多都是一棟棟的七層小樓，雖然空間不是太寬敞，可是有軍方和異能者負責巡邏，治安比其他區域好。

這片社區是專門租給各個異能小隊們來使用的，只有人數、規模達到一定程度，小隊級別達到一定高度，每個月的任務完成度也要在一定等級，還要參與軍方每個月一次的強制任務，並且平時要繳納一定租金，才能夠入住。

總地來說，這個社區就是開放給異能者和異能者小隊使用的。一般人除非有願意給他們出積分的異能者做保，且每個月願意繳納大量晶核和積分才能住進去。

新城可以說是異能者的天堂，用以區分普通者和異能者之間的區別。

不過，正因為對於異能者小隊有著種種要求，所以並不是所有異能者都能住進去，尤其是那些找不到隊伍，只能每次出城前都臨時和人組隊的異能者們更是想都別想。

到了現在，除了部分還在外面四處晃蕩，沒找到強力隊伍的異能者，以及無法為身邊親人支付積分，或者覺得在外面住得挺好，不想加入隊伍受人管制的異能者之外，絕大多數的異能者都搬了進去。

其實在這片社區建立的初期，基地簡訊就按照有無異能推送給了所有基地中的異能者，嚴非他們也收到過，但他們的隊伍中至少一半都是普通人，而且他們在這裡住得舒服，所以根本就沒考慮過這件事。

聽到宋玲玲的話，羅勳笑道：「咱們的好東西太多，要是慌慌張張搬家，就算能搬過去，說不定也會被那裡面其他隊伍的人盯上。」

宋玲玲連忙擺手，「我就是這麼一說，咱們這兒除了治安問題，哪兒不比那裡面強？聽說那裡的房子都是鴿子籠，咱們這麼多東西放都沒地方放。」

地方小也是部分小隊沒有搬過去的原因之一，當然，就算方便搬家羅勳也不想去，他們這裡整得多好多舒坦。好不容易裝修好的家，弄好的種植基地，傻子才搬走呢。

今天是小隊成員中大多數人的最後一個假日，大家在確認了沒有其他什麼事之後，就各回各家，繼續休息去了。

傍晚時分，羅勳將昨晚做好的滷味撈出來平均分配。

這些東西繼續泡在滷汁裡面也行，取出來存放也可以。如果不捨得一次吃太多，最好還是凍起來，留下當天吃的分量。

羅勳將自己和嚴非的那份拿回家中用滷汁泡著放到冰箱中醃上，準備再入味一些後再處理。他家這兩天的肉已經足夠他們吃了，暫時不用拿這些東西解饞。

一覺好夢睡到大天亮，兩人起床洗漱準備去軍營那邊報到，再換些東西回來。

他們兩人的背包中裝了不少晶核，有其他系的對於小隊成員沒什麼用處，需要拿去換成小隊中眾人需要的晶核，還有另一個重要的任務，那就是買車窗玻璃。

兩人將車子開到軍營附近，嚴非將車窗外的金屬條封死。不封死不行，他們這幾輛車子沒了車窗玻璃後，本來在玻璃應有的位置只安了幾條金屬條，結果第二天一早就發現其中一輛車上的車座靠墊被人卸了下去，另外一輛車的靠墊也有人想動手腳，只是沒成功。

羅勳他們發現時，連忙讓嚴非將所有的車窗都用金屬板封住，等要用的時候再去掉。

來到集合地點，卡車再度載上眾人啟程。放假之前，他們的工作已經完成了一個階段。外圍牆的金屬刺已經徹底裝好，大家轉戰回天橋那裡搭橋。

依舊是四個金屬系異能者負責將金屬重新提煉、融合，嚴非操控這些金屬。升到三級，大家再進行這一工作都覺得比之前快不少，就連其他異能者也能勉強做出如嚴非的操作，只是速度慢，也不太能保證做出來的金屬形狀是否符合要求。

在嚴非做完骨架，其他人按照他給出的架構往裡面添加金屬倒是沒有任何問題。

收工後，羅勳兩人驅車奔赴兌換窗口。

羅勳拿著價目表一看，驚呼出聲：「這麼貴？」

工作人員一臉淡定，「就是這個價。」

羅勳艱難地吞下口水，將價目表拿給嚴非看。

嚴非看到上面連最小的一塊轎車後門車側的小窗玻璃都要賣十顆一級晶核後，也下意識向窗口裡面那位工作人員看去，這是搶錢啊？

小轎車的車前窗居然要五十顆，更大些的比如卡車、越野車，價格更貴，最低八十顆晶核起價，最高兩百顆。

這年頭一般小隊連車窗玻璃都換不起了……等等，這些東西當初收集時才多少錢？那陣子滿大街可都是廢棄的車輛，如果不是之前基地轟炸鬧得外面好多物資都直接成了渣渣，這些東西會瘋漲成這樣嗎？

「換不換？後面還一群人等著呢。」工作人員不耐煩，甩給兩人一對白眼。

「……換，要兩塊這個規格的車前窗，再要六塊這個型號的側窗玻璃。」羅勳深吸一口氣，聲音是從牙縫中擠出來的。

黑，真黑！

見羅勳要換車窗，工作人員才詫異地多打量了兩人幾眼。就算是實力最強的小隊要換這東西也得猶豫再三，甚至去找門路，這兩個口罩男倒是大方？

嚴非忽然按住羅勳的手，衝他笑道：「咱們先去打個電話再換。」說著把他拉到一旁。

羅勳不解，「打電話？打給誰？」腦中忽然冒出嚴非的父親，莫非是要找他？

嚴非拿起羅勳的手機翻找了一下，指著一個人名道：「問問他，看他現在還負責不負責這方面的事了。」

羅勳看到那個人名，一拍腦門，真是……這人不就是當初自己找他買過太陽能板，隊長介紹的那位嗎？

一個電話過去，王隊長並沒親自來，只是給前臺打了電話，就給他們兩人以八折的費用買了三塊轎車前板、六塊側車窗玻璃，還幫他們找到專門負責兌換晶核的人，讓他們找所需要系別的晶核……

不得不說，雖然只是一句話的事，但真心幫了羅勳他們不小的忙。不說車窗玻璃打折，只說兌換晶核。晶核這東西前臺這裡雖然基本每種都會放一些，但各個系的都只會有一小部分。其中比較熱門的，如水系、火系、土系的數量會多些，但其他系的嘛……

如嚴非的金屬系異能晶核最多只象徵性放兩、三顆，根本不會提供更多。于欣然那樣的沙系晶核，更是只會放上一顆做樣子。

羅勳他們也沒兌換太多，火系、水系、風系的晶核在市場都相對好找些，當然，三級的他們還是需要換一些回去的。金屬系的基本都被隊長他們包圓了，嚴非將剩下能兌換的都換了。倒是于欣然需要的沙系晶核在這裡找到好幾顆，二、三級的都有，就是數量不太多。

能弄到這些東西，羅勳兩人已經很意外了。和負責人告別後，將車窗玻璃搬到車上，他們準備回去後再給三輛車子替換。

末世前「砸你家玻璃」雖然是種很討厭的缺德行為，可放在末世，這可就不是一件簡單的麻煩事了。基地中建起的工廠，可沒有做玻璃的。

這種工藝有，相關設備也有，就連技術工人也有，可玻璃暫時還不算剛需，基地方面的能源、資源還沒辦法向製作這些東西傾斜。

市區中到處都能找到相關的物資，如果有需求的話，各個小隊出去轉上一圈就能弄回來一大堆，暫時用不著去特意生產，所以也就放到了一邊。更因此，等到基地中誰家玻璃碎了想換一塊的時候，才會發現這東西怎麼會這麼貴？誰換得起？

普通玻璃都這樣，何況是車窗玻璃？

兩人回來後，羅勳還在碎碎念：「八折一塊也要花四十顆晶核呢，這些東西之前在大街上丟的到處都是，要是知道這東西這麼值錢，當初咱們出去的時候就多撿些回來……」

他上輩子雖然出過基地做過任務，可他每次都是臨時找人組隊，拼別人的車子給人家當小弟，什麼時候負責過買賣這些東西了？他當然不可能知道這些東西的價格。

難怪上輩子他跟人組隊的時候，有時會遇到有的車子沒車窗玻璃，車壞了寧可在外面隨便找一輛開，也不願意回基地修。當時還以為人家摳門不肯換，現在才知道……一般小隊誰換得起？出去一次才能打到多少晶核？回來換一塊玻璃就都沒了，是他他也不換。

嚴非笑著並沒應聲，他直接改變金屬的形狀，將玻璃放在車子正前方，那些金屬便扭動著過來固定住玻璃。

他們換回來的玻璃不是自家車子要用的那種，那種規格的價格不同，還要更貴上一些，可誰讓他有金屬異能？有他的異能，不管他們拿到的是什麼形狀的玻璃，他都能給鑲上。

至於反光鏡……只要隨便找幾塊大小差不多的碎玻璃，嚴非閉著眼睛能做出一打來，等下次出基地前再把它們鑲到車上，不然說不定一覺睡醒就發現被人拆掉了。

羅勳就算再怨念這些東西漲價漲得離譜，也不會期盼著再重生回去收集這些致富。上一次重生是意外，老實說，除非真有什麼天大的冤屈，不然一遍遍重生真心挺累的。因為除了自己，哪怕是身邊最親近的親友，也沒有與自己一樣的記憶、經歷。或許重生一次，原本親密無間的戀人也會變得形同陌路，因為兩人再次相遇後的事情肯定不一樣。

他這輩子能在重生後混到如今的地步，還認識了嚴非，簡直就是中了特等獎。

晚上李鐵幾人帶回來最新的小道消息，昨天企圖搬到樓頂的那夥人已經離開這片社區，在臨近某條街道的末端定居。七號樓十六樓的住戶們也暫時將通向屋頂的大門給封住，不讓外來的人爬到大家的屋頂上。

「徐姊剛才說今天他們還來人找咱們呢，都是其他樓棟頂層的住戶。」李鐵吃著滷味，臉上滿是幸福的表情。

「他們有什麼事？」羅勳和嚴非在外面的時候並沒有接到家中的電話和簡訊，知道那些人就算來找他們應該也不是什麼大事，估計都被徐玫、章溯他們做主推了。

章溯斜靠在椅背上，有些無聊地打了個哈欠，「他們昨天才突然意識到屋頂上有這麼大一塊面積，想著要不要在屋頂上種菜。我直接回他們，萬一漏水怎麼辦？」

徐玫點頭道：「而且商量這件事的都是頂樓的住戶，屋頂卻是公共面積，要是被下面其他住戶知道了也是麻煩。軍方不是在大力推廣太陽能板嗎？我記得有幾棟樓的屋頂上放的都是全樓住戶的太陽能板。若是其他住戶想在屋頂上裝太陽能板的話，如果發現有人已經在屋頂上種菜，肯定會起衝突。」

現在社區中不少的住戶都和羅勳他們小隊一樣，在房屋的牆壁外面掛上太陽能板用來為自己家中提供電力，可每堵牆，不同季節、不同時間能接收到的太陽光照時長是不一樣的，還有一些比較低的樓層會被其他建築物擋住，幾乎照不到什麼陽光，所以屋頂反而是非常好的，用來架設太陽能板的地方。

羅勳贊同道：「這種事太麻煩，還容易被人盯上，咱們照顧好家中的作物就好。」

他們家裡要糧食有種糧食的地方，要蔬菜有種蔬菜的地方，唯一的問題就是比較費電，不過他們外牆壁幾乎掛滿太陽能板，弄到的那些電能完全供得起他們家裡的消耗，實在沒必要再去冒險，除非能找到絕對安全的地方。

羅勳提起了樓下的幾輛車，肉痛地說出那幾塊玻璃的價格，然後拍著嚴非的肩膀，對眾多表情同樣驚詫的隊員們道：「我們上樓之前，嚴非給咱們的車窗玻璃外全都覆蓋上了一層金屬，免得哪天下樓發現咱們家車窗玻璃又被人弄碎了。等之後出任務的時候，咱們盡量在玻璃外面安上幾個可以起保護、緩衝作用的金屬鐵欄或者金屬網。」

萬一遇到突然撞過來的喪屍，這東西可以保護那些易碎的玻璃。

「好好好，麻煩嚴哥了。」大家都被玻璃的價格嚇到了。

嚴非笑而不語，沒有解釋車體維修的價格遠遠高於車窗玻璃。

如果不是隊伍中有嚴非這個金屬系異能者在，光是每次回來後維修車輛的錢，就足夠他們心疼到吐血。

金秋十月，基地內今年除了田地裡、蔬菜種植樓外的地方，幾乎看不到植物的蹤跡。偶爾能看到的一抹綠意，也在秋老虎過後的日子，一場又一場的秋風中變得枯黃起來。

這時有個好消息在軍中上下迅速傳遍，水稻要收割啦。

農田分布比較零散，不太適合使用收割機，再加上基地內的人手充裕，所以軍方決定發動全軍營的士兵去農田收割。而基地方面似乎準備將小麥和水稻輪種，確保大家口糧充足，所以收割時還有什麼特殊要求。

不過，這件事依舊不關搭建天橋小隊的事，他們連一條通向正東方城門的天橋框架都還沒修好，後面尚有三條在等著他們，不加班都不行。

雖然他們沒參加收割水稻的工作，可也在第一時間嘗到了新收割水稻的滋味。軍中的糧食本來就消耗得差不多了，在上級經過檢查確認後，便當機立斷決定用新米替代此前大家正吃著的陳米和糧食。

羅勳兩人所在的金屬系異能小隊的成員們，聽說今天就能吃到剛剛收割處理完畢的大米後，一個個激動萬分地期待著。等到午飯送過來，大家第一時間將米飯扒拉進口中後，整個隊伍瞬間彷彿被什麼東西定住了一樣，呆愣愣地保持著原本的姿勢一動也不動。

羅勳低著頭，打死不肯抬頭。他身邊的嚴非此前經過他的提醒，只吃了一小口，然後就和別人一樣以僵硬的姿勢定在原地半天沒動。

「噗！」

「這這……這是什麼東西啊？」

「怎麼這個味兒？這是飯嗎？」

「這哪還有飯香啊……」

「還不如吃窩窩頭呢……玉米麵粉、高粱麵粉都比這個強。」

羅勳憋著笑，他只吃了一口飯……

不得不說，人類這種生物真是由儉入奢易，由奢入儉難的典型代表。看看人家喪屍，不管男的女的老的少的肥的瘦的不都照吃不誤？他不過才一年多沒吃過，今天再嘗到居然就已經難以下嚥了。

「難怪他們用所有新糧食代替老糧食給大家吃，合著這東西就是這個味兒啊！」一隊長不爽地把碗丟到桌上，氣哼哼地衝著那個碗直瞪眼。

其他人都默默注視著碗中那看似晶瑩剔透的米飯，然後再想想這個味……真不是他們挑食，實在是……變異糧食加上變異蔬菜的組合，殺傷力太大。

「簡直就像在吃木屑。」一副隊長好不容易嚥下口中的米飯才做出評論。

幾名士兵相互交換了一下眼神，其中一個低聲勸道：「那……咱們也得吃飽了吧……畢竟也是糧食……」

是的，糧食在末世中是極其珍貴的。

雖然大家心裡都清楚為什麼新糧食剛出來就立即替換掉之前的糧食，哪怕是粗糧，還不是因為這些東西太難吃，上面的大佬自己不願意吃，可他們能怎麼辦？難不成還為了味道不好就去造反不成？現在不是沒有東西可吃，只不過是東西不好吃，但依舊能飽肚，能補充能量，再難吃也比沒得吃強。

所有人默默吃著飯，就連平時聊天說笑的聲音都沒有了。

羅勳和嚴非也盡可能將自己那份吃光。

往常吃飯是一種工作之餘的放鬆和享受，現在吃飯更像是在打仗。

默默吃過午飯，默默開工。耗到下午三點鐘下班，下班後的兩人開車回到自己家中，然後一頭鑽進了種植間。

「你們……怎麼了？」徐玫和宋玲玲感覺這兩人今天的狀態不太對勁，就見羅勳和嚴非正蹲在架子旁，看著一堆就要成熟的水稻正在商量著什麼。

羅勳說道：「基地中的糧食收割了。」

「哦？這是好事啊！」徐玫兩人不解。

羅勳和嚴非對視一眼，再度用糾結而鄭重的眼神和表情表示：「非常……難吃。」

徐玫兩人一愣，「難吃？」

「對，變異水稻，非常……難吃。」羅勳用力點頭。

「你確定咱們家中長起來的都是正常的稻子？」嚴非從沒見過水稻長成什麼樣，電視中一晃而過的不算，也沒下過田觀察這些作物，偶爾駕車經過農田時根本不細看，所以他完全認不出正常水稻和變異水稻到底長得哪裡不同。更何況那些變異水稻收割、蒸熟後看起來和正常的米飯差不多。

羅勳點頭，「是正常的。」他上輩子正常稻米見得少，但能辨別出正常稻子和變異稻子的不同，至於良性變異的水稻……他現在還不敢確認那東西到底是什麼味道的。

聽到連嚴非都無法忍受變異水稻的滋味，兩位女士更是好奇了。不得不說，好奇心害死貓。在聽到兩位女士的話後，羅勳推薦她們兩人現在就下樓去販賣食物的窗口買新米蒸出來的米飯回家嘗嘗。

徐玫兩人被羅勳歡送出去打飯，留他們兩個男人看家，外帶看著正在睡午覺的于欣然。轉悠一圈，徐玫兩人很聰明地才打二兩飯，再少窗口根本不賣給她們。回來品嘗之後表示，家裡還有一些之前存下的糧食可以吃，她們可以忍到自家作物收穫的那天。

當晚五人組外加章溯回來後，一致表示，這飯沒法吃了，日子沒法過了，簡直是叔叔能忍嬸嬸也不能忍。

「老天，這是飯嗎？怎麼會有這種口感？」李鐵苦著臉抱怨。

「我以為它們能和變異植物一樣難吃就已經是極限了，沒想到這東西嚼到嘴巴裡就像木屑乾巴巴的，我今天中午的飯都是配水強吞下去的。」何乾坤對於食物的怨念是最大的，也是最不能忍的，不然他末世前也不可能吃得那麼胖。

章溯皺著眉頭盯著放在大家面前的盤子，盤子裡裝的就是徐玫兩人下樓打回來的二兩米飯。「我覺得還是開發一下在家裡做飯的技能比較實在。」說著，看向身邊的王鐸。

王鐸立即挺直腰桿，「保證完成首長的命令！」

韓立和吳鑫也湊在一起商量：「咱們也試著在家裡開伙吧？」

「行啊，可……我就會做番茄炒蛋。」

徐玫和宋玲玲商量了幾句，對大家笑道：「不如這樣吧，大家回來後跟我們學做飯。我們會的不多，但家常菜、咱們家中種的這些蔬菜還是能做熟的。」讓她們兩人專門做飯肯定不行，畢竟她們白天的事情不少，還要照看于欣然，實在沒時間準備太多。

但指點李鐵他們，教他們做些普通的飯菜還是沒什麼問題的。

羅勳說道：「其實炒菜什麼挺簡單的，學起來不難。你們做飯的時候我們去看看，多做幾次就能學會了。」

大家最後商定把一六〇一的廚房收拾出來，五人組下班後就在那裡學習廚藝。

至於消耗的材料，當然是本來就應該分給他們一部分。

之前五人組在部隊的食堂吃飯時，除非吃些涼菜改改口味，不然根本用不著吃家裡的蔬菜，所以之前採摘的那些蔬菜，屬於他們幾人的就委託羅勳和嚴非帶去軍中賣掉。

現在他們只能將這筆外快放棄，直接拿產出的作物來果腹。

其實真正算下來他們收穫的作物還是有富餘的，憑他們幾人根本吃不完，剩下的還是可以拿去賣，只是收益沒有之前那麼多了。

既然要做飯，那就乾脆連第二天的午飯也一併預備起來。大家商定之後，就一起上十六樓李鐵幾人家中教他們幾怎麼炒菜、做飯。

幸虧大家種的蔬菜中一大部分都是成熟得比較快，週期短的蔬菜。這類蔬菜很好處理，吃的時候就算只是簡單清炒一下，放些鹽就能保持原本的口感，配什麼吃都沒問題。

再加上羅勳之前教大家醃的泡菜、鹹菜、醬菜，這會兒終於有了用武之地。

「可惜家裡麵粉不多了……羅哥，咱們要不要回頭也種些麥子啊？」一提起鹹菜，就想起饅頭的何乾坤連忙問道。

「行啊，等這一波收割，咱們也種。」

家裡好歹是溫室，可以調節溫度高低，比外面那些種在田中，天天看老天爺臉色的作物要強多了。許多外面不好種的東西，都能在家裡相對簡單種出來。

「還有玉米，家裡這次種的玉米快收割了吧？數量好像不是太多。」

「嗯，等收了這批再繼續種。」

有些東西就得等這波收了趕緊種下一波，尤其是生長期只有幾個月的短期作物。

宅男小隊的廚藝教室還算成功，至少他們做出來的飯菜吃不死人，味道也算尚可。老實說，自從經歷了基地那邊每餐所有食材都用變異蔬菜、變異糧食來替代的日子，五人組忽然覺得哪怕是自己用白開水煮出來的蔬菜撒點鹽，配著飯吃都變成了豪華大餐。

看著那五個略有些手殘，怎麼學都學不會高深廚藝的肄業大學生們，每天鹹菜、清炒蔬菜吃得這麼歡，羅勳思考了一下，教會他們一種調製蘸醬的方法，做出來的醬料可以用來拌涮過的蔬菜和新鮮的黃瓜、生菜。這個醬料配飯味道也不錯，可惜家中的白米快見底了。

有什麼事是在「外面的糧食全都難吃到要死嚥不下去，自家的糧食米缸見底」時最大的喜訊？那當然就是自家種下的水稻已經成熟，可以收割了。

十月十日這一天，下班後早早回家的羅勳和嚴非，顧不上回自己家裡換衣服洗漱，直接來到十五樓，和徐玫、宋玲玲，以及騎在小傢伙背上的于欣然一起，準備收割。

他們當初規劃時，充分利用上了幾個空房間中所有的空間來種糧食，所以這次的收穫很不錯。沒有鬧病蟲害，也沒有天災騷擾，作物中更出現了優質品種的水稻苗，這讓眾人對於這次的收穫更是抱了極大的信心和期待。

幾人拿著嚴非按照羅勳要求做出來的鐮刀收割，值得慶幸的是，因為他們將水稻都種到了架子中，架子下面還有一層蘑菇木，所以在收穫的時候他們連腰都不用彎就能收割。

田壟間的水此時放出去，只要等這批稻子收割完畢，將育苗室中培育著的小麥苗種上，他們就能等明年春天收穫另一批小麥了。

五人組下班後也加入到收割大軍來，眾人的動作很快，沒多久就將一個房間搞定。

羅勳指揮著眾人給那些稻子紮好，晾曬到外面的鐵架子去。

嚴非將最下方的鐵網縫隙加入金屬擋板，免得有稻穗意外落下去被人發現，現在每一粒米都是珍貴的。

當初育苗的時候是一撥一撥來，故而每個房間的水稻成熟日期多少有些區別。當然區別不大，可再加上窗外，可晾曬的範圍有限，大家只好分批每一兩天收割一部分，足足花了一個星期的時間才徹底搞定，晾曬完畢。

在此期間，羅勳他們將育好的小麥苗種進種植箱中，然後著手處理水稻。羅勳在末世前就很有先見之明地弄了臺家用去殼機，雖然是個二手的，可現在不就用上了嗎？

去殼機的動靜有點大，眾人琢磨了一下，最後決定在一六〇三去殼去皮，每天傍晚大家一起操作機器。斷斷續續忙碌了幾天後，眾人將收成的新米秤量過，興奮地發現，他們居然收穫了將近六百公斤的稻米。

「這麼多白米啊……」何乾坤抱著一袋散發出香味的袋子，滿臉都是陶醉的表情，「就是這個味兒，這個味兒才對，這才是真正的米飯！」

「新米最香了，今天晚上咱們就蒸來吃，我們等一下用鳥肉去炒幾個菜。」徐玫也很興奮，她和宋玲玲天天在這幾個房間轉悠，對於這些收成的感觸是所有人中最深的。

羅勳笑道：「大家一起去，咱們先把這些作物分一下。」說著看向大家，「當初咱們就已經協商好了作物的分配，大家對分配協議都沒什麼意見吧？」

眾人搖頭，稻米、麥子這些糧食都是生活必需品，當初協商時就是按照一定比例分配給所有人的，而且羅勳擔心大家收穫的作物不夠小隊平日吃用，並沒有要求從糧食中留出公共的那一份，而是將所有收成都均攤到眾人頭上，只是大家都需要支付給徐玫和宋玲玲兩位女士一些積分和晶核，當作照料作物的勞務費。

將糧食過秤，拋去那些留作種子的部分，良性變異水稻之外的部分全都均分給眾人。于欣然雖然年歲小，但大家為了照顧她和兩位女士，沒人會跟她們搶口糧。

用之前就準備好的，末世前和末世中收集換到的布袋裝好新米，每個人拿到手上的糧食足有一百多斤。這是大家半年的口糧，要堅持到明年小麥收穫的時候。

這些糧食仔細算下來應該是不夠每個人吃的，好在家裡蔬菜產量豐富，之前種的馬鈴薯、地瓜外加玉米，能填肚子的東西最近都陸續到了收穫的季節，其他作物也都各有產出，他們完全不用擔心沒得吃。

香噴噴的米飯被蒸出來，一開鍋香氣四溢，讓眾人感動無比，尤其是在吃過軍中那麼可怕的變異米飯後。

「嗚嗚嗚，有對比才知道什麼是真正的美味，果然還是自家產的東西好吃……」

「就是就是，明天起我就帶飯，打死不再買食堂的飯菜了。」

別說五人組，就連羅勳都動了心思，琢磨著要不要第二天帶飯去上班。五人組因為最近比較忙，每天下班後都要跟著一起晾曬糧食、種植新幼苗，所以這些天偶爾會來不及做飯，第二天不得不在食堂打飯吃，可想而知他們的慘狀。

至於軍方那裡，雖然有不少士兵都向上級反映說現在的飯太難吃，但後勤部表示，現在倉庫中已經沒有剩餘的陳糧，大家將就吃吧……誰讓種稻子的時候都是露天種的，一旦下雨水稻就會被汙染變異呢？這個真沒辦法。

除非將水稻弄進大棚、種植樓中精心培育，可那成本，那效率……少種個一畝半畝還可以，多了就沒辦法好好照料。

這些糧食都是軍中士兵們親手收割的，自己親手收的糧，跪著也要吃完。不就是難吃了點嗎？反正是填肚子的東西，忍忍也就習慣了。

關於變異糧食，罵的並不是只有軍中的士兵們，那些每天想盡辦法賺積分、晶核，從兌換窗口買飯、買糧食的人，內心更加崩潰。之前糧食價格飛速上漲就算了，好歹他們能吃上一口相對還算順口的，可最近不但菜變得難吃，就連飯也難吃，這還讓不讓人活了？

可不買這種糧食，大家還能吃什麼？直到這會兒，一些人才後悔起自己為什麼當初沒能堅持下來在自家或門口空地種些蔬菜糧食。

事到如今，後悔又有什麼用？出門看看，外面還有完整的空地嗎？全都被人用臨時建築占據了，就連雜物都沒地方放，這日子越來越沒盼頭了。

明明是收穫的季節，基地中卻一片愁雲慘霧。好在國人或許沒有什麼大本事，適應力卻是一等一的好。這些難吃的食物吃成習慣，大家就不會再抱怨了。

羅勳和嚴非見五人組興奮地去打包飯菜，預備明天要帶的食物，兩人低聲商量了一下，還是覺得暫時先不要帶飯了。

他們兩人的情況和五人組不太相同，無論是五人組還是章溯，他們中午吃飯的時候都是單獨行動的，羅勳兩人卻不同，他們如今還在修建那個誇張的大橋，每天的伙食都是食堂的車子直接給他們送到工地的，大家吃飯也都在一起，他們單獨帶飯太顯眼。

如果從末世剛開始他們就自己帶飯，從不吃軍方的大鍋飯就算了。現在在大鍋飯一下子變得極其難吃之後開始改吃小灶，這不是此地無銀三百兩是什麼？

再者，他們郭隊長、隊員都這麼熟悉，人家知道你們家裡有好米，你好意思不分享？

為了避免麻煩，兩人決定中午還是跟著隊伍吃。不就是難吃嗎？他們可以早餐多吃些，在背包裡面裝些餅乾之類的填肚子，下午回家後先墊些吃的再忙活家中的事。

金秋十月，宅男小隊屋子外面的牆壁上、金屬架子裡面幾乎沒閒置過，幾乎每天都會晾曬各種東西。為了方便徐玫兩位女士白天照料，他們一般將這些東西都集中到十五樓和十六樓兩層樓的外牆，只留下羅勳家的一六〇四兩層樓中樓外的牆壁依舊掛滿太陽能板，收集能源，免得家中斷電。

從這一點上來看，就體現出家裡面積大、外牆大的好處來了。

對了，雖然羅勳他們並沒想去占用樓頂那些公用面積，但在自家電能消耗過大的時候，還是得往自家屋頂（單指樓中樓屋頂）掛了不少太陽能板，至少將這幾天撐過去再說。

一直忙到月底，家中各種作物基本全都收割完畢，儲存起來，羅勳他們只要上完今天的班，明天回家就可以準備明天一早出基地的事了。

第八章

披荊斬棘砍喪屍，只求噴水馬桶蓋

在嚴非的手底下，金屬板材彷彿活了一樣，延伸成一條條鋼筋，緩緩形成巨大的橋樑骨架。眾人在這座橋的工作已經完成七成左右，還差最後一段以及收尾工作就能徹底完工。

橋樑的開頭和收尾比中間部分困難多了，誰讓這座高架橋太高，兩邊接地的時候需要轉不少彎，工作量和精確度的要求更麻煩。

大橋開頭部分修建完畢，這幾天調動過來的土系異能者需要往橋上添加「肉」。

今天的工作收尾後，走出臨時休息的地方，準備登車的眾人，意外看到大門口除了他們來時乘坐的車子，一路跟隨隊伍裝載金屬的卡車外，居然還停著一輛掛著軍牌的越野車。

見眾人出來，車門打開，有個人走了過來。

「哪位是嚴非同志？」

隊長向那人身後的越野車掃了一眼，轉頭看向嚴非。

嚴非見到半開的後門有人望過來，似乎是發現了嚴非，還對他揮揮手讓他過去。

嚴非微微皺眉，表情不太好看。

隊長拍拍他的肩膀，「你先去吧，我們在車上等你。」

他的話音剛落，過來找嚴非的年輕人就板著臉道：「嚴書記找嚴非同志有重要的事商量，一時半刻恐怕結束不了，你們可以先回去。」說著就要伸手去拉嚴非的手臂。

眾人都是一愣，不悅地看著那人。

這個年輕人說話還真是不客氣，莫非他們在這裡築牆對方就真拿他們當苦力了？

嚴非避開對方伸過來的手，沒去看羅勳擔憂的眼神，冷笑了一聲。卡車上的金屬板材忽然飛起，向他們所在的方向射來，在嚴非他們身前形成一堵巨大的金屬牆壁。

板著臉想要帶走他的年輕人，驚得下意識後退，可金屬牆卻不斷逼近他。

直到「咚」一聲，他發現自己撞上了什麼東西時，那堵牆才迅速回到原位，再度化成一堆金屬材料堆到卡車上。

嚴非冷冷地掃了張著嘴巴，一臉驚訝地看著這裡的嚴革新。

「我們走。」嚴非說完，率先向卡車那邊走去。

隊長愣了一下，偷笑地跟上。雖然不清楚嚴非和來找他的人是什麼關係，但很顯然嚴非根本不想和那人有什麼聯繫，而且那人手下的行為也確實沒腦子的。

隨便去軍中打聽一下，誰不知道傳說中磨盤小隊的大名？連基地中幾位大佬見到他們都笑呵呵擺出一副禮賢下士的態度，他一個連勤務兵都算不上的小跑腿有什麼資格用命令的口氣支使他們，還要強行帶走嚴非？

好吧，也許是他們過於敏感了，畢竟人家除了態度不好，並沒說什麼不是嗎？

眾人向卡車走去，越野車那裡傳來一些響動，一個人走下車子高聲叫道：「小非！」

刷刷刷，眾人的目光再度集中到嚴非身上。嚴非不耐煩地看過去，雙手抱臂不動。大家這才看出來，這人似乎就是之前表彰大會前叫住過嚴非的那個中年人。

兩人肯定是認識的，甚至是家中的長輩吧？

隊長看看那個正往這邊走過來的人，對嚴非道：「我們上車等你。」說著摟過羅勳的肩，帶著他一起向卡車走去。他是知道那個人的，對方也姓嚴，想起先前有人說過基地中有位長官要找一個姓嚴的，二十六、七歲的年輕人，而嚴非得知後雖然裝得很淡定，但自從上次在基地中這人找到嚴非頭上，他就猜出這人恐怕應該是嚴非的父親。

父子關係不好，父親來找兒子，還是別讓他的男兒媳在場比較好，不然萬一那人說些什麼導致嚴非怒氣上升……謀害基地長官和不小心幹掉一個找麻煩的路人甲的罪名，在基地中可是不可同日而語的。

見其他人很識趣地離開，嚴革新的臉色才好了一些，但臉上依舊帶著怒氣，「你亂發什麼脾氣？以前也沒這個臭毛病，怎麼現在一言不和就動手？」

嚴非好笑道：「你連他對我說了、做了什麼都沒聽到、沒看清，怎麼就知道是我的錯？」

嚴革新愣了一下，壓下心頭的火氣，是他在之前告訴自己的下屬，讓他「務必」將人帶上車來，恐怕這才適得其反。不過他今天來找嚴非是有一件比較重要的事情，所以嚴父的架子暫時要收起來，雖然每次和自家兒子打交道都會被他那出乎意料的反應氣到肋骨疼。

「跟我上車吧，咱們一起吃晚飯，我有一件重要的事要和你交代。」嚴革新轉身就走。

嚴非嗤笑出聲，嚴革新詫異停下腳步看向他，「嚴書記，沒人告訴過你，找別人吃飯要提前預約嗎？我雖然不如您身居高位工作繁忙，可時間也是很緊的。」

嚴非說完，逕自朝卡車走去。

嚴革新這才明白嚴非在不爽什麼，連忙上前兩步拉住他，「爸爸有重要的事跟你說。」

嚴非示意自己的身後，「我還有一車隊友在等我，如果您真的著急，可以跟我上去說，不過晚飯就算了。」就算基地中還留有那些陳糧專門供給基地高層吃他也不稀罕，他還等著回家吃羅動給他做的愛心晚餐呢。

嚴革新深吸一口氣，「軍方後天有一個任務，是個十分重要的任務，我為你爭取到了一個名額。我知道你還沒能搬進新城中去，你放心，如果你完成了這個任務，憑你異能者的身分和這個任務就能免費住進去……當然，如果你要帶個什麼人進去我也能幫你爭取過來。這次有不少基地中比較有名望的小隊和異能者也要參加，如果能和他們交好的話，對你的未來和前途都大有好處，我特意給你安排到後勤部……」

嚴非剛才發動的那一下異能嚴革新看在眼中，讓他十分驚訝。

他雖然不清楚異能者等級要怎麼區分，什麼樣的異能表現就是強大的，可那一下子的反應和對於金屬的調動速度，怎麼也應該和那些一流的異能者差不多吧？雖然金屬系異能者比較麻煩，需要隨身帶一大堆金屬材料，不過戰鬥力和防禦力算是不錯的了。至少有他跟著一起行動的話，對於那些車子的保護、物資的防護能起到不小的作用。

將嚴非當成純正後勤人員的嚴革新，充滿期待地對著自家兒子碎碎念。

嚴非開口打斷：「那天我沒時間，另外，我對新城沒有任何興趣，不想住進去。」

嚴革新的話卡在一半，深吸一口氣，壓抑著怒火道：「你都快三十歲了，別像個十來歲不懂事的孩子一樣鬧情緒好不好？爸爸是為你好……」

嚴非忽然正視嚴革新，表情沒有一絲笑意。

「你知道我需要的是什麼嗎？你知道我在末世中想過什麼樣的生活嗎？你又知道我對於現在的生活狀態是否滿意？嚴書記，您的想法、計畫、野心，都是屬於你個人的，你想要得到什麼樣的結果可以自己去爭取，那些東西不是我要的，我也沒有任何興趣為了別人搭上自己的一輩子，去做自己根本不願意做的事。」

他的神色略顯疲憊，「為了別人的希望、要求過日子，我在末世前就煩透了。」

嚴非說完，再次走向卡車。

那輛卡車上有他的戀人，以及他的工作夥伴。

「嚴非，家裡培養了你這麼久，你就是這麼報答你父親的？」嚴革新的聲音中透著濃重的失望和恨鐵不成鋼。

嚴非頭也沒回地丟下一句：「我的生命是你們出於利益才不得不給予的，我只是沒準備連未來的人生都要按照你們的強制安排走下去而已。」

他受夠了這種「因為我們賦予了你生命，就有資格安排你未來的人生」的日子。

他的責任、義務、身分，在末世到來的那天，就已經不復存在。

如果沒有羅勳，根本不可能有現在活著的他。

要說有人給予一個人生命，就等於能安排那人從獲得生命時起直到死亡的所有生活和選擇，那這個世界還有多少人願意活下去？

給予一個孩子生命，應該是真正無私的愛，對於生命延續的期盼，愛情中自然而然的結果，而不是抱著某種明確目的，為了有個聽話的傀儡，必須二十四孝可以給自己養老的孩子才去生下他們，他嚴非的命沒有這麼不值錢。

爬上卡車，嚴非直接坐到羅勳身邊，摟過羅勳，低頭就吻向他的唇。

眾人先是一愣，隨即起鬨地鼓譟。

他們早就知道這兩人是一對的，只是誰都沒明確問過，他們兩人也沒明確表示過。現在這一吻，讓許多沒有對象的光棍都熱血上湧。好像該找個伴了，無論是男是女，能在自己疲憊、脆弱的時候，有他（她）陪在自己身邊就好。

好不容易嚴非才抬起頭來，羅勳趴在他懷裡躲避眾人的視線，好半天嘴唇還有些紅。等大家到了目的地下車解散的時候，才低聲問嚴非：「沒事了？」

嚴非看著他，忽然笑了起來，「我沒事，他有沒有事就不清楚了。」說著抬頭看向軍營那高大的圍牆，他不喜歡自己的父母，但從來也說不上討厭、怨恨什麼的，只是他父親如今的行為是在挑戰自己的底線。面對這樣一次次的找麻煩，他也會累。

羅勳無奈失笑，掏出車鑰匙和嚴非一起向兩人停車的地方走去。

嚴非忽然道：「他說後天基地有個重要的任務，你有什麼印象嗎？」

羅勳愣了一下，搖頭道：「我不太清楚……總不會是去支援其他基地吧？」

嚴非道：「不會是這種，肯定是有利可圖，而且一旦完成，利益還會很大。」不然無利不起早的嚴革新才不會找到自己。任務有難度，收穫大，能提高在基地中的聲望，這些因素必定全都具備。

「那就是各類緊缺的物資唄。」羅勳聳聳肩，「現在基地裡物價飛漲，我覺得他們就算去末世前哪家玻璃製造廠弄些材料回來都能大發一筆。」

末世之中什麼物資不是利益巨大的？比如衛生紙……咳咳，這東西羅勳末世前存不少，末世後外出只要見到這類東西也會往車上拚命塞，可就算如此，現在將近一年過去了，家中的衛生紙也消耗了好多……等衛生紙沒了，之後的日子要怎麼過啊？

「我們要不要去一些末世前的造紙廠？」羅勳眼睛發亮地拉住嚴非的手。

「造紙廠？」嚴非愣住，腦子一時跟不上。

「衛生紙啊，家裡的衛生紙快用完了。」羅勳一臉嚴肅，「基地現在生產出來的衛生紙都糙得可以，用久了肯定會得痔瘡。」

他上輩子就深受衛生紙的凌虐，每次上廁所的時候簡直就像是在自殘。

嚴非的表情有些扭曲，家裡的衛生紙足夠兩人用到明年好不好？而且其實家中水資源比較豐富，他們可以用帶沖洗功能的馬桶來著。當然，衛生紙也確實是個嚴重的問題，不過這件事需要回去後和大家商量。

兩人驅車回到自家社區中，就見社區裡再次熱鬧起來。

社區中原本兩棟樓之間就出現了不少私搭亂蓋的窩棚、簡易車房，今天不知道是什麼人找來幫忙的，還是這些窩棚住戶出錢請來了幾位土系異能者，正在社區的樓與樓之間的空地上幫人蓋房子。

蓋的房子不是很高，大多是二層小樓，因為他們中只有土系異能者，並沒有人能做出金屬的鋼筋，也沒有相關的原材料。

羅勳兩人詫異對視一眼，驅車進入社區深處，發現不是只有一戶是這樣，其他地方也有人在建造這種二層小樓。

羅動可不記得上輩子有這麼一回事，當然，上輩子那些在樓與樓之間搭蓋房屋的數量不少，高度都達到兩層以上，將他地下室那唯一窗子外的光線遮擋得死死的，只是沒有像如今這樣居然有人能找到土系異能者來幫忙。

兩人將車子停好，這才進入自家大樓。

徐玫和宋玲玲正在陽臺上向下看熱鬧，見兩人回來，解釋道：「聽說有人出錢請土系異能者過來蓋房子，後來就有其他也在外面住的人跟著一起訂。他們白天就把社區之間的空地幾乎都占光了，原來那些破房子也拆掉了。」

羅動走到陽臺上向下看去，自家樓下到社區圍牆之間也有兩戶正在建土房子，「是他們自己花錢請人來蓋的嗎？」

「應該是吧，別的社區也有。你們看，旁邊七層小樓上也有人在建房子呢。」

果然，旁邊那幾棟七層小樓上有新「搭建」出來的房屋，當然，那些房子不是按照原本的結構繼續往高處起樓，而是如同下面搭建的那些房子似的二層小樓，連外形都差不多。

「我記得外面的防禦工事都暫時修完了。」嚴非忽然看向羅動，「現在雖然還有一些需要土系異能者幫忙，不過要的人肯定不多。」

羅動聞聲笑了起來，「所以估計他們都暫時失業了吧，而且他們在基地裡待得這麼久，恐怕很少有人願意出去打喪屍。」

於是，這些土系異能者就另闢蹊徑，決定接私活。他們參加過基地內大大小小的各種類型的建築工作，時間久了，誰還不會弄個房子什麼的，尤其在他們的異能大多被基地發的晶核衝到二級，甚至有些人的異能已經到了三級後，蓋房子完全是小意思。

看著隔壁社區頂層那規格幾乎一模一樣的房子，大家不得不承認，這些外出找私活來做的土系異能者們恐怕都是一撥的，至少都是師出同門，不然相似度不會這麼高。

「幸虧那天把要上咱們樓頂的人趕走了，不然他們萬一也找人上去蓋幾棟房子……」徐玫抖了抖，撇撇嘴角表示對之前那件事的慨嘆。

在社區中蓋房子的不是一家兩家，羅勳他們能管得住自家樓頂上不讓人私搭亂蓋，卻管不住社區中其他人。雖然明知道那些只是純泥土搭蓋出來的房子，結實不到哪兒去……可連蓋房子的土系異能者們自己都沒說什麼，他們出去說了也沒人會相信。即使是土系異能者們去蓋房子，用的材料也是按照一定比例融合後的才能用，結實程度可比這種用隨便什麼地方挖出來的土強得多。

就像嚴非他們現在為了製作出高硬度，兼具一定韌性的橋樑骨架，也必須按照一定的金屬比例來融合一樣，不然他們幹麼要費這麼大的力氣將原材料徹底分解後再重新融合？直接像搭建外城牆一樣將所有手邊的金屬材料直接捏在一起不就好了？

社區中很多大樓屋頂上所搭蓋的土房子都是用路邊隨便挖出來的土做的，雖然能堅持一段時間，但不久就會自然風化，或者硬度不夠。但具體情況到底會如何，他們不是專業的，並不清楚。嚴非從自己工作的步驟中分析來推測，前景不大美妙。

帶著自家的傻狗一起回到十六樓，小傢伙現在吃的不錯，身體變得越來越龐大。身上的毛色油亮，肌肉結實，一看就知道生活水準在一般人之上。牠每天馱著于欣然到處亂轉，也算是鍛煉身體了。可最近幾個改建成種植間的房間中掛了一堆蘑菇木，牠就不能進去玩了，這才不得不減少活動地點。

兩人一狗回到家中，羅動和嚴非換衣服準備先去洗澡，小傢伙直奔客廳沙發角落旁的墊子上，將牠的狗頭趴在一顆晶瑩剔透、排球大小的石頭上。

這就是大鳥腦袋中的晶核。不知是什麼原因，自從帶回這東西後，小傢伙就喜歡圍著它轉悠，睡覺時都不再來纏著兩人，反而或枕著或圈著這顆晶核。

按羅動的話來說：「讓牠抱著睡吧，反正這顆晶核現在也沒什麼用，說不定牠睡著睡著能睡出個異能來呢？」於是羅動他們不再管牠，就拿這玩意兒給牠當玩具了。

傍晚時分，吃過晚飯的眾人再度集合開會。一群人圍著桌子開始討論，明天是去打晶核呢？還是去找一家生產衛生紙的工廠呢？好吧，這個討論的問題確實有點怪。

「現在的問題是，咱們去末世前生產衛生紙的工廠就一定能找到衛生紙嗎？」章溯斜睨了羅動一眼。他對於基地發放的衛生紙也很不爽，可再不爽也沒用，買不到品質更好的，「就算咱們到了地方，能找到生產衛生紙的流水線，你們覺得咱們能運得回來？」

每聽他反問一次，羅動就覺得自己的膝蓋中了一箭，兩個膝蓋被他射得站立不能。

嚴非咳嗽一聲，為自家戀人解圍：「我倒是覺得咱們可以優先考慮換馬桶，換成那種自動沖水的，就是需要通電可以自動向上沖水的那種。雖然費電，不過……省紙。」

消耗品早晚會有用完的一天，他們沒必要糾結這個問題，反正到時候大家都沒得用，但是為了自家親愛的著想，他還是覺得有必要給家裡換一個能向上沖水的馬桶。

羅勳揉了兩把頭髮，默默埋怨自己當初怎麼就沒想著換個馬桶，不然現在也不用糾結這種事了。如果當初他真有心思換的話，估計他一去查價格就會放棄，有買那個的錢，還不如多買些物資種子來得實惠。

「咱們不知道市區什麼地方有這種東西啊！」李鐵舉手。

嚴非忽然站起來，「查網路，現在能查到的末世前的地圖有些地方應該會有標註。」

羅勳不好意思地反省道：「那個……我不過就這麼一提，不用非得去找這東西……」

何乾坤拍拍他的肩膀，「其實我一直覺得……咳咳，我上廁所不大……那個方便來著，要是有個能沖水的最好。」

徐玫和宋玲玲笑倒在一起，「去找找吧，要是能換就最好了。」

兩位女士在這方面的問題比男士還要難受，尤其是她們本身每個月總有幾天很耗紙。

眾人查了一圈，最後將目光放在了一個地方──他們在末世初期曾經去過的，距離這裡並不算太遠的，上次轟炸市區時應該還沒被波及的金龍家裝城。

這是宅男小隊剛成立後的第一站，羅勳他們曾經戰鬥過的、掃蕩過的地方。

雖然不確定那裡就一定有他們需要的馬桶，可總比其他地方靠譜。

羅勳本想表示不用非得去那裡找東西，但其他人一致決定，可以順便去建築物還沒有損毀的地方轉轉，畢竟他們之前去的都是已經被轟炸得七零八落的地方，而且市區南面的喪屍明顯比北面的高階，上次更是遇到了一隻體型巨大的變異動物，或許其他地方比較安全。

再加上之前他們都去固定的地方，一路的廢墟什麼東西都找不到不說，沿途的金屬材料也差不多都被嚴非掃蕩光了，去北面轉轉探路也好。

更重要的是，他們上次弄到的那些晶核嚴非他們還都沒吸收完呢，這次就算沒打到多少喪屍問題也不大。

於是，眾人就這麼愉快地決定了。

整裝待發的一行人，一大清早就集合下樓。他們今天的目的地與以往不同，變數也要更多一些，因此大家對於外出的期待感和忐忑感遠遠高於平常。

幾輛除了底盤完全看不出原來造型的車子，排成一串向著基地大門方向開去。

先路過巨大的軍營「城堡」，通過寬廣的城內圍牆，最後來到了外圍牆處。

「剛才咱們路過的那片圍牆是什麼？基地裡又要修什麼東西了嗎？」後車廂的何乾坤在快到達出城大門的時候忍不住問道。

「你說的那兒好像是新城吧？」羅勳回憶了一下，向嚴非徵求意見。

嚴非點頭，「應該就是新城。」

「新城難道也要建大圍牆嗎？」吳鑫驚呼一聲。新城不過是給異能者小隊們單獨分配的居住地，要是給他們也建那種高大的金屬、土系雙層圍牆的話，也太讓外面的人不平衡了。他們可是異能者，普通人的戰鬥力不如他們，更需要保護好不好？

「不，應該是他們自己找土系異能者去修的圍牆。」嚴非攤開雙手表示：「沒聽說軍方的土系異能者有新任務。現在軍方的土系異能者不是等著修建金屬天橋，就是在基地外面搭建防禦工事，或者跟著外出的隊伍做後勤，也沒人找到金屬小隊說有什麼新任務。」

所以新城那裡的圍牆多半不是裡面異能者們自己搗鼓出來的防禦工事，就是他們和基地中現在那些私搭亂蓋的人一樣自己花錢找人來弄的。

「咱們社區……」何乾坤的話剛開了個頭，就嚥下了後面要說的內容。雖然他很想自己所在的社區更安全，但社區裡面什麼地方來的人都有，絕大多數都是每個月花一定積分租房子的人，流動性很高，就算他們想建圍牆，加強社區的安全性，也沒辦法聯合其他住戶。

這次外出做任務前，為了大家的安全考量，也為了能讓每輛車的攻擊力達到最大化，每輛車上坐的人是平均分配的。羅勳他們這輛車上的異能者是嚴非，同車的是射擊技能最高的羅勳，再加上何乾坤和吳鑫。中間車上的是宋玲玲帶著于欣然，同車的有韓立和李鐵。最後一輛車上是章溯與徐玫，再加上負責開車的王鐸。

相比起來，中間車上的火力要差些，可于欣然的異能用來纏住攻擊目標，比誰的異能都更好用一些。而宋玲玲經過長時間的鍛煉，終於能做出攻擊力不亞於使用弩箭威力的壓縮水箭。當然，這種異能在面對高階喪屍、體表有強化效果的喪屍時，並沒有太大的效果，可用它們來射擊喪屍的眼睛卻十分好用。

領取任務，登記出門，宅男小隊和其他車隊一起浩浩蕩蕩出了城門。

羅勳他們今天的目標是市區那些還沒坍塌的建築區，跟其他小隊的目的地倒是相仿，所以一路上都能看到不少車輛同行，對面還有不少小隊正趕回基地。

這條路上喪屍數量不多，有時能看到一些喪屍遠遠追著某些車輛搖搖擺擺地跑啊跑，比起羅勳他們南下廢墟地帶時遇到的喪屍還要零散，數量也要更少一些。

開出去不到半個小時，前方的車隊忽然停了下來。

羅勳他們不得不減速停在路邊，然後就發現前面有人在火拚。

對，是小隊之間的火拚，不是活人打喪屍。

三輛車並排停在幾乎快要成為廢墟的建築物旁看熱鬧，其他車隊也要麼停下看熱鬧，要麼繞道離開。

「老天，這可比打喪屍還熱鬧啊！」王鐸伸長脖子企圖瞧瞧到底是怎麼回事。

羅勳觀察了一下，眉頭微微皺起，「回車上，準備繞道。」

「隊長，繞道的話，時間……」何乾坤看看自己的手機，又看看打得正熱鬧的前方。轟隆一聲，不知哪位異能者一招擊中路旁的樓房。那棟樓被轟出個大洞，碎石、磚塊、玻璃正稀哩嘩啦往下掉。

「走吧。」羅勳擺擺手，示意大家上車。見到這種情況，宅男小隊的成員再也沒有看熱鬧的心思，連忙上車準備撤離——這可是同胞打架啊，真凶殘！

回到車上，在地圖上研究了一下，羅勳選定了另一條距離高架橋有些遠的小路，打輪轉向，拿出對講機，這是他們前不久換來的。

「跟著我的車，往回開一個路口向東拐。」

「收到。老大，剛才那些人是怎麼回事啊？」李鐵的聲音從對講機中傳出來，變得有些古怪。基地中雖然時常發生鬥毆的事，不過因為李鐵他們每天定點上班，定點下班，能近距離圍觀幹架的機會比較少，所以十分少見。倒是羅勳、嚴非，因為任務時常要穿梭在基地中，或者登高建造圍牆、橋樑，反而看過不少。

「不是以前有仇出基地來解決，就是任務、利益衝突吧。」羅勳一點也不意外，這輩子他的生活很規律，就算能遠遠看到打架的事也沒辦法近距離圍觀。倒是上輩子……就算他不去故意打聽，也能從其他管道，比如在基地中擺攤賣菜的同行處打聽到各種八卦，甚至於連死都死在兩撥人的火拚之中……

現在想想，果然只有遠離八卦才安全。看看他，這輩子不八卦，不看熱鬧了，不光生活品質提高，也不會再遇到那些磨難了。

一行人繞道離開，他們本來打算順著高架橋下的路開到建材城。高架橋在末世剛到後沒多久就已經不能保證安全了，不過剛才的路上有人擋道，他們只好繞道而行。

大約一個多小時之後，他們才來到目標地點不遠處。老實說，這次進入真正意義上的市區之中，許多狀況和以前都不盡相同了。雖然這裡不像市區南面似的那麼荒蕪，彷彿就是一片廢墟，可路兩旁的房屋、街道、樹木，都在進城搜集東西的攜帶武器的普通人、異能者和喪屍們的摧殘之下，弄得破破爛爛的。

市區中的房屋大多數窗子都碎了，所有的商店都門戶大開，不少店家連門都沒了，裡面所有能搬走的東西一件不剩全都沒了蹤跡。

當然，還有不少商店的東西沒人理會。被搬空的無非是一些與食材相關的，與服裝相關的，以及家具、櫃子、帶有木質材料的商店。

嚴非在途中隨手收集附近的金屬材料，因為這個方向難免會遇到進城做任務的小隊，所以他沒敢如以前似的整個大鐵球跟在車旁滾，可這樣一來，他就只能往自家的、後面跟著的兩輛車皮上「貼金」，但這又能貼多少？

羅勳開過一個轉角，見附近沒有人，示意大家臨時停車，對身旁的嚴非說道：「弄些金屬材料來做輛車。」

「啊？」別怪嚴非沒反應過來，換成誰誰也沒辦法立刻明白羅勳的意思。

「我是說，你用金屬材料模仿車子的外形做一輛車出來跟在咱們的旁邊。先弄成空殼，等路上收集的金屬變多再把它填成實心的。如果收集到的材料更多的話，可以把小轎車的外形弄成中型越野車，最後弄成卡車也沒關係。」

嚴非不得不承認，這真是個法子，既不起眼又實用，自家老婆的腦子怎麼就這麼聰明？想著，在後面何乾坤和吳鑫兩人奉承「羅哥的腦子真好使」、「羅哥太厲害」的歡呼聲中湊近，親一口當作獎勵。

兩個光棍在這一幕的刺激下抱在一起嚶嚶哭泣。

「你們成心刺激我們兩個單身狗啊？不厚道啊不厚道！」

「你們也可以在一起嘛，我們又沒攔著。」羅勳很不負責任地道。

何乾坤和吳鑫兩人在後車廂森森地看著羅勳，嚴非則直接揮手收集附近能找到的金屬材料聚集到一塊開始做車。

該說嚴非的異能等級又提高了，所以能吸過來的金屬變多了？還是實在是這附近沒有金屬系異能者來過，所以這麼大的一個金礦居然沒人來挖掘？

反正嚴非招招手就做出了一輛實心小轎車，考慮了一下，小轎車變成半空心的小貨車。

嚴非都沒有仔細搜索那些過於細小的金屬，也沒擴大範圍就已經能攢出一輛車子來，要是再用些心的話，他們這次回去絕對能多出三輛實心大卡車開回基地。可惜的是，他們現在並不需要帶這麼多金屬回家，房子裡該弄的東西都弄好了。

當然，回去之後還可以繼續加固整棟樓的牆體什麼的。

嚴非笑著對羅勳道：「咱們回去後可以再加固一下咱們的車棚。」

社區中占地情況越來越嚴重，一些臨時住進社區空地、沒錢請人建房子的人，已經和那些為了蓋房而多占地方的人不知吵了多少架。羅勳他們的車子就放在樓下，要是萬一哪天有人不長眼來找麻煩的話……還是提前預防一下比較好。

羅勳道：「那就乾脆多弄些，反正一會兒你也得用上。」

他們等一下搜集東西時，嚴非就要靠著這些東西來當武器或者防護用具，說不定會有所消耗，所以最好多預備一些，而且樓底下的地方誰占不是占，他們也需要好不好？

嚴非笑笑，示意羅勳繼續向前開，他只要沿途招招手，就能搞定這事。

又拐過兩個彎，中間有段路被倒塌的房屋、車輛堵住，羅勳他們才終於來到目的地。

「老天……這裡都變成這樣了！」

當初他們來過的建材城，此時大門上的玻璃全都碎了，金屬拉門被人拆走，裡面掛著的塑膠簾子也沒了，隔壁的大超市甚至有半堵牆塌了，附近的路面更是到處都是雜物、廢車。幾個喪屍正在晃蕩著，見有動靜，一個個奔跑過來。

「哆哆哆」幾聲過後，這些二級喪屍集體撲街，羅勳他們連正眼都沒看這幾個喪屍，于欣然操縱著她隨手沙化出來的沙子，很快就將晶核挖出來遞給宋玲玲。宋玲玲的水系異能雖然也開發出了攻擊力，但平時依舊負責後勤方面的工作。

「……誰記得什麼地方有賣馬桶？」羅勳不太確定地問道。

大家面面相覷，倒是章溯開口道：「賣馬桶的通常都在一樓吧？」

「那就進去看看。」眾人鎖好車，嚴非直接將車窗用金屬護住，再用一些金屬凝結成帶著網眼的護盾擋在眾人前面，大家才緩緩向漆黑的建築城中走去。

這個地方之前來過，不過當時他們的目的地主要是後面的倉庫，現在他們得至少先確定這裡有賣馬桶，且還是他們需要的那種有自動沖水功能的才能去後面的倉庫找相應貨物。

仔細想想，他們辛辛苦苦出一次基地，居然是為了幾個馬桶……這要是說出去，估計能笑掉別人的大牙。

屋頂忽然有個黑影向眾人撲下來，「轟轟」兩聲響過後，其他人連動都沒動，徐玫就直接將那個突然攻來的喪屍轟殺掉。

「二級的。」徐玫淡定地告訴大家那個喪屍的級別。

取出晶核後，眾人繼續深入，外加仔細檢查裡面剩餘的東西。他們每個人都帶著或太陽能，或充電式的手電筒，此時全都打開，仔細辨別這個大廳中的東西。

運氣還不錯，末世後進城搜索物資的小隊們大多會採取三光政策，故而這裡有用的東西幾乎被人拿光了，誰讓這裡距離基地比較近呢？

他們只是略微找了找，就發現了賣浴室用品的攤位。

「老天，他們連這裡的隔板都拆光了。」

「地板也沒了。」

「還好，居然還有抽水馬桶在。」

大家都圍著目標攤位附近打轉，這個大廳中原本的攤位都是用板子隔開的，板子上一般都會裝著該店鋪出售的，可以掛起來的樣品。現在板子沒了，沒用的商品被丟得滿地都是，這個攤位還有兩個馬桶被摔碎了。

他們找了一會兒，才辨別出其中兩個馬桶的型號是全自動會噴水的。既然這裡有樣品，那倉庫中就一定有貨，至少每種得有一件實物吧？

大家興沖沖地往倉庫走去。

「哎喲！這是什麼？」王鐸沒看清腳下，被絆了一下。

韓立用手電筒一照，大家後退一步，居然是個死人。

死人沒什麼好怕的，他們在末世中打死過不知多少喪屍，可……

「應該是還是活人的時候被殺死的。」羅勳檢查了一下，「死亡不超過一個月，屍體還沒大面積腐爛。」他伸手指著另一條通道，「應該是內訌，不是喪屍殺死的，走吧。」

眾人顫了顫，深吸一口氣，連忙繞過這裡。

幾人合力搬著那兩個當作樣品的馬桶，從另一段路繼續向倉庫走去。果然還是要和值得信任的隊友一起出來，要是他們隨隨便便找人組隊出基地，說不定也會不知什麼時候就遇到這類情況死在外面，那樣還不如就在基地中老實找份工作做呢。

倉庫大家之前來過一次，但那次他們沒有發現賣馬桶的，所以這次可以直接略過他們上次翻找過的倉庫，從別的地方找起。

一進這裡，他們不禁感慨了一下：「果然是人多力量大啊……」

所有的，注意，是所有的倉庫大門都已經被打開過了。

一些有用的，比如地磚、木板之類的倉庫裡早就變得空空如也，少有的能剩下東西的就只有羅動他們所需要馬桶在內的一些倉庫了。

「仔細找找，看看哪個是咱們要的，要外表完好無損的。」

馬桶倉庫中的東西是不少，坑爹的是，它們的外包裝都沒了。

想也知道馬桶是用什麼裝的，紙箱、泡沫塑料唄。泡沫塑料先略過不提，這些紙箱可都是好東西，能燒啊，那來過這裡的人會放過這些紙箱嗎？那些只要箱子不要馬桶的人會善待那些可憐的馬桶嗎？

所以，這裡有碎了一地，東倒西歪的各色抽水馬桶。

馬桶們的屍體遍地，但這不妨礙這裡還有一些裸奔的馬桶。

眾人開始找尋自己的目標。

碎了的不要，磕碰掉角的不要，上面有裂痕的……暫時放到一邊。

最後眾人驚悚地發現，這裡似乎沒有他們需要的那種自動沖水馬桶。

「這是怎麼回事？」

眾人正在糾結的時候，嚴非忽然指著角落的一堆東西，「是個吧，智慧型馬桶蓋。」

「蓋？」

「不是馬桶？」

將同樣沒有外包裝的馬桶蓋拿過來後，眾人才發現，這裡的馬桶蓋一共有兩種，就是他們剛剛找到的那兩個馬桶上的那種。

「原來如此，只要裝上，通水通電就行了。」一群土老冒對著馬桶蓋行注目禮。

羅勳一揮手，「全都搬走。」萬一回頭用著用著壞了呢？總得有替換的不是？

最後統計，加上他們從前面的商場中搬過來的、現拆下來的兩個馬桶蓋，他們一共找到了二十二個智慧型馬桶蓋。

有了更多的選擇，他們立馬決定全都拉走再說，萬一這回他們找不到別的物資，這人手兩個可控水流，可控水溫，可控角度，可全方位噴水，可烘乾的馬桶蓋就是他們這次外出的唯一收穫了。

「羅哥、嚴哥，玻璃，這裡還有玻璃。」韓立在一處牆角邊歡天喜地蹦躂著。

今天是個好日子，當羅勳他們看到牆角那一大堆被垃圾遮擋著的淡綠色切口，可以用來做魚缸的玻璃時，心中都是如此想著的。

雖然這批玻璃不是雙層的、隔溫的，也沒有經過什麼特殊處理，但在如今這個世道，有這些能用就很不錯了。

他們現在雖然不缺玻璃，可這東西家裡還是存上一些比較好，免得哪天玻璃碎了，車窗玻璃破了，又得花大價錢去買。既然買回來的永遠都不可能徹底適合自己所用，那他們為什麼不乾脆弄點免費的回去備用呢？

眾人高興地將這些玻璃連同馬桶蓋搬上車，順便隨手消滅聞到人肉香氣迎過來的喪屍。羅勳讓章溯和徐玫帶著于欣然保護大家，不用跟著搬運。他們三人聯手起來的殺傷力極其恐怖，正好負責警戒。

搬完東西，他們又在這裡轉悠了一圈，找了些丟在不起眼角落的矽膠、小袋水泥等。

市區靠近基地方向的絕大多數建築物中已經沒有什麼東西的情況下，他們還能夠有所斬獲，這讓宅男小隊的成員們心情指數向上提升了好幾個等級。

跟別的小隊一樣，他們在搬運東西的時候也遭到了喪屍熱情的圍攻，但因為有凶殘的隊友在身邊，他們需要的東西又不是那些常見的緊俏物品，這也就造成了他們很快就找到自己所需的東西，並且在回到自己車上的途中順手幹掉趕來的二三十個喪屍，挖出它們的晶核，再然後……他們開始商量之後呢？

「這次出來前，我們接的還是打晶核的任務，所以咱們好歹得湊夠兩百顆一級晶核，多了當然也不限。」羅勳環視眾人一圈，現在他們湊在三輛車圍著的中間，最外側是嚴非用隨手召喚過來的金屬做成的板子，當成臨時的防禦工事。

「要不就找棟樓，引喪屍來殺？」

「會不會引太多？這裡畢竟人來人往，做陷阱不太現實。」

「問題不大吧？咱們就把周邊的喪屍收拾收拾，湊夠晶核就回去，反正這次出來的目的已經基本達成了。」

大家七嘴八舌出主意，羅勳思索了一下，拍板道：「找一個建在街角的樓房，二層以上。嚴非將一樓所有的門窗封住，用血包引一下看看情況，殺夠數量後盡早回去。」

就在他們說話的同時，所有人聽到另外一側的公路上有車隊飛馳而過的聲音。如果他們想要選一個地方默默打晶核的話，這裡真心不合適。

市區中，末世前越寬闊的道路，末世後就越有可能車來車往，反而一些小路有可能因為道路封堵沒辦法讓車子開進去，變得比較沒有人煙。他們的目標就是那些車輛平時不會進入的街道、小巷，甚至是社區。

幾人拿著地圖看了半天，才確定了一條不太起眼的小路驅車過去。

果然，半路上他們就看到這條路的中間倒著幾輛公共汽車，幸好這車子的絕大部分都是金屬的，嚴非能順手將它們挪到一旁，眾人這才開了過去。

這是一條通向某社區的街道，路兩旁有些商店，臨街樓房的底層是一排早就被人翻過不知多少遍的商店街。

大家選定了一處街口位置的房子，造金屬樓梯爬上二樓。

屋中居然關著一個一級喪屍，看樣子似乎是從末世後就沒出過房間。裡面還有一條被啃得面目全非，早就腐爛的手臂，恐怕是這個喪屍末世前親人的。

幹掉這個喪屍，嚴非將房間大門用金屬封死。這附近有太多金屬材料，他完全不用擔心不夠用，至於他那輛純金屬打造的實心小轎車，此時正和另外三輛車一樣都停到了路邊，距離這裡還有一小段距離，免得一會兒被大家的異能波及。

「放到路中間再打開吧。」

街道上只有幾個正在遊蕩的喪屍靠過來，繞著嚴非豎立在一樓店門前的鐵板前拍打。

接過羅勳遞來的裝有鮮血的金屬盒子，嚴非操控它飛到前方路口中間。這裡是個丁字路口，這棟建築正好在街角。

血盒一打開，那幾個離得近的喪屍彷彿是聞到肉味的狼，原本還在拍牆的喪屍們集體轉身向著那個鐵盒飛奔過去，興奮得嗷嗷直叫。

為了達到預期的效果，嚴非在它們衝到盒子前就操控著那個盒子騰空飛起，像吊在驢子面前的胡蘿蔔一樣，讓它們聞得到吃不到，只能乾瞪眼。

喪屍的叫聲接連響起，一些還在社區裡面的喪屍聞到味道全都瘋狂起來，附近街道的喪屍們也都朝這個方向跑過來。

「好像真的大多是一級喪屍，這是為什麼呢？」

眾人站在窗口看著嚴非「釣」喪屍，口中嘖嘖稱奇。他們見慣了高階喪屍大軍，如今再見到這以一級喪屍為主，二級喪屍都彷彿是這些喪屍頭領似的情況不驚奇才怪。

「難道在喪屍死的比較多，或者受傷比較多的地方容易出現高階喪屍？」

想到這兩個地段的不同之處，大家不約而同得出這一結論。

市區南部廢墟地帶可是受過轟炸的，當時受傷、死掉的喪屍不知有多少，難道大規模屠殺喪屍還能起到刺激喪屍進化的作用？

「這麼說的話，咱們要是想打高階晶核，最好還是去城市南面的廢墟？需要收集物資、找東西的時候再回北面？」李鐵說著，下意識看向羅勳。

羅勳琢磨了一會兒，微微點頭，「這件事只是咱們暫時的推論，不過以後出來時，可以按照這個規律試試看。」

他們遇到的三級喪屍，甚至變異動物，絕大多數都出自城市的廢墟中，這麼說這種可能性真的不是很低。

因為附近的建築很多，擋路的垃圾更多，就連風向也會受到建築物的影響而轉向。總之嚴非只「釣」了一會兒就收起裝著血漿的金屬盒子，可真正來到下面馬路上的喪屍數量卻沒有多少，反倒更多的被堵在社區中，根本過不來。

他們沒理會那些過不來的，優先開始收拾視線內的喪屍。

有經驗的眾人消滅起這數量以百計的喪屍不費什麼事，羅勳帶著五人組努力清除二級以上的喪屍。剛剛引了半天的怪，到現在也就只引來兩個三級喪屍。

章溯和徐玫、于欣然聯手開始清理其他喪屍。

他們分兵兩撥，一撥去清剿被堵在社區中過不來的喪屍，另一撥人挖晶核。

戰鬥結束得很快，略微一統計，這次他們將附近聞血而至的喪屍消滅後，天色還沒晚。不過得到的收穫與他們付出的辛苦成正比，一共六百餘顆晶核，其中不到一百顆二級晶核，三級晶核兩顆。

「走吧，回家。」看了看時間，羅勳考慮到晚上住在淪陷城市的建築物中的危險性比住在曠野中時恐怕還會更大一些，然後拍板定案。

「好，回家，這樣還能多休息一天呢。」

眾人齊聲歡呼，雖然收穫不多，可他們最想要的東西已經找到，此外還有意外之喜：玻璃。有了這些東西，晶核的收入少就少些唄。

眾人爬回各自車中，高高興興地驅車向著來時的方向快速前進著，準備回基地。

或許是白天的時候太順利，晚上返回基地途中好死不死發生了一件大事。

路邊一棟高樓發出一聲巨大的爆炸聲後，居然斜斜地向著公路上方倒了下來。

「老天！」

「樓倒了！」

車中發出幾聲驚呼，來不及交流，嚴非直接將並行在一側的卡車變成半圓形防護罩，將三輛車罩在下面，羅勳則抓起對講機道：「跟上，別停車！」

眾人震驚地看著前後左右濃烈的煙塵，嚴非支撐著的金屬罩幾次被掉落的樓體砸得發出陣陣聲響。整個金屬罩都變了形，卻還在撐著頂在眾人頭頂上空。

羅勳神色緊張地一邊開車，一邊從口袋中掏出晶核塞進嚴非手裡，讓他補充異能，又連忙拿起對講機道：「欣然沙化那些衝著咱們砸過來的磚塊，章溯用風吹開煙霧。」

大風以最後那輛車子為中心向著四面八方颳起，于欣然舉著小手開始沙化她所能發現的大塊石頭，不過因為上方有金屬罩遮擋視線，她在宋玲玲的提示下，努力地給大家清除起正前方的障礙物。

地面都被那高樓上掉落的碎石、磚塊砸得不停震動，甚至不少地方都被直接砸裂，等羅動他們好不容易開過這一段路……

「啊啊啊，羅哥，玻璃，咱們的玻璃！」

聽到對講機中的哀嚎，羅動頭皮發麻地讓後座的兩人幫忙檢查。還好還好，他們的車子在出基地的時候就擔心帶回來的東西比較怕震。他們的本來是以為自家會拉著幾車陶瓷馬桶回基地，這東西怎麼可能耐磕碰，而且他們也考慮過這次出去就算能找得到馬桶恐怕也沒有外包裝，因此乾脆從自家帶了不少海綿布匹用以防震，結果這次果然用上了，用來裹玻璃，給馬桶蓋加防護層。

剛剛那麼大的震動和顛簸，他們事後檢查居然發現只有最上層和最下層的玻璃碎裂，中間的玻璃好歹保住了。

「剛剛那什麼情況？」對講機中傳出徐玫不安的聲音。

「不清楚，直接往基地開。」羅動當機立斷地下達命令，踩下油門繼續向著回基地的方向快速行駛。不管剛剛那是人為的，還是喪屍造成的，又或者是自然損毀……總之，羅動他們都沒有回去探查的想法。

天色這麼黑，天知道夜晚的外面會不會出現先前遇到過的喪屍動物？而且這麼大的動靜肯定會引來喪屍圍攻，他們越早回基地就越安全。

帶著忐忑的心情，眾人默不作聲打著車燈一路狂奔。一直留意著車後方的何乾坤忽然低聲道：「羅哥、嚴哥，我怎麼覺得路邊建築的陰影裡有東西？」

羅勳沒時間也沒辦法去注意這些，他得集中精神開車。剛剛動用異能時被掉落的巨大樓體砸到還沒斷開與異能連結的金屬，從而影響到了本身的嚴非，面色有些蒼白，聞言也向路兩旁觀察著，過了一會兒才道：「是喪屍，不過不是衝著咱們過來，是往剛才那邊過去的。有些看起來個頭很小，也許是喪屍動物。」

羅勳撇撇嘴，「我就說動靜太大沒好處吧，想想上次那隻大鳥……」說著他有些擔心地看了嚴非一眼，「你先休息一下，回去後咱們去醫院看看。」他不太清楚剛剛那棟大樓倒塌時對於嚴非到底造成了什麼樣的傷害，但肯定對他有影響。

嚴非微微搖頭，「問題不大，就像胸口被撞了一下似的，一會兒讓章溯看看就行。」他覺得這一下子與當初自己被人偷襲時的感覺有些像，區別是那次是直接攻擊到自己身上，這次則是巨大的樓體砸到自己所控制的金屬上帶給自己巨大的衝擊力。似乎剛才那棟大樓倒塌時並不僅僅只是單純的倒塌，那裡面帶著一股異能的力量。

該說幸好家裡有章溯這個二把刀的外科醫生在嗎？不過他是外科醫生，這種疑似內傷的問題找他對口嗎？

回到基地中登記、檢查、上交任務品後，大家一起回到家中。事實證明，章溯的專業很對口，就算傷在胸口，也屬於外傷的範疇。

聽到嚴非的描述和反應，章溯的手在他胸口胡擼了幾把，然後擺擺手，「沒吐血就問題不大，就是被震了一下，心肝脾肺估計還沒碎，骨頭也沒斷。不放心的話，明天一早去醫院照個片子看看就行。」

如此不負責任的醫生說出來的話，讓羅勳聽得直翻白眼，不過嚴非多半沒什麼大問題，不然某人是不會如此輕描淡寫的。

眾人鬆了口氣，準備分贓。

羅指著那堆馬桶蓋和玻璃，「玻璃咱們暫時用不上，先收起來放到小隊共有物資中，什麼時候有需要就直接用它們。馬桶蓋按照大家房間中的馬桶數來分配，有幾個馬桶就拿幾個，剩下的留著備用，誰家的壞了就直接換個新的。」

「好。」半夜三更，眾人卻發出狼嚎一般的聲音。

羅勳家好歹還有末世前柔軟的、質地堅韌的衛生紙可用，其他人來到基地的時候，毫無意外全都是兩手空空什麼都沒有。他們從一開始買到的就是基地內收集來的那些衛生紙，後來基地好不容易弄到衛生紙的生產線……第一波嘗試了自產自銷衛生紙的人也是他們。

如今這些馬桶蓋簡直就是救命的好東西。

一家抱走一個，只有羅勳兩人一口氣抱走兩個，誰讓他們家有兩個浴室呢？

可就算如此，他們依舊多出了十七個，眾人十分土豪地表示，明天白天大家再將其他房間內的馬桶也都換上這種馬桶蓋。

等他們各自抱上馬桶蓋子回家時，時間已經過了凌晨兩點。再一次慶幸他們今天連夜回家了，不然就算他們明天白天再回來時也得經過那條路，到時雖不會被那棟倒塌的大樓砸到，可他們也要想辦法清理路面上的磚塊瓦礫才能離開。到那個時候，那附近很有可能已經聚集了數量龐大的喪屍，想脫身恐怕都不容易。

打開自家大門，還沒來得及去按牆上開關開燈，羅勳兩人就見一對閃亮亮的燈泡眼向他們衝過來。如果不是聽到那對燈泡眼還伴隨著汪汪聲及嗚咽聲，兩人險些把對方當成什麼怪物直接發起攻擊了。

「慢點慢點……你眼睛怎麼這麼亮，怪嚇人的！」羅勳一邊說著一邊開燈，小傢伙正在他身邊後腿站立，兩隻前腿加上狗頭不住地往他懷裡鑽啊鑽，蹭啊蹭。

仔細觀察了一下牠的樣子，一切都和以前一模一樣，沒有半點區別，可……

「牠眼睛剛才怎麼這麼亮，像自帶反光似的？」

嚴非也看到了，下意識回頭向走廊看了一眼，「也許是外面的燈光反射的吧。」

他們今天回來得晚，走廊開著給那些種植作物用來補光的燈，畢竟小傢伙就在門口，眼睛會反光也正常。一般來說，在狗狗身上雖然少見，但貓的眼睛反光十分顯著。

小傢伙渾然不知道兩位主人在納悶什麼，踮著後腿一個勁兒往上竄，企圖用牠的大舌頭給兩人好好洗把臉。

「好了，乖乖的，讓我們把馬桶蓋先換了……」

羅勳兩人每個月離開的時候，牠都要等到第二天下午才能回來，有時會更晚一些。今天兩人提早回家，也難怪牠異常興奮。

兩人先將一樓的馬桶蓋搞定，並且通電試了一下，結果發現……

「咦，真的能噴水啊！」

「居然真的能烘乾……」

看羅勳玩得開心，嚴非無語地陪著他折騰了足有十分鐘，才勸某人上床睡覺。

次日清早，想起今天還有一件重要的事要辦的羅勳，暫時將馬桶的事抛到一邊，剛剛洗漱完畢就強拉著嚴非去隔壁敲章溯家的門。

本來睡得就晚，回來後又沒差沒臊地滾了半夜床單的章溯，黑著眼圈，一臉低氣壓地被兩人叫起了床，不由瞪著他們道：「幹麼？」

「去醫院。」羅勳瞄了一眼他領口露出來的鎖骨上的深紅色草莓印，「你昨天晚上就答應過的。」所以不能怪我們一早過來敲門。

「我又沒說這麼早！」雖然依舊在生氣，但醫生的職業操守還是促使章溯轉身回去換衣服，耷拉著腦袋跟兩人跑了一圈醫院照片子。

有內部人員幫忙走後門，羅勳他們沒有費什麼功夫就直接插隊照了一堆片子。出來後章溯也沒帶他們找醫生去看，他自己專業就對口，犯得著去找人特意看嗎？

拿著幾張片子觀察了一下，章溯指指上面道：「喏，全都很正常，昨天應該只是震得你胸悶，沒什麼大問題。吃點通氣血的藥，好好休息兩天就好，這兩天別幹什麼費力氣的事。」說著，他不正經地瞟向羅勳的腰部下方，衝他挑了挑眉毛。

羅勳懶得理他，拿回片子裝袋準備回家。

中醫範疇的注意事項章溯不好說什麼，西醫相關的藥……末世後因為這東西太常需要用到，所以變得越來越貴，而且就算開了也沒什麼大用，跌打損傷丸什麼的，羅勳家裡備的就有，這下子連藥錢都省下來了。

得到了滿意的結果，嚴非見羅勳臉上的表情終於放鬆下來，帶著一臉喜意將自己拍完的片子裝進袋子裡面，從口袋中掏出口罩戴上，準備打道回府。

「回去嗎？」

「好，回去再睡個回籠覺。」

章溯幽怨地盯著這兩個一大清早就叫醒自己，現在居然還敢厚顏無恥大談什麼回籠覺的傢伙，覺得自己是不是應該找點事讓他們兩人就算回去也沒辦法睡覺呢？

話說回來，果然好睏啊……

他也好想睡回籠覺，還是把折騰這兩個人的重任交給家裡那貨去辦吧。

章溯打個哈欠，拉開自己辦公室的門。他們今天過來時，章溯將和自己換班與自己共用一個辦公室的同事轟出去了，然後就見到一個身材豐滿，一臉怨氣的女人走過來。看到他後先是一愣，隨即跑上前，「章醫生！」

章溯低頭看看她那圓滾滾的肚子，再看看她那一頭褪了大半顏色的栗色頭髮，又斜眼掃了一圈房間內的兩人，「劉女士，找我有事？」

正要往外走的兩人聞言停下腳步，在看到那個女人的半張臉後，嚴非淡定地從上衣口袋中掏出墨鏡戴上。他如今的髮型全都交給自家親愛的來處理，經過一次、兩次、三次……多次修剪，如今的髮型已經距離原本的造型越來越遠。

要不是他本身這張臉很耐看，估計末世前的熟人沒人能認得出他來。

羅勳比他慢半拍，在發現嚴非默默戴上墨鏡，才後知後覺打量了一下。

有點眼熟……等等，這不是嚴非他媽嗎？

心中一驚，向另一個方向走了兩步，這才找到了讓自己無法一時辨認出來的罪魁禍首。

劉湘雨那誇張的肚子……她懷孕有半年了嗎？肚子怎麼會這麼大？

因為懷孕，劉湘雨整個人都圓潤起來，原本保養得在中年婦女中還算不錯的身材徹底走形，下巴有三層肉，肚子更是大得誇張，彷彿裝滿了水球似的。

或許是為了肚子裡面的孩子著想，她並沒有化妝。

不過聽到她對章溯說的話，羅勳決定收回之前對於她母性方向的推測。

「章醫生，我找了好幾個月實在沒辦法了，拜託你幫幫忙，幫我把這個孩子打掉吧。現在的醫院是怎麼回事，怎麼都這麼不負責任？我要打掉孩子關他們什麼事，憑什麼不許我墮胎？我都這個年紀了，生孩子很危險的，他們知不知道？基地人口少關我什麼事？我想生還是想打掉和他們有半毛錢的關係？生下來的孩子誰給養……」

劉湘雨似乎憋屈了很久，總算見到相對熟悉些的醫生，這才開始滔滔不絕發洩了出來，讓過往的病患、醫生們忍不住放緩腳步悄悄圍觀。

章溯好笑地挑起眉毛，「劉女士，我不是婦產科醫生。」

這是他第幾次重複這個事實了？這女人腦子有問題，耳朵也出問題了嗎？

劉湘雨說到一半，被章溯的話堵回來，氣結地鼓起胸脯，「我知道你不是婦產科醫生，我這不是也沒辦法了嗎？沒關係，咱們可以私下協商，只要你能保證我的生命安全……我是知道你的技術的，我也問過了，婦產科醫生動手術其實和你做外科手術一樣。你連開顱手術都能做，我這個又算是什麼呢？不就是把肚子裡的孩子拿出來嗎？就跟取腫瘤一樣。」

聽到這裡，就連章溯如此強悍的神經也繃不住了，他攤開雙手道：「剖腹產和取腫瘤還真不一樣。」說著，在劉湘雨又要說些什麼的時候，他又道：「上級不許醫院所有的醫護人員現在做人流手術，無論妳怎麼找都沒人會幫妳這個忙。另外，我今天休假，是回醫院拿忘記帶走的東西的，麻煩妳讓讓，我還得回家呢。」

章溯懶得理會這個女人，一個閃身就要過去。

劉湘雨大急，伸手想去拉他的衣服，卻被一股明顯的青色氣流阻隔。

嚴非牽著羅動的手，兩人大搖大擺從劉湘雨身邊經過，只顧著生氣的劉湘雨，這會兒更是連注意都沒注意到，只怨恨地盯著章溯消失的方向。

怎麼就沒有人能幫她？再等一陣孩子會更大的。生孩子是什麼滋味她當然清楚，有過一次經驗的她，在那次痛苦的經歷之後，便打死也不願意再生第二個孩子，甚至在懷著那個孩子的時候就因為孕吐、身材走樣等原因，幾次想把肚子裡的孩子拿掉。如果不是兩個家族利益的關係，她肯定會在第三個月的時候就引產。

更何況現在是末世，除非她瘋了才想在末世中生孩子。

萬一大出血，受感染什麼的……

章溯臭著一張臉，見兩人出來後揚揚下巴，示意他們打開車門。

羅動無奈跟著上車，章溯才哼哼唧唧抱怨：「今天運氣真差，還沒睡夠就被你們兩個挖起來，準備回去補眠又遇到你那個極品老媽……」

嚴非此時才摘下墨鏡，神情淡定地道：「她的事別往我身上扯，她肚子裡的孩子又不是在我同意下懷的，我可管不了她。」

章溯不爽地翻了個白眼，「她最近成天纏著幾個婦產科的醫生，上次被軍方的人領走，據說勸了好幾天，沒想到這麼快就又出來了。」說著冷笑一聲，「真想打掉孩子還不簡單，沒事摔摔跤，吃些不能吃的東西怎麼弄不掉？她就是又不想要孩子，又怕弄壞自己的身體，才非要找醫生給她做引產手術。」

嚴非聳聳肩，「這跟我沒關係。」

章溯恨恨地瞪了嚴非的後腦杓一眼。

那個當媽的居然連自己的兒子從旁邊走過去都沒認出來！

（未完待續）

綺思館037

宅男的末世守則 3

國家圖書館出版品預行編目資料

宅男的末世守則3/ 暖荷著. -- 臺北市 : 晴空,
城邦文化出版 : 家庭傳媒城邦分公司發行,
2019.05
冊； 公分. --（綺思館037）
ISBN 978-957-9063-38-8（第3冊：平裝）
857.7 108004660

作　　者　暖　荷
封面繪圖　黑色豆腐
責任編輯　施雅棠
國際版權　吳玲緯
行　　銷　艾青荷　蘇莞婷
業　　務　李再星　陳紫晴　陳美燕
編輯總監　劉麗真
總 經 理　陳逸瑛
發 行 人　涂玉雲
出　　版　晴空
城邦文化事業股份有限公司
104台北市中山區民生東路二段141號5樓
電話：（886）2-2500-7696　傳真：（886）2-2500-1966
發　　行　英屬蓋曼群島商家庭傳媒股份有限公司城邦分公司
104台北市中山區民生東路二段141號2樓
書虫客服服務專線：(886)2-2500-7718；2500-7719
24小時傳真服務：(886)2-2500-1990；2500-1991
服務時間：週一至週五09:30-12:00；13:30-17:00
郵撥帳號：19863813　戶名：書虫股份有限公司
讀者服務信箱E-mail：service@readingclub.com.tw
晴空部落格　http://sky.ryefield.com.tw
香港發行所　城邦（香港）出版集團有限公司
香港灣仔駱克道193號東超商業中心1樓
電話：852-2508-6231　傳真：852-2578-9337
E-mail：hkcite@biznetvigator.com
馬新發行所　城邦（馬新）出版集團【Cite(M)Sdn. Bhd.(45832U)】
411, Jalan 30D/146, Desa Tasik,Sungai Besi, 57000 Kuala Lumpur, Malaysia.
電話：(603) 9057-8822　傳真：(603) 9057-6622
Email：cite@cite.com.my
美術設計　洸譜創意設計股份有限公司
印　　刷　沐春行銷創意有限公司
初版一刷　2019年05月30日
定　　價　350元
I S B N　978-957-9063-38-8

原著書名：《重生宅男的末世守则》，由北京晋江原創網絡科技有限公司授權出版。